二 見 文 庫

永遠の夜をあなたに

リンゼイ・サンズ／藤井喜美枝＝訳

Love Bites
by
Lynsay Sands

よき友にして
“*Single White Vampire*”（邦題『銀の瞳に恋をして』）という
すばらしいタイトルを思いついてくれた女性
デボラ・マクギリヴレイに

永遠の夜をあなたに

登 場 人 物 紹 介

レイチェル・ギャレット	検視官
エティエン・アルジェノ	ゲームクリエーター
マルグリート・アルジェノ	エティエンの母
ルサーン・アルジェノ	エティエンの長兄。作家
バスチャン・アルジェノ	エティエンの次兄。実業家
リシアンナ・アルジェノ	エティエンの妹
グレゴリー（グレッグ）・ヒューイット	リシアンナの婚約者
トーマス・アルジェノ	エティエンのいとこ
ジャンヌ・ルイーズ	エティエンのいとこ。トーマスの妹
クロード・アルジェノ	エティエンの亡父
ルシアン・アルジェノ	エティエンの伯父
ノーマン・レンバーガー（パッジ）	コンピューター技術者
トニー	レイチェルの同僚
デイル	救命士
フレッド	救命士

プロローグ

パッジは目をせばめてライフルのスコープをのぞきこんだ。ただのライフルじゃない。タクティカル・オペレーションズ社製の〈タンゴ51〉、究極の戦術的精密ライフルだ。重量四・九キロ、全長百十二・五センチ、保証命中精度〇・二五MOA。銃床には、セミワイドのビーバーテイルが組みこまれ――。

パッジはそこで、タクティカル・オペレーションズ社のカタログに書かれていた説明を心のなかで暗唱するのを中断し、手にした武器を見つめた。『ビーバーテイル』というのがよくわからない。読んだひびきからすると、ちょっとセクシーな感じがする。セミワイドのビーバーテイル。ビーバー・テイル。女の尻《ビーバー・テイル》。このライフルの説明書きすべてがセクシーだった。たとえば、〈タンゴ51〉には『どちらの掌をあててもいいふくらみ《デュアル・パーム・スウェル》』があるとされている。それがなにかは不明だが、なんとなくおっぱいを連想させた。もちろん、たいていのものはおっぱいを連想させるわけだが。

いいぞ。自分はいま『女の尻《ビーバー・テイル》』と『どちらの掌をあててもいいふくらみ《デュアル・パーム・スウェル》』を手にしている。最高だ。

とつぜんクラクションの音が鳴りひびき、パッジはぎょっとしてライフルを落としそうになった。ライフルを守るみたいにしっかりと胸もとで握りしめ、眼下の暗い通りをにらむように見おろす。このビルの屋上を選んだのは、通りの反対側の駐車場を鳥瞰《ちょうかん》できるからだ。事前にまったく思いつかなかったのは、屋上のここは完全な吹きさらしで、アラスカの冬なみに寒いということだった。エティエンのやつが早く来ないと、あいつを待つあいだにこっちは凍死してしまうだろう。そうなる可能性に顔をしかめる。それにしても、あの馬鹿はいつになったら駐車場にあらわれるんだ？　もう午前零時をまわっている。このぶんだと——。

「くそっ！」噛んでいたつまようじが唇からすべりおちた。同時に、問題の相手が建物から出てきて駐車場へと歩きだす。エティエン・アルジェノ。しかもひとりだ。

一瞬、パッジはその場に凍りつき、あわてて位置についた。ライフルのスコープをのぞきこんでエティエンに狙いをつけ、そこでためらう。呼吸が速くなってきていることに、ふいに気づいたからだ。何キロも走りつづけたみたいにあえぎ、こんなに寒いのに汗だくになっている。パッジことノーマン・レンバーガーは、いままさに人を殺そうとしているのだ。それもただの人ではなく、宿敵のエティエン・アルジェノを。

「ろくでなしめ」とつぶやいて、ゆっくりと笑みを浮かべながら、ライフルのレーザー照準を標的の胸に向ける。引き金をひいたときには銃声はしなかった。この〈タンゴ51〉には、タクティカル・オペレーションズ社製の〈30サプレッサー〉つまり消音器《サイレンサー》をとりつけていたので、聞こえたのは空気の漏れるプシュッという音だけだった。手のなかでライフルの強い反動が感じられなかったら、発砲したとは信じられなかったかもしれない。

　パッジはあわてて標的に再度意識を集中しながら、目をせばめてライフルのスコープをのぞきこんだ。エティエンはぴたりと動きを止め、みずからの胸をじっと見おろしている。弾は命中したのか、しなかったのか？　パッジは一瞬、完全に狙いをはずしてしまったのではないかと恐れたが、すぐに血に気づいた。

　エティエン・アルジェノが頭を上げる。彼の銀色の目が、ビルの屋上にいるパッジを見つけ、焦点をはっきりと合わせてきた。しかしその直後、目から光が消えていき、エティエンはばったりとうつぶせに舗道に倒れた。

「やった」とパッジはささやき、弱々しくほほえんだ。ぎこちない手つきでライフルを分解し、急に筋肉がふるえだしたのは無視して、パーツを専用のケース内にもどす。『どちらの《デュアル》掌をあててもいいふくらみ《パーム・スウェル》』と『女の尻《ビーバー・テイル》』を持つこのセクシーな〈タンゴ51〉は、五千ドル近くもした。だが、それだけの価値はあったのだ。

1

「よう、レイチ。おれはちょっとコーヒーを飲みにいくけど、きみもなにか要るかい？」

レイチェル・ギャレットはまっすぐに身を起こし、ゴム手袋をつけた片手の甲でひたいをぬぐった。二時間前に職場の遺体安置所に着いてから、熱と寒けのあいだを行ったり来たりしている。いまは熱っぽい状態で、背中と頭皮の全体に汗がじょじょにふきだしてきていた。明らかに、なにかひどい風邪にやられつつあるらしい。

視線をさっと壁の時計に向ける。もうすこしで午前一時。始業から二時間、終業まで六時間だ。レイチェルはうめき声をあげそうになった。あと六時間もあるなんて。このインフルエンザの症状の出てきかたからすると、その半分の時間も持ちこたえられそうにない。

「おい！　だいじょうぶか、レイチ？　ひどい顔だ」

近づいてきた助手のトニーに、ひたいに手をあてられたレイチェルは、思わず顔をしかめた。『ひ、ひ、ひどい顔』ですって？　男はもっとデリカシーを持ってもいいんじゃないかしら。

「冷たくてじっとりしてるな」トニーが眉をひそめてたずねてくる。「熱と寒けかい？」

「平気よ」レイチェルは、気恥ずかしくていらいらと彼の手を押しやった。つづけて、ポケットに手をつっこんで小銭をさぐる。「オーケー、トニー。よかったらジュースかなにか買ってきて」

「ああ、もちろん『平気』だろうさ」

トニーのそっけない言葉に、ぴたりと動きを止めたレイチェルは、そこでふいに気づいた。自分は、血まみれのゴム手袋をつけたまま、白衣をわきへ押しのけてズボンのポケットに手をつっこんでしまったのだ。まあ、すてき。

「なあ、ひょっとして——」

「平気よ」と、もう一度言う。「きっと平気になるわ。いいから行って」

トニーはためらったが、やがて肩をすくめた。「わかった。でも、おれがもどるまで、きみはすわるかなにかしてるほうがいいと思うよ」

レイチェルはその忠告を無視し、相手がいなくなると同時に、作業中の遺体に向きなおった。トニーは思いやりのある人間だ——ちょっぴり変わっているかもしれないけど。たとえば彼は、ニューヨークのブロンクス出身のギャングみたいなしゃべりかたをすることにこだわっている。実際にはここトロントで生まれ育ち、一度もこの街を離れたことがないというのに。名前はそれっぽいが、イタリア人でもない。〝トニー〟は本名ではないのだ。生まれたときにつけられた名前は〝テオドシウス・シュヴァインバーガー〟。彼が改名したのには全面的に賛成だけど、どうしてへたなブロンクスなまりまでおまけについてくるのかは理解できない。

「遺体の到着だ！」

レイチェルは、遺体安置所のメインルームにつづくドアがひらいたほうへちらりと目をやった。持っていたメスをおろして、右手からゴム手袋をはずしながら歩みでていき、ストレッチャーを室内へと押してきた男性ふたりを出迎える。デイルとフレッド、いい人たちだ。めったに見かけない彼ら二人組の救命士は、たいてい患者を生きたまま病院へ運んでくる。当然そのうちの何人かは病院に着いてから亡くなるが、通常はふたりがすでに立ち去ったあとでのことだ。今回の患者は搬送中に死亡したにちがいない。

「やあ、レイチェル！　元気そう……だな」

デイルの一瞬のためらいを、レイチェルは礼儀正しく無視し、部屋を横ぎって救命士たちに近づいていった。いまの自分がどう見えるかについては、トニーが明白すぎるほどにはっきりさせてくれたのだ。「どんな遺体？」

デイルが、さまざまな書類のはさまったクリップボードを手わたしてきた。「銃で撃たれた傷がある。現場から搬送する前に心拍を一度とらえたと思ったんだが、勘ちがいだったかもしれない。公式には、この男性は搬送中に死亡した。病院に着いた時点でドクター・ウェスティンが男性の死亡を確認し、ぼくらは遺体を地下の安置所に運ぶようたのまれたんだ。

検視解剖とか銃弾の回収とか、そういうのが必要なんだろう」

「ふーん」レイチェルは、書類の内容を頭におさめてから、部屋のつきあたりへと検視解剖専用のステンレス製ストレッチャーをとりにいき、それをころがしながら救命士ふたりのほうにもどった。「わたしが書類にサインしてるあいだに、遺体をこっちにうつしておいてもらえる?」

「いいとも」

「ありがとう」その作業は彼らにまかせて、部屋の隅のデスクへとペンをさがしにいく。そして、必要な書類にサインしてから、遺体をうつし終えた救命士たちのところへもどっていった。病院内を移動するあいだストレッチャーをおおっていたシートはいまはなくなっており、レイチェルは立ち止まって遺体をじっと見つめた。

遺体安置所の新入りはハンサムな男性だった。せいぜい三十歳くらいで、くすんだブロンドの髪をしている。青ざめた彫りの深い顔だちを見てとったレイチェルはこう思った——彼が生きているときに出会えていたらよかったのに——目をあけているその顔がどんなふうに見えるかを知っていたらよかったのに。〝自分の作業対象は、かつては生きて呼吸していた存在だったのだ〟と考えることはめったにない。〝いまとりあつかっている遺体は、だれかの母や兄弟や姉妹や祖父なのだ〟と思ってしまったら、こんな仕事はとてもやっていられない……。でも、この男性のことは無視できなかった。彼がほほえんだり笑い声をあげたりしている姿をつい想像してしまう。レイチェルの心のなかの彼は、これまで見たこともないような銀色の目をしていた。

「レイチェル？」

困惑して目をしばたたき、デイルの顔をじっと見あげる。自分がいま椅子にすわっているという事実にはちょっとびっくりしてしまった。どうやらデイルとフレッドは、キャスターつきのデスクチェアをころがしてきて、そこにすわるよううながしてくれたらしい。ふたりとも心配そうな表情で、おおいかぶさるようにそばをうろうろしていた。

「きみは気を失いかけたんだと思うよ」とデイルが言う。「ふらついてて、顔が真っ青だった。気分はどうだい？」

「あら」レイチェルは照れた笑い声をあげて片手をふった。「平気よ。本当に。だけど、どうもなにかのウイルスにやられてるみたい。寒けがしたり熱っぽくなったりで」そう言って肩をすくめる。

デイルが手の甲をこちらのひたいにあててきて眉をひそめた。「きみは家に帰るべきなんじゃないかな。ひどい熱だよ」

自分の顔にふれてみたレイチェルは、言われたことが本当だと気づいて不安をおぼえた。ふとこんな思いが頭をよぎる——このウイルスが迅速かつ強烈におそいかかってきたという事実が、重症化するきざしなどではないといいのだけど。もしも重症化するのなら、症状があらわれたのとおなじくらいすみやかにウイルスが燃えつきてくれることを祈りたい。風邪で寝こむのは大嫌いだから。

「レイチェル？」

「えっ？」救命士ふたりの心配そうな顔をちらりと見やり、むりやり背すじをのばして立ちあがる。「ああ、ええ。ごめんなさい。そうね、トニーがもどってきたら、早退して家に帰るのがいいかもね。それはさておき、この遺体やらなにやらの書類にサインをすませたわ」と応じながら、必要な書類を回収したうえで残りを手わたして返す。クリップボードを受けとったデイルが、フレッドとためらいがちな視線をちらりとかわした。ふたりとも、こちらをひとりで残していくのは気が進まないらしい。

「平気よ、本当に」とうけあう。「トニーはちょっと飲み物を買いにいっただけなの。きっとすぐもどってくるわ。だから、あなたたちはもう行ってちょうだい」

「わかった」デイルの口調はまだ気が進まなそうに聞こえた。「ただ、たのむから、トニーが来るまでその椅子にじっとすわっててくれないかな？　もし気を失って頭をぶつけでもしたら……」

レイチェルはうなずいた。「ええ、もちろん。さあ、行って。トニーがもどるまで、わたしは休んでるだけにするから」

デイルはこっちの言ったことを信じていないように見えた。しかし、彼にはあまり選択肢はなく、フレッドを追ってドアのほうへと向かう。「オーケー。まあそれじゃあ、ぼくらは失礼するよ」

「またな」とフレッドが言いそえた。

レイチェルは、ふたりが立ち去るのを見送って、ほんのすこしのあいだは約束どおりじっとすわったままでいたが、いらいらしはじめるまでそう長くはかからなかった。なにもしないでいることには慣れていないのだ。視線をさっとストレッチャーの上の遺体に向ける。銃で撃たれた被害者とはめずらしい。つまり、撃った犯人が外のトロントの街をうろついているということだ。同時に、この男性の遺体が最優先の作業対象になったということでもある。警察は科学捜査の分析に使う銃弾を欲しがるだろう。要するに、トニーがもどってきても自分は家には帰れないわけだ——すくなくとも銃弾を摘出するまでは。正式な検視解剖は朝までおこなわれないだろうが、銃弾を回収するのはレイチェルの役目で、夜の検視官主任としての責務なのだ。

肩をまっすぐにのばして立ちあがり、ストレッチャーのほうへ歩いていって、新入りの遺体をじっと見おろしながら言う。「あなたときたら、撃たれるのにずいぶんやっかいな夜を選んでくれたわね」

レイチェルは男性の顔にさっと視線を走らせた。本当にハンサムだわ。彼が死んだのがすごく残念に思える——だけどそれを言ったら、人が死ぬのはいつだって残念なことだ。肩をすくめてそんな考えをわきへ押しやり、道具がのったキャスターつきの台をつかんでころがしてくると、遺体をもう一度ざっとながめてから作業にとりかかった。

救命士たちは、男性のシャツを破ってひらき、また遺体の胸にかぶせなおしていた。この男性は、まだ充分〝服を着ている〟と言える状態で、かなりしゃれた――しかも高価な――ブランドもののスーツに身をつつんでいる。「いい服ね。趣味がよくてお金持ちなのが一目瞭然《りようぜん》だわ」とレイチェルはコメントし、スーツの仕立てとその下の体をほれぼれとながめた。「でも残念ながら、スーツは脱いでもらわないとね」

道具台から大きなハサミをとって、スーツの上着とシャツをすみやかに手際よく切りとっていく。切った布地をとりさると、いったん手を止めて、あらわれた肉体に見いった。いつもなら、遺体のズボンと下着をとりのぞく作業にうつるだけなのだが、高熱が体力に影響をおよぼしているらしく、両腕は完全にゴムみたいにぐにゃぐにゃに感じられ、指からは力が抜けて思うように動かなかった。手順を変えても害はないだろうと判断する。まず遺体の上半身の調査結果を記録することからはじめて、あとで下半身の衣類を脱がせる作業にとりかかろう。運がよければ、それまでにはトニーがもどってきて仕事をてつだってくれるはずだ。

ハサミをわきにおいて頭上に手をのばし、遺体の胸の真上へ照明とマイクをぐるっともってくる。そして、マイクのスイッチを入れた。

「遺体は……あっ、しまった！」マイクを切って、デイルとフレッドがおいていった書類をすばやく手にとり、資料にざっと目を通して男性の名前をさがす。だが、そこで眉をひそめた。名前が書かれていない。つまり、身元不明というわけだ。身なりはいいが、身元を証明するものがない。それが銃撃の背景にある理由なのだろうか。この男性は、銃で撃たれて財布を奪われたのかもしれない。問題の男性のほうに視線が向かう。たかが二、三ドルのために彼が殺されたなんて、本当に残念に思える。まったくいかれた世界だわ。

レイチェルは書類をおき、マイクのスイッチを入れなおした。「ドクター・ギャレットによる、銃で撃たれた身元不明の被害者の検視報告。被害者は白人男性。身長はおよそ百九十五センチ」だと思う。実測するのはあとにしよう。「きわめて健康そうな人物である」

そこでふたたびマイクを切り、遺体をじっくりとながめた。『きわめて健康そう』というのは控えめな表現だ。男性はスポーツ選手のような体つきをしていた。平らな腹部にひろい胸板、ハンサムな顔に似合った筋肉質の腕。彼の腕を片方ずつとって持ちあげ、下の面を調べてから、眉をひそめてうしろにさがる。この男性には身元を特定できるようなしるしがひとつもない。傷跡も生まれつきのあざもなにひとつ。身元を特定する特徴と思われるものがまったくないのだ。心臓の真上の銃創を除けば、完全に傷ひとつなかった。指だって完璧《かんぺき》だ。

「変ね」とひとりつぶやく。ふつうは傷跡がすくなくとも二、三カ所はある——虫垂炎の手術跡とか、昔の小さな傷の跡が手に残っているとか、そういうものが。だが、この男性は完全に無傷だった。手や指にたこさえできていない。働かずに暮らせるくらい裕福なのだろうか？　ふしぎに思って、男性の顔をふたたび見つめる。古典的なハンサムだ。でも日焼けはしていない。ジェット機で世界を飛びまわっているようなお金持ちは、陽光が降りそそぐ地を訪れたり日焼けサロンに行ったりするせいで、たいてい日に焼けているはずなのに。

そんな推測をするのは時間のむだだとさとり、ぶるぶるとかぶりをふって、再度マイクのスイッチを入れる。「遺体の上半身前面には、銃で撃たれた傷を除き、身元を特定できるような特徴や傷跡は見あたらない。一見したところ、前述の銃創により失血死したものと思われる」

マイクのスイッチを入れたまま、弾を摘出しようと鉗子《かんし》に手をのばす。レコーダーは音声作動式なので、いずれにせよなにかをしゃべったときにしか録音されない。あとで録音テープを使って、とらえられたつぶやきのうち事件に無関係なコメントはすべてはぶいて、報告書をまとめるのだ。

銃創のサイズや位置を測って読みあげたあと、傷口に鉗子を用心深くさしいれる作業にとりかかった。銃弾が通った道を確実にたどって、損傷を受けていない組織をかきわけたりしないよう、ゆっくり気をつけて鉗子を進めていく。一瞬ののち鉗子が弾にとどき、レイチェルはそれをしっかりとつかんで慎重にひっぱりだした。

勝ちほこったように「とれた！」とつぶやきながら、鉗子の平らな部分に銃弾をとらえてまっすぐに身を起こす。しかし、道具台に向きなおったところで、いらだちをおぼえて一瞬動きを止めた。弾を入れる容器がないことに気づいたのだ。ふだんはそういうものは要らないので、先に用意しておくことは思いつかなかった。レイチェルは、自分の段取りの悪さに小声でぶつぶつと文句を言いつつ、道具台から離れて、戸棚やひきだしが並んでいるほうへ容器をさがしにいった。

さがしながら〝トニーはどこへ行ったのかしら〟と考える。飲み物を求めての彼の〝短時間の旅〟は、〝かなり長き不在〟となってきていた。ひょっとしたら、病院の五階で働いている小柄な看護師のそばで、トニーは足を止めてしまっているのかもしれない。彼はあの娘にすっかり夢中で、彼女のスケジュールを熟知しているのだ。トニーはたいてい、自分の休憩時間が彼女とだいたいおなじころになるよう調整している。カフェテリアに着いたとき相手がそこにいたとしたら、彼はいまたっぷりと休憩をとっているにちがいない。でも、べつに気にはさわらなかった。この銃弾を摘出したあとでレイチェルが実際に家に帰ってしまったら、トニーは夜勤の残り時間を交代要員なしで乗りきらなければならないのだから。

さがしていた容器を見つけてなかに弾を入れ、識別ラベルをつけるためにそれをデスクへと持っていく。ラベルをつけておけば、証拠品をどこかにおき忘れたり、そこらへんに放置したりするのを防げるからだ。当然のことながら、ラベルはすぐには見つからず、さがすだけで数分の時間をむだにした。しかも、きちんとしたラベルを一枚書きあげるまでに、三枚もだめにしてしまった。〝今夜のわたしは本調子ではなく、家に帰るのが賢明だ〟というのがじつによくわかる。完璧主義者としては、そういうちょっとしたミスはもどかしく、気恥ずかしくさえあった。

　自分自身といまの衰弱した状態とにいらだちをおぼえつつ、ラベルを容器になでつける。そのとき、視界の隅でなにかの動きをとらえて手を止めた。トニーがもどってきたのかと期待してふりむいたが、部屋にはだれもいなかった。いるのはレイチェルとストレッチャー上の身元不明死体だけだ。どうやら、熱にうかされた心が悪さをしはじめているらしい。頭をふって立ちあがる。脚がちょっとふらついているのに気づいて、警戒感が走りぬけた。熱が急上昇しているのだ。まるで加熱炉のスイッチがぱちんと入ったみたいに、一瞬にして、冷たくじっとりした状態から燃えあがっている状態にもっていかれてしまっていた。

　かすかな音に、ストレッチャーのほうへ注意をひきもどされる。遺体の右手の位置が、最後に見たときとちがっていないだろうか？　身元を特定できる傷跡がないか調べたあと、たしかに掌を下にして手をおきなおしたはずなのに、いまは掌が上を向いていて、指の硬直は解けていた。

　視線を腕から顔へと移動させ、遺体の表情を見て眉をひそめる。男性が亡くなったときの表情は、うつろな、ほとんど〝呆然《ぼうぜん》とした〟とも言えるもので、死んだことによってその状態のまま凍りついていたはずだった。でもいまは、苦しげに顔をゆがめた表情を浮かべている。ほんとにそう？　ひょっとしたら気のせいかもしれない。きっと気のせいだわ。男性は死んでいるのだ。死人は手を動かしたり表情を変えたりなんかしない。

「あまりにも長く夜勤で働きすぎたのね」と、ひとりつぶやいて、ゆっくりとストレッチャーのほうへもどっていく。まだ遺体の残りの衣類を脱がせて下半身前面を調べなければならないのだ。

　もちろん、遺体をひっくりかえして背面を調べるには、トニーの助けが必要になるだろう。彼がもどるまで、遺体の下半身前面を調べるのを待ってもいいのだが、待たないことに決めた。この作業をすませて家に帰って寝るのは、早ければ早いほどいい。トニーがもどってくる前に、いまできるだけのことをしておくほうが賢明だ。つまり、この銃で撃たれた被害者のズボンを切りとるべきなのだ。そうするためにハサミに手をのばし――そこで、遺体の頭部に傷があるかチェックしていなかったことに気づく。

　男性が頭を撃たれたとは考えにくい。すくなくとも、それらしい形跡はまったく目にしていない。そんな傷があれば、救命士のフレッドとデイルも教えておいてくれただろう。彼らの主張では〝心拍を一度とらえたと思ったが消えてしまった〟ということだったが、この男性は心臓を撃たれた時点で即死したはずだ。でも、いちおうチェックしなくては。

　ハサミはもとの場所においたまま、移動していってストレッチャーの頭側に立ち、遺体の頭部をすばやく調べる。男性はすてきなブロンドの髪をしていた。いままで見たなかで一番健康的な髪だ。自分の赤毛がその半分でも健康ならよかったのにと思う。小さなすり傷ひとつ見つからず、レイチェルは男性の頭をまたそっとおろして、ストレッチャーの横の位置にもどった。

ふたたびハサミを手にとり、それをひらいたり閉じたりしながら、男性のズボンのウエスト部分を見つめる。だが、すぐには切りはじめなかった。奇妙なことに、少々気が進まなかったのだ。医学部にいたころから、男性のズボンを切りとるのをためらったことなんか一度もなかったのに、なぜいま躊躇《ちゅうちょ》しているのかさっぱりわからない。

視線が男性の胸にまたさっと向かう。すごい、本当にいい体つきだ。両脚もたぶんおなじように筋肉質なのだろうと推測し、〝ただちょっと興味がある〟という以上に好奇心をそそられているのに気づいてくやしくなった。それがためらいの理由なのかもしれない、と結論づける。遺体を調べているときにこんなふうに感じるのに慣れていないから、気恥ずかしくなっているのだ。やれやれ、高熱が思考回路をかなりめちゃくちゃにしているらしい。

青ざめていて生気がなくても、この身元不明死体は魅力的な男性だった。念のため言っておくと、ふつうの遺体の外見ほど完全に〝青ざめていて生気がない〟感じではない。なんだか、ただ昼寝しているだけのように見える。

視線がふたたび男性の顔へと移動していった。彼が本当に魅力的に思えるというのは憂慮すべきことだ。死人に惹《ひ》かれるなんて、ちょっと気持ち悪い。でも、こう考えて自分を安心させた。これはいままでの人づきあいがいかに無味乾燥なものだったかを反映しているだけなのだ。夜勤で働いていると、異性と交際するのはむずかしい。ほとんどの人が出かけてたのしんでいる時間帯に、こっちは働いているのだから。そう、夜勤のせいで、レイチェルの恋愛生活はひどい妨害を受けていた。

まあ、実際のところ、自分の恋愛生活がとてもわくわくするものだったことなんて一度もない。思春期前に身長がぐんとのび、同年代の子のなかで一番背が高いという状態が、高校時代までずっとつづいたからだ。おかげで内気でひっこみじあんになり、ちょっとした〝壁の花《もてないおんな》〟に成長することがみごとに確定してしまった。遺体安置所での夜勤の仕事についたことは、そうした問題を深刻化させただけにすぎない。だが同時に、ありもしない恋愛生活についてだれかにたずねられたときには、この仕事が便利な言い訳にもなっていた。簡単に仕事のせいにできるから。とはいえ、いつしか死体に惹かれはじめたとなれば、事態はかなり悪化してきている。自分が夜勤から逃げだそうと努力しているのは、たぶんいいことなのだろう。こうしてずっとひとりでいるのが健全であるわけがない。

遺体のあまりにも魅力的な顔からむりやり目をそらし、仕事道具のほうに視線をさっと向けて、自分がこの分野の仕事を選んだことにあらためて驚嘆する。医者や医者にかかることに関係するものは、昔から大嫌いだったのに。注射針なんて悪夢だし、〝痛み〟に関することなったら、レイチェルは地球上で一番の臆病者《おくびょうもの》なのだ。だから当然、針や痛みがかならずつきまとう病院の遺体安置所に就職することになったわけだ。おそらく、〝苦痛を恐れているせいでなにかができないのはごめんだ〟という、ある種の潜在意識的反抗なのだろう。

われ知らず、身元不明死体の胸部を見つめ、銃創のところでぴたりと目を止める。傷口が小さくなってきていない？　無言のまま傷口を凝視すると、遺体の胸が上下しているように見えたので目をしばたたいた。

「目の錯覚よ」とつぶやいて、むりやり視線をそらす。自分は男性の心臓から銃弾をひっぱりだしたのだ。彼は明らかに死んでいる。死人は息をしない。さっさと作業を終わらせれば、遺体を冷蔵室にしまって、ありえない空想をするのをやめられる。そう決意して男性のズボンに向きなおり、布地の下側にハサミの一方の刃をすべりこませた。

「ごめんなさいね。完璧な仕立てのズボンをだめにするのは忍びないけど、でも……」レイチェルは肩をすくめて布地を切りはじめようとした。

「『でも』、なんだい？」

一瞬凍りつき、ぱっと頭をあげて男性の顔を見る。彼の目がひらいて焦点を合わせてきているのが見えたので、レイチェルは悲鳴をあげてうしろにとびのいた。脚がふらついているせいであやうく床にひっくりかえりそうになりながら、恐怖のあまり口をあんぐりとあけて相手を見つめる。死体はじっと見つめかえしてきた。

目を閉じてまたひらいてみたが、男性はまだそこに横たわってこちらを見ていた。「これはまずいわ」とつぶやく。

「なにが『まずい』って？」男性が興味深そうにたずねてきた。

彼の声は弱々しく聞こえた。でも、ほら！　死人にしてみれば、弱々しい声を出すのだってすごい芸当だ。レイチェルは恐れおののいて首をふった。

「なにが『まずい』って？」死体が、今回はさっきよりすこし力のある声でふたたびたずねてくる。

「幻覚が見えてるのよ」と、レイチェルは礼儀正しく説明し、そこで相手の目に気づいた。言葉を切ってその瞳をじっと見つめる。こんなにすてきな目ははじめて見た。ちょっと前に空想したとおりの、一風変わったシルバーブルーの瞳だ。こういう色合いの目はいままで一度も見たことがない。実際のところ、もしだれかにきかれたら、そんな色の目は科学的にありえないと答えていただろう。

レイチェルはリラックスした。恐怖と緊張感が体から抜けていく。銀色の目なんてこれまで一度も見たことがない。この世に存在しないからだ。さっきとおなじようにいまも明らかに空想しているだけなんだわ――見ひらかれた彼の瞳は銀色だと。ふいに心から疑念が消え去った。自分は幻覚を見ていて、それはすべて熱が急上昇しているせいなのだ。たいへん、熱はきっと危険なレベルに達しているにちがいない。

死体が身を起こしたのでそちらに注意をひきもどされ、みずからにこう言い聞かせなければならなくなる。「これは幻覚よ。熱のせいなのよ」

見つめてくる身元不明死体の目がすっとせばまった。「熱があるのか？　だったら説明がつく」

「なんの説明がつくの？」とレイチェルはたずね、自分が幻覚に話しかけているのに気づいて顔をしかめた。まあ、死人に話しかけるのとたいしてちがわないかもしれないけど、と結論づける。さっきからずっと結論づけてばかりいるのだが。それに、この死体は本当にいい声をしている。なんとなくあたたかみがあって、ウイスキーのようになめらかな声だ。実際、ウイスキーが欲しいところだった。そう、紅茶とレモンとはちみつを入れたウイスキーのお湯割りを飲めば、風邪なんかたちどころに治って、こんな幻覚の芽は早いうちに摘みとれるだろう。あるいは、単純に幻覚がひどくなって、もうぜんぜん気にならなくなってしまうか。そのどっちだってかまわない。

「なぜきみはぼくのところに来ないんだ？」

レイチェルは死体のほうにちらりと視線をもどした。彼の発言はあまりすじが通っていない。でもそれを言ったら、幻覚がすじの通る発言をしなければならないなんて話はないわけだけど？　レイチェルは相手をさとそうとした。「どうしてわたしがそっちに行かなきゃならないの？　あなたは現実じゃないし、起きあがってさえいないのに」

「そうなのかい？」

「ええ、わたしがそんなふうに思ってるだけなのよ。実際には、あなたはいまも本当はそこに横たわって死んでるの。あなたが起きあがってしゃべってると、わたしが空想してるだけなんだわ」

「ふーん」男性がふいににやっと笑った。感じのいい笑顔だ。「どうして空想だってわかるんだい？」

「死人は起きあがったりしゃべったりしないからよ」と、しんぼう強く説明する。「お願いだから、もうもとどおり横になって。なんだかめまいがしてきたわ」

「だけど、もしぼくが死んでなかったら？」

そう言われて、ちょっと言葉に詰まる。でもすぐに、〝自分は熱があって、相手は実際にはまったく起きあがってなんかいないのだ〟と思いだした。こちらの主張の正しさを証明しようと決意し、前に進みでて片手を大きくふりまわす——手はなにもない空間をすいと通りすぎるだろうと期待してのことだ。代わりに、手は硬いあごに激突した。死体はとつぜんの痛みにさけび声をあげたが、レイチェルはほとんどそれに気づかなかった。ふたたび悲鳴をあげてうしろにとびのくので忙しかったからだ。手がずきずきと痛んだが、わめくのに忙しすぎて気にならない。だって、死人が起きあがっているのだ。

しばらく前からぐるぐるとまわりだしていた視界が急に回転するのをやめ、つづけて暗くなりはじめた。「やだ。気を失いかけてるんだわ」レイチェルは恐怖とともにそう気づき、死体に向かってほとんど詫《わ》びるように言った。「いままで気を失ったことなんかないのに。本当よ」

エティエンは、背の高い赤毛の女性が床にくずおれるのをながめたあと、冷たい金属製の台から注意深くすべりおりてあたりを見まわした。遺体安置所にいるとわかって顔をしかめる。三百年あまりの人生で、一度も来たいとは思わなかった場所だ。

身ぶるいしながら、エティエンはひざまずいて女性のようすを調べた。だが、身をかがめて彼女のひたいにふれた瞬間、たちまち目がまわりはじめた。衰弱しているせいだ。あまりにも多くの血を失いすぎた——まずは胸の銃創によって、つぎにその傷を癒《いや》すために。すぐに血を補給しなければならないが、この女性からもらうわけにはいかない。女性は明らかに体調が悪そうで、つまり彼女の血はあまり役に立たないということだ。べつの補給源を早く見つけないと。でもさしあたっては、おのれの欲求と衰弱感をできるだけ無視しなければならない。先にやるべきことがいくつかあるからだ。

女性の顔から髪をはらいのけてやって、その青ざめた面《おもて》をのぞきこむ。彼女は倒れたときにガツンと音をたてて床に頭をぶつけていたので、そこにこぶとすり傷があるのを見つけても、エティエンはとくに驚かなかった。意識をとりもどしたら女性はひどい頭痛に悩まされるだろうが、ほかはだいじょうぶなようだ。相手のダメージが比較的軽かったことにほっとして、自分がここに来た記憶を彼女の頭から消去しようと意識を集中する——そうした記憶は、問題の〝死体〟が遺体安置所から消えた事実とあいまって、あらゆる無用な疑念をひきおこしかねないからだ。みずからの心で女性の心をさぐってみたが、彼女の意識が妙にとらえにくいことに気づいた。どうもこの女性の意識に入りこめないようだ。

ことのなりゆきに眉をひそめる。たいていの心は、ひらいた本みたいに簡単に読めるのに。こういう問題にぶつかったことはいままで一度もなかった。ただしパッジを除いて——と、かすかな後悔の念とともに認める。あの男の頭のなかにある苦痛と混乱をすりぬけて、彼の意識にたどりつき、エティエンの家族の特殊な立場に関する知識を消去することはできていない。そうできていたら、けっしてこんな事態にはなっていなかったはずなのだが。

エティエンは自分を責めていた。パッジの心のなかにある苦痛と喪失感を整理してやれずにいることを、個人的な失敗と考えていたのだ。パッジはこの半年かそこらひどく苦しみつづけていた——彼が愛し婚約していた女性、レベッカを亡くしたせいで。エティエン自身も彼女を知っていた。レベッカは優秀なプログラマーで、日ざしの降りそそぐ夏の日のように感じのいい女性だった。どこか特別な女性だ。彼女が交通事故で亡くなったのは悲劇であり、パッジにとっては世界を揺るがす事件だった。つづけてじつの母親まで亡くしたことがとどめとなって、パッジは苦しみの世界へと追いやられた。

彼の苦しみを共有してやれるほど、エティエンが強くなかっただけなのだ。一度ためしてみたときには、パッジの思考をばらばらにひきさいている喪失感に、自分で認めたくないほど揺さぶられてしまった。パッジが味わっている悲嘆に正気を失わずに耐えるなんていうことが、どうして可能なのかわからない。なにしろエティエンは、そうした感情にごくわずかにふれただけで、悲しみとひどく沈んだ気持ちの両方をかかえて立ち去るはめになったのだから。パッジは毎日二十四時間そんな気分を味わっているのだ。彼がエティエンの超自然的な立場に関する知識にしがみつき、それを生きる目的として使おうとしている理由は、充分に理解できる。そうすることで、みずからと喪失感とのあいだに防壁を築けるからだ。

エティエンは、パッジのひどい苦痛を味わい、彼に深く同情してもいたので、相手の思考を整理して危険な記憶を消去しようとするのを拒んできた。だが、おかげでパッジからの攻撃にさらされるはめになったのは、一番理想的なシナリオとは言えなかった——その事実を、今夜の直近の殺人未遂事件が証明している。そろそろべつの戦術をためすときなのだろう。問題は、どういう戦術に変えるべきかわからないということだ。問題の種を始末するというのがもっとも簡単な方法に思えるが、そうした解決策をとるのはつねに最後の手段にしなければならない。加えて、あんなにひどく苦しんでいる人物を殺すなんてアイデアはとても受けいれられなかった。それでは倒れている犬を蹴とばすようなものだ。

不安になる考えを、肩をすくめてふりはらい、赤毛の女性をふたたび見つめる。彼女の心に入りこめないのはどうしてだろう。この女性からは、狂気におちいりかけている気配や喪失感や苦痛などは感じられない。感じられるのは果てしない孤独だけ――エティエン自身もおぼえ慣れている感覚だ。

いま相手の心に入りこむのがむずかしいのは、自分があまりにも衰弱しているせいにちがいない。まあ、この女性は〝高熱と頭を打ったことがあいまって幻覚を見たのだ〟と思うだろう。彼女はまだ意識のあったときから、こっちのことを幻覚だと主張していたくらいだし、ひょっとしたらそれで充分かもしれない。

女性の頭をそっと床におきなおすと、指に彼女の血がついていた。一瞬ためらってから、その指を鼻先までもっていって甘い血の匂《にお》いを嗅《か》ぎ、思いきってぺろっとなめてみる。そして眉をひそめた。この気の毒な女性にはビタミンかなにかが必要なようだ。貧血に近い状態にある。あるいは、たんに体調不良のせいなのかもしれないが。

つい女性の首に視線が行ってしまう。あまりにも空腹だったからだ。エティエンは彼女に咬《か》みつきたい誘惑と戦った。血が必要だが、病人から血をもらっても助けにはならないし、この女性は明らかに病人だ。彼女の肌はこちらの冷たい手の下で燃えているように感じられ、顔は血の気で紅潮している。血の匂いはエティエンを興奮させ、渇望のあまり体がひきつるように痛んだ。体のほうは〝相手はぐあいが悪くてその血はたいして役に立たない〟ということなんか気にしていなかった。血を嗅ぎつけ、それを求めている。

エティエンは、もっとも基本的な本能をむりやりふりはらってまっすぐに身を起こした。またしても視界が揺らぎ、自分が横たわっていた台の端を弱々しくつかんで体のバランスをたもつ。脚がいくらか力をとりもどすのを待っていると、背後のスイングドアがいきなりひらいた。そっちにゆっくりと顔を向ける。すると、ひとりの男性が、部屋に入ってすぐの場所で凍りついたように立っていた。

「あんたは――?」彼の視線が、エティエンから床に倒れた女性のほうへと動き、血でよごれたむきだしのこちらの胸にまたもどる。「ああ、たいへんだ!」

なんともおもしろいことに、男性はあわててあたりを見まわし、持っていた熱いコーヒーを盾にするみたいに前に突きだしてきた。「レイチをどうした? あんたはここでなにをしてるんだ?」

「レイチ?」エティエンは床に倒れた女性をちらりと見おろした。レイチか。きっと、レイチェルを短くしたものだろう。すてきな女性にふさわしいすてきな名前だ。見たところ、すてきなほどぐあいが悪そうでもある。この女性は家で寝ているべきなのではなかろうか。エティエンは、来たばかりの男性にちらりと目をやった。「きみも体調が悪いのか?」

「体調が悪いかって?」彼はいくぶん背すじをのばし、その顔に困惑がよぎった。どうやら、そんなことをきかれるとはまったく予想していなかったらしい。「いいや」

エティエンはうなずいた。「よし、こっちに来い」

「いやそれは――」拒否しかけたところで、男性の口がぴたりと動きを止める。つづけて、彼は両手をおろして前に進みでてきた――まるで強制されたみたいに。もちろん強制されてのことだ。男性は、片手のオレンジジュースともう一方の手のコーヒーがだらりと両わきに垂れるにまかせ、前進しつづけて最終的にエティエンの真ん前に立った。

「きみの血をいくらかもらいたい。大量の血が必要なんだが、きみからもらうのはすこしだけにするよ」と説明してやる。といっても、そうすることが本当にだいじなわけでも、許可を得ようとしているわけでもなかった。相手は黙ってじっと立ちつくし、その目は焦点を結んでいないのだから。

エティエンは一瞬ためらった。もう長いこと人には咬みついていない。実際のところ何年もだ。血液バンクがある現在では、人に咬みついて血を吸うのは仲間から眉をひそめられる行為なのだ。でも、いまは緊急時で、大量に血を失って極度に衰弱している。家に帰りつけるぐらい体力を回復させるためには、〝食事〟をしなければならない。

エティエンは、えじきとなる男性に詫びるような視線をちらりと投げかけてから、相手のうなじにあてた片手を使って彼の頭をかたむけ、のどもとをほどよくさらけださせた。牙《きば》が皮膚をつらぬいたときには、男性は身をこわばらせてかすかに抗議するような声をたてたが、こちらが血を吸いはじめると、うめき声をあげて緊張を解いた。血はあたたかくて濃厚で、滋養に富んでいた。しかも、飲みなれてきていた袋入りの冷たい血よりずっと味がいい。すぎさった日々の記憶を呼びさまされて、予定していたよりちょっと多めに血をごちそうになってしまう。血の提供者が弱々しくもたれかかってきたところで、ようやくむりやり自分を制することができた。床にくずおれた女性の横で、男性をキャスターつきの椅子にそっとすわらせてやりながら、彼に恒久的なダメージを与えてしまっていないかを確認する。どうやらだいじょうぶなようだ。

男性の心拍が力強く安定しているとわかって安心し、時間をかけて相手の記憶を消去してからまっすぐに身を起こすと、デスクの上におかれた容器に目がとまった。容器のなかにあるものがなにかはすぐにわかった。銃弾だ。片手が胸へと動いていって、いまも癒《い》えつつある傷をぼんやりとなでさする。それから、手をのばして容器をとり、ラベルをチェックした。

こいつがぼくの心臓を止めた銃弾か。ここにいる女性が弾を摘出してくれたおかげで、体が傷を癒せるようになったのだ。でなければ、自分はまだストレッチャーの上に横たわっていただろう。この銃弾はぼくがここにいた証拠だから、あとに残していくわけにはいかない。

銃弾をポケットにしまって室内をすばやく調べ、救命士たちがおいていった書類を見つけたところで気づく――あのふたりをさがしだして、今回の事件の記憶を心から消去し、彼らの持っている書類もおなじように回収しなくては。たぶん、警察の調書やらなにやらも始末する必要があるだろう。これはぼくが望む以上に大がかりなプロジェクトになりそうだ。うまく処理するには助けが要る。そう考えて顔をしかめた。兄のバスチャンにたのまないといけないが、それはつまり家族全員に知られてしまうことを意味する。でも、まあしかたがない。今回の出来事は、世間の人々の記憶からとりのぞかれなければならないのだから。

あきらめ気分にどっぷりつかって、ずたずたになったシャツとスーツの上着をかきあつめ、もう一度室内をすばやく調べて、自分の痕跡《こんせき》がなにひとつ残っていないことを確認する。そして、ドアの横のフックにぶらさがっていた白衣を拝借してはおり、ゴミ袋を見つけて銃弾とだめになった衣類をなかに入れると、いそいで遺体安置所をあとにした。

バスチャンを呼んで、後始末をてつだってもらわなければ。兄さんが母さんに話さないでくれることを祈るばかりだ。母さんが今回の件のうわさを聞きつけたら、きっとかんかんになるだろう。母さんは、パッジの心を読みとろうとした直後のぼくを通して、あの男の苦しみをほんのすこし味わった。とても心のやさしい母さんは、パッジを殺すべきではないという考えに同意してくれたが、代わりの解決策はやはり持ちあわせておらず、もっと使えるアイデアを思いつけないぼくにいらだってもいる。

エティエンは、病院の地下からすみやかに外へ出ながら顔をしかめた。どんなかたちであれ、しくじるのは大嫌いなのだ。

2

「いやはや、気のめいる話だったな」エティエンはそうコメントしながら、先に立って混雑した劇場を出た。

「コメディーのはずだったのよ」母のマルグリートがすまなそうに言う。「だって、コメディーと宣伝されてたんだから」

「ううーん、その的《まと》は大幅にはずしてた感じだけどね」とエティエンは応じ、兄のバスチャンの背中をばんとたたいた。「まあとにかく、誕生日おめでとう、兄さん」

「ありがとう」

バスチャンの返事にはかけらも熱がこもっていなかったが、責めることはできない。四百年以上も生きていると、誕生日を祝うのはたぶん少々かったるいものなのだろう。まったく、三百年ちょっとしか生きていない自分だって、喜んでだれにも気づかれないまま誕生日がすぎるにまかせるところだ。だが、ある種の祝いごとを避けるという点においては、兄とおなじく運に恵まれていないことはわかっていた。たとえ何度めだろうと、母は毎年欠かさず子供たちの誕生日を祝うことを強く求めるはずなのだ――マルグリート・アルジェノは子供たちを愛していて、四人が生まれてきたことを喜び、命は祝福すべきものだと信じているから。母が気にかけてくれていることを、ありがたく思うべきなのだろう。家族がいるというのはいいものだ。

「あらまあ、雨よ」母が、建物のひさしの下にひしめく群衆に加わりながら言った。その観劇好きの人々は明らかに、どしゃぶりの雨のなかへ果敢に出ていくのは気が進まないらしい。

「うーん」エティエンは外の雨をちらりと見て、ゆっくりと通りすぎていく数台の車を無関心に目で追っていたが、通りのむこう側に停《と》まっている一台の車のところで唐突に視線を止めた。稲妻に打たれたような衝撃とともに気づく――いつぞやパッジにはねられたときの車によく似ている。その自動車事故は、ライフルで撃たれる二週間ほど前に起きたのだが、なんとかうまく逃れることができた。折れた大腿骨《だいたいこつ》やこなごなになった頭蓋骨《ずがいこつ》は、わずか数秒後には修復されていたからだ。幸い、問題の襲撃やエティエンの自然治癒力《ちゆりょく》を目撃した者はいなかった。

注意深く見ていると、パッジの車のエンジンがかかってライトがつき、交通の流れに入っていった。緊張を解いたちょうどそのとき、母のマルグリートが「あれは彼だったんじゃないの?」とたずねてきたので、エティエンはまたすぐに身をこわばらせた。

母はすべてを知っているのだ。例の銃撃以来、現在の状況のことで母はずっと頭を悩ませていた。執拗《しつよう》に攻撃してくるパッジをどうするつもりなのか、と何度もきかれたエティエンは、どうしたらいいかわからないと認めざるをえなかった。そこで、これからはもっと気をつけると約束し、パッジとのあれこれは実際とてもおもしろいんだと話して、安心させてやろうとしたのだが、母はそんな言葉ではぜんぜん納得していなかった。そしていま、エティエンを困らせているパッジが登場したというわけだ。

「いや、きっと別人だよ」とうけあって、またお説教されるのを阻止しようとこころみる。「母さんと兄さんはここで待ってるといい。ぼくが車をとってくるから」

エティエンはふたりから異議を唱えられる前に立ち去った。ここの劇場には、ボーイが車をあずかってくれるサービスはなかったが、幸運なことに、ほんの半ブロックしか離れていない場所に駐車スペースを見つけられたのだ。いまはその事実に感謝していた——雨のなかへと駆けだしていくことで、お説教をくらう危険から逃れられたわけだから。駐車場出入口のブースのわきを通りすぎながら係員にうなずきかけ、自分の車へと駆けよっていくあいだに、キーレスエントリのボタンを押してドアロックを解除する。それから、エンジンをあらかじめかけておくためのふたつめのボタンを押した。冬が来るのにそなえて、ちょうど一週間前にとりつけた便利な装置だ。カナダの冬の寒さはきびしく、氷のように冷えた車に乗りこむことほど不快な状況はないからだ。

今夜そうやってエンジンをかけたときには、エティエンは車からわずか一メートルほどの距離にいた。ドアに手をのばしかけたところで、エンジンの回転数が上がって車が息を吹きかえす。そのおかげで助かったのだ。すでに車に乗りこんでいたら、たぶん爆発で命を落としていただろう。実際には、爆風におそわれ、灼熱《しゃくねつ》の波に吹きあげられて、数メートル後方へ飛ばされていた。焦げた肉の臭いがし、苦痛が全身にひろがる。あとはなにも感じられず、なにもわからなくなってしまった。

「やあ、もどってきたんだね！」

レイチェルは、提出期限をとうにすぎた書類からちらりと目を上げ、カバーのかけられたストレッチャーを押して入ってきたフレッドとデイルにほほえみかけた。今日は、あまりにも体調が悪くて職場で気を失ってしまった夜以降、レイチェルがはじめて仕事に復帰した日だった。あの夜は、しばらくして意識をとりもどすと、トニーがそばにひざまずいて顔をのぞきこんできているのに気づいたのだ。元気がなく青ざめた顔の彼は、「きみのインフルエンザがうつったんだ。おれもなんだか気分が悪い」と主張していた。

気を失ったときのことはあまりよくおぼえていない。デイルとフレッドがだれかを運んできたぼんやりした夢みたいな記憶はあるが、それ以上のことはまったく思いだせず、意識をとりもどしたときには新しい遺体など見あたらなかった。レイチェルは、すべては高熱によってひきおこされた幻覚の一部なのだと確信し、ベッドこそがみずからの居場所だと判断して交代のスタッフを呼んだ。トニーにもおなじく交代が要るかたずねてみたが、彼は二、三分もすると気分がよくなって、自分はだいじょうぶだと言い張った。

レイチェルは、それから一週間はひどい体調ですごし、とんでもなく奇妙な夢にも悩まされた。銀色の目のハンサムな死体が、ストレッチャーの上で起きあがって話しかけてくるという夢だ。でも、体調がよくなるにつれてそうした夢も見なくなり、病院の遺体安置所での夜勤の仕事について以来はじめて、出勤できるのをうれしく思った。

まあ、おおよそのところはうれしい。自分は朝型人間で、夜働くのは本当に大嫌いだから。陽《ひ》の光が好きなのだ。夜どおし働いて昼間ずっと寝ていると、腹立たしくて不機嫌になり、しかもその晩はとうてい眠れそうになくなる。眠れるのは、夜勤を終えて疲れきった体を家までひきずって帰ったあとだけで、それも、目ざめてはまた眠りなおすという、起きたり寝たりのとぎれとぎれのまどろみだ。

「きみはかなりぐあいが悪かったって聞いてるよ。この遺体はあまり〝復帰祝い〟って感じのものじゃないんだ。申し訳ないけど」デイルがそう言ってきたとき、レイチェルは、解剖用の台をつかんでストレッチャーの横へころがしていくところだった。

「どんな遺体なの？」と、好奇心にかられてたずねる。

「〝カリカリくん〟だよ」フレッドがカバーをひっぱってはずし、焼死体の黒焦げの残骸《ざんがい》をあらわにした。

「家の火事で？」レイチェルは顔をしかめてきいた。

「車の爆発でだ。彼は爆風に巻きこまれたんだ」とデイルが答える。

「そのとおり」フレッドが遺体を見つめてから首をふった。「奇妙なのは、心拍を一度とらえたように思ったたってことさ。救急車に運びこんだときには心臓は止まってたんだが、ここへ来る途中でもう一回心拍をとらえた。けれどまたなくなった。どうやらこの男は、自分が死んだのかそうでないのか決めかねてたらしい。ぼくらが病院に着いたときに、医師が死亡を確認したんだ」

レイチェルは興味深く遺体をちらりと見やってから、デイルがさしだしてきたクリップボードを受けとった。

「トニーはどこだい？」デイルが、必要な書類にサインするレイチェルをながめながらたずねてきた。

「トニーなら休みよ。体調不良で」

「きみのインフルエンザがうつったんだろう？」とフレッドが小さく笑う。

「わたしのじゃないわ。彼の看護師の友だちのよ」レイチェルは、ふたりが遺体を金属製の台にうつすようすを見まもり、クリップボードを返した。

「そういえば、夜のここではもうきみの笑顔はおがめなくなるんだってな」とデイルが言った。「おめでとう」

「『おめでとう』って？」彼をぽかんと見つめる。

「検視官助手の職についたっていうじゃないか。ぼくらが前回ここへ来たときに、トニーが教えてくれたんだ」

レイチェルはあんぐりと口をあけた。「ええっ？」

ふたりの救命士は視線をかわしあったが、最終的にしゃべりだしたのはフレッドのほうだった。「えーと……トニーが言うには、きみが仕事にもどりしだいボブが話すってことだったんだが。ボブからもう聞いたんだよな？」

レイチェルはただじっと見つめることしかできなかった。ボブというのは検視官のロバート・クレイトンのことだ。彼は昼勤で働いていて、夜勤がはじまるころにしばしばふらりと立ちよっては、指示を出したり報告を受けたりしている。ボブは今夜はあらわれていなかった。「ジェニーの話では、ボブからも〝今日は体調不良で休む〟って電話があったそうよ。どうやら、今度は彼がインフルエンザにかかる番みたいね」と応じる。

「うわ、しまった。せっかくのサプライズをだいなしにしちまった」

レイチェルはじっと見つめつづけたが、自分がにやにやしているのに気づいた。検視官助手の職につけた。もうすぐ夜勤から解放されるのだ。やった！「あなたたち！」と、興奮ぎみに口をひらいたものの、ちょっとためらってからこうたずねる。「冗談じゃないのよね？わたしをからかってない？」

ふたりとも首をふったが、申し訳なさそうな顔をしていた。「いいや。きみは検視官助手になったんだ。ボブから話を聞いたら、びっくりしたふりをしてくれよ。トニーを困らせたくないからな」

　こちらがデイルの胸にとびついていくと、彼はウッとうめいた。デイルの体に両腕をまわして思いきりぎゅっと抱きしめ、喜びの笑い声をあげる。「わたし、検視官助手になれたのね！　ありがとう、ありがとう、教えてくれて。すごい！　すばらしいニュースだわ。もう夜に起きてなくてもいい。もう近所の人が芝刈りをするなかで眠ろうとしなくてもいい。もう仕事のせいで友だちと出かけられないなんてことはない。最高よ！」

「じゃあ、きみは喜んでると思っていいんだね？」フレッドがそう言って笑ったとき、レイチェルはデイルから腕を離して、今度は彼を抱きしめたところだった。

「ええ、あなたたちには想像もつかないくらいにね」と、至福の思いで応じる。「わたしは絶対的かつ確実に夜勤が大嫌いだから」

「まあ、きみの笑顔がもう見られなくなるのは寂しいけどね」とデイル。「でも、きみがしあわせそうでぼくらもうれしいよ」

「まったくだ。ただ、ボブから話を聞いたときに驚いたふりをするのを忘れないでくれよ」フレッドがそう言いながらこちらの肩をぽんぽんとたたき、デイルのほうをちらりと見た。

「ぼくらはそろそろ仕事にもどらないとな」

レイチェルは立ちあがり、ふたりが出ていくのを笑顔で見送ってから、ストレッチャーに向きなおって〝お客〟をながめた。遺体の所持品を回収しなくては——なにか無傷で残っているものがあるとすればだが。それから服を脱がせて、標識をつけ、冷蔵室のひきだしにうつすのだ。その作業はひとりではできない。遺体を動かすには助けが要る。

時計をちらりと見ると、あとすこしで午前零時だった。もうすぐベスが来るはずだ。病欠者の代わりに非常勤で働く彼女は、このところ勤務時間が増えつつある。ベスは、いつもなら一番たよりになる働き手でもあった。早めに出勤して、遅くまでこころよく働いてくれるからだ。だが今日は、彼女は〝車の故障で遅れる〟と電話で知らせてきていた。友だちが車で迎えにくるのを待って、ここまで送ってもらうという話だった。

ベスは三十分以内にあらわれるだろう。彼女が来れば、遺体の服を脱がせるのをてつだってもらえるが、それまでに自分ひとりで所持品を回収して標識をつけることはできる。レイチェルは不運な男性をちらりと見おろして、そこでぴたりと動きを止めた。最初に見たときほどひどい姿ではなくなっているように思えたのだ。実際のところ、うんと状態がよくなっているように見える。最初に一瞥《いちべつ》したときには、遺体はほぼ完全に黒焦げになっていて、ほんのすこししか肉の部分が残っていなかった。でもいまは、焦げた色の多くは消えてしまったように見えた。事実、はがれおちつつある焦げたものが、金属製の台の上にたくさんのっているのに気づく。手をのばして遺体の顔の皮膚をこすると、砕けた黒焦げの肉の下に、より健康的な色の肌があらわれるのが見えたので、すっかり興味をひかれてしまった。こんなのはいままで見たことがない。この男性は、死んだ肉を蛇みたいに脱ぎすてているのだ。まっすぐに身を起こして遺体をじっと見つめる。心臓の鼓動が速まってきた。どうしてこんなことが起きているの？　というか、そもそもなにが起きていると思っているわけ？　ひょっとしたら、さっきこそげおちたのは、黒焦げの肉なんかじゃなかったのかも。爆風によって吹きつけられたものとか。そもそもこの男性は、ひどく焼け焦げてなどいなかったのかもしれない。ただそう見えただけで。愚かな考えなのはわかっている。デイルとフレッドは優秀な救命士なのだからまちがえるはずがない。しかしそれでも、ふと気づくと男性の手首の脈をさぐっていた。指の下で黒焦げの皮膚がさらに砕けたので、脈をとるじゃまになるのではないかと恐れ、代わりに身をかがめて男性の胸に耳を押しあてる。はじめのうちは、〝死人に命があるのを期待するなんて馬鹿げている〟と思ったが、やがてドクンという音が聞こえた。びっくりして身を起こしてから、ふたたび耳を近づける。きわめて長い沈黙がつづいたのち、もう一度ドクンと音がした。

背後でばんとドアがひらいた。「そいつから離れろ！　その男はヴァンパイアだ！」

まっすぐに身を起こしてくるりとふりむいたレイチェルは、ひらいた戸口のところに立っている男性の姿に驚き、ぽかんと口をあけた。男はかなりいかれているように見えた。前のひらいたやたらと大きなトレンチコートの下に着こんだ迷彩服とか、肩にかけたストラップから腕の下にライフルをぶらさげている事実とか、もう一方の腕の下にさげた斧《おの》とかのせいだけじゃない。そのすべてに加えて、狂気のただよう目つきと彼の表情こそが、精神病院からの脱走者だと派手に告げていた。

レイチェルは男を用心深く見つめ、なだめるように片手を上げた。「あの、いいかしら、そこのあなた」と、理性的な口調で話しかける。だが、口にできた言葉はそこまでだった。突進してきた男に、わきへ押しのけられたからだ。

「聞こえなかったのか？　離れるんだ、お嬢さん、離れろ！　そいつはヴァンパイアだ。モンスター。夜の野獣。悪魔の落とし子。地獄に生きる吸血鬼。すぐに始末しないと」

ストレッチャーにつかまってよろけるのを防いだレイチェルは、男が斧をストラップからはずして両手で一方の肩にかつぎあげたのを見て目をまるくした。信じられない。この馬鹿な男は、本気でうちの死体の首をはねようとしているのだ。本当に〝死体〟だとすればだけど――と自分に思いださせる。だって、心臓の鼓動が聞こえたんだから。ストレッチャー上の男性に視線をさっと向けると、焦げたものがさらにたくさん台の上にはがれおちているのが見えた。顔だちがよりはっきりと判別できるようになっていて、彼にはどこか見おぼえがある気がした。

どう行動すべきか止まって考えたりすることもなく、レイチェルは男性ふたりのあいだにとびこんで「だめ！」とさけんでいた――いかれた男が斧をふりおろしていたというのに。

そして、すぐに自分の過ちに気づいた。本当は、男を突きとばしてバランスをくずさせるかなにかしたほうが賢明だったはずだ。男が斧をふるうスピードはわずかにゆるんだだけだった。一撃を受けた瞬間、呆然とした「うっ」という声とともに、レイチェルの体から息が吐きだされる。すべてがあまりにも速く起こったため、ほとんど苦痛は感じなかった。

攻撃してきた男がぎょっとした恐怖の悲鳴をあげて斧をひきぬいたが、もう手遅れだった。レイチェルは後方のストレッチャーにがっくりともたれかかり、自分は致命傷を負ったのだとさとった――ごくすみやかに出血多量で死ぬだろうと。

「ごめんよ。こんなつもりじゃ……」男は恐ろしげに首をふり、よろよろと進みでてきた。思わず、彼がのばしてきた手から本能的にたじろいで離れてしまう。男の顔が後悔と悲しみでおおわれた。

「きみを助けさせてくれ。助けてやりたいんだ。きみに危害を加えるつもりなんかぜんぜんなかった。どうしてわきによけててくれなかったんだ？　ぼくはただこいつを……」

レイチェルの耳に、聞きおぼえのあるキイッという音がとどくと同時に、男は唐突に言葉を切った。いまのは廊下につづくドアがあいた音だろう。男が息をのんだ声のひびきから――さらにその顔に浮かんだ表情からも――自分の思ったとおりだとわかった。ふたたびキイッという音がして、つづけて廊下を駆けてくる足音が聞こえる。

「本当にすまない」攻撃してきた男はそう言いながら、苦しげな表情でこちらに向きなおった。「心から謝るよ。きみを傷つけるつもりはなかったんだ。もうすぐ助けが来るけど、ぼくは行かないと。なんとかふんばってくれ」と命じながら、男はよろよろと離れていった。

「まちがっても死ぬなよ。死なれたりしたら耐えられない」

レイチェルは男をじっと見送った。大声をあげたかったが、そんな力はなかった。背後からうめき声が聞こえてきたので、本能的にふりかえろうとする。どうにかふりむいたもののそこで力つき、ふと気づくと、爆発事件の被害者の顔の上にばったりとうつぶせに倒れていた。


血だ。甘くてあたたかい。エティエンは血をのみこみながらほっと息をついた。ひきつるような体の激痛がやわらぐ。口のなかにしたたりおちる栄養豊富な液体が必要だった。〝自分に向けられた斧の一撃を、この女性が代わりに受けた〟という事実に対する罪悪感さえ、血がもたらす喜びを止めることはできなかった。彼女の血がなにがなんでも必要で、それをありがたく思っていたのだ。

「エティエン！」

母のマルグリートの声だと気づいたが、どこから聞こえるのかはよくわからない。つづけて、上に横たわっていたあたたかい体が、とつぜん持ちあげられてどかされた。抗議するように目をあけると、母が身をかがめて顔をのぞきこんできているのが見えた。

「だいじょうぶ?」母が心配そうな表情で頬にふれてくる。「その血液パックをひとつとってちょうだい、バスチャン」と命じてから、母はこちらに向きなおった。「途中でオフィスに寄って血液パックをいくつか持っていこうと、バスチャンが言い張ったんだけど、そうしてくれて本当によかったわ」母は長い爪を突き刺して血液パックに穴をあけてから、エティエンのひらいた口の上にささげもった。それを三袋ぶんくりかえすと、エティエンはなんとか起きあがれるくらい力をとりもどせた気分になった。

自分の焦げた肉がまわりじゅうにはがれおちているのを見て顔をしかめつつ、両脚をストレッチャーからさっとふりおろして自発的に身を起こす。爆発では血は一滴も失われなかったが、肉体を修復するために大量の血が消費されたのだ。あと二袋ぶんも血を飲めば、元気をとりもどせるだろう。母から手わたされたつぎの血液パックを受けとって一気に飲みほす。母が最後の袋をあけてくれたとき、例の女性に気づいた。バスチャンがそばにひざまずいている。

「彼女はよくなるんだろう?」

バスチャンが眉をひそめてかぶりをふった。「死にかけてるよ」

「死なせるもんか。彼女はぼくの命の恩人なんだ」エティエンは母がさしだしてくれた血を無視し、むりしてストレッチャーからおりた。

「すわってなきゃだめ。あなたはまだ充分力をとりもどせてないんだから」と、母がきびしい声で言う。

「平気さ」エティエンは女性のかたわらにひざまずき、母のつぎのつぶやきは無視した。

「もちろん『平気』でしょうとも。『ポーキーはたいして危険なやつじゃなくて、ぜんぶただのおふざけなんだ』って言ってたものね。どんなことだってみんなたのしいお遊びなんだわ。だれかが胸に斧を受けるまでは」

「パッジだよ、のろま《ポーキー》じゃなくて」そう訂正してやりながら手をのばし、死にかけている女性の脈を調べる。前にこの遺体安置所を訪れたときに会った女性だ。美人で、前回来たときとおなじくらいいまも青ざめた顔をしている――だけど、あのとき彼女の顔が青ざめていたのは体調不良のせいだった。今回は失血に苦しんでいるせいだ。その血の一部を自分がのみこんだことははっきり認識している。この女性に命を救われたのだ。衰弱してはいたが、パッジがふりおろした斧とこちらとのあいだに彼女がとびこんだ光景は、ちゃんと見えていた。

「血を止めようとはしたんだが、残念ながら手遅れだ」と、バスチャンが静かに言う。「この女性を救う手だてはない」

「ひとつだけあるさ」エティエンはそう反論して、袖《そで》をまくりあげようとした。だが、指でふれたとたん、焦げてもろくなった布地が崩れてしまったため、単純に袖をひきちぎる。

「なにしてるの？　彼女を仲間にすることはできないのに」と母が言った。

「彼女はぼくの命の恩人なんだ」とくりかえす。

「こういうことには守るべきルールがあるのよ。人間を手あたりしだい仲間にすることはできないわ。上の者の許可を受けてからでないと」

「生涯のパートナーに選んだ相手を仲間にするのは許されてるだろ」

「生涯のパートナーですって！」母の声のひびきは、動揺しているというよりわくわくしているように聞こえた。バスチャンは心配そうな顔をしている。

「おまえはこの女性のことを知りもしないじゃないか、エティエン」と兄が指摘してきた。

「もし嫌いなタイプだったらどうするんだ？」

「そのときは、ぼくは生涯のパートナーを得られないことになる」

「生涯のパートナーをあきらめてでも、この女性を救うつもりなのか？」とバスチャンがたずねてくる。

エティエンは一瞬ためらい、ただうなずいた。「彼女がいなければ、そもそもぼくの生涯は終わってたんだ」そう言って、頭を垂れて自分の手首を咬む。表面に赤い液体がわきでてきた。つぎの瞬間には歯をどけ、出血している手首を瀕死《ひんし》の女性の口に押しあてていた。

「さあ、こうなったらあとは待つしかないわ」母のマルグリートがまっすぐに身を起こし、エティエンのほうに向きなおってきた。「今度はあなたの手当てをしないとね」

「ぼくならだいじょうぶだよ」とつぶやく。エティエンの視線は、ベッドに横たわった女性にじっとそそがれていた。彼女を、病院の遺体安置所からエティエンの家に運んできたのだ。母と兄が女性の服を脱がせ、彼女をベッドにストラップで固定して、変化を助けるのに必要な血を与える点滴を腕にセットしてやってくれた。これからどうなるのかはわからない――人間がヴァンパイアに変わる場に居あわせたことは一度もないから。はたしてうまくいくのかもあまり自信がなかった。エティエンが女性ののどに血を流しこんだ直後は、彼女は静かでぴくりとも動かなかったが、家に帰る途中の車内で、うめいたりのたうちまわったりしはじめたのだ。手遅れではなかったとはまだ確信できないが、すこし希望は見えてきていた。

「だいじょうぶなわけないでしょ。あなたはいまだに焼けた皮膚を脱ぎすててるし、ひどく青ざめた顔をしてるわ。休息と血が必要なのよ」

「ここでも血は飲めるさ」

「横にならなくちゃだめ」母が強い口調で言う。「ふらふらしてるじゃないの」

「エティエンのめんどうはぼくがみるよ」とバスチャンが告げ、こちらの腕をとった。

異議を唱えようかと思ったが、実際そんなエネルギーはなかったので、おとなしく兄に連れていかれるままになる。

「どの部屋へ行く？」バスチャンが、寝室の外の廊下で立ち止まってたずねてきた。「客室にはもう家具を入れ終えたのか？」

「いいや」エティエンは顔をしかめた。「でも、地下のオフィスに棺桶《かんおけ》がある」

「おいおい！　あんなものをまだ持ってるのか？」バスチャンはいやそうに身ぶるいした。「棺桶はもう必要ないとわかった瞬間に、自分のやつは処分したよ。なんであれを持ってるのに耐えられるのかわからないな」

「考えるのに役立つんだよ」と応じる。「あのなかに入ってると名案を思いつくんだ」

「ふーん」バスチャンはエティエンを連れて廊下を進み、階下におりて、家の裏手へと向かった。地下室への階段は、キッチンの奥の隅にある。兄はその階段をおりるよううながし、こちらのふらつきがひどくなっていくにつれて、腕をしっかりとつかんでくれた。エティエンはほどなくオフィスの隅におかれた棺桶のなかに寝かされた。「すぐもどる」とバスチャンが言う。

エティエンは、疲れた声で返事をつぶやいて目を閉じた。とにかくへとへとで、しだいに痛みが強まってきていたからだ。自分には血がもっと必要で、兄はそれをとりにいってくれているのだとわかった。

より多くの血を求めて体がみずからを攻撃しているせいで、苦痛が増していたにもかかわらず、エティエンは眠りに落ちた。数秒後、腕をちくりと刺されて意識をとりもどす。目をあけてみると、バスチャンがおおいかぶさるようにかがみこんで、こちらの前腕の静脈に点滴針を刺していた。

「ぼくがリシアンナみたいに見えるのかい？」と、いらだってたずねる。腕をふりはらおうとしたが、兄の力のほうが強かった。

「いいや、見えないな。リシアンナの顔ははがれおちたりしてないし」バスチャンがそっけなく応じる。「おまえがごちそうをたのしめるように、うら若き十人の処女を連れてきてやってもよかったんだが、まったく見つからなかったんだ。ほら、近ごろは処女が不足してるからな」

エティエンは疲れきった笑い声をあげてリラックスした。

「もっとまじめな話をすれば」と、兄が作業をつづけながら言う。「おまえにはたっぷりの血とたっぷりの休養が必要だ。それにはこっちのやりかたのほうが楽なんだ。おまえが眠ってるあいだに、血液パックを交換してやる。朝までにはいつもの状態にもどってるだろう」

エティエンはうなずいた。「あの女性は生きのびると思うかい?」

バスチャンは一瞬黙りこみ、ため息をついた。「なりゆきを見まもらないとな。ちゃんと起こしてやるよ、もしも……なにかが起きたら」と言葉を結ぶ。

エティエンはみじめな気分で目を閉じた。「つまり〝彼女が死んだら〟ってことだろう。もしそうなったら、ぜんぶぼくのせいだ。パッジをなんとかしておくべきだったのに」

「自分を責めるな、エティエン。ああいうやつの扱いかたを判断するのはむずかしいんだ。ぼく自身もまだいいアイデアを思いつけずにいる。おまえが銃撃されてからずっと、この問題をどうすべきか思案しつづけてるんだが。とはいえ、パッジをなんとかしなければならないのはたしかだな」バスチャンはまっすぐに身を起こして眉をひそめた。「ルサーンに電話して、なにかアイデアがないかきいてみるよ。あとでみんなで知恵を出しあおう。おまえの気分がよくなったらな。いまはただ休むといい」

朝になってエティエンは目ざめた。もとの自分にもどって、また百パーセントの状態になれた気がする。静かな闇《やみ》のなかに横たわっていると、家にいる母と兄の存在が感じとれた。あの女性の存在も感じられる。彼女は生きているのだ。

ゆっくりと棺桶から出て点滴を腕からはずし、点滴スタンドをひろいあげて階段を登っていく。そして、スタンドをキッチンの戸棚にしまいこんだ。妹のリシアンナが来たときや緊急時にそなえて、つねにそこにおいてあるのだ。それから、暗く静かな家のなかを進みつづけて二階へと上がっていった。

寝室に母と兄がいるのを見つける。ふたりは女性のようすを見まもっていた。

当人はベッドの上で身もだえしてうめいている。紅潮した熱っぽい顔のまわりで、湿った髪がもつれていた。エティエンは眉をひそめた。「彼女はどうしたんだい？」と、不安な思いでたずねる。

「変化しつつあるのよ」母があっさりと答えた。

母の平静な態度のおかげでいくらかおちつき、からになった血液パックがベッドサイドテーブルに山積みになっているのが目にとまる。一ダースはあるにちがいない。こちらがそれに気づくと同時に、母が立ちあがって、さらにもうひとつのからになった袋を、点滴スタンドからとりはずしはじめた。おなじことを何度もくりかえしてきたみたいに——明らかに実際そうなのだろうが——兄も立ちあがって、部屋の隅におかれた小型冷蔵庫のほうへ歩いていき、新しい血液パックを持ってもどってきた。

「彼女はどうしてこんなにたくさんの血を必要としてるんだい？」とたずねる。

「多くのダメージがあったせいよ。傷口から大量に出血したし、三十年ほど生きるあいだに受けた損傷も修復しなければならないから」

エティエンはさらにすこし緊張を解いた。「これがあとどれくらいつづくのかな？」

母が肩をすくめる。「状況によるわね」

「どんな状況に？」

「修復が必要なダメージの総量によるってこと」

エティエンは顔をしかめた。「彼女は充分健康そうに見えたけどな。ちょっと貧血ぎみかもしれないけど、でも——」

「彼女の体内にはなにがあってもおかしくないのよ」と母がやさしく言う。「癌《がん》、白血病、なんでもね。外見からではかならずしもわからないものなの」

安心したエティエンは、ベッドの端に腰をおちつけた。

「おまえのほうはかなりよくなったみたいだな」とバスチャンがコメントしてきた。「気分はどうだ?」

「上々だよ」そう応じて両手を見つめる。黒焦げた痕跡はすべて消えていた。真新しい健康的なピンク色の肌が、手と腕をおおっている。体のほかの部分もおなじなのだろうとわかった。だが、あとで棺桶に掃除機をかけなければ。ダメージを負った皮膚のほとんどが、なかに残っているはずだから。「ルサーンと連絡はとれたのかい?」

バスチャンがうなずいた。「今夜ここに来るよ。みんなで知恵を出しあえるようにな。それまでに、被害を最小限にとどめる対策をいろいろ講じなきゃならないが」

エティエンは両眉をはねあげた。「なにがあったんだい?」

「この女性のことがニュースになってるんだ。どうやら、検視官のオフィスにいるパッジを目撃しただれかが、助けを呼びにいったらしい。その助けが到着したのは、ぼくらが立ち去ったあとだったにちがいない。というのも、報道では〝問題の『武器を持った迷彩服の男』が彼女を拉致《らち》した疑いがある〟とされてるからだ。マスコミは男の似顔絵と特徴を公表した。男がパッジだとはまだ特定されてないが、みんながやつをさがしてる」

「それはぼくらにとって好都合かもしれないな」とエティエンは言った。

「ああ。〝その男に拉致された〟と話を合わせるよう彼女を説得できれば、今回の事件がおまえの代わりにパッジの問題を解決してくれるだろう」

エティエンはうなずき、母のほうをちらりと見た。母はすわった姿勢でこっくりこっくりしている。もうすっかり夜が明けて、ふだんならベッドに入っている時間をすぎているからだ。「あとはぼくが彼女のめんどうをみるよ。兄さんと母さんはすこし休むといい」

「そうだな」バスチャンが立ちあがって歩いていき、気の進まなそうな母の腰を上げさせた。

「夜にまた来る」と言いながら、母をドアのほうへ導いていく。

母は眠たげな視線をこちらにもどしてきた。「彼女はもうそんなに多くの血は必要としないはずよ。あと一、二袋くらいかしら。熱もすぐに下がるわ。ダメージの修復はかなり終わりに近づいてると思うから。傷もほどんど癒えてるし、たぶん今夜のうちに目をさますでしょう」

「わかったよ、母さん」エティエンは、ドアのところまでふたりのあとをついていった。

「ストラップももうすぐはずせるようになるわ。あのかわいそうな子が目ざめて、自分が拘束されてるのに気づくなんていうことを、あなたは望んではいないでしょうし」

「うん、もちろん」

「エティエン」と、母がまじめな口調でつけくわえた。まさにだいじなことを話そうとしている声だ。「あなたはいままで人間がヴァンパイアになる場に居あわせたことがないから、いちおう警告しておくわね——最初に目ざめたあとすこしのあいだは、レイチェルの思考プロセスはあまりはっきりしないはずなの」

「どういう意味だい？」とたずねる。

「変化したばかりの者は、目ざめたときにしばしば混乱して心を閉ざしてしまうのよ。自分の新たな立場に関する証拠を受けいれるのに苦労して、それに抵抗しようとするの――たいていの場合、理性的に考える力が窓の外に飛んでいってしまうくらい心が大混乱してるわ。ここでなにが起きてるのか、レイチェルはありとあらゆる解釈を考えだそうとするでしょう。その多くは突拍子もないものかもしれない。ただとにかく、彼女の心がはっきりしていまの状況を受けいれられるようになるまで、しんぼう強く接してあげて。彼女をあまり動揺させすぎないようつとめてね」

エティエンは、母の言葉を嚙みしめながらゆっくりとうなずいた。「オーケー。最善をつくすよ」

「あなたはきっとそうするってわかってるわ」母は、愛情をこめてこちらの頰をぽんぽんとたたいてから、バスチャンを追ってドアへと向かった。「早めにてつだいにもどってくるわね」というのが、ドアを閉めるときに母が言った最後の言葉だった。

エティエンはひとりほほえみ、〝家族ってのはいいものだ〟と考えながら、看護する相手のほうに向きなおった。

3

どこもかしこもズキズキする。体じゅう痛いところだらけで、レイチェルは一瞬、〝自分は、ひどく衰弱させられた例のインフルエンザにまだ苦しんでいるのだ〟と確信したくらいだ。だが、目をひらいてみると、自宅のベッドにぬくぬくとおさまっているのではないことがすぐにわかった。実際のところ、いまいる部屋はこれまで一度も見たことがない。

どうやってここに来たのか、『ここ』は厳密にはどこなのか、理解しようと奮闘していると、記憶がどっと押しよせてきた――困惑させられるとりとめのない記憶が。金髪の男性がおおいかぶさるようにかがみこんできて、こちらの体を支えて半分起こしてくれながら、なにかを飲めとうながしている記憶。だけど、飲み物の入ったグラスはそこにはなかった。なのに、あたたかくて濃厚な液体を舌に感じたのはおぼえている。それと、迷彩服とトレンチコートを身につけて斧をふりかざした、いかれた男の姿が一瞬ひらめいた。胸にひどい痛みを感じたのを思いだす。そのあとに、検視官助手の職についてもうすぐ夜勤から解放されることを、フレッドとデイルが教えてくれた記憶がつづいた。実際に起こった順番どおりではないようだが、最後の記憶はいい内容だったので、レイチェルは意識をとりもどしたり失ったりしながらもほほえんだ。そして、困惑させられる会話を耳にしたことを思いだす——聞いた時点でもあまりよくわからず、いまだに意味不明ではあるが、たしか『生涯のパートナー』と『仲間にする』ことに関する会話だったはずだ。なんの仲間にどうやってなるのかは思いだせない。全体的に見て、そうした記憶は散漫でほとんど意味の通らないものだった。

ふたたび目をあけて室内を見まわす。ブルーの部屋で、趣味のいい現代風の装飾がほどこされており、ベッドの両側に抽象画や銀色のランプが飾られていた。自分がどこにいるのか、どうやってここに来たのかはまださだかではなかったが、あまりにも衰弱して疲れきっていたので、気にせず休もうと決める。しかし、ゆっくりと目を閉じた瞬間、斧がふりおろされてくる光景がひらめいた。

ぱちっと音をたてて目をひらき、恐怖にのみこまれる。わたしは斧の一撃に倒れたのだ。あれが致命傷だったのはたしかだ。まあとにかく、手当てされなければ死んでいただろう。だが、攻撃してきた相手のことはぼんやりとおぼえている。それから、銀色の目をした男性が、こちらにおおいかぶさるようにかがみこみ、じっとして体力を温存するようにと言いながら傷を調べてくれた。インフルエンザにかかっていたときの夢に、しょっちゅうあらわれていた男性とよく似ていたが、髪の色は黒っぽかった——夢の男性が金髪だったのに対して。

明らかに助けが来たんだわ。もうすこし頭がはっきりするといいのに。斧の一撃に倒れたという記憶で、胸部の痛みは説明できるけど、全身の痛みは説明できない。自分がいまどこにいるのかも、その記憶では説明がつかない。わたしは本来なら病院にいるべきなのに、ここはどう見ても病院ではないのだから。

窓をおおったブラインドにじっと目を向ける。室内にさしこんでこようとしている日光の気配で、端の部分が輝いていた。外では明らかに陽が照っている。ブラインドがあけっぱなしになっていれば、ここがどこだかわかったかもしれないのだが。

上にかけられた毛布を押しのけて身を起こそうともがき、ふと自分の体を見おろすと素っ裸だった。興味深いことだ。裸で眠ったことはいままで一度もないし、病院ではたいてい例のいやな診察着を着せられるものなのに。まあ、裸で寝かせておくというのはなかなかの妙案だが、これをどう解釈すべきなのかはさっぱりわからない。

ベッドの上でおちつきなく身じろぎすると、なにかに腕をひっぱられたので興味深くそちらを見おろした。肘の内側近くにとりつけられた点滴が見えて、一瞬動きを止める。そこから透明なチューブを視線でたどっていくと、点滴スタンドからぶらさがっている袋が目に入った。袋はしぼんでからになっていたが、一、二滴の液体が残っていた——血だと認識できる程度には。どうやら明らかに輸血が必要だったらしい。

そう考えたところで、ふたたびちらりと胸を見おろして傷をさがす。自分の体に斧の一撃がたたきこまれたことははっきりおぼえているのに、包帯も傷を負ったしるしも見あたらなかった——肩口から一方の胸の先端にかけて残る薄い傷跡以外は。その傷跡を、信じられない思いで目をまるくして見つめ、それが意味することにとつぜん気づいて、ぴたりと体の動きを止める。あの攻撃を受けてから、数週間かひょっとしたら数カ月もの時間がすぎているのだ。

「たいへん」とささやく。わたしはどれくらい眠っていたの？　昏睡《こんすい》状態だったのかしら？　ここは昏睡患者のための特別な施設なわけ？　そう考えて安心しかけたが、仕事の昇進話があったばかりなのを思いだすまでのことだった。何カ月も昏睡状態でいたのなら、検視官助手の職はべつのだれかにとられてしまったかもしれない。まったく、仕事自体を完全に失った可能性もあるわ。でも、だったらどうして輸血なんかを？　負傷した直後なら、輸血が必要なのはわかるけど、何カ月もたっているとしたら、いままた血が必要になるなんてことは絶対ないはずよね？

数々の疑問が心のなかで渦巻いていた。点滴針は腕の所定の位置に残したまま、チューブをひっぱってはずし、ベッドから両足をするりとおろして立ちあがろうとする。それにはものすごく苦労した。なんとか立ちあがってみると、衰弱して疲れきっていたので、やっぱり考えなおそうかと思ったが、ごく短いあいだのことだった。どうやらこの体は、ベッドにまたもぐりこんで眠って力をとりもどしたいと望むのとおなじくらい、安静では得られないものをひどく欲しがってもいるらしい。なにを求めているかはわからないが、ただとにかく満たされなければならない渇望をいだいているのだ。たとえその肉体的な渇望を無視できたとしても（無視しようにもできそうにない気がすごくするのだが）、おなじく心のほうも渇望していた。知りたくてしかたがない。いったいぜんたい自分はどこにいるのか。斧で攻撃してきたあの男はどうなったのか。金属製のストレッチャーの上にいた男性は、こちらが推測したとおり生きていたのか、それとも、わたしは死人のために命を危険にさらしたのか。

負傷して昏睡状態のまま何カ月もの時間を失い、いまやすてきな傷跡が残ったのが、ぜんぶ死人のためだったとしたら、ただ運が悪かったのだろう。ちょっぴり不機嫌になったおかげで力が出て、ドアに向かって歩きだしたが、自分が裸なのを思いだして急に立ち止まる。とてもじゃないが裸で歩きまわるわけにはいかない。

一番近くのベッドサイドテーブルのひきだしを調べてみたが、結局なにも入っていないことがわかった。なかにあったのは、以前読んだことのある数冊の本だけだ。趣味のいい人がいるらしい――というか、すくなくともわたしと似た趣味の人が。

日光がさえぎられた室内にさっと視線を走らせ、外へとつづく三つの扉に目をやる。ベッドの頭が接している右手の壁と、ベッドと平行な正面の壁にある扉は、両方ともふつうのサイズのドアだった。しかし、ベッドの足もとの真向かいにあるのは、二対の両びらきの扉で、クローゼットの可能性が高い。クローゼットはひどく遠くにあるように思えた。それでもそこまでたどりつけるのはたしかだったが、行く途中でだれかに裸を見られたら恥ずかしい。

しかも、なかに衣類があるという保証はないのだ。

ちょっと考えてから、上掛けの下のシーツをひっぱりだして、トーガみたいに体に巻きつける。そして、廊下およびなんらかの答えにつづいている可能性が一番高いと判断し、ベッドと平行な壁にあるドアに向かって歩いていった。

期待したとおり、そのドアは廊下へとつづいていたが、明らかに病院の廊下ではなかった。どうやら家のなかのようだ――かなりきれいに装飾された家だ。ゆっくりと視線をさまよわせ、中間色のアースカラーで統一された廊下を、称賛の目でながめる。自分のアパートにもおなじ色合いを使っているので、あたたかくて心惹かれる感じを受けた。

でも、現時点のおもな関心事は装飾のことじゃないわ、とみずからに思いださせる。いま立ち去ろうとしている部屋は廊下のつきあたりにあった。目の前にのびる廊下には複数のドアがあるが、ほかに人がいる気配はない。戸口に立ったまま片足からもう一方の足へと重心をうつし、どうするべきか考えたが、結局のところ選択肢はあまりないようだった。ここにとどまってだれかが来るのを待つか、疑問に答えてくれるだれかをさがしにいくか、そのどちらかだ。

現在悩まされている例の渇望が決断をくだしてくれた。ドアから出て廊下を進んでいく。通りすぎたいくつものドアをチェックしようとは思わなかった。家はあまりにも静かで、無人だと派手にうったえているみたいだったからだ――すくなくともこの階は。

階段の踊り場にたどりついても、状況はいっこうに好転していないように思えた。階下の玄関をじっと見おろしながら、上までとどいてくる闇と静けさに眉をひそめる。まさか、ここにひとりぼっちなんてことはないわよね？　だれかが輸血用のパックを交換してくれていたにちがいないんだから。

脚はまだちょっとふらついていたが、なんとかぶじに階段をおりることができた。玄関に立ってあたりを見まわす。すべての窓がおおわれていた。家のこの部分からは、さっきの寝室とおなじく陽の光が締めだされている。本能的に、正面玄関と思われるドアのノブをまわしてみたが、施錠されているのがわかった。旧式のロックで、あけるには鍵が要る。そばのテーブルを調べてみたが、鍵は見あたらなかった。

玄関ドアをあけるのはあきらめて、レイチェルは一階の廊下を進みはじめた――だれか、だれでもいいから、ここがどこなのか説明してくれる人を求めて。闇と影に満ちた見知らぬ部屋をいくつも通りすぎたが、人間の住民は明らかにひとりもいない。廊下のつきあたりのドアを押しあけると、自分がキッチンとおぼしき場所にいるのに気づいた。そこで立ち止まり、冷蔵庫やコンロやテーブルや椅子の黒っぽい輪郭を見まわす。キッチンを出ようとしたまさにそのとき、部屋の反対側にあるドアの下から、ぼんやりとやわらかな光が漏れてきているのが目にとまった。

自分以外のだれかがいることを示すはじめてのしるしに、興奮が全身を駆けめぐる。すぐあとに強い不安がつづいたが、レイチェルは恐れをわきに押しのけ、問題のドアへと歩いていった。ドアをあけてみたものの、べつの階段につながっていることに気づいただけだったので、がっかりしてしまう。そこには照明がひとつついていた。どうしたらいいかよくわからず、踊り場でためらう。ふたたび力が衰えつつあるらしく、ひきつるような痛みがもどってきていた。例のインフルエンザのときみたいだったが、もっと強烈で体のあらゆる部分に影響がひろがっている。

「こんにちは？」レイチェルは期待をこめて呼びかけた。

もちろん返事はない。説明や手助けをしに、駆けよってきてくれる人もいない。自分は、なにか古風なドレスのごとくシーツをひきずりながら、暗くてだれもいない家をこそこそと歩きまわっているのだ。

「怪奇小説のなかに足を踏みいれちゃったのかしら」とひとりつぶやいて、冗談っぽく嫌悪感をあらわしてみたが笑えなかった。本当に怪奇小説に入りこんでしまったみたいに思える。おかげで、かなり妙な考えに悩まされるはめになった――たとえば、ひょっとしたら自分はもう死んでいて、ここは地獄なんじゃないかとか。あるいは天国ということもありうる。わりと自信を持って言えるが、いままでの人生で地獄に落とされるようなことはなにひとつしていない。ただし……。もしかしたら葬儀をしてもらえなかったのかも。神父さんの話では、死んだときに葬儀がおこなわれないと……。

そんな気のめいる考えはわきへ押しやり、階段をおりはじめる。自分がなにに直面しているのか、知らないよりは知っているほうがいい。〝知らないほうがしあわせ〟ではないのだ。なんとか階段をおりられたが、本当にかろうじてだった。苦痛と衰弱感とが、いまや大きな影響をおよぼしはじめていたのだ。そのふたつが組みあわさって、階段の最後の段をおりてカーペットの敷かれた地下の床に立ったころには、両脚はほとんどゴムみたいにぐにゃぐにゃになっていた。豪華なカーペットに足が沈みこんだとき、ここが地獄のはずはないと判断する。地獄にこんなにいい内装がほどこされているわけがない。

ひょっとしたらこれは夢なのかもしれない。わたしは本当はまだ目ざめていないのかも。その考えのほうがずっと簡単に受けいれられるし、好ましいとさえ思えた。〝死んでいる〟よりめちゃくちゃましなのはたしかだ。夢ならたのしい可能性もある——悪夢に変わらないかぎりは。

肩をすくめてそうした不安な思いをふりはらい、眼前の複数のドアに視線を走らせる。ひとつめのドアはひらいていて、いまいる廊下から漏れたかすかな光で、洗濯室とおぼしきものが見えた。ふたつめのドアは、驚いたことにワインセラーにつづいているとわかった。残るは三つめのドア——むこう側から光が漏れてきている唯一の扉だ。

自分をはげますようにひとつ深呼吸してから、問題のドアを押しあける。一見したところ、その奥の部屋はなにかの警備室のように思われた。ふたつの壁面の端から端までを占める大きなL字形のデスクの上に、コンピューター機器が並んでいる。すくなくともぜんぶで四台のコンピューターと、おなじ数のモニターがおかれていた。だが、モニターにうつっているのがこの家の映像ではないことに気づき、〝警備室ではないか〟という考えはすぐに消えた。映像をもっとよく見ようと室内に入っていく。ひとつは、薄気味悪い夜の森の静止画像だった。もうひとつは、よりいっそう不気味な古い家の画像だ。三つめはCGの一時停止画像で、邪悪なものを撃退するみたいに、美しい女性が手に握りしめた十字架を前に突きだしている。最後の四つめのモニターにはなにもうつっていなかった。

女性の画像に心をとらえられたレイチェルは、室内のほかのものは無視して歩いていき、そのモニターの前に立った。女性は美人で、長い黒髪と大きな銀色の目の持ち主だった。なんとなく見おぼえがある気もする。

「あなたを知ってるわ」レイチェルは画像に向かってそうつぶやいた。「どこで会ったのかしら？」

問題の女性は、心のなかにばらばらに浮かんでいるさまざまな記憶の一部のように思えた。「どこで会ったのかしら？」と、もうすこし大きな声でくりかえす――まるで、モニターが答えてくれることを期待しているみたいに。モニターは反応しなかったが、きしむような音がとつぜん背後から聞こえてきた。レイチェルはくるりとふりむいた。うなじの毛が逆立っている。入ってきたときには気づかなかったが、古めかしい棺桶が、ドアの横の壁にそうようにおかれていて、そのふたがいまゆっくりと上にひらきつつあった――内側からふたを押しあげている青白い手が見えるところまで。ギィーッという音がつづくなか、ふたが完全にひらいていき、手首、腕、肩がしだいにあらわれる。

何時間にもひきのばされたように思える一瞬がすぎた。棺桶のなかの人物が身を起こす。レイチェルはひゅっと息を吐き、両脚から力が抜けた。床にがくっと膝をついて、ぽかんと口をあける。夢で会った例の金髪の男性があたりを見まわし、こちらに目をとめた。

「おっと」彼は、レイチェルがいることに驚いたみたいだった。「やあ。だれかの話し声が聞こえたような気がしたんだけど、きみの存在を感じとれなかったから、自分が夢を見てるだけなのかどうかよくわからなくて。気づくべきだったな。きみがひとりで目ざめて怖がるかもしれない、って心配してたんだ」

「ああ、たいへん」ぐるぐると視界がまわりだすと同時にささやく。「気を失いそう」

「本当かい？」と男性がたずねてきた。「きみはしょっちゅう気を失ってるみたいだね」

レイチェルは、両腿の筋肉がパテみたいにふにゃふにゃになったせいで、どすんと弱々しく尻もちをついてしまった。だけど失神はせず、一瞬あとには視界がまわるスピードはゆるんで安定し、こうたずねることさえできた。「あなたはだれ？」

「申し訳ない」男性は顔をしかめてみせると、なめらかな一動作で棺桶からとびだし、ふたが落ちて閉まるにまかせた。「自己紹介もせずに失礼。ぼくはきみの接待役だ」そう告げながらうやうやしく一礼する。「エティエン・アルジェノ。どうぞよろしく」

「あのときの死人じゃないの！」レイチェルは、近づいてきた相手の銀色の目に気づいて息をのんだ。

「ぼくをおぼえてるんだね」彼はそれをうれしく思っているらしい――どうしてなのかは想像もつかないが。レイチェル自身は確実にうれしくなかった。なにしろ、死人と話しているとわかったのだから。実際のところ二度も死んだ男性だと気づく。彼が例の銃撃の被害者なのはやすやすと認識できた。あれは高熱がひきおこした幻覚だったのだと、なんとか自分を納得させていたのだが。しかし、彼が昨夜の〝カリカリくん〟でもあると認識するまでにはさらに数秒かかった……いや『昨夜』かどうか知らないが、遺体の首をはねようとする武装した男を止めた夜のだ、とみずから訂正する。レイチェルは問題の襲撃を思いだして眉をひそめた。

〝離れろ、そいつはヴァンパイアだ〟と、あのいかれ男はわめいていた。

視線をさっと棺桶のほうに向けてから、自称『接待役』の男性へともどす。ヴァンパイアなんてものは存在しない。なのにこの男性は、いましがた棺桶のなかからとびだしてきて、どうやら二度もよみがえって死をまぬかれたらしい。

「ヴァンパイアだって？」彼がおもしろがるみたいにその言葉を返してきたので、自分は考えていることを口に出してしまっていたのだと気づいた。「はてさて、どうしてぼくがヴァンパイアだなんて思ったんだい？」

レイチェルはぽかんと相手を見つめてから、棺桶のほうにちらりと目をやった。こちらの視線をたどった接待役の男性が、ちょっぴり恥ずかしそうな表情になる。「まあ、〝棺桶のなかで眠るのは、奇妙に見えるにちがいない〟ってことはわかってるよ。でも、考えをはっきりさせるのに役立つんだ。それに、ぼくのベッドはきみが使ってたしね。ぼくがいっしょにベッドに入ってたら、きみはありがたくは思わなかったんじゃないかな」

レイチェルはかぶりをふった。たしかに、見知らぬ男性とベッドにいる状態で目ざめるのはうれしくなかったはずだ——とりわけ、相手が見知らぬ〝死体〟の場合には。仕事を家に持ちこむという考えも、そこまでいくとちょっといきすぎだろう。まあ、いまはわが家にいるわけじゃないけど、と自分に思いださせる。

「ここはどこなの？」現時点では、これはわかりきった質問のように思えた。

「ぼくの家だ」接待役の男性が即座に答える。「母は家族の屋敷にきみを連れていきたがったんだけど、ぼくがここに運ぶよう言い張ったんだよ」

「ああそう」レイチェルは疑問が解けたかのようにうなずき、こうたずねた。「あなたのお母さんって？」ヴァンパイアに母親はいるのだろうか？　絶対いるはずだと思う。ヴァンパイアは生まれてくるのであって、卵からかえるわけじゃないのだから。あるいは、〝生まれる〟というより、ヴァンパイアに〝変えられる〟のかしら？　その点についてはちょっとはっきりしない。

レイチェルは、男性が近づいてくるのに気づいて、いつも首にぶらさげている十字架に本能的に手をのばした。当然そこに十字架はなかった。あるなんて想像するのが馬鹿げている。この接待役の男性が、そんなみずからの健康と安全をおびやかすものを無視するなんて、まずありえない。十字架がなかったので、レイチェルは思いつける唯一のことをした——両手の人さし指で十字をつくり、前に突きだしたのだ。それが効いて相手が一瞬動きを止めたときには、こっちのほうがびっくりした。

だが、男性は本当の意味で恐れおののいているようには見えなかった——小首をかしげていて、〝すくみあがっている〟というより〝好奇心をそそられている〟みたいに見える。彼はこう言った。「椅子にすわったほうがきみは快適なんじゃないかと思っただけだよ」どうやら、間に合わせの十字架にはなんの影響も受けていないらしく、男性が両腕でこちらをさっとすくいあげる。

彼はデスクチェアに片足をかけてひっぱりだし、レイチェルは、抗議するかさけぶかするのに充分な息を吸いこむひまもなく、そこにすわらされていた。男性は、一歩うしろにさがって例のL字形のデスクによりかかった。「じゃあ、きみのことをすこし教えてほしいな」と、うちとけた口調で提案してくる。「きみはレイチェル・ギャレットという名前で、病院の遺体安置所で働いてることは知ってるけど——」

「どうしてそれを知ってるの?」レイチェルはぴしゃりと言った。

「きみの病院の身分証に書いてあった」と彼が説明してきた。

「へえ」すっと目をせばめて応じる。「わたしはどうやって病院からここに来たわけ?」

「ぼくらがきみを運んできたんだ」

「なぜ?」

男性は驚いたように見えた。「まあ、医者ではきみを助けられなかったし、きみには慣れる時間が必要だって、ぼくらにはわかってたからね」

「『慣れる』ってなにに?」

「きみ自身の変化に」

「『変化』?」とキーキー声で言う。ひどくいやな予感がしはじめていた。むこうが答える前にこう口走ってしまう。「どこかのいかれ男が、斧でわたしを攻撃してきたけど」

接待役の男性がまじめな顔でうなずいた。「あの一撃を受けることで、きみはぼくの命を救ってくれたんだ。ありがとう。この恩はとても返せそうにないよ」

「返せない?」レイチェルは相手の発言に眉をひそめ、彼がどうやってこっちの命を救ってくれたのかもうすこしでたずねそうになったが、はたしてその答えを知りたいのか急にわからなくなった。なにしろ、この男性はヴァンパイアであることを否定してはいないのだから。

自分の考えが馬鹿げているのに気づいてかぶりをふる。ヴァンパイアなんてものは存在しないし、思いをめぐらすことだって……。まあ、そんなのは狂気の沙汰《さた》だ。レイチェルは代わりにこうたずねた。「あれはいつのことだったの？　つまり、あの襲撃があったのは？」

「昨日の夜だ」

困惑して目をぱちくりさせる。「昨日の夜がなんですって？」

「昨日の夜、きみは負傷したんだ」と、エティエンがしんぼう強く説明した。

レイチェルはすぐさま首をふりはじめた。ありえないわ。傷はもう癒えて、傷跡に変わっているんだから。ちらりと体を見おろして、傷が治っているのが自分の思いちがいではないことを確認するのに充分なだけ、間に合わせのトーガを横にひっぱり、そこで凍りついた。目が大きく見ひらかれていく。傷跡が消えていたからだ。シーツの下に手をのばして、信じられない思いで無傷の肌をつついてみる――そうやってふれることで、またとつぜん傷跡があらわれるのではないかというように。だが傷跡は消えていた。

「ぼくらは、死すべきさだめの者よりずっと傷の治りが早いからね」

「ぼくら？」とオウム返しに言う。「死すべきさだめの者？」舌がふくれて乾いているみたいに感じられて動かしにくい。でも、どうにか言葉を形づくることができた。すくなくとも、男性はこちらの言葉を理解してくれたらしい。

「そうだ。残念ながら、きみを救う方法はひとつしかなかった。ぼくらはたいていの場合、だれかを仲間にする前に相手の許可を得るようにしてるんだけど、きみは実際のところ決断をくだせる状態じゃなかったしね。それに、ぼくは単純にきみを死なせるわけにはいかなかったんだ――ぼくの代わりに、きみが自分の命をなげうってくれたあとでは」

「わたしの命？」舌が綿《わた》でできているかのように感じられる。

「そう、きみの命」

「仲間にした？」

「うん」

「正確にはなんの仲間にしたわけ？」綿みたいな舌のせいで、その問いかけは〝えいあうにあなんのなあまにいあわえ？〟と聞こえたが、男性は今度もまた理解してくれた。

「不死者の仲間に」

不死者ね。一瞬、安心感をおぼえる。〝ヴァンパイア〟という言葉を聞かされるのではないかと、ひどく恐れていたからだ。〝不死者〟のほうがずっとひびきがいい。不死者。あの俳優が出ていたあの映画を思いだすわ――なんていう名前の俳優だったかしら？　ハンサムで、すてきななまりがあって、ショーン・コネリーがべつの不死者を演じていて……。ああ、そうそう。クリストファー・ランバートだわ。映画のタイトルは『ハイランダー』。あの映画では、不死者は邪悪な吸血鬼なんかじゃなくて……ええと……要するに不死者だった。だけど、邪悪な不死者も何人かいたような――あと、首をはねるいやなシーンや、〝生き残れるのはただひとり〟なんて馬鹿げた設定もあったわね。自分の首をはねられるって考えは好きになれないわ。

「『ハイランダー』のショーン・コネリーやクリストファー・ランバートみたいな不死者とはちがうよ」接待役の男性がしんぼう強く説明してきたので、思いを声に出してつぶやいてしまったことに気づく。「どんな不死者かっていうと……そう、きみが理解できる一番近い存在にたとえれば、ヴァンパイアかな」

「ああ、そんな」レイチェルはとつぜん立ちあがって駆けだした。もう帰らなきゃ。これ以上聞きたくない。状況は〝すてきな夢〟の範疇《はんちゅう》を超えて〝悪夢〟の領域に入りこんできている。しかし残念ながら、いまの両脚はこれまでほどしっかりしてはいなかった。ドアに向かう途中で脚ががくっと崩れ、めまいがして、力なくあおむけに倒れてしまう。

するとと、接待役の男性が両腕でさっとこちらをすくいあげ、「もうベッドにもどる時間だ」というようなことを言いながら、地下室から上の階へと運んでいってくれた。話そうと思いつくことができたのは、哀れっぽいこんな言葉だけだった。「でも、わたしは吸血鬼にはなりたくないのよ。鏡にうつらなかったら、どうやってお化粧すればいいの？」

男性はなにか答えたが、レイチェルは聞いていなかった。仕事にいく準備をしているときにテレビで見た『バフィー～恋する十字架』のいくつかのエピソードを思いだし、こうつけくわえる。「顔がごつごつと腫《は》れあがるなんて、すごく醜いし」

「顔がごつごつと腫れあがる？」

レイチェルは、自分を運んでくれている男性の顔をちらりと見た。彼は、ヴァンパイアの外見はこうだろうとこちらが想像する姿とは似ても似つかなかった。それほど青白い肌をしているわけでもない――さっきそう見えたのは、コンピュータールームの明かりのせいだったにちがいない。照明がついたこの階段では、男性の肌は自然な色合いに見え、血色よく紅潮してさえいた。彼の外見は健康な人間そのもので、死人には見えない。しかも、かなり高級そうなコロンの香りもかすかにする――腐りかけた死体のような臭いではなく。

「顔が腫れあがるって？」男性がそうくりかえした。

「テレビドラマの『バフィー』に出てくる、エンジェルやスパイクやほかのヴァンパイアキャラみたいによ。顔が変形してゆがんで、本当に醜い悪魔のような顔つきになるの」と、うわのそらで説明する。この男性は頭がおかしいのかしら。ヴァンパイアなんてものは存在しないわけだから、そのひとりだと彼が思いこんでいるのだとしたら……。そう考える一方で、自分の体に斧が食いこんだ感覚ははっきりとおぼえていた。なのに、負傷した形跡はもうまったくなくなっている。わたしは本当にけがをしたの？　ひょっとしたら、さっき寝室にいたときには、傷跡があると勘ちがいしただけなのかもしれない。あるいは、このすべてが夢なのかも。

「きみの顔はゆがんだりしないよ」と男性がうけあう。「悪魔みたいに見えることもない」

「じゃあ、どうやって牙をのばすの？」レイチェルはそうたずねた。それは、彼の頭がおかしいのかたしかめるための、純然たるテストのつもりだった。

「こんなふうにさ」

男性は口をひらいたが、予想したような偽物のヴァンパイアの牙はそこにはなく、実際のところ彼の歯は完璧に正常に見えた――心臓の鼓動が一拍うつあいだは。つぎの瞬間、油をさした蝶番《ちょうつがい》みたいになめらかに、犬歯が長くなりはじめる。

レイチェルはうめき声をあげて目を閉じた。「これはただの夢なのよ」と自分をおちつかせる。男性は階段室から出ると、こちらをかかえてキッチンのなかを進んでいった。「ただの夢なの」

「そう、ただの夢さ」彼の声は、あたたかく心安らぐように耳にひびいた。

その言葉にすこし緊張を解く――ほんのすこしだけだが。レイチェルは男性の腕にかかえられたまま、ふたつめの階段および二階の廊下を運ばれていった。そして最終的には、ごく短い時間しか離れていなかったベッドに寝かされた。

目をひらき、毛布をさっとつかんであごまでひっぱりあげる。といっても、防御態勢に入る必要があったわけではない。男性は、おそいかかってくる気はまったくなさそうだった。代わりに、彼は離れていって小さな冷蔵庫へと向かった。身をかがめて冷蔵庫をあけ、まぎれもなく血が入っているとわかる袋をとりだす。

レイチェルは不審感ですっと目をせばめ、接待役の男性がもどってきて血液パックを点滴スタンドにとりつけたときには身をこわばらせた。「なにしてるの？」とたずねて、彼にとられた腕をもぎはなそうとしたが、むこうの力のほうがずっと強かった。

「きみにはこれが必要なんだ」看護師なみの技術で、男性がこちらの腕の点滴針にチューブをするりとつなぎなおす。「きみの体は変化しつつあるところだし、傷を治すには大量の血が要るからね。ひきつるような痛みを血が緩和してくれるから、また眠りにつけるよ」

レイチェルは異議を唱えたかったが、血が透明なチューブをすべりおりて体内に流れこんできた瞬間、目ざめたときから苦しんでいた痛みがやわらぎはじめた。ずっと味わっていた奇妙な渇望もだ。どうやらこれが、体が切に求めていたものらしい。

「さあ、眠るんだ」

それは提案というより命令のように聞こえた。あれこれ指図されるのは好きじゃないので、レイチェルは反論してやりたかった……だが、急にどっと疲労感におそわれた。血が入ってくる量に比例して、疲れとだるさが増していく。休日に高炭水化物食をたっぷりとったあとおなじような感じだ。

「これは夢なんだよ、おぼえてるかい？」接待役の男性がなだめるように言った。「いいから眠るんだ。目ざめたときにはぜんぶよくなってるから」

「眠るわ」とつぶやく。

そう、眠るのがいい。本当に目がさめれば、自分が病院にいるかデスクで居眠りしていたことに気づくだろう。ひょっとしたら、すべてが夢なのかも——〝カリカリくん〟も、斧をふりかざしたいかれ男も、なにもかもが。それはとても安心できる考えだったので、レイチェルは目を閉じて心がただよいだすにまかせた。睡魔に屈する直前、実際ひとつだけ心残りなことがあった。もしもすべてが夢なら、二階まで運んでくれたあの生き生きしたハンサムな男性も夢だということになる。そう思うとなんとも残念だった。

エティエンは、眠りに落ちたレイチェルの表情がやわらぐのをながめていた。美しい女性だ——自分とおなじくらい背が高いところも気にいった——だが、彼女の生活は明らかにストレスに満ちたものだったらしい。目と口のまわりに、緊張によってできたしわがうっすらと見える。充分な血をとりこめばそんなものは消えてしまうだろうが、彼女の人生が楽なものではなかったしるしだ。レイチェルの頰から、燃えるように赤い巻き毛をはらいのけてやる。彼女がいらだちの表情をちらりと浮かべ、今度はこっちの手をうるさい蠅《はえ》みたいにはらいのけたので、エティエンはほほえんだ。

そう、レイチェルは興味深い女性だ。怒りっぽい性格の気配がうかがえる。怒りっぽいのは好きだし、なにかにチャレンジすることはいつだってたのしい。

とはいえ、彼女の反応のことを考えると、エティエンのほほえみは消えていった。レイチエルは、はじめのうちは変化に抵抗するだろう。彼女は明らかに、エティエンの仲間に対してありとあらゆる先入観を持っている。『ごつごつした顔』？　『吸血鬼』？　レイチェルがつぎに目ざめたときには、問題をはっきりさせてやらなければ。〝ヴァンパイア〟という呼び名は好きじゃないが、便利で、たいていの人間がとりあえず理解できる概念でもある。来《きた》るべきやりとりでは、それがスタート地点としての役割を果たしてくれるはずだ。

あくびを嚙み殺して、寝室をちらりと見まわす。できればここにとどまっていたい。レイチェルをひとりで残していきたくない。だが、睡魔が忍びよってきていた。彼女の青ざめたようすからすると、あと二、三袋ぶんの血が必要だろう。いまの血液パックがからになったら、ひきつるような痛みでまた目がさめてしまう。衰弱してふらふらした状態でレイチェルに歩きまわってほしくない——ころんでけがをすることだってありうるからだ。

一瞬ためらってから、エティエンはベッドの上に体をのばした。足首を重ね、両手を頭のうしろで組み、首をめぐらせてレイチェルをちらりと見る。ここにとどまって仮眠をとり、必要に応じて血液パックをとりかえることにしよう。血が切れて彼女がおちつきなく身じろぎしはじめれば、それで目がさめて、パックを交換する務めを果たせるだろう。

4

室内は暗くて静かだったが、レイチェルはなにかがきっかけで目ざめた。一瞬じっと横たわり、ただ耳をすまして心をおちつかせる。完全に静かというわけではない。外では明らかに風が吹き荒れている。聞こえるのは、突風のやわらかな音、建物がガタガタいう音、風にあおられた木の枝がざわめく音。でも、聞こえてくる音はそれだけで、ここがどこなのかを知らせてくれるようなものはなにもなかった——どっと押しよせてきた記憶を除いては。

その記憶はひどく恐ろしく、おまけに困惑させられるものだった。今回は、記憶は順番どおりによみがえってきた。はっきり思いだせるのは、焼死体とともに到着した救命士のフレッドとデイルが、レイチェルが求めてきた職につけたのを教えてくれたこと。あとおぼえているのは、焼死体の状態に当惑していたら、狂気のただよう目つきをしたいかれた男が部屋にとびこんできたこと。そして、ものすごくはっきりしているのは、男の斧がこちらの体にたたきこまれた記憶だ。なのに、いまはまったく痛みは感じていない。

自分が健康体みたいに感じられるのは、なにかすばらしい薬を投与されているせいなのだ、と信じたかったが、ほかにも思いだせることがあった。すこし前に目ざめて、金髪で銀色の目をした例のハンサムな男性と会ったことだ。エティエン——斧で攻撃された前の週、インフルエンザで寝こんでいたときに、夢のなかにちょくちょくあらわれていたのとおなじ男性だ。目ざめたレイチェルに、彼が〝自分はヴァンパイアだ〟と言って牙をのばしてみせてくれたことは、はっきりとおぼえている。その事実は、すべての記憶はただの夢にすぎないと確信させてくれるだけのものであるはずだった。結局、ヴァンパイアなんてものは存在しないのだから。

レイチェルは、横たわったまま用心深く身じろぎした。傷を負っているせいで胸に爆発的な痛みが突きぬけるだろうと、心の準備をととのえていたのだが、苦痛はまったく感じなかった。病院の人は明らかに、かなり強い薬を投与してくれたらしい。きっとその薬が、感じるはずの痛みをブロックすると同時に、こちらの頭を混乱させているにちがいない。

驚くべき薬だわ、と結論づける。こんなに力や健康にあふれているように感じられたことは、もう何年もなかった——すくなくとも、夜勤で働きはじめてからは。

注意深く動いて、腕からのびていると感じられる点滴がはずれるのを防ぎ、まわりの物影にもっとよく焦点を合わせようとしながら、身を起こして何度か目をしばたたく。暗闇のなかでも、部屋はかなりひろく見えた。病室本来のサイズよりもずっとひろい。

レイチェルは眉をひそめていた。闇のなかで見わけられたものの影や形から、いまいる部屋が、夢で見た寝室ととてもよく似ていることに気づいたのだ。あのときは照明がひとつついていて、ドレープのかかったベッドとブルーの装飾が見えていた。おぼえているのは、人けのない家のなかをこっそり進んで地下室へおりていったら、そこで銀色の目の男性が棺桶から起きあがって出てきたということだ。

明らかに夢だわ、と結論づける。

暗闇のなかでは自分の姿も見えなかったので、両手で上半身をなでまわしてみた。服は着ておらず、傷を負った形跡もない――夢とまったくおなじだ。そもそも負傷なんてしたのかしら？　なにが夢で、なにが現実なの？

「ああ、そんな」ちょっとパニックにおそわれて、毛布を乱暴に押しのける。腕から点滴がはずれたことにはほとんど気づかなかった。いったん動きを止め、そのあいだにシーツを手さぐりする。シーツの下にではなく、上に横たわっていたのだ。レイチェルはシーツをベッドからひきはがし、トーガみたいな形に体に巻きつけた。またしても？　明らかな既視感をおぼえる。

〝そんなふうに考えることさえしちゃだめ〟と、レイチェルはみずからに固く命じた。とつぜん、とにかくだれかを――だれでもいいから――見つけて、なにが起こったのかたしかめたくなった。室内にあるものの配置はぼんやりと思いだせたが、おぼえていることはぜんぶ夢なのだとすでに結論を出したからには、記憶をたよりにするわけにはいかない。代わりに、両腕を前にのばして、ベッドづたいにその頭が接しているはずの壁に向かってゆっくりと歩いていった。壁に手がふれると、それにそって注意深くそろそろと進んでドアをさがす。

最初に見つけたのは一点の家具だった。実際にはレイチェルの膝が見つけたのだ——むこうずねをがつんとぶつけたときに。いったん立ち止まって、痛む脚をさすってから、問題の家具の輪郭を手さぐりで確認する。椅子だ。

「いいところにおいてくれたものね」と、いらだちをおぼえながらつぶやき、むりやり言葉を切ってひとつ深呼吸する。ベッドわきのランプをつけてくるべきだったわ。でも、さっきは手にランプはふれなかった。ベッドサイドテーブルさえもだ。もちろん、両腕は前にのばされていたわけだから、そのせいでたぶん手をふれそこねたのだろう。どんな寝室にだってベッドサイドテーブルはあるものよね?

一瞬、来た道をもどろうかと考えたが、それはひどく長い道のりに思えた。最終的には進みつづけることに決め、そろそろと椅子をよけてさらに前進する。指の下にとつぜん木の感触をおぼえて息をのみ、ドアノブを見つけてすばやくまわした。ドアをぐいと押しひらくと、黒々とした闇が目の前に大きく口をあけていた——自分がいま立っている部屋以上に絶対的な暗闇が。ちょっとためらってから、壁を手さぐりしてスイッチを見つけ、それをぱちんと入れる。

頭上で光が爆発したので、目を閉じざるをえなかった。また目をあけられるようになると、バスルームの戸口に立っていることに気づいた。真ん前に大きな浴槽がおいてあり、トイレとビデもある。この施設の所有者は、明らかにヨーロッパ的な趣味の持ち主のようだ。なによりもその事実が、ここが絶対に病院ではないことを証明していた。ただし、ヨーロッパにある病院でなければの話だが。

それもありうると思う。ひょっとしたら、昏睡患者専門の診療所にいるのかもしれない。とはいえ、このバスルームは、平均的な病院のものよりひろくて豪華だ。ヨーロッパの診療所が――たとえ高級なヨーロッパの診療所でも――昏睡患者のためにこういう種類のスペースにむだな費用をかけるとは思えなかった。それに、わたしの健康保険はそこまで高価な診療を受けられるものじゃないし、うちの家族は中産階級で、とてもこんなぜいたくな施設に払うようなお金はない。

ますます困惑して、くるりと背を向けかけたが、鏡にうつる自分の姿が見えたので立ち止まった。心をとらえられ、洗面台に行く手をはばまれるまでゆっくりと鏡に近づいていく。

そして、数分間そこに立ちつくしてじっと見つめた。なんだか元気そうに見える――めちゃくちゃ元気そうに。髪はつややかで生き生きしている。天然のウェーブが入ったダークレッドの髪だ。いいオイルトリートメントが必要な、いつもの腰のないオレンジ色がかった赤毛とはちがう。こんなに元気そうに見えるのは、十代の若者のとき以来だった。ペースが速くてストレスに満ちた大学生活と、それにつづく社会人としての暮らしは、やさしいものではなかったから。なのにいまは、血色のいい健康的な顔になっていた。胸のけがから回復しつつある者の顔色とはとても思えない。青白いアンデッドのようにも見えない。唇に苦笑いが浮かぶ。ヴァンパイアは鏡にうつらない。わたしはヴァンパイアなんかじゃないのだ。

べつにそうなったと信じていたわけじゃないけど、と自分自身にうけあったものの、顔をしかめてこう認める。「まあね。一瞬、心配はしたわ。銀色の目の男性がわたしの命を救うために〝仲間にした〟って言ってた、あの夢の記憶が本当だったらどうしようって。まったく馬鹿みたい」みずからを叱りつけながらも、いちおう鏡に向かって歯をむきだしてみたが、見えたのはごくふつうの歯だったので、安堵《あんど》のあまりすすり泣きそうになった。「ありがとう、神さま」とささやく。

つづけて、自分を勇気づけるように息を吸いこみ、最終テストとして、身にまとったシーツをひらいた。胸の上部とふくらみは無傷でなめらかだった。そんな。傷を負っていたいわけじゃないけど、あの夢の信憑性《しんぴょうせい》を否定する証拠があるほうがよかったのに。

そこで、身につけていたシーツが夢とおなじ淡いブルーなのにも気づく。パニックの波に一瞬のみこまれたが、むりやりコントロールした。

「オーケー、おちついて」と、みずからに命じる。「このすべてに対する、完璧にすじの通ったまっとうな説明があるはずだわ。それを見つけなきゃならないだけのことなのよ」

自分の声のひびきにすこし元気づけられて、鏡にうつった姿に背を向ける。寝室をのぞきこんで、バスルームの明かりでいまは見えるようになった家具類をざっとながめると、心が沈んだ。まさしく夢で見たとおりの部屋だったからだ。

視線が点滴スタンドへと向かう。袋はほぼからになっていたが、前とおなじように赤い液体が一、二滴残っていた。血だ。

「ああ、そんな」片足からもう一方の足へと重心をうつす。それから、べつのドアへと歩いていって寝室の外に出た。ドアのむこうになにがあるのか、知る必要があったのだ。まさか、夢で見たあの廊下じゃないわよね？

「なんてこと」とささやく。まさにそのとおりの場所へとドアがひらいたからだ——とてもよくおぼえている人けのない長い廊下。だんだん気味が悪くなってきた。ひとつ深呼吸して、理性的に考えようとする。オーケー、つまり、廊下および寝室さえもが夢に出てきたわけね。これはごくごく簡単に説明できることだわ。ひょっとしたら、わたしがここに移送されたときには、完全な昏睡状態ではなかったのかもしれない。半分意識があったとか高熱が出ていたとかなにかで、廊下や寝室を見て記憶できる程度には目ざめていたのかも。

その推理の穴はすべて無視して、廊下に足を踏みだし、階段の踊り場へと歩いていく。夢だと思ってきた記憶のなかでは、階下の玄関は暗くて人けがなかった。いまも人の姿は見えなかったが、もう暗くはなくなっていた。近くの部屋から光がこぼれて、かすかにぼそぼそと話す声も聞こえる。

一瞬ためらってから、レイチェルは階段をおりていった——歩みを進めるたびに、爪先を堅い木の段にぎゅっと押しつけながら。それは、〝今回はただ夢を見ているわけじゃない〟と自分に証明するためだった。

「彼女に〝これは夢だ〟って話したのか？」

その問いかけがはっきり耳にとどくと同時に、レイチェルは足どりをゆるめた。つづけて女性のきつい声がする。「エティエン！　いったいなにを考えてたの？」

「こう考えてたんだ——レイチェルには休養が必要で、夢だと言ってやることが彼女をおちつかせる一番簡単な方法だって」男性の声が、わずかに身がまえるような口調で応じた。

「彼女はちょっととりみだしてたんだよ、母さん」

「当然そうだろう」と、べつの声が聞こえてくる。接待役だと主張していたあの夢の男性の声に似ているが、より深みがあって、どことなくもっとまじめな感じがした——おもしろがっているようなひびきがあったにもかかわらず。「とくに、おまえが棺桶で眠ってるのを見たあとじゃな」

「ちょっと、エティエン！」女性が大声をあげる。「まさか、あんな古くていやなものをまだ持ってるんじゃないでしょうね？」

「いつもはあのなかで眠ったりはしないんだ」彼はいまや明らかに身がまえた話しかたをしていた。「でも、あの棺桶のなかで休んでると、最高のアイデアがけっこう浮かぶんだよ、母さん。それに、ぼくのベッドにはレイチェルが寝てたし」

「あら、この家にはまちがいなくほかにもベッドがあるはずだわ。客室に家具を入れる時間がようやくできたんでしょう?」

エティエンの返答は、レイチェルが立っているところからではあまりよく聞きとれなかった。自分が足を止めていたことに気づき、ゆっくりと前に進んでドアの外に立つ。そこでちょっとためらい、女性がふたたびしゃべりだすのを待ってから、ドアフレームごしに室内にいる人々の姿をのぞき見た。

「まあ、レイチェルがここにあらわれたら、あなたはいろいろ説明しなければならなくなるわね、息子よ。すでに嘘をついてしまったいまとなっては、彼女はあなたの言うことはなにひとつ信じないかもしれないわ」女性の声にはいらだちのひびきがあった。同時に不安そうでもある――とレイチェルは見てとりながら、話し手の女性の姿をぽかんとながめた。彼女は美しかった。信じられないほど美しい。同性の者が〝自分のそばにいてほしくない〟と思うタイプの女性だ。しかも彼女は、地下室のモニターで見たあの女性に生きうつしでもあった。ウェーブのかかった長い髪、大きな銀色の目、ふっくらとした唇。

エティエンという名の男性は〝母さん〟って呼んでいたけど? レイチェルは否定するように首をふった。女性は二十代後半くらいに見える。いってもせいぜい三十歳だろう。絶対にあの金髪の男性の母親ではない。〝母さん〟というのはニックネームにちがいない。彼女が心配性で口うるさいから、その呼び名が選ばれたのかも。

「わかってるよ」

発言者のエティエンを、レイチェルはちらりと見た。女性は彼を〝息子〟と呼んでいたけど、そんなことはありえない。エティエンの完璧な顔だちと黄褐色の髪に視線をさまよわせる。夢で見た男性だ――セクシーで、金髪で、たくましい。あの夢が現実だったとしたら、彼は、重さなどないみたいにこちらを腕にかかえて階段ふたつぶんを登ったことになる。ええ、彼はたしかにたくましいわ。

「それにレイチェルは、ぼくらに対して否定的な意見も持ってるからね、もちろん」とエティエンがつづける。

「当然だな」ふたりめの男性が言った。エティエンの黒髪バージョンだが、ふたりともおなじくらいの年齢に見える。「たいていの人間はそうだ」

「どれくらい否定的なの？」女性が用心深い口調でたずねた。

「たしか彼女が使った表現は『吸血鬼』だったと思う」とエティエンが応じる。

「あらまあ」女性はため息をついた。

「しかも彼女は、ぼくらの顔が醜くゆがむと考えてるんだ。『バフィー～恋する十字架』みたいに」

黒髪の男性が顔をしかめる。「あのいやなテレビ番組か。ぼくらの評判を完全におとしめたやつだ」

「あれを見たことがあるのかい、バスチャン?」エティエンの声には驚いているひびきがあった。

「いいや。でも、うわさは聞いてる。うちのオフィスにふたりくらいファンがいるからな。おまえは見たことがあるのか?」

「うん。実際けっこうおもしろいよ。ヒロインのバフィーも、興味深くてかわいい子だし」

「いま問題になってる事柄に話をもどしてもいいかしら?」と、女性がちょっといたずらっぽくたずねた。「エティエン、レイチェルにどう説明するつもりなの?」

「これが彼女を救う唯一の方法だったって話すだけだよ。本当にそうなんだから。ぼくの命を救ってもらったあとで、彼女を死なせるわけにはいかなかったって」

女性は不満げに咳ばらいすると、バスチャンのほうを向いて言った。「病院関係者のことはうまく処理できたの?」

「その必要はなかったよ」と彼が告げる。「ぼくらの姿は見られなかったからね。パッジがレイチェルをさらって逃げた、と判断されたのは幸運だったな」

「エティエンの〝死体〟に関する病院の書類のほうはどう?」

「ぼくらが病院から立ち去る前に回収したよ。エティエンが彼女を仲間にしてるあいだにね。今朝ぼくがやらなければならなかったのは、問題の救命士たちがエティエンの名前を忘れるのをてつだってやって、彼らが持ってた書類を回収することだけだった。ああ、あと警察署からエティエンの車に関する書類をとってきた」

「それでぜんぶなの？」と女性がたずねる。

おもしろがっているような彼女に、バスチャンが肩をすくめて言った。「不幸中の幸いだよ、母さん」

女性は顔をしかめてエティエンに向きなおった。「あのパッジとかいう男のことは、本当になんとかしなくちゃだめよ」

「わかってるさ」彼が憂鬱《ゆううつ》そうな口調で応じる。「もしなにかアイデアがあるのなら、喜んで拝聴するよ」

女性の表情がいくぶんやわらいだ。彼女は、なだめようとする気持ちと愛情との両方がこもったしぐさで、エティエンの膝をぽんぽんとたたいた。「まあ、その件についてはわたしも考えてみるわ。家族みんなで考えましょう。きっとなにか思いつくはずよ」

「そうだな」とバスチャンが同意する。「ルサーンもあとでここに来ることになってる。四人で考えれば、解決策を見いだせるだろう」

「ルサーンはいつ来るって？」とエティエンがたずねた。

「もうすこししたらかな。いまは最新傑作の校正作業にとりくんでるらしいけど、夕食後には来ると約束してくれた」

「つまり、午前零時ごろってことね」女性が不機嫌そうに言う。「じゃあ、それまでのあいだ、お客さんに飲み物をお出しするべきかしら」

レイチェルは見えないところへすばやく頭をひっこめたが、そうしながらも、エティエンの顔にびっくりした表情が浮かぶのがちらりと見えた。のどもとで心臓がどきどきと脈うっている。だれもこっちの方向は見なかったというのに、自分はなんらかのかたちで、ここにいることを明かしてしまったにちがいない。

「彼女は数分前からドアの外に立ってたよ」バスチャンがそう告げる声が聞こえた。

「いや、そんなはずない」とエティエンが応じる。

彼がとつぜん廊下に出てきたので、レイチェルはぎょっとした。最初の本能では〝逃げなきゃ〟と思った。だがあいにく、体のほうはちがう意見らしい。体はその場に凍りついてしまったようだった。

「本当に起きてきてたのか」エティエンが三十センチほど離れたところで立ち止まり、こちらをじっと見つめてくる。

レイチェルも相手を見つめかえした。きしるような声が唇から漏れてしまう。

「彼女の近づいてくるのが、どうしてぼくには感じとれなかったんだろう?」エティエンが、明らかに連れのひとりにたずねながら背後を見やった。

その問いかけのおかげで、凍りついた手足がなんとか多少動くようになる。壁づたいにゆっくり移動できる程度にはだが、それもテーブルにどんとぶつかるまでのことだった。エティエンがちらりと視線をもどしてきたので、レイチェルはそこで立ち止まって神経質にほほえんだ。幸運を願って人さし指と中指を交差させながら、移動したことに気づかれませんようにと祈る。

「あなたには感じとれなかったの？」例の女性の声が部屋のなかから聞こえてきた。「じつに興味深いわね」

心惹かれているらしい彼女のようすに、レイチェルの不安はつのるばかりで、エティエンのほうはいらだったみたいだった。彼がふりむいて女性をにらみつける。エティエンの視線がそれた瞬間、レイチェルは廊下のテーブルを慎重に迂回《うかい》して、こっそり正面玄関へと向かったが、彼が小声でぶつぶつとなにかつぶやいたところでふたたび立ち止まった。

向きなおってきたエティエンが、こちらが玄関ドアにたどりつきかけているのを見て眉をひそめ、ぶっきらぼうにこう告げる。「外へ出るのはあまりいい考えじゃないよ」

レイチェルは顔をしかめ、怒りがパニックに打ち勝った。「どうして？　あなたがわたしを吸血鬼に変えたから、陽の光にあたると死んでしまうってわけ？」とあざけってやる。ヴァンパイアがらみのあれこれが現実に起きているなんてあまり信じてはいない……でも同時に、〝ひょっとしたら〟というわけのわからない恐怖をおぼえてもいた。

「いまは夜だ」エティエンがおだやかに指摘してきた。「だけど、夏の終わりにしてはめずらしく寒い夜でもある。寒すぎて、シーツしか身につけてない状態で出歩くのはむりだと思うよ」

レイチェルは、自分がちゃんとした服を着ていないことを思いだして息をのんだ。あわてて階段へと走りだす。エティエンが追ってくるのではないかと半分恐れていたが、大いに安心したことに、追跡されずに二階の廊下までたどりつけた。それでもなお足どりをゆるめず、目ざめた例の寝室へまっすぐ駆けもどってなかにとびこみ、背後でばたんとドアを閉める。

レイチェルは扉の内側に立ちつくして荒い息をつきながら、すばやく目を走らせて、ドアにバリケードを築けるようなものをさがした。残念ながらなにも見あたらない。一瞬、反対側の壁から化粧だんすをひきずってくることも考えたが、すぐにこう結論を出した。そうするだけの力がもしこちらにあるとしたら、相手にはたぶん、バリケードもぜんぶ含めてドアを押しあける以上の力があるにちがいない。本当に必要なのは立てこもる方法だが、もちろんそんなものはない。

立てこもるのはあきらめ、むりやりドアから離れて武器をさがしにいく。ここがどこなのかも、あの人たちがだれなのかもわからない。でも彼らは、レイチェルを病院から連れ去ったうえに、警察の書類に手を出し、すくなくともひとりは〝自分はヴァンパイアだ〟と思いこんでいるのだ。自己防衛を考えるのがだいじだろう。

エティエンは眉をひそめて階段を見あげた。レイチェルは今回のことをあまりよく受けとめていないようだ。いそいで巣穴に逃げこもうとする、おびえた兎《うさぎ》によく似ている。彼女がそういう反応をするのは予想外だった――赤毛の人物はたいてい攻撃的だから。もちろんレイチェルは、ヒステリックにすすり泣くとかいうような、気にさわることはしていないが。

「彼女はそんなに怖がってないわ。困惑して恥ずかしがってるほどにはね」と母が言う。

エティエンは、おなじく廊下に出てきた母に、いらだった視線をちらりと投げかけた。母に思考を読まれるのは大嫌いなのだ。〝母は明らかにレイチェルの思考を読めている〟という事実も気にいらない。こっちは彼女の思考を読めないのに。

「彼女になにか着るものを見つけてやって、いまの状況を説明しないと」エティエンはぼんやりとそう話した。「とりあえずぼくの運動着でいいかな」

「レイチェルがあなたの運動着を着たがるなんてまずありえないわ」と母がそっけなく応じる。「あの子に必要なのは自分の服よ。なにかなじみがあって、状況をよりコントロールできてると感じられるものが必要なの。バスチャン?」母は兄のほうをふりかえった。「病院から立ち去るときに、あなたは彼女のハンドバッグを持ってきたわよね?」

「うん」バスチャンも廊下に出てきた。「キッチンにおいてあるよ」

母がうなずく。「じゃあ、レイチェルの家の鍵《かぎ》を持ってきて。わたしとあなたで、あの子のためにちゃんとした服をとりにいきましょう」

エティエンは緊張が解けるのを感じた。母の提案どおりになれば、もうすこしレイチェルとふたりきりの時間が持てる。すくなくとも状況を説明するくらいの時間は充分に。母と兄がそばにいるよりは説明しやすいはずだ。

バスチャンが鍵を持ってもどってくると、エティエンは母と兄を先導して家の外に送りだし、ふりむいて階段をながめた。

レイチェル。レイチェル・ギャレット。肩をまっすぐにのばして、彼女に状況を説明するために二階へと向かう。エティエンは確信していた。これがレイチェルの命を救う唯一の方法だったと理解してもらえれば——与えられたこの新しい人生の利点をたたえまくってやれば——こちらがしたことを彼女は感謝してくれるはずだと。

5

「なんですって？」

レイチェルはぽかんと口をあけてハンサムな接待役の男性を見つめた——毛布の下に隠したヘチマたわしの柄を両手でぎゅっと握りしめながら。かなりお粗末な武器だが、それしか見つからなかったのだ。お粗末な武器でもないよりはましだと思いながらベッドにもぐりこみ、そのヘチマと不意打ちとの組み合わせがあらゆるやっかいごとから自分を救ってくれますようにと祈っていた。毛布の下で身を縮めていると、やがてドアにノックの音がした。「はい？」と応じたこちらの声にはびっくりしたひびきがあった。相手が乱暴に押し入ってくるのではなく礼儀正しさを示したことに対する驚きがあらわれてしまったせいだ。

例の金髪の男性エティエンが入ってくると、レイチェルは彼を用心深くながめた。なんともほっとしたことに、エティエンはひとりで来ていた。そして彼は、まさしく職場で見たあの〝カリカリくん〟であり、おなじくライフルで撃たれた被害者でもあるという、長々とした話に突入したのだ。レイチェルが愕然《がくぜん》として黙りこんでいるあいだに、むこうは説明をつづけた。パッジとかいう斧をふりかざしたいかれ男からエティエンを救おうとして、レイチェルが実際に打ち倒されたことや、恩返しとしてこちらの命を救うために、彼自身やその家族とおなじヴァンパイアに変えたことなどを。

「ぼくはきみを仲間にすることで命を救ったんだ」と、エティエンが希望に満ちた表情を顔に浮かべてくりかえす。

彼はお礼の言葉でも期待しているのかしら？　レイチェルは一瞬ぼんやりと相手を見つめ、毛布の下で身を縮めているのをやめて、いらいらとベッドからとびだした。

再度自己紹介をすませたエティエン・アルジェノが、警戒するように一歩うしろにさがったが、レイチェルは彼に近寄るつもりはまったくなかった。この男性は明らかに頭がどうかしているのだ。

ハンサムだけど頭がどうかしているんだわ、と暗い気分で考えながら、部屋を横ぎって例の両びらきの扉へと向かう――それがクローゼットであることを祈ると同時に、〝いまの自分が吸血鬼などではありませんように〟とも祈っていた。

「吸血鬼じゃないよ」と、エティエンが大げさなほどしんぼう強く同意してきたので、レイチェルはまたしても考えを口に出してつぶやいてしまっていたことに気づいた。「きみはヴァンパイアになったんだ」

「ヴァンパイアは死人なのよ。魂がなくて死んでるのに、この世に存在しつづけてる連中だわ」そんなふうにぴしゃりと応じて、両びらきのドアをあけると、まさしくクローゼットであることがわかった。クローゼットの中身をざっとながめながら、こう言葉をつぐ。「ヴァンパイアは魂のない吸血鬼なの。作りごとで、現実には存在しないのよ」

「まあ、〝魂がない〟って部分は作りごとだ。ぼくらは――きみはいったいなにをしてるんだ？」と、エティエンがみずからの言葉をさえぎるようにたずねてきた。

レイチェルはハンガーにかかった服を選《え》りわけているところだった。「ずっと前にやっておくべきだったことをしてるのよ。なにか着るものをさがしてるの」ワイシャツを一枚ひっぱりだして、よくよく検討してからベッドの上にほうりだす。

「よければ――」

「そこを動かないで！」レイチェルはそう警告して、相手が立ち止まるまでじっとにらみつけてから、クローゼットのほうに向きなおった。

「いいかい」エティエンがなだめるように言う。「たしかにこの件には、困惑したり動揺したり、あとひょっとしたら――」

レイチェルはくるりとふりむいた。「困惑？　動揺？　いったいなにに困惑したり動揺したりするっていうの？　あなたはヴァンパイアで、あなたをやっつけようとしてるいかれた男が存在する。でも、彼はいかれてなんかいない。だって、あなたは本当にヴァンパイアなんだから」と、暗い気分で指摘してやって、こうつけくわえる。「ああ、それと忘れちゃいけないのが、あなたをやっつけようとした男がたまたまわたしに斧をふりおろしたせいで、こっちまでヴァンパイアに変えられてしまったってことだわ。いまやわたしも、夜歩いて人の首に吸いつく呪《のろ》いを受けた、魂のない吸血鬼なのよね」レイチェルはあきれたようにぐるりと目をまわして、クローゼットのほうに向きなおった。「ここを出なくちゃ」

「ぼくらは『首に吸いつく』なんてことはしないよ」エティエンは、そんな思いつき自体が馬鹿げているみたいに言ったが、こっちがふりむいて片眉をつりあげてやると、彼はしぶしぶこうつけくわえた。「とにかく、そうめったにはね。緊急時だけさ。つまり、ぼくらはそれを避けるためにあらゆる手だてを――。まあ、ならず者のヴァンパイアもたまにはいて、やつらは……」エティエンが困ったように口をつぐむ。

レイチェルは首をふってつぶやいた。「完全にどうかしてるわ。心を病んでるのね」

「ちがうって、本当に」と彼が言う。「要するにぼくが言いたいのは、血液バンクが誕生したときに、ぼくらみんながそれに出資したってことなんだ。実際のところ、輸血のアイデアを思いついたのは、ぼくらの仲間のひとりだったんだよ。彼がアイデアをジャン・バプティスト・ドニに話したら、そいつが輸血をためしてみて……。まあ、そんなことはどうでもいい。重要なのは、ぼくらには必要な血が配達されてるってことなんだ。わかるかい？」

「いいこと、わたしは……」相手のほうにふりむいたところで言葉を切る。エティエンがあけた小型冷蔵庫に視線がいき、レイチェルは信じられない思いで目を見ひらいた。冷蔵庫のなかには血液パックが十袋以上入っていたからだ。

「バスチャンが昨夜ここに来る途中、血液バンクに寄って二十袋ぐらい持ってきてくれたんだ」と彼が説明する。「きみとぼく、ふたりのためにね。きみの体が変化したり傷を癒したりなんだりするのに、どれくらい血が必要かよくわからなかったから。傷を癒すのに四、五袋は要るだろうと見積もったんだが、完全に変化する場合のほうは判断しにくいんだよ。必要な血の量は、体が長年にわたって受けてきたダメージの量によってちがってくる。きみは比較的健康そうに見えたけど、癌やら心臓疾患やらその他もろもろをわずらってる可能性はつねにあるわけだからね」エティエンは、こちらの唖然《あぜん》とした表情を用心深く見つめてから、血液パックをひとつとりだしてこう説明した。「これは、供給源からじかに摂取するあたたかくて新鮮な血ほどよくはないけど、ほぼおなじやりかたで体内にとりこむことができる」

信じられない思いで見つめていると、エティエンが、手にした血液パックを持ちあげて口をひらいた。レイチェルが恐怖で息をのむと同時に、彼ののびた牙が血液パックに突き刺さる。袋のなかの血はすぐになくなりはじめた――まるで、牙を通して吸いあげられているみたいに。

依然として血を飲みつづけているエティエンが、手を下にのばしてべつの血液パックをとり、それをさしだしてくる。「ん?」

いまのは誘いかけだろう。レイチェルは笑い声をあげたかった。こんな狂気の沙汰にはヒステリックに大笑いし、相手を無視してクローゼットをあさる作業にもどりたかった。だが、前にも感じた名状しがたい渇望が、またしても腹部をぎゅっと締めつけ、ひきつるような痛みをおぼえさせていた。もっと悪いのは、金属的な血の匂いがただよってくると同時に、口のなかで妙なことが起きているのが感じとれたという事実だ。なにかが変わっていく奇妙な感覚があった——痛くはなくて、ただの圧力みたいなものだが、控えめに言っても〝奇妙〟だった。つづけて、舌先にちくっと鋭い痛みをおぼえる。レイチェルはぎょっとして口をひらき、手でさぐってみた。

「ああ、そんな」とささやく。犬歯がほかの歯よりも下に突きでているのを感じたのだ。よろめくようにクローゼットから離れて、バスルームの鏡へと走っていく。そこで見たものに、恐怖が全身を駆けめぐった。

「なにかのトリックにちがいないわ」レイチェルは必死の思いで言った。

「トリックじゃないさ」とエティエンがうけあう。彼はこちらのあとを追ってバスルームに入ってきていた。「今日それを調べたバスチャンは、ときには変化がわりと速く進むことがあるって言ってた。その牙は最初の大きな変化なんだ。近いうちにきみは、暗闇のなかでももっとよく目が見えたり、よく耳が聞こえたり、あと……いろいろできるようになるよ」エティエンがそうあいまいに締めくくる。

レイチェルは鏡にうつった彼の姿に視線をやり、そこで動きを止めた。相手の姿が見えることに気づいて注意をそらされたのだ。エティエンは真うしろに立っていて、彼の肩や首や頭がはっきりと見えていた。

「ヴァンパイアは鏡にうつらないわ」と反論してみる。かなり必死な主張だったが、実際必死だった。

「それは作り話さ」エティエンがそんなふうに告げてほほえんできた。「ほらね？　きみはちゃんとお化粧できるんだ」

　どういうわけか、そう聞いてもあまり安心できるようには思えなかった。リラックスする代わりに、自分がみじめにうなだれるのを感じる。「わたしは死んだのね」

「死んでないよ」エティエンがしんぼう強く言った。「ぼくがきみをヴァンパイアにして、命を救ったんだから」

「あら——それはほんとにありがたいこと。わたしを救うために殺したってわけね。完璧な男の論理だわ」と悪態をつく。「どうやらハワイ旅行は中止のようね。まったく！　着てもゴジラみたいに見えない水着を、やっと手に入れたっていうのに」

「ぼくはきみを殺してなんかいない」エティエンがそうくりかえした。「パッジが——」

「パッジ？　あの迷彩服を着てた男ね？」と口をはさむ。斧をふりかざす男のイメージが心に浮かび、レイチェルは眉をひそめた。鏡のなかのエティエンをにらみつけてやる。「ああもう、あいつがあなたの首をはねるままにさせておけばよかったわ。そうすればすくなくとも、わたしが死んだり魂を失ったりすることはなかったのに」

「魂を失ったりはしてないよ」と彼が反論してきた。明らかに忍耐力がすりへりはじめているらしい。「パッジに致命傷を負わされたきみの命を救うためには、ぼくらの仲間にしなければならなかったんだ」

「魂をなくした感じはしないけど」レイチェルは鏡に身を寄せ、歯をむきだして新しい犬歯をつついた。

「実際、魂をなくしてはいないからだよ」

そう言ったエティエンを無視して、洗面台を物色しはじめる。欲しかったのはペンチだが、もちろんそんなものが見つかるとは期待していなかった。あるのはせいぜい爪切りくらいだろう。小さな爪切りと大きな爪切りを見つけだす。レイチェルは大きいほうを選び、鏡に向かって身を乗りだした。

「なにをしてるんだ？」エティエンがかんだかい声でさけんで、爪切りをひったくった。こっちが、新しい牙の一方の先を爪切りでとらえてひきぬこうとしたからだ。

「わたしはヴァンパイアでいたくないのよ」と、ぴしゃりと言ってやる。爪切りをとりかえしたかったが、彼は手のとどかないところにやってしまっていた。

相手にくるりと背を向け、ふたたびひきだしをさぐると、今度は爪やすりが見つかった。鏡に向きなおって、片方の牙をやすりで削ろうとしはじめる。

「歯は自然に治るだけさ」エティエンがいらだたしげに告げてきた。「ヴァンパイアでいるのはそんなに悪いことじゃないよ」

「あっそ!」と、うなるように応じて牙を削りつづける。

「けっして年をとらないし」彼は期待をこめた口調で言った。「けっして病気にならないし、それに——」

「二度と陽の光を見られないわけよね」レイチェルは鋭く言葉をさえぎった。ふりむいて相手をにらみつけながらこう問いかける。「どれだけ長いあいだ、わたしが夜勤から逃れようと努力してきたかわかる? 三年よ。わたしは三年間も、一晩じゅう働いて昼間よく眠れない日々をすごしてきたの。そして、やっと昼勤の仕事に昇格できたところで、あなたはわたしを〝夜うろつく者〟に変えたのよ!」一語ごとに声はだんだん高くなり、最後には金切り声になっていた。「つまり、永遠の夜勤へと追いやったんだわ! あなたなんか大嫌い!」

「陽の光のなかには出られるよ」とエティエンが応じる。でも、あまり自信のなさそうな口調だったので、彼はこちらをおちつかせようとしただけなのだろうとレイチェルは結論づけた。相手の嘘をとがめたりはしなかった。そのほかの〝ヴァンパイアがすべきことや、すべきでないこと〟へと、関心がすでにうつっていたからだ。

「にんにく!」信じられない思いで目を見ひらく。「わたしはにんにくがものすごく大好きなのに、もう二度と——」

「にんにくだって食べられるよ」とエティエンが言葉をさえぎった。「本当さ。にんにくが苦手っていうのも、ただの作り話なんだ」

彼が嘘をついているのかどうかよくわからなかったので、レイチェルは考えこむように相手を見つめた。「教会はどうなの?」

「教会?」エティエンがぽかんとした顔で応じた。

「教会へは行けるの?」〝馬鹿じゃないの?〟というみたいにゆっくりたずねる。「生まれてからずっと、家族そろって毎週ミサに出席してきてるのよ。だけどヴァンパイアは――」

「教会へも行ける」エティエンが安心したようにうけあった。「それも作り話さ。宗教的なものや場所が、ぼくらに悪い影響をおよぼすことはない」

彼は明らかに、そう聞いてこちらが喜ぶと思っていたらしい。だがちがった。レイチェルはふたたび肩を落とした。「すてき」とつぶやく。「今後ミサに行かずにすむいい口実ができればと思ってたのに。アントネッリ神父の話はすごく長ったらしいのよ。でも、わたしが教会の扉をくぐったとたん、ぱっと燃えあがるとかなにかそういうきまりの悪いことが起こるとなれば、ママだってミサに行くよう強要したりはしないはずだもの」そこで大きく落胆のため息をつく。「どうやら、現状にはプラス面がまったくないみたいね」

エティエンが眉をひそめた。怒りをぶつけられるほうがましだと思っているのかもしれない。「もちろんプラス面はあるさ」と彼が言う。「きみは生きてるし、この先もずっと生きられる……そう、うんと長いこと。年だってとらないし、あと——」

「それはさっきも聞いたわ」レイチェルはそっけなく指摘してやってから、エティエンを押しのけて寝室へともどった。

「なにをしてるんだい？」彼が不安そうに言いながらあとをつけてくる。

「着るものをさがしてるの」レイチェルは部屋を横ぎる途中で立ち止まった。「わたしの服が偶然そこらへんにあるのなら話はべつだけど？」

エティエンがかぶりをふった。「残念ながら、きみの服は血まみれで、だめになってしまったんだ」

「ふーん」と応じてクローゼットに向きなおる。「じゃあ、あなたの服を借りるしかないわね。あとで代わりのものを返すわ」

エティエンは眉をひそめたが、レイチェルが衣類をあさっているあいだは沈黙をたもった。彼女はすでに一着選んだことを忘れているらしく、べつの白い長袖のワイシャツとズボンをつかみだすと、バスルームのほうへすたすたともどっていった。本能的についていきかけたエティエンは、目の前でばたんとドアを閉められて、あやうく鼻の骨を折りそうになった。

「外のここで待ってるよ」とつぶやく。

「いい心がけね」レイチェルが障害物ごしにそう応じてきた。

エティエンはバスルームのドアをにらみつけ、衣《きぬ》ずれの音に耳をすました。彼女は身につけたシーツをはいでいるところだろう。イメージがぱっと心に浮かんだ。レイチェルがシーツをほどいてその布を落とすと、彼女のまるみをおびた青白い胸が、腹部が、腰が、そして……。エティエンは身ぶるいした。

レイチェルの裸がどう見えるかは正確にわかっている。彼女を連れて病院からこの家にもどるとき、エティエンにはそれをてつだえるほどの力はなかった。だが、母と兄がレイチェルの服を脱がせて傷の手当てをし、彼女の体をきれいにしてからベッドに寝かせてやるのを、見ずにいられるほどの力もなかったのだ。おかげで、レイチェルがいまドアのむこうでどんなふうに見えるかは、かなり明確に思いえがくことができた。彼女の青白い肌と赤い髪は、青いバスルームの色に映《は》えているだろう。レイチェルがシーツをわきにほうって、大きすぎるシャツを身につけはじめれば、その動きに応じて筋肉が固くひきしまるはずだ。あのシャツはお気にいりのやつで……。

完全に空想にのめりこみだしたところで、ドアがとつぜんひらいた。こちらが戸口に立っているのに気づいたレイチェルが、急に立ち止まって顔をしかめる。

エティエンは咳ばらいして、ゆがんだほほえみを浮かべてみせた。「早かったね」

「どいて」

「ああ、もちろん」すばやくわきへよけて、相手が通りすぎるのをながめる。ズボンはあまりにも大きすぎて、彼女の腰に袋みたいにぶらさがっていた。レイチェルはシャツの裾《すそ》をなかにつっこんでズボンのウエストを結んでいたが、彼女がクローゼットへと歩いてもどる途中、結び目はほどけてウエストから落ちてしまった。

ズボンが下がると同時に、エティエンの両眉がはねあがる。立ち止まったレイチェルは、いまや足首のまわりにわだかまったズボンをじっと見おろしながら、確実に顔をしかめたようだった。エティエン自身も顔をしかめていた——ズボンが落ちたことに対してではなく、おなじくらいすばやく下がったシャツの裾に視界をさえぎられてしまったからだ。ちょっとがっかりしたが、それでも彼女の両脚はよく見えた。すてきな脚だ。

レイチェルは小声でぶつぶつ言いながら、ズボンから外に足を踏みだして前進をつづけた。

「靴が要るわね」

「いや、必要ない」

「必要にきまってるでしょ」

「どうして?」

「裸足《はだし》ではとても立ち去れないからよ。よかったらタクシーを呼んでもらえる?」レイチェルが身をかがめてクローゼットのなかの靴をざっとながめる。

「だめだ」

彼女は反抗的ににらみつけてきた。「じゃあ、わたしが自分で呼ぶわ」

「ぼくが言いたいのは、〝だめだ、きみを立ち去らせるわけにはいかない〟ってことだよ」

エティエンはそう説明した。

レイチェルが目を極細にせばめてまともに向きあってくる。いらだっているのは疑うまでもなかった。「いいこと、わたしは着替えながらこう考えてたの」

「きっとすごく速く考えたんだろうね」とコメントしてやる。

彼女はエティエンの皮肉を無視した。「あのね、はじめはうまくだまされてたけど、今回の件はどれも事実じゃないと気づいたのよ。悪ふざけはここまで。もう終わったの。あなたはわたしをこのまま行かせたほうがいいわ」

「なにが『どれも事実じゃない』って?」と驚いてたずねる。

「ヴァンパイアがどうとかいう部分よ。わたしがヴァンパイアのはずがない。そんなものは存在しないんだから」

「いいや、存在する。ぼくがそうだ」

「いいえ。あなたは心を病んでるの。〝自分はヴァンパイアだ〟と思いこんでるだけなのよ。狼《おおかみ》人間だと思いこんでるけど、実際には狼化妄想をわずらってる人たちみたいにね。あなたは明らかにそのヴァンパイア版をわずらってるんだわ。ヴァンパイア化妄想だかなんだかを」

エティエンはあきれて目をぐるりとまわした。「なるほどね。じゃあ……きみの牙のことはどうなんだい？」

レイチェルは口をひきむすび、一瞬自信をなくしたように見えた。

そこを追及すべく、エティエンは小型冷蔵庫のほうへ歩いていって、さっきすすめた血液パックをとりだした。小指の長い爪で袋を裂いてひらき、彼女に近づいていく。

血の匂いが相手にとどくと同時に、予想どおりのことが起きた。レイチェルの牙がすべりでてきて下唇にかぶさったのだ――ヴァンパイアになったばかりの者に通常見られる反応だと聞いている。体の新たな本能をコントロールできるようになるまでには、しばらく時間がかかるからだ。レイチェルは息をのみ、口もとをおおってバスルームへと駆けだした。

エティエンはあとをつけていった。彼女が鏡で牙を調べているあいだ、その背後に立っていたが、相手がとつぜん緊張を解いたとき、トラブルが待ち受けているとわかった。

「どうしたんだい？」と注意深くたずねる。

「ヴァンパイアは鏡にうつらないのよ」レイチェルはまたしてもそうくりかえした。「だけど、わたしはうつってるわ」彼女が鏡ごしに視線を合わせてきてほほえむ。牙がある状態だと、その表情はちょっと邪悪に見えた。

「そんなのは作り話だ」と、こっちもあらためてくりかえす。

「いいえ。わたしがヴァンパイアじゃない証拠よ」彼女の口調は、信じられないほど断固としていた。

「じゃあ、きみの牙は？」ときいてやる。

その指摘に、レイチェルは一瞬答えに窮したようだったが、ふたたび緊張を解いた。「きっと夢を見てるんだわ」と彼女は応じた。「これは現実には起きてないことなの」こちらにくるりと向きなおり、輝くようにほほえむ。「わたしはあなたの夢を見てるのよ。あなたの死体が運びこまれてきたときに、魅力的だと思ったから。この夢のなかであなたをヴァンパイアにしたのは、それが死人を生きかえらせる唯一の方法だったからよ。まあ、〝生きてる状態に近い〟ってことだけど」

レイチェルは論理の矛盾に眉をひそめたが、こうつけくわえた。「そして、その夢のなかでは、あなたといっしょにいられるように、わたしもヴァンパイアになってるの」

「ぼくのことを魅力的だと思ってくれたのかい？」エティエンは気をよくしてたずねた。

「ええ、もちろん」彼女が気軽に認める。「死人を魅力的だと思ったのは、あれがはじめてだったわ。それもこんな夢を見てる理由のひとつなのかもしれないわね。死人に惹かれるなんてちょっと変だから、あなたをすごく魅力的だと思うって事実にうまく対応するために、この夢のなかでは命を与える必要があったのかも」レイチェルは小首をかしげて考えこんだ。

「とにかく、わたしがいままで扱ったなかでは、あなたが一番すてきな死体だわ」

「ほんとに？」エティエンはほほえんだ。これまでだれにも『すてきな死体だ』なんて言われたことはなかった。もちろん自分は死体じゃないし、その点はきちんと説明してやらなければならないが、とみずからに言い聞かせる。

「さて」レイチェルがそこでため息をついた。「それじゃあ、なにをする？」

エティエンは目をぱちくりさせた。「する？」

「そうよ。わたしの夢ではつぎになにが起こるのかしら？」彼女は興味深そうにこちらを観察した。「これはエッチな夢なの？」

「はあ？」ぽかんと口をあけて相手を見つめる。

「ごめんなさい。たぶんあなたも、わたしとおなじくらいわかってないんでしょうね。だって、あなたはわたしの心の一部にすぎないんですもの――つまり、わたしが現実のあなたに惹かれてる象徴としての。でも、これがどんなふうに進むものなのかよくわからないのよ。エッチな夢なんていままで一度も見たことがないから。友だちのシルヴィアはしょっちゅう見てるみたいだけど、わたし自身はまだ……おぼえてるかぎりではね」とレイチェルは言い、苦笑いしてこうつけくわえた。「抑圧されすぎてるのよ。ほら、カトリック教徒だし。エッチな夢のことをアントネッリ神父に懺悔《ざんげ》するなんて、とにかくあまりにも恥ずかしいもの」そこで眉をひそめる。「こんな夢のことを話したら、ひどい騒ぎになるわ。あのかわいそうな老神父は心臓発作を起こしちゃうかも」

「あー……」エティエンはとつぜんしゃべれなくなってしまったことに気づいた。

だが、レイチェルのほうはちがった。「そうね――」彼女がベッドにちらりと目を向ける。

「今回の出来事の大部分が寝室で起きてることを考えると、これはきっとエッチな夢なんでしょう」彼女の視線はそのままマットレスから離れなかった。「〝おたのしみ〟はこのベッドで起こるんだと思うわ。シルヴィアの夢と比べたらかなりありきたりなようだけど、なにしろエッチな夢を見るのははじめてだから、ゆっくりとりかかろうと無意識に判断したんじゃないかしら」

返事がのどにつかえてしまう。

レイチェルがいらだちの吐息を漏らしてつづけた。「そっちがいっさい行動を起こしてこないところをみると、あなたはわたしの積極性に乏しい面を代表してるにちがいないわね」がっかりしたような口調だったが、こうつけくわえたときにはほんのすこし元気をとりもどしていた。「まあすくなくとも、レイプされる夢ではないってことだわ。それは好きになれそうにないもの」

「うー」と応じる。

「そうだ、待って！　これは完璧にすじが通ってるのよ。わたしはなんでもコントロールしたがるたちなの。たぶん、エッチな夢がうまく進むためには、わたしが主導権を握ってる必要があるんだわ。わたしが気持ちよくエッチな夢を見られる唯一の方法がそれなのよ」レイチェルがふたたびベッドをちらりと見てうなずいた。「さてと、はじめましょうか。シルヴィアに話してやるのが待ちきれないわ。彼女はいつだって自分の夢をうんと自慢してるんですもの。夢のなかの男性はまさにシルヴィアが求めてるとおりのことをしてくれて、いつもすごくエキサイティングだって。とにかく最高のセックスで、現実の男なんかとは比べものにならないって」

彼女はそう話しながらこちらに近づいてきたが、エティエンが神経質に一歩あとずさると、ちょっととほうにくれたように見えた。レイチェルが、口調にいくらかいらだちをにじませて再度しゃべりだす。「自分が〝なんでもコントロールしたがる問題〟をかかえてるのはわかってるけど、あなたももうすこし積極的になってもらえるとうれしいわ」

「そんなふうには考えられないんだが――」

「だったら、考えないで」彼女はそう言うと、身を寄せてキスしてきた。

こちらの唇をおおった相手のやわらかな唇の感触に凍りつく。渇望が体内で高まったが、それにしたがって行動する勇気はなかった。彼女は混乱していて、〝自分は眠っている〟と思いこんでいるのだ。そうではないと説得してやらなければ――いやでしょうがないが。

「わたしのほうが積極的に攻める側なんだろうって答えは出したけど、すこしはてつだってくれてもいいのよ」と、レイチェルがエティエンの口もとでつぶやいた。キスはやめにしたらしく、こちらの手をつかんでベッドへとひきずっていく。「ひょっとしたら、ふたりで横になれば助けになるかもね」

「ぼくは……」驚いて息をのむと同時に言葉はとぎれた。ぐいとひっぱられてベッドに押し倒されたからだ。マットレスの上でワンバウンドしたかどうかというところで、レイチェルがよじのぼってきて腿のつけねの部分に腰をおちつける。彼女はすぐに上半身を前に倒してきた。明らかに、ふたたびキスをしようとしているらしい。

実際にはそれを避けたくなんかなかったが、だからこそ必死になってレイチェルのキスをかわそうと、エティエンは相手の両肩をつかんで接近を阻止した。「よせ！　待った。これはほんとに夢じゃないんだ」

「夢にきまってるわ」彼女は反論してきた。「あなたはわたしが夢見てた男性なんだから」

そう聞いてちょっぴり力がゆるむ。レイチェルがさらに上半身をかたむけてきたが、エティエンははっとわれにかえってふたたび彼女を止めた。レイチェルがその手をふりほどき、こちらの胸をせわしなくなでまわしてから、シャツのボタンをはずしはじめる。エティエンは、そんな彼女の手を無視しようとあがきながら言った。「だめなんだよ、本当に。ぼくは――。おっと、うまいな」

ボタンがはずされ、シャツの前がすでにひらかれてしまっていた。レイチェルのひんやりとした両手が、貪欲《どんよく》に胸板をなでまわす。

「経験を積んでるもの」と彼女が説明してきた。「遺体の服は、たいていは切りとってしまうだけだけど、脱がせなくちゃいけない場合もときどきあるから。すごい。あなたってすばらしい体をしてるのね」

「えーと、ありがとう。きみの体もとてもすてきだよ」エティエンの目は、レイチェルがこちらの体を両手でなめらかになでているあいだ、彼女の張りつめた胸に釘づけになっていた。上から三つめまでのボタンがはずれて、胸の谷間がたっぷりと見えている。すてきな谷間だ。すごくすてきだ。ちらっと舌を出して唇をなめたものの、本当になめたかったのはその胸のふくらみのほうだった。

「まあ、現実のあなたがこんなにすてきな胸をしてたかどうかはわからないけど」とレイチェルがコメントする。「でも、この夢のなかでは、わたしは明らかに完璧な胸をあなたに与えたみたいね」

完璧な胸だと思ってもらえて、心のなかで自分に〝おめでとう〟と言っていると、彼女の両手がこっちのズボンのウエストへ動いていくのを感じた。

「ここもきっと大きいにちがいないわ。さあ見てみましょう」

「いやそんな！」エティエンは肩から手を離して彼女の両手をつかんだ。

レイチェルががっかりしたように見つめてくる。「『いやそんな』？　あなたのあれは大きくないの？　だけど、大きくあってほしいのよ。それがわたしの夢なんだから」と、彼女は哀れっぽい声でうったえた。

「ちがうよ、ぼくが言いたいのは――」相手があまりにもがっかりしているように見えたので、安心させてやることにする。「うちの一族の男はみんなりっぱなやつを持ってるよ」

「まあ、うれしい！」レイチェルはこちらの手をふりはらって、ズボンを脱がせる作業にとりかかった。

「でも、ぼくらはこんなことをしちゃいけないんだ」と、どうにか口に出す。ほとんど苦痛に近かったが。

「もちろん、していいにきまってるわ。これはわたしの夢で、わたしがそう望んでるんだから」彼女は理性的に応じた。

「いや、だけど……。いいかい、道義的に言って、きみにこんなことをさせるわけにはいかないんだ。きみがこれを夢だと思ってるうちはね」

動きを止めてじっと見つめてきたレイチェルが、ふうと大きなため息をついて自分の前髪を目から吹きとばす。「わたしって、男の人に拒絶されちゃうようなエッチな夢しか見られないのね」

「夢じゃないんだよ」エティエンはそうくりかえした。「完全に現実なんだときみが受けいれてくれさえすれば、ぼくらは――」

「オーケー」とレイチェルが同意する。「これは夢じゃない」彼女はにやりと笑った。

思わず用心深く相手を見つめる。「えっ？」

「〝夢〟じゃなくて〝悪夢〟なのよ。でも、ひさびさに見た最高にいかした悪夢だわ」

「ちがう、悪夢でもない」

「まちがいなく悪夢よ」レイチェルが異議を唱えた。「あらゆる女性の悪夢だわ。セクシーな男性のベッドで目ざめたのに、相手から求められてないとわかるのよ？　悪夢以外のなにものでもないわ」

「ぼくはちゃんときみを求めてるさ」とうけあう。

「ああ、よかった。だったら、やっぱり悪夢なんかじゃないかもしれないわね」レイチェルがそう言ってエティエンの唇を奪った。

今回は戦う気力など残っていなかった。一瞬のためらいののち、みずからの欲望に屈する。ふたりのあいだで爆発的に目ざめた情熱には驚かされた。

長く生きてきたエティエンにとって、セックスはもう興味の対象ではなくなっていた。実際のところ、たいていのものに対する情熱が長年のあいだに薄れてしまい、最近までは、死ぬほど人生に退屈していたのだ――コンピューターが登場するまでは。あのすばらしい機械には、女性たちがひさしくなしえなかったほど強烈に情熱と関心をとらえられた。なのにこの女性には、何世紀も味わわずにいた感情をかきたてられている。しかも、ただキスしただけで？

自分の体の熱狂的な反応に驚くあまり、即座にそれに屈してしまい、紳士的にふるまおうという衝動は肉欲にのみこまれた。レイチェルの肩をつかんでいた手を離して彼女の体をなでまわし、相手の服にいらだちながら飢えたように愛撫《あいぶ》する。原始的なうなり声をあげ、お気にいりのシャツのボタンが飛び散るのもかまわず、布地をつかんでぐいとひっぱった。ここには、シャツみたいにレイチェルにかすめとられるようなブラジャーなどなかったので、彼女はそんなものは身につけていなかった。おかげで自由に、はじめは相手の胸にうっとりと見とれ、つぎにそのまるみをおびたふくらみを両手でつつむことができる。

レイチェルが甘いうめき声をあげてキスを中断し、愛撫する手のなかへ胸を突きだすように押しつけてきた。

「ああ、いいわ」と彼女はささやき、頭をうしろにのけぞらせて目を閉じると、こちらの両手をみずからの手でおおった。「わたしってエッチな夢を見るのがうまいじゃない」

「そうなのかい？」エティエンは小さく笑いながらたずね、上半身を起こして、口が相手の胸にとどくようにした。胸の先端を唇でおおい、口のなかに吸いこんで、硬くなっていく突起を舌でなでさすってやる。

「ああ、わたしってすごーくうまいわ」レイチェルが息をのんでエティエンのひざの上で身じろぎし、ジーンズの内側で急速にふくれあがっていくものにみずからをこすりつけた。

「エッチな夢は気持ちいいことがあるってシルヴィアは言ってたけど、ほんとにすごーい！」

エティエンは一瞬おぼえた罪悪感をすばやくわきへ押しのけた。彼女は明らかにこの〝夢〟をたのしんでいるし、こっちは真実を話そうと努力したのだ。

そんな自己弁護も、ズボンのウエストにふたたび手をかけられたとたんに消えてしまった。

今回は相手を止めようとはしなかった。それどころか、レイチェルがこちらのウエストのボタンをはずしてファスナーをおろすと同時に、興奮した息を吸いこんで腹部の筋肉をきゅっとひきしめている自分に気づく。彼女の手がズボンのなかにすべりこんだちょうどそのとき、寝室のドアがひらいて、母のマルグリートが室内に足を踏みいれてきた。

「あら」母の声は、皮肉っぽくおもしろがるようなひびきに満ちていた。「ふたりともちゃんと仲よくしてるみたいね」

エティエンはうめいた。レイチェルに目をやると、彼女は身を起こしてあたりを見まわしていた。その表情が、母を見て当惑したものになる。「わたしのエッチな夢のなかで、あなたはいったいなにをしてるの？」

「エッチな夢？」マルグリート・アルジェノは息子のほうに視線をもどした。

「えーと……」としか言えないエティエンだった。

6

「あなたはたしか、〝これは夢じゃない〟って彼女を説得することになってたはずよね」

「わかってるよ」エティエンはなだめるように応じた。母がこんなにいらだっているのを見るのははじめてだ。母はレイチェルにはやさしく親切に接し、例の『エッチな夢』発言は無視して、気まずい現場に踏みこんだばかりではないみたいにふるまっていた。そして、彼女のアパートからとってきた衣類が詰めこまれたトートバッグを手わたすと、それを着たほうがエティエンの脱ぎすてた服を身につけているより快適だろうと提案し、身じたくがすんだら下へおりてくるようにとたのんだのだ。

つぎに、母はこちらを連れて寝室を出た。廊下を進んで階段をおりていくあいだの母の沈黙が、〝ちょっぴり不機嫌〟という以上の状態だと警告してきていた。エティエンはいま一階のリビングルームで、自己弁護しようとつとめているところだった。「〝夢じゃない〟って、レイチェルを説得する努力はしたんだよ。本当に」

「まあ、どうやら失敗したみたいね」母がぴしゃりと応じる。「あの子は自分がエロチックな夢を見てると思いこんでたじゃないの、まったく！」

「エロチックな夢だって？」とバスチャンがくりかえした。その口調は、半分おもしろがっているようでもあり、半分ぎょっとしているようでもあった。

「じつに興味をそそられるね」バスチャンにそっくりだがすこし背の高いルサーンが、ポケットからペンとメモ帳をひっぱりだして、手早くなにかを書きとめる。

エティエンは兄ふたりをにらみつけ、心をおちつかせるべくひとつ深呼吸すると、母のほうに向きなおって言った。「ヴァンパイアになったって考えることに、レイチェルは本気で抵抗してるんだ。つまり、ほんとに本気で抵抗してるんだよ、母さん。彼女はその事実を受けいれまいとして、ものすごく複雑怪奇なやりかたで、自分の思考回路をねじまげて考えをゆがめてるんだ」

「ひょっとしたらきみは、ヴァンパイアになることの意味を正しく説明してないんじゃないかな」

エティエンは、男の低い声が聞こえてきたバーのほうに注意を向け、そこに立っているカップルに驚いて片眉をつりあげた。しゃべったのは男のほうだったが、目が最初にとらえたのは妹のリシアンナの姿だ。金髪だという点を除けば、妹は母とまさしくうりふたつだった。妹はいつも美しく見えたが、いまドリンクを持ってこちらへ部屋を横ぎってくる姿は、確実に輝いていた。婚約したことは、リシアンナにとって明らかによかったらしい。

妹のあとをつけてきた男にちらりと目をやる。グレゴリー・ヒューイット、通称グレッグ。長身で黒髪でハンサムな、妹の婚約者だ。彼はあいさつ代わりにほほえみかけてきた。

「おまえたちふたりが来てたとは知らなかったな」とエティエンは言った。「結婚式の準備で忙しいと思ってたのに」

「家族のために動けないほど忙しいなんてことは絶対にないわ」リシアンナがそうつぶやいて抱きしめてくる。「それに、兄さんの生涯の伴侶《はんりよ》に会う必要があったし」

エティエンはおちこんだ。その生涯の伴侶は、全力をあげてこっちと戦っているのだ――〝これはぜんぶエッチな夢だ〟と主張しておそってくるとかいうような、完全にとっぴな行動に出ていないときには。

「さっきも言ったように」と、グレッグがリシアンナの体にするりと腕をまわしながらくりかえす。妹はエティエンを解放してうしろにさがった。「ひょっとしたらきみは、ヴァンパイアになることの意味を正しく説明してないだけなんじゃないかな」

「当然そうにきまってるわ」妹がほほえみながら同意する。「すべての利点を知れば、彼女だってちゃんと気にいってくれるはずよ」

「利点なら話したさ」

「ぜんぶは話してないと断言してもいいわね」妹の笑顔を見て、みずからの能力に疑念を持たれたことに対するいらだちが多少やわらいだ。

「たしかに話したと断言してもいい」と反論してやる。

「すぐにわかるわ」

リシアンナは肩をすくめてほほえんだが、そのほほえみはこちらの肩のうしろに向けられていた。おかげで、べつのだれかが来ていることに気づく――レイチェルだ、もちろん。ふりむいたエティエンは、彼女の服装を見て目をまるくした。遺体安置所で会ったいずれのときも、レイチェルはフォーマルなズボンとブラウスと白衣を身につけていた。この家のなかでは、裸だったり、シーツを巻きつけていたり、エティエンのシャツを着ていたりした。ふと気づくと相手をぽかんと見つめてしまっていたのだが、いまの彼女が身につけているのは、色あせたぴちぴちのジーンズと、かろうじて上腹部にとどく短いTシャツだった。髪はポニーテールに束《たば》ねられ、顔はすっぴんだ。総合した結果、レイチェルは十八歳くらいに見えた。すごくセクシーな十八歳だ。

エティエンはひそかに喝采《かっさい》していた。

「ええと、この服は……その……」レイチェルは片足からもう一方の足へと重心をうつし、Tシャツの裾を神経質にひっぱって腹部を隠そうとつとめた。「わたしのアパートからほかの服は持ち帰ってきてないのかしら？」

「残念ながらないわ。ちがう服だった？」マルグリートがそうたずね、立ちあがって近づいてくる。「あなたの服じゃないの？　あなたのクローゼットから出してきたのよ。カジュアルな服はそれしか見つからなくて」

「ああ、ええ、たしかにわたしの服なんだけど」レイチェルはいそいで言った。「でも、これは古い服で——つまり、大学を卒業して以来ジーンズをはくことはなかったし、明らかに体のほうが大きくなりすぎたみたい」眉をひそめて自分自身を見おろし、ふたたびTシャツをひっぱる。「こんな服は処分しておくべきだったわ、本当に。だけど、わたしはなんでもためこんでしまうたちだから」

「いいえ、とてもすてきに見えるわよ」マルグリートがこちらの手をとり、ソファーへとひっぱっていった。そこに腰かけると、彼女がレイチェルの手をぽんぽんとたたいて言う。「エティエンの話によると、あなたはちょっぴり混乱してるようね」

「混乱してるのはわたしのほうじゃないでしょう」と応じたものの、本当にそうなのかはうさだかではなくなっていた。この夢は現実離れした予期せぬ展開をとげている。なにが起きているのかよくわからない。夢？　悪夢？　高熱による妄想？　すべてがたんなる悪い薬のせい？

「ああ、なるほど」マルグリートがにっこりとほほえんだ。「もしかしたら、あなたが目ざめる前の出来事で、最後におぼえてることを教えてくれれば、そこから話を進められるかもしれないわ」

「最後におぼえてることは——」と考えこむ。相手の論理的な姿勢には心が安らいだ。マルグリートは、〝自分はヴァンパイアだ〟とも〝レイチェルもそうだ〟とも主張していないから、これでぜんぶまるくおさまるかもしれない。

上の歯を舌でなぞり、それが完璧に正常であるとわかってほっとする。このなにもかもが、悪い薬を与えられた結果にちがいない。斧で皮膚を切りさかれたはずなのに傷跡は残っていない胸を、ぼんやりとなでさする。たぶん、自分はいまも昏睡状態にあって、粗悪なモルヒネの点滴が奇妙な夢を見せているのだろう。かならずしも悪い夢じゃない。寝室でのあの熱狂的な短い時間は、ぜんぜん〝悪く〟なんかなかった。実際のところ、個人的に〝悪い〟と感じた唯一の部分は、その時間があまりにも急に終わってしまったことだ——しかも、満足感を得られないまま。

「最後におぼえてるのは……」とくりかえし、ほかの考えはわきへ押しやる。「体調不良で一週間休んだあと、はじめて出勤したことかしら」

「ふんふん」マルグリートがはげますようにあいづちを打った。

「助手のトニーは休みで、非常勤のベスは遅刻してたわ」ちらりと目を上げてこうつけくわえる。「車の故障でね」

マルグリートが、見知らぬベスとその車に対する同情とおぼしき言葉をつぶやいた。

「そこへ、二人組の救命士のフレッドとデイルが、〝カリカリくん〟を運んできたの」

「〝カリカリくん〟？」

そうたずねてきたむかいの席の男性に、ちらりと目をやる。彼は、前に見たべつの男性とおなじく、まさに黒髪版のエティエンという外見だったが、ほんのすこし気むずかしそうだった。メモ帳を持っていて、そこになにかを書きとめているようだ。レイチェルは、彼の膝にのった手帳を好奇心にかられてじっと見つめ、こう答えた。「焼死体のことよ」

「それを〝カリカリくん〟って呼んでるのかい？」最初に見た黒髪の男性であるバスチャンが、悩んでいるみたいにたずねてきた。

心のなかで大きくため息をつく。こうした一見冷淡な態度を、部外者に説明するのはむずかしいのだ。でも、いちおうためしてみよう。

「死というのはかなり残酷な場合があるわ。だから、ときどきそういう言葉を使って……まあ要するに、悲劇から距離をおこうとするのよ。焼死であろうと心臓発作であろうと、あらゆる傷病事例が悲劇なの――ひとりひとり全員がだれかに愛されてて、その死を悼《いた》まれることになるから。わたしたち病院関係者はそれに気づいてるけど、心の奥に押しやっておかないと、自分の役目が果たせなくなってしまうのよ」まわりにいる人々の表情から、彼らが本当には理解できていないことが見てとれた。だれにも理解してはもらえないだろう。技術的にも感情的にもむずかしい仕事なのだ。自分も同僚も、死者に敬意をはらおうと最善をつくしているが、職場のストレスに対処する方法のいくつかは……。

「じゃあ、そのフレッドとデイルが焼死体を運んできたわけね」と、若い金髪の女性がうながしてくる。

「ええ」レイチェルは、発言した相手から服をとってきてくれた女性のほうへと、興味深い思いでちらりと視線をうつした。髪の色がちがうことを除けば、ふたりは双子と言ってもいいくらいだ。視線をふたたびエティエンにさっと向けると、困惑で心がいっぱいになった。「そう、車の爆発に巻きこまれた被害者をね。フレッドとデイルが立ち去って、わたしがその焼死体の処理をはじめたとき、焦げた皮膚がはがれおちてるようなのに気づいたの。まるで、焦げた皮膚なんかじゃなくて、爆風で吹きつけられたものみたいに。だから、脈をとってみようとしたんだけど、そのとき……」レイチェルはそこでためらった。ここからすべてがはっきりしなくなったのだ。といっても、思いだせないからではなく——斧が自分の体に食いこんできたときのことは絶対に忘れないだろう——いまは胸に傷などなくて、なにひとつすじが通らないからだ。

「そのとき……」と、メモ帳を持った男性がうながしてくる。

「遺体安置所のドアがばんとひらいたの」レイチェルはむりをしてつづけた。「そこには迷彩服とトレンチコートを身につけた男がいて、彼がコートの前をぱっとひらくと、一方の肩のストラップからはライフルが、もう一方の肩からは斧がぶらさがってたのよ。男はわたしにわめいてきたわ」ためらいがちにまた視線をちらりとエティエンに向け、すぐにそらす。

「男は〝さがれ、そいつはヴァンパイアだ〟ってわめいてた。それから、突進してきて斧をふりあげたの。彼は焼死体の首をはねるつもりなんだとわかったけど、そうさせるわけにはいかなかった。焼死体の男性が本当に死んでるのかどうか確信できなかったから、わたしはふたりのあいだにとびこんだのよ。男を止められればと願ってたんだけど、彼はすでに心を固めてたの。男は動きを止められず、斧は……」声はしだいに小さくなってとぎれ、レイチエルは手をのばして鎖骨の下をぼんやりとなでさすった。

一瞬、沈黙がその場を支配したが、咳ばらいしてこうしめくくる。「男は自分がしでかしたことに恐れおののいてたわ。彼は助けてくれようとしたんだけど、わたしはショックを受けておびえてたの。そしたら、遺体安置所にだれかが近づいてきてる気配がして、動揺した男は〝すぐに助けが来るから死なないでくれ〟ってわたしに言うと、くるりとふりむいて逃げていったのよ」

「ろくでなしめ」エティエンがそうささやいて、ほかのみんなのほうに向きなおった。「はっきり言って、パッジがレイチェルを拉致したと、警察に電話してうったえるべきだよ。やつを投獄してもらうんだ」

「でも、彼はわたしを拉致してないわ」と応じる。

「そこは問題じゃない」とエティエンは主張した。「パッジの言いぶんとは対立することになるだろうが、彼が武器を持って病院に入っていくのを目撃した者だっている。警察はきみ

レイチェルに警察へ通報してもらおう。〝いま逃げだしてきたところだ〟と言って、それで
のみんなのほうに向きなおってこうつけくわえる。「パッジの家の近くの電話ボックスから、ほか
「そうだな、やつはきみを殺そうとしただけだ」と、皮肉っぽく応じたエティエンが、ほか
「でも、彼はわたしを拉致してないのよ」レイチェルはくりかえした。
の言葉を信じるはずだ」

──」

「わたしはそんなことしないわよ」レイチェルは彼の言葉をさえぎった。「あなたを狙った
はずの斧を彼はたまたまわたしに当ててしまって、すぐにそのことを後悔したように見えた、
って警察には話すわ。だけど、彼に拉致されたなんて言わない。嘘になってしまうもの」
エティエンが腹立たしげにどなった。「レイチェル、やつはきみを殺そうとしたんだぞ」
「実際にはちがうわ」と反論する。「あれは偶発事故よ」
「オーケー。じゃあ、〝やつはぼくを殺そうとしたんだぞ〟って言いなおそう」彼はぴしゃ
りと言葉を返してきた。
「まあ、自称どおりあなたが魂のない吸血鬼なら、殺そうとしたからってだれも彼を責めら
れないでしょ！」
全員が息をのんだつぎの瞬間、母のマルグリートがとつぜん笑いだした。

エティエンはぽかんと口をあけてそっちを見つめた。「母さん！　どうしたらいまので笑えるんだい？」

「だって、彼女があんまりおもしろくて」と母は弁解し、ふりむいてレイチェルの手をぽんぽんとたたいた。「エティエンはちゃんと魂を持ってるわ。わたしたち全員が持ってるの。あなた自身もね」

レイチェルは反抗的な感じに見えた。母は、彼女を説得するのではなく、ちがったアプローチをとることにしたらしくこう言った。「うちの子供たちを紹介するわ。もちろん、エティエンにはもう会ったわね」

エティエンは元気づけるようなほほえみを浮かべてみせたが、レイチェルがそれに気づいたかどうかは怪しかった。彼女は神経質そうにこちらにすいと視線を向けてきたものの、うなずいて顔を赤らめると同時に、すぐに目をそらしてしまったからだ。

「こっちは娘のリシアンナとその婚約者のグレッグ」母はほほえみながらカップルのほうを身ぶりで示し、リシアンナとグレッグがレイチェルと握手して歓迎の言葉をかけるあいだ待っていた。つづけて、年かさの息子ふたりのほうをふりむく。「これはわたしの一番年上の坊やたち——ルサーンとバスチャンよ。ふたりとも、そんなふうににやにやするのはやめなさい。レイチェルをおちつかない気分にさせてしまうわ」

さっと首をめぐらせたエティエンは、兄たちがいやらしい笑いを浮かべているのを見て、両者を思いっきりにらみつけた。

「えーと、失礼」とレイチェルが口をはさみ、困惑した視線を母のマルグリートに向ける。

「あなたの『子供たち』って言いました？」

「そうよ」母がほほえんだ。

「だけど、あなたはあまりにも若すぎると――」

「ありがとう」母は笑い声をあげて相手の言葉をさえぎった。「でも、わたしは見た目よりずっと年をとってるの」

レイチェルがすっと目をせばめる。「何歳なんです？」

「七百三十六歳よ」

レイチェルは目をぱちくりさせて咳ばらいし、「七百三十六歳？」とオウム返しに言った。

「ええ」母がうなずいた。

レイチェルもうなずく。

全員がうんうんとうなずいていた。

レイチェルがかぶりをふって目を閉じる。エティエンには彼女の言葉がはっきりと聞こえた。「わたしはいまも夢を見てるんだわ。また悪夢に変わってしまったけど」

なんとも驚いたことに、母はふたたび笑いだしてレイチェルの手をぽんぽんとたたいた。

「これは夢じゃないわ。悪夢でもないし、エッチな夢なんかでもない」と説明する。「ぜんぶ実際に起こってることなのよ。わたしたちは——この言葉はあまり好きじゃないけど——いわゆるヴァンパイアで、わたしは本当に七百三十六歳なの」

「なるほど」レイチェルが再度うなずき、また目を閉じてぶるぶるとかぶりをふった。

ぱちっと目をあけた彼女は、とつぜんの痛みに悲鳴をあげた。母のマルグリートが手をのばしてつねったからだ。「あなたは夢を見てるんじゃないわ。つねられて目がさめたでしょう。これはぜんぶ実際に起こってることなの。わたしたちはヴァンパイアで、あなたもいまではそうなのよ」

「それがいいことみたいに言うんですね」とレイチェルがつぶやき、こうつけくわえる。「家族全員、頭がどうかしてるんだわ」

「バスチャンが科学的な根拠を説明してやるといいんじゃないかな」グレッグが唐突に口をひらいた。同情するような表情を浮かべている。彼自身も、つい最近こうしたことすべてに直面したばかりなのだ——とエティエンは思いだした。

「そうだな」バスチャンが立ちあがって、レイチェルのすわっているソファーに移動した。エティエンは、母が腰を上げてバーのほうへと歩いていき、冷蔵庫のなかをあさるようすをながめていた。母はうちの個人的な血のストックからちょっと一杯ひっかけているのではなかろうか。ここに来る前に足を止めて〝食事〟してきた者がいるとは思えなかった。全員がこの問題を懸念しているのだ。パッジの知識と執念は、家族全員にとっての脅威だから。

「いいかい」そう切りだしたバスチャンが、レイチェルの手をとってほほえみかけた——エティエンとしては気にいらないやりかたで。「〝ヴァンパイア〟っていう言葉は、ぼくらが選んだものじゃないんだ。ぼくらの種族につけられた名称ではあるし、死すべきさだめの者——えーと……つまり、ヴァンパイアではない人間を相手にするときには便利な概念だけど、完全にあてはまってるわけじゃない」

「そうなの？」レイチェルが用心深い口調で言う。

「ああ。すくなくとも、ヴァンパイアが世間に知られるようになったかたちとはちがってる。ぼくらがこうなったのは、いかなる呪いのせいでもないんだ」とバスチャンは説明した。「あるいは、神に疎《うと》まれたせいでもない。だから、宗教的なシンボルはぼくらになんの影響もおよぼさないんだよ」

「なるほど」レイチェルがゆっくりと応じる。

「悪魔にとりつかれてるわけでもないから、顔が醜くゆがむとか、人間をえじきにしたり苦しめてたのしんだりすることもない」

「ふんふん」

「ぼくらの体の状態は科学的に説明できるし、科学的な根拠もあるんだ」

その言葉がレイチェルの注意をとらえたらしい。彼女が耳をかたむけているのに気づいて、エティエンはほっとした。

「いいかい、ぼくらの祖先はとても古くてね」とバスチャンが説明をつづける。「ローマ時代より前、キリストの誕生以前から存在する。実際のところ、有史以前からだ」

「へえ?」レイチェルはまた確信が持てなくなったように見えた。

「そう。ぼくらのもとのふるさとは、一部の人々が〝アトランティス〟と呼んでる場所だったんだよ」

「ああ」レイチェルのその声のひびきから、エティエンは〝兄はふたたび相手の関心を失いかけているのだ〟とさとった。彼女の顔にはまたしても例の懐疑的な表情が浮かんでいる。

「アトランティスの科学者たちの技術はかなり進歩してて、彼らは開発したんだ……まあ、てっとりばやく説明すると、ある種のナノをね」

「ナノ?」レイチェルがやや緊張をゆるめた。しっかりした科学的基盤の上に再度もどれたからだろう。

「そうだ。そして、扱いがむずかしい生物工学をさらに組みあわせることで、一種の良性寄生体として活動する特殊なナノを生みだしたんだ」

「寄生体?」兄はいまや明らかにレイチェルの関心をつかんでおり、エティエンは希望がわきがってくるのを感じた。彼女は、現在起こっていることをようやく受けいれてくれるかもしれない。

「ああ。体内でつくりだされる血液をえさにするんだ」

「つまり、へんてこな科学実験の産物ってわけね」レイチェルが要旨をはっきりさせ、バスチャンがうなずくと、もうすこし緊張を解いた。「でも、そのナノはどうやってあなたたちの祖先の体に入ったの？」

「意図的にとりこんだんだよ」と兄は認めた。「いいかい、問題のナノは、血流のなかに棲《す》みついて、けがのダメージの修復を助けるために開発されたんだ——まあ言ってみれば、体の内側から作業する極小サイズの外科医みたいなものかな。だが、ぼくらの祖先の血流にそのナノがとりこまれると、修復するだけじゃなく、組織を再生して病気とも戦ってくれることがわかったんだよ」

「なるほど。要するに、ナノはあなたたちの体を修復および再生して、実質的に若さと健康をたもってくれるけど、それとひきかえに血を食べてしまうわけね？」レイチェルがゆっくりとそうたずねる。

「まさしくそのとおり」バスチャンがほほえんだ。

レイチェルは一瞬考えこんだようだったが、すぐにこうコメントした。「組織をたえず修復して再生するためには、大量の血が必要なんじゃないかと思うけど」

「そうなんだ」とバスチャンが認めた。「標準的な人体がつくりだせる以上の血がね」

「だから、首に吸いつかなきゃならないわけね」とレイチェルが推測する。

彼女の言葉にエティエンは咳ばらいし、室内のみんなはぎょっとした。

「いや、こっちを見ないでくれ」全員が顔を向けてきたので、エティエンはいらいらと言った。「ぼくはそんな表現は使わなかったんだから」

「わたしたちはもう〝首に吸いつく〟なんてことはしてないのよ」と、リシアンナがなだめるように言い、歩いていってレイチェルのかたわらに腰かけた。「かつてはそうする必要があったのは事実だし、ときには健康的な問題というか……その……恐怖症とかのせいで――」そこでグレッグのほうをちらりと見て、ほほえみをかわしあう。「――仲間の何人かは古いやりかたにもどらざるをえない場合もあるけど、血液バンクが登場してからは、人に咬みつくのは眉をひそめられる行為とされてるの」

「血液バンクね」レイチェルが目をまるくした。「なんてこと。ヴァンパイアにとっては、それがファストフード店やマクドナルドみたいなものなんだわ」

「マクドナルドというより、惣菜屋《デリ》に近いわね。冷えた食べ物ばかりだから」リシアンナがいやそうに顔をしかめる。重度の血液恐怖症だった彼女は、つい最近まで〝首に吸いつく〟ことを余儀なくされていたのだ。不幸にも血を見ると気絶してしまう病気ほど、ヴァンパイアを衰弱させるものはない――リシアンナは子供のころからずっとそれに苦しんできた。恐怖症はもう治ったが、妹がいまだに袋入りの冷たい血に慣れようと努力していることを、エティエンは知っていた。

黙りこんだレイチェルの顔には、嫌悪の表情がありありと浮かんでいる。「そして、いまではわたしも、あなたたちとおなじになったわけね？」

妹が彼女の手をとった。結果的に、リシアンナとバスチャンのふたりが、レイチェルの片手をおのおの握ったかっこうになる。「そうよ」妹は重々しく応じた。「エティエンが、あなたの命を救うために仲間に変えたの。いまのあなたはヴァンパイアなのよ」

レイチェルががっくりと肩を落とす。「でも、わたしはブラッドソーセージやレアステーキでさえ好きじゃないのに。ほんのちょっぴりピンク色の部分が残ってるだけで、吐きそうになってしまうのよ。どう考えても絶対に――」

「まあ、きっとなんとかなるわ」リシアンナが安心させるように言った。「必要なら、これまでどおり点滴で血を補給しつづけることだってできるし」

レイチェルはあまり心を動かされたようには見えなかった。「かかりつけの歯医者は、この牙をすごく気にいるでしょうね。はじめてレントゲン写真をとることになったら、大興奮すると思うわ」

「そんな心配は無用だよ。きみはもう歯医者に行く必要はないんだから」とバスチャンがうけあう。

「ほんとに？」

「そうよ」とリシアンナが応じた。「それにふつうの医者にもね。いまのあなたは虫歯にも病気にもならないの。血がすべてのめんどうをみてくれるわ」

「インフルエンザの予防接種にも歯医者のドリルにも、もう苦しまなくていいってこと？」とレイチェルがたずねる。

リシアンナがふりむいて、勝ちほこったほほえみをエティエンに向けてきた。「ほらね、ヴァンパイアになることの意味を兄さんが正しく説明してないってことは、わたしにはちゃんとわかってたんだから。オーガズムのことだって話してあげてないにきまってるわ」

「〝永遠に生きられて年もとらない〟って話したんだよ。歯医者や医者にかからなくてすむことより、そっちのほうが説得力があるはずだったから」と、むっとして応じる。

「まあ、歯医者や医者で苦しんだことがない人にとってはそうかもね」レイチェルが心ここにあらずといったふうに言い、それからこうたずねた。「オーガズムって？」

「おっと、いまのは退散させてもらう合図だな」グレッグが自分のグラスを手にとって、ドアのほうに体を向ける。「女性がセックスについて話しはじめたら……」

バスチャンもレイチェルの手をぽんぽんとたたいて立ちあがった。「ああ。そのあたりのことは女性陣にまかせるのが一番いい、と考えるべきかな」

「ふむ」ルサーンも低い声で同意したが、本当はここにとどまってメモをとっていたいように見えた。彼はしぶしぶ立ちあがってドアへと向かいながら、バスチャンとおなじタイミングでエティエンに近づいてきた。まるで意識を共有しているみたいに――たぶん実際そうなのだろうが――兄ふたりがこちらの腕をそれぞれとってドアのほうへとひきずっていく。

「いっしょに来るんだ、弟よ。おまえのゲームの最新作を見せてくれ」とバスチャンが言った。

エティエンは異議を唱えなかった。そんなことをしてもむだだからだ。ルサーンとバスチャンのように支配的な兄ふたりを相手にする場合、たとえヴァンパイアであってもなんの役にも立たないのだ。

「オーガズムのことだけど」マルグリートが、男たちのうしろでドアが閉まると同時に口をひらいた。

レイチェルはエティエンの母親をちらりと見た。その女性――彼女が本当に七百三十六歳ならうんと年上の女性だ――は、いたずらっぽい喜びを浮かべてほほえみながら、歩いてきてバスチャンがあけた場所に腰かけた。「きっと信じられないわよ」

マルグリートの熱のこもったようすに、リシアンナがくすくすと笑ってこう説明する。

「母のほうがわたしよりうまく説明できるはずだわ。わたしはヴァンパイアとして生まれたから、死すべきさだめの者の性生活は体験したことがないの。でも母は、ふつうの人間として人生をはじめて、あなたとおなじようにあとでヴァンパイアになったのよ。母に言わせると、その差は衝撃的なほどなんだとか」

「そうね」マルグリートは舌で前歯をなぞって、うれしそうに息を吸いこむ音をたてた。

「最初の一年間は、わたしは毎回失神してたわ」

「失神？」レイチェルは息をのんだ。「最初の一年間ずっとですか？」

「驚いちゃうでしょ！」マルグリートがこちらの手をぽんぽんとたたいた。「ちがいはどうにも説明できないわ。とにかく圧倒的なのよ。パートナーと心がつながって、自分自身のものと合わせて相手の快感も味わうことになるから」

「つまり、快感が二倍になるみたいな感じかしら？」とたずねる。

マルグリートはかぶりをふった。「むしろ二十倍に近いわね。どういうわけか、血が感度を高めるの。嗅覚《きゅうかく》はもとの十倍になり、聴覚も視覚も鋭くなって、触覚も極度に敏感になるのよ」

「セックスが二十倍よくなるですって？」その感じをつかもうとしたが、ぜんぜんだめだった。ひょっとしたら、参考になるような経験をもっと積んでいたら助けになったのかもしれない。だがここ数年は、人づきあいには時間も労力もあまりかけてこなかった。大学時代には婚約していたが、フィアンセがルームメイトとベッドにいるのを見てしまってからは、意識の大半を仕事に集中させてきたのだ。

「より経験を積んでても助けにはならないわ」と、マルグリートが共感をこめて言う。「自分で体験したときにこそ、わたしの言ったことがわかるはずよ」

レイチェルは確信が持てないまま相手をじっと見つめ、咳ばらいしてこうたずねた。「わたしの心を読んだんですか?」

「残念ながらそう」マルグリートが唇を噛んだ。「本当にごめんなさい。悪い癖なのよ。これからはあなたの思考に立ち入らないよう努力するわ」

レイチェルは肩をすくめた。自分の思考をガードしなければならないというだけのことだ。それに、現時点ではべつのことにもっと興味をそそられてもいた。「いまでは、わたしも心が読めるようになったのかしら?」

「まだよ。心の読みかたを学ぶ必要があるの。学ばなければならないことはほかにもたくさんあるけど」

「たとえば?」と、好奇心をおぼえてたずねる。

マルグリートがそこで考えこんだ。ひょっとしたら、こちらが圧倒されない例はなにか、判断しようとしていたのかもしれない。最終的に彼女はこう言った。「あなたは、肉体的にも精神的にも、以前よりずっと強くて俊敏になってるのに気づくはずよ。もっと夜目がきくようにもなるわ」

「夜行性の捕食動物に似てますね」とコメントする。

「そうよ。夜行性の動物みたいに、暗闇のなかで目にライトがあたるとキラッと光るはず」

レイチェルは、自分の外見を意識するかのように片手を顔にあて、マルグリートからリシアンナへと視線をちらりと移動させた。ふたりともシルバーブルーの瞳をしている。エティエンもそうだ。「わたしの目も、いまではあなたたちとおなじになってるんですか?」さっき二階で鏡をのぞきこんだときには、はっきりとは気づかなかったが。

「どちらかというとシルバーグリーンに近いわね」とマルグリートが判断する。「もとの目の色はグリーンだったの?」

「ええ」レイチェルはもう見たくてたまらなくなっていた。

こちらがそう思うか思わないかのうちに、リシアンナが立ちあがって、バーにおいてあるハンドバッグのほうへ歩いていった。彼女はちょっとのあいだバッグのなかをさぐっていたが、ふりむいたときには手にコンパクトを持っていた。その鏡をひらきつつ歩みよってきたリシアンナが、「わたしは二百二歳よ」と言いながらそれを手わたしてくれる。

口には出していない質問に答えてもらったことに、レイチェルはどうにか照れ笑いを浮かべ、〝この一家のそばでは自分の考えに気をつけないと〟とみずからに言い聞かせた。そして、鏡をのぞきこんで目を調べる。

「すごいわ」とささやいたレイチェルは、思考をガードしなければという心配などすぐに忘れてしまった。そこで眉をひそめる。「うちの家族にこれを説明するのはさぞかしおもしろいでしょうね」そう言ってちらりと目を上げると、母と娘が意味ありげな視線をかわしているのがちょうど見えた。「どうかした?」

リシアンナが〝なんでもない〟というように首をふったが、浮かべたほほえみはすこしこわばっていた。「コンタクトだって言えばいいわ」

「名案ね」マルグリートが怪しいほど機嫌よく応じて立ちあがる。「さあ、あなたは休まなくちゃ。疲れてるはずだもの」

奇妙なことに、マルグリートがそう言った瞬間、レイチェルはたしかに疲れを感じた。同時に、〝彼らは心を読む以外のこともできるのかもしれない〟とうっすら思う。

「心をあやつることもできるんですね」とレイチェルはとがめた。

「かつて狩りをするときに役立った便利な技なのよ」マルグリートが冷静に応じる。

すくなくとも彼女は嘘はついていない、とあきらめ気分で考えたが、つづけてべつの考えにおそわれた。「すこし前、エティエンはわたしの心をあやつってたわけなのかしら？」寝室でのあの情熱的な時間のことだとははっきり言わなかったが、そうする必要はなかったのだ。結局のところ、マルグリートはこちらの思考を読めるのだから。

「幸い、エティエンはあなたの心を読むこともあやつることもできないわ」と彼女は答えた。

「どうしてそれが『幸い』なんです？」とたずねる。レイチェル自身はたしかに『幸い』だと思うけれど、なぜマルグリートが？

「いい生涯の伴侶は、おたがいの心を読んだりあやつったりはできないものだからよ。そうでなければ、本当の意味でのパートナーとは言えないわ。主《あるじ》とあやつり人形になってしまうもの」

その発言にはちょっぴり困惑させられた。なにしろレイチェルは、この一家と会ったばかりで、だれの生涯の伴侶でもないのだから。だが、そこでべつの質問が心に浮かび、こうたずねた。「エティエンはいくつなんですか?」

「三百十二歳よ」

「三百十二歳」とオウム返しにつぶやき、またしても悩んでしまう。三百十二歳の高齢者をおいおい、おそおうとしていたなんて。彼はほんとに年寄りなんだわ。

「心配しなくていいのよ」とマルグリートが言った。今回の彼女の声はささやくように静かで、言葉をしゃべったというより吐息にのせたのに近かった。あるいは、ただ心のなかで思っただけなのか。「楽にして。一休みすれば、あまり悩まなくてもよくなってるはずだから」

「ええ」返事が自然と口から漏れる。でも、たいして気にならなかった。心のなかには、〝自分は疲れきっていて休息が必要だ〟という思いしかない。

「いらっしゃい」とマルグリートが言って立ちあがる。レイチェルはその言葉にしたがった。

「すごいじゃないか!」バスチャンがにやりと笑って、プログラムを終了させたエティエンの背中をばんとたたいてきた。「こいつは一作めよりさらに大ヒットするよ」ルサーンとグレッグもうなずく。

「そんなにいいできなの?」

男四人全員が、リシアンナの声に驚いてドアのほうをふりむいた。グレッグは彼女を見てほほえみ、そばに歩いていって、歓迎するように相手の体にするりと片腕をまわした。そして、リシアンナのひたいにキスして言う。「ヴァンパイアのセックスの喜びを、ぜんぶレイチェルに説明し終えたのかい？」

「まあね」妹はほほえんでキスしかえし、兄たちのほうに向きなおった。「彼女は夢中になってたわよ、エティエン。ひょっとしたら、兄さんのチャンスを増やしてあげられたかも」

「それはそれは」エティエンはコンピューターのスイッチを切って立ちあがった。「母さんはどこだい？」

「レイチェルをベッドに寝かせに二階へ連れていったわ」

エティエンは笑い声をあげた。「子供を寝かしつけるみたいに？」

「彼女は実際子供さ」ルサーンがそう言いながら、先頭に立って地下のオフィスを出る。

「せいぜい二十五歳ってとこだろう」

「三十歳に近いよ」とエティエンは訂正した。

「それでも子供だ」ルサーンが肩をすくめて応じる。

「ルサーンにとっては、みんな子供なんでしょ」とリシアンナがからかった。

「〝みんな〟じゃない。〝四百歳未満の者はみんな〟ってだけのことさ」

「つまり、兄さん自身と母さんとバスチャン、あと世の中にいるもっとずっと年をとった百人くらいのヴァンパイア以外はみんな、ってことだろ」エティエンは嫌悪感をおぼえて言った。三百十二歳にもなって子供扱いされるのには、もううんざりしてきているのだ。ときどき、〝ふつうの寿命と家族を持つ人間になりたい〟とあこがれさえする。とはいえ、そんな思いはいつもすぐに消えてしまうのだが。

「で、きみの友だちのポーキーのことはどうするんだい？」グレッグが、リビングルームにもどると同時にそうたずねてきた。

「パッジだよ」と訂正してやる。

「きみの母さんは、彼の名前はポーキーだと言ってたけどな」

「やつの名前に関することとなると、母さんは健忘症におそわれるらしい」

「ずっと考えてたんだが」とバスチャンが口をひらくと、全員が耳をかたむけた。四人きょうだいの父親が死んだとき、長男のルサーンが、執筆作業やほかの創造的な仕事に従事することを選んで家業を継ぐのを放棄すると、代わりに重責をひきうけたのが次男のバスチャンだった。その事実と、家族ひとりひとりのために骨折っていることとで、彼はみんなから尊敬されているのだ。「すでに話しあったとおり、病院関係者や警察は、パッジがレイチェルを連れ去ったと考えてるから、それに話を合わせるよう彼女を説得できれば好都合なんだ。警察はパッジを逮捕して、誘拐罪で彼を投獄するだろう。エティエンがレイチェルを納得させる必要があるけどな」

「妥当なアイデアだ」とルサーンがコメントし、片眉をつりあげてこちらに問いかけてきた。「彼女を説得できると思うか?」

「やってみるよ」エティエンは心を決め、ほほえんで言った。「レイチェルがここにいるあいだ、説得する時間はたっぷりあるだろうしね」

「とどまることに彼女が同意すればでしょ」とリシアンナが指摘してくる。

「もちろん同意するさ」

「レイチェルは野良犬とはちがうのよ、エティエン」母がリビングルームに入ってきながらそっけなく言った。「あなたの望むままに彼女をひきとめておくことはできないわ」

「ああ、たしかにレイチェルは野良犬とはちがう」と認める。「でも、いまは実際にぼくらの仲間なんだ」

「だから?」とリシアンナ。「わたしたちの仲間だからって、兄さんが彼女を鎖でつないでおけるってことにはならないのよ。レイチェルはきっと自分のもとの生活にもどりたがるはずだわ」

「だけど、〝食事〟はしなきゃならないだろう」と反論する。

「ああ、当然だ」バスチャンが同意した。「うちの血液バンクを、彼女が確実に利用できるようにしてやろう。必要ならな」

彼のほうにさっと顔を向けて言う。「必要なら? もちろん必要にきまってるさ」

「いや、そうともかぎらないよ」とグレッグが発言した。「レイチェルは病院で働いてるんだ。たぶん自分のめんどうは自分でみられるんじゃないかな」

エティエンはなんとも応じなかったが、口は不機嫌にひきむすばれていた。〝彼女がいなくなる〟という考えがとにかく気にくわず、その背景にある理由とちょっとのあいだ格闘する。みずからの情熱には困惑させられるばかりだった。レイチェルのことはほとんど知らないし、この件に関してこんなに強い感情をおぼえるはずはないのだから――なのに実際そうなっている。レイチェルにキスされたときに起こった体の情熱的な反応や、彼女がこちらの上によじのぼってきたときに感じた喜びとは、まったく関係ないことなのだと思いたかった。

家族が話しつづけるなか、ドアとそのむこうに見える階段へと、視線がさまよっていく。母さんが世話してくれたから、レイチェルはいまぼくのベッドで眠っているはずだ。それが一番いいのだろう。彼女の肉体は多くの〝傷〟に苦しんだばかりなのだ――斧による致命傷に、ヴァンパイアへの変化に、ダメージの修復。おまけに、精神的にもおなじような苦しみを味わった。人生全体があまりにも急に変わってしまった、という事実を受けいれるのは、容易なことではないはずだ。

そこで眉をひそめる。彼女といっしょにこちらの人生もふいに思わぬ転換をとげ、自分自身もかなり精神的な〝傷〟を負ったように感じられたからだ。とつぜん、べつのだれかを気にかけたり心配したりする状況に直面することになったのだ。この感覚に一番近いと思えるのは、妹がまだ幼かったときに感じた、兄としての保護意識だが、それとは比較にならないくらい強い。ぼくのベッドで眠っているあの女性とのあいだに、特定も完全に理解することもできない結びつきを感じる。ひょっとしたら、ぼくがレイチェルをヴァンパイアに変えたせいなのかもしれない。その事実が予期せぬきずなを生みだしたのだろう。とにかく、自分の人生と彼女の人生が、いまやさまざまなレベルでからみあったのが感じられる。

一方では、〝もっと人づきあいを研究する必要がある〟というだけのことなのかもしれない。こんなに長く禁欲生活を送ってきたことが、ぼく自身のためになるわけがないのだから。

「実際のところどれくらい長く？」

「二、三十年かな」と、自分を制するひまもなく答えてしまい、相手をにらみつける。「ほかの人間の思考を勝手に読むのは不作法だよ、母さん」

母はただにっこりとほほえみかえしてきただけだった。おそらくこちらが生まれたときから、母は子供たちひとりひとりとのきずなを持っている。母はいつだって、わが子の心やらなにやらを読みとることができた。子供の側からはむりだったが。おのおの、ふつうの人間の思考は読みとれる。あるいは、たいてい
いは読みとれると言うべきか——とエティエンはみずから訂正した。自分に対してはレイチェルの心が固く閉ざされているようなのを思いだしたからだ。四人きょうだいは、たがいの思考を読むこともできるが、心をガードしていなければの話で、ふつうはみんなガードしている。だが、子供の側はだれひとりとして、母の思

考を読みとれないのだ。

「もう遅い時間だし、わたしにはやることがあるの」母はそう告げて立ちあがった。「それに、例の計画に協力してくれるようレイチェルを説得する方法を、エティエンに考えてもらわないとね。明日の夜また集まって、この問題をさらに話しあうことにしましょう」

なんともほっとしたことに、全員が母の意見に賛成した。玄関で家族を見送り、ドアを閉めて鍵をかける。そして、どうしても自分を止めることができず、二階の寝室へと向かった。

泊まり客のレイチェルは、赤ん坊のように無邪気に眠っていた。エティエンのベッドのなかで、毛布の下に身をまるめて横たわったその姿には、奥に隠れたあのいたずらっぽくて元気ですらあった女性を思わせるものはなにひとつうかがえない。かすかに思いだし笑いをする。赤毛が示しているようにレイチェルはまさに爆竹みたいで、それを見ているのはすごくたのしい。日が暮れて新しい夜がはじまるのが、エティエンには待ちきれなかった。

7

ベッドサイドテーブルにおかれたデジタル時計の赤く光る数字は、〝十二時六分〟と読めた。まだ深夜だ。今回は、レイチェルはあまり長く眠れなかった。夜勤は嫌いだが、それを長期間つづけてきたせいで睡眠パターンが影響を受けており、ふたたび眠りにはもどれそうにないとすぐにさとる。いつもならこの時間は仕事の真っ最中で……昼間に働きたいと願っているところなのだが。

レイチェルは起きあがって両足をするりと床におろし、ベッドの足もとにおかれた衣類に手をのばした。〝服をもっととってくる〟とマルグリートが約束してくれたのはぼんやり思いだせるし、自分がなにか同意する言葉をつぶやいたことははっきりとおぼえている。でも、どうして同意してしまったのかはさっぱりわからない。もう一日だってここにとどまるつもりはないのに。家に帰らなければ。この先どんな人生が待ち受けているのかは知らないが、昨夜のバスチャンの説明で、明らかに人生が変わってしまったことは確信できた。

おかしなことに、変わったという事実を進んで認めようとしているのに、ちがいはまったく感じられなかった。いまでも家族を愛しているし、目標も望みも前とおなじだ。ヴァンパイアになったことを、自分がどう感じているのかは正確にはよくわからないが、困った事態になりそうな気はする。なにしろ、不老不死を夢見ることと――まあエティエンたちから聞いた感じでは、かならずしも本当に不死というわけではなさそうだが――実際にそれと向きあうこととは、まったくべつの話なのだから。

さっきはこんな夢を見ていた。まわりの世界が早送りで動いているのだ。夢のなかでは顔のない人々が動きまわり、生まれ、育ち、年をとっていった。じっと立ったレイチェルのうしろにはアルジェノ一家がいて、こちらはだれひとりけっして変わることなく、周囲のものが崩れて塵《ちり》になっていくのをながめている――つねに代わりの者が生まれて、おなじように死んでいくのを。

そんな暗澹《あんたん》たる夢と明るみに出た懸念とを押しやりながら、身じたくを終える。寝室を出ると、最初に目ざめたときみたいに、家がしんと静まりかえっているのに気づいた。しかしなんともほっとしたことに、廊下の明かりがひとつついたままになっていて、楽に階段をおりることができた。一階に着くとそこにはだれもいなかった――どうやらエティエンの家族は帰ったらしい。本能にしたがってキッチンへと歩いていったレイチェルは、地下室へつづくドアの下にひとすじの光が見えても、べつに驚かなかった。

そのドアをあけ、エティエンを見つけようと決意して階段をおりていく。この家を出るのだ、いますぐに。だが、階段の一番下に着くと同時に歩みは遅くなり、前回エティエンと接触したときの記憶がおそいかかってきた。自分のせんだってのふるまいが、内心恥ずかしくてしかたない。どうやったら彼と向きあえるっていうの？　一瞬、このまま立ち去ってしまおうかと考えたが、そんな不作法なまねをするわけにはいかなかった。結局のところ、エティエンは実際にこちらの命を救ってくれたのだから。その方法がすごく気にいったかどうかはまだなんとも言えないが、命を救ってもらったのはたしかだ。すくなくとも、お礼を言ったりここから出ていくことを知らせたりする程度の借りはある。

〝道義上、ただ逃げだすってわけにはいかないのよ〟とみずからに言い聞かせ、レイチェルはむりして進みつづけた。ドアには鍵はかかっていなかった。ドアをさっとあけたとき、それがすべて金属でできていて、最低でも厚さ十五センチはあるのがわかった。銀行の金庫室を思いださせる。ハイテクのセキュリティーね、とちょっと注意をそらされたが、つづけてデスクの前の椅子にすわっているエティエンに気づいた。キャスターつきの椅子をころがして、モニターのあいだを行ったり来たりしながら、データの調整をおこなっている。彼は今夜は棺桶で眠ってはいなかった。

　視線が問題の棺桶へと向かい、〝自分もおなじくあれのなかで眠らなきゃいけないのかしら〟と、眉をひそめて見つめる。その考えにはまったく心惹かれなかった。ちょっぴり閉所恐怖症ぎみだから。

「やあ、起きてきたんだね」

ちらりとエティエンのほうを見ると、彼は椅子をくるりとまわしてレイチェルと向きあい、ほがらかにほほえみかけてきた。エティエンはしょっちゅうほほえんでいるように思える。明らかにしあわせなタイプの男性らしい。だけど当然よね？　彼は裕福でハンサムで永遠に若くて、ほとんど心配事はかかえていないみたいだから。自分がただそこに立って相手を見つめているのに気づき、レイチェルはむりやりほほえんで前に進みでた。「なにをしてるの？」

「仕事さ」エティエンがモニターに向きなおってキーボードをたたき、画面を切り換えた。彼がなんの画面を立ちあげたか見てとったレイチェルは、信じられない思いで目をまるくした。

「『血に飢えし者』？」と静かにたずねる。画像が形をとりおえると同時に、目がいっそうまるくなった。そのタイトルは、血のようにしたたりおちる赤い文字で書かれていた。『血に飢えし者II』ですって！」とさけぶ。「一作めは大好きなの。二作めが出てたなんて知らなかったわ」

「出てないよ。まだ」

「まだ？」タイトルページが制作会社のロゴマークへと変わっていくあいだ、モニターに視線が釘づけになってしまっていたのだが、つづけてさっとエティエンに目を向ける。「まさか、あなたがこのゲームのクリエーターだって言うんじゃないでしょうね？」

彼はうなずいて、またにっこりと歯を見せて笑った。

「すごいわ」レイチェルはモニターに視線をもどした。「クリエーターはトロントに住んでる人だって聞いてたけど、でも……」でも、その当人がヴァンパイアだと知って、ちょっとショックを受けていた。『血に飢えし者』はヴァンパイアもののゲームなのだ。悪のヴァンパイアと、彼らを倒す孤独な女性ハンターが登場するゲームだ。

「『血に飢えし者II』はもうほとんど仕上がってるんだよ。最終バトル以外はね」とエティエンが応じる。「不具合や調整すべきところをたしかめるテストプレイをしようとしてたんだ。いっしょにやってみるかい？」

レイチェルはためらったが、長い時間ではなかった。お礼を言って立ち去るのはあとにすればいい。お気にいりのゲームの二作めになるはずの、まだ発売されていない試作品をプレイする機会というのは、とにかくあまりにも魅力的すぎる。

「まあ、あなたが『血に飢えし者』を開発したっていうなら、たぶん完全な悪人ではないんでしょうね」半分からかうように言ったレイチェルは、エティエンが部屋の反対側からころがしてきてくれた椅子に腰かけながら、彼が自分の椅子にすわりなおすのを見ていた。

「そりゃまたどうもありがとう」エティエンの口調はおもしろがっているみたいだった。彼がキーボードを操作してゲームを立ちあげる。

「つまり、パッジはこのゲームからあなたがヴァンパイアだって見ぬいたわけ？」とレイチェルはたずねた。エティエンの指はキーボードの上で踊っているかのようだ。そのすごい速さに感動する――タイピングに関しては、自分はキーをさがしながらぽつぽつと打つことしかできないから。

「正確にはちがう」とエティエンが応じた。「まあひょっとしたら、これがいくらかやつの助けになった可能性はあるけどね。ぼくの正体を実際にばらしたのは、そこの棺桶とか、陽の光を避ける癖とか、物を食べてるようすがまったくないって事実とかのほうさ」

レイチェルはぽかんと相手を見つめ、困惑ぎみにたずねた。「だけど、そのすべてを彼はどうやって知ったの？」

エティエンは肩をすくめながらも、現在の作業に集中していた。「パッジはコンピューター技術者なんだ。やつはぼくの成功をねたんでたんだと思う。ぼくに執着してたっていうか。〝自分を雇ってくれ〟って言ってきたんだが、ぼくはひとりで仕事するほうが好きなんだ」そこで顔をしかめる。「あいつには一年以上もしつこく追いかけられたよ。給料なしで働くとさえ申し出てきた。それでもぼくが拒否すると、やつはこっちをつけまわしたり留守のときに家に侵入したりしはじめたんだ。パッジは情報を集めようとしてたんだと思うけど、まったく予想もしなかった事実を知ってしまったにちがいない」彼はあいまいな表現でそっけなく言った。「どうやらやつが知った事実は、ぼくを殺して伝統的な方法でとどめをささなければならない、と確信するに充分なものだったらしい」

パッジがエティエンの首をはねようとしたことを言っているのだろう。「ヴァンパイアを殺す伝統的な方法は、心臓に杭《くい》を打つことなんじゃないの？」

「心臓に杭を打って首をはねることだ」とエティエンが同意する。「やつは、杭は実際には必要ないと判断したんだろうな」

「そんな」レイチェルは顔をしかめた。エティエンと斧をふりかざすパッジとのあいだに、あのとき自分がとびこんでいなかったら、いったいどうなっていたの？　パッジが片手にエティエンの首をぶらさげている映像が心に浮かぶ。そうなるのを防げて本当によかった。

「パッジって人はちょっとビョーキなんじゃないかしら」

「ああ。やつには心の治療が必要だと思う」とエティエンは認めた。「現に必要だとわかってるし」

「どうしてわかるの？　つまり、彼が幾度となくあなたを殺そうとしてるって事実以外にも、理由があるわけ？」と皮肉っぽい口調でたずねる。

「パッジの心のなかに入って記憶を消去したり行動をあやつったりすることができないからさ」こちらが急に疑念をおぼえて目をすっとせばめると、彼はこうつけくわえた。「いや、ぼくはきみの心を読むこともふるまいをあやつることもできないけど、きみの場合は狂気とはまったく関係ないと断言できるよ」

そのからかうような口調に、ついほほえんでしまう。「じゃあ、あなたがどうしても心を読めない相手もいるわけね？」彼がうなずいたので、レイチェルはこう言ってみた。「だったら、ひょっとしたらパッジもわたしとおなじで、そういう人間のひとりなのかも」

エティエンがかぶりをふった。「ぼくの説明が悪かったみたいだね。パッジの心のなかには入れるんだが、とてもたいへんな作業なんだ」彼は目をそらして肩をすくめた。「やつの思考は混乱しててはっきりしない。〝断片化してる〟っていうのが、たぶん一番ぴったりの表現だろう。ぼくには彼の思考の意味を充分理解できなくて、それをどうすることもできないんだ。一方きみの場合は、単純にぼくには思考が読みとれない」

「ふーん」相手の言うことを信じていいのかよくわからなくて考えこむ。「あなたのお母さんは、なんの問題もなくわたしの心を読んでたみたいだけど」

「思いださせないでくれ」エティエンがいらだった口調で言った。

「彼女は読みとれるのにあなたは読みとれないっていうのは、いったいどうしてなの？」とたずねてみたが、それが事実なのかはさだかではなかった。自分のせんだってのふるまいは彼のマインドコントロールによるものなのだと考えるほうが、恥ずかしさはあまり感じなくてすむ。残念ながら、マインドコントロールだったとは確信できないが。

エティエンは質問には答えなかった。「さあ、はじめるぞ」と言って、こちらの注意をゲームの画面にひきもどす。「レベル1だ」

レイチェルはオープニングシーンをうっとりとながめ、期待に満ちたほほえみを唇に浮かべた。じつは、ひそかにテレビゲームの中毒なのだ。勤務時間が人づきあいをややむずかしくしているせいもあって、ゲームで遊んで時間をつぶすことで知られている。お気にいりのゲームのクリエーターだという事実によって、レイチェルのなかでのエティエンの評価は高まっていた。魅力的でしかも優秀ですって？　刻一刻と彼がかっこよく見えてきている。そもそも最初からめちゃくちゃかっこよく見えていたわけだけど。そう、〝死体〟だったときでさえも。

ふたりはゲームをやりはじめた。エティエンはきびしい監督だった。裏技を使うことは許されず、つぎになにが来るかのヒントすらくれようとしない。そのうえ彼は、〝意気地なし用の初心者モードを使うわけにはいかない〟と言い張った。ふたりは上級者モードでプレイしはじめ、チームとして動いて、さまざまな悪のヴァンパイアをさがしだしては杭を打っていった。

これが悪のヴァンパイア組織を壊滅させるゲームであるという事実は、レイチェルは深く考えないことにした。だが、悪党のひとりを塵にするのに成功するたびに、どうしても顔をしかめてしまう。ようやくそれに気づいたエティエンが、相手はならず者のヴァンパイアで、自分たちのような善良なヴァンパイアとはちがうのだと説明してくれた。ならず者のヴァンパイアは古いやりかたで〝食事〟するのを好み、その過程で人の命を奪う連中なのだと。そう聞いてレイチェルはややリラックスし、完全にゲームにのめりこんだ——エティエンがすこしのあいだ席を立ったときにも、彼がこちらの手の近くにマグカップをおいてくれるまで、ほどんど意識しなかったくらいに。

のどが渇いていることにとつぜん気づき、手さぐりでカップをとって中身をぐっとあおる。そして、即座にカップに吐きもどした。「うえええええ！」冷たくて濃い金属的な血の味が舌をおおっている。

「ごめんよ」エティエンの口調はあまり申し訳なさそうには聞こえなかった。彼は小さく笑いながらマグカップを受けとり、デスクの端からティッシュの箱をとってくれた。レイチェルは、カップのなかにうまくもどせなかった血をきれいにふきとった。「血の味に慣れるには時間がかかるんだ。警告しておいてあげればよかったな」

顔をしかめて口をぬぐう。「慣れるのは当分むりみたい」

「うーん」エティエンが困った顔をして自分のマグカップから血を飲み、それをわきにおいてこう言った。「まあ、必要なら、点滴で血をとりこむこともできるけどね」

レイチェルは打ちのめされたように大きくため息をついた。「なんだか……弱虫っぽく聞こえるわ」

エティエンが肩をすくめた。「不便だけど使えるやりかただ。リシアンナもつい最近まで点滴を使う必要があった」

「妹さんも？」と驚いて言う。彼女は強い女性に見えたし、レイチェルのように血にびくついてなんかいなかったのに。

エティエンはうなずいた。「リシアンナは子供のころから血液恐怖症をわずらってたんだ。血を見たり匂いを嗅いだりすると、失神してしまってたんだよ。血をとりこむには、人に咬みつくか点滴を受けるしかなかった」

「人に咬みつく？ それだと血の味を感じてしまうんじゃないの？」

「いや。正しくやれば牙自体が血を吸いあげてくれるから、舌にふれることはないんだ」

「だったら、あなたがやったみたいに、ただ血液パックに咬みつけばいいんじゃない？」

「血を見るだけでもリシアンナは失神してしまうんだよ」とエティエンが思いださせた。「目をつぶったまま血液パックに牙を突き刺すなんてことを、しょっちゅうやるわけにもいかない。狙いをはずしたら、そこらじゅうに血が飛び散りかねないからね。それに匂いのこともある」とつけくわえる。「血液パックに牙をうずめた瞬間、血の匂いがただようんだ。袋入りの血には独特の匂いがあってね。ぼくらほかの者はだいじょうぶなんだが、リシアンナにとっては大問題なんだよ」

「なるほど」そうつぶやいたレイチェルは、エティエンがこちらを見て眉をひそめているのに気づいた。

「気分はどうだい？」と彼がたずねてくる。

レイチェルは考えこんだ。ふたりで何時間も『血に飢えし者II』をプレイしてきて、自分が最後に食事したのがいつだったか思いだすことさえできない。パッジに攻撃される前以降、なにも食べていない気がする。

エティエンがゆっくりうなずいた。「お腹《なか》がすいたわ」「そうだと思った。青ざめた顔をしてるからね。その空腹を満たせるのは血だけなんだ」

レイチェルは顔をしかめた。「あなたたちは食べ物はまったく口にしないの？」

「〝わたしたち〟と言ってくれ」と彼は強調し、こちらもいまでは彼らの一員なのだと思いださせた。「ぼくらは確実に食べ物を口にすることができるし、実際に食べもする。とくに幼いうちはね。子供のときには、筋肉や骨の成長を助けるために、血とおなじく通常の食事もしなければならないんだ。ふつう、そうしなかった者は簡単に見わけられる――たいてい成長不良でやせこけてるから。だが、成人したあとは食べ物はそんなに必要ない。おおかたの者は百年かそこら生きると、食べ物を口にするめんどうくささや、ときにはその味にさえうんざりしてしまって、単純に血に依存するようになるんだ。筋肉の量を維持するために、ときどき物を食べるくらいでね。ただ、バスチャンは〝実際には食べ物を口にする必要はない〟って確信してるみたいだけど」

レイチェルは考えこみ、咳ばらいして言った。「まあ要するに、わたしが物を食べるのに飽きるまで、あと七十年くらいはかかるってことよね」

エティエンがどうにかゆがんだほほえみを浮かべてみせた。「惣菜屋《デリ》になにか注文して届けてもらおう」

「惣菜屋《デリ》?」眉をひそめて腕時計をちらりと見る——時計はもちろんそこにはなかったが。「いまは何時なの?」

「午前十時をちょっとまわったとこだ」

「十時すぎですって?」それは金切り声に近かった。自分たちは夜中からずっと朝までゲームをしていたのだ。〝たのしいときは時間がすぎるのが早い〟という話は本当らしい。とはいえ、ゲームでまるまる一晩つぶしてしまったなんて、にわかには信じられなかった。

「なにを食べたい?」と、たずねてきながら、エティエンがデスクの電話機のボタンを押しはじめる。

レイチェルはすこし考えてから、ルーベンサンドイッチとフライドポテトとコーラをたのんだ。本当にお腹がぺこぺこだ。それに気づいたいま、空腹感は刻一刻と強くなってきていた。

食べ物が届くのを待つあいだ、ふたりでさらに『血に飢えし者II』をプレイしたが、レイチェルは気もそぞろだった。ようやく呼び鈴が鳴って注文品の到着が告げられたときには、思わずほっとした。エティエンが一言ことわって席をはずし、玄関へ応対しにいく。こちらが地下のオフィスで待っていることを、彼が期待しているのはわかっていたが、とにかく待ってなどいられなかった。ゲームを中断し、エティエンを追って一階へと上がっていく。キッチンに足を踏みいれると、片手に惣菜屋《デリ》の袋を持った彼がちょうど廊下から入ってくるところだった。

エティエンが皿を見つけて食べ物を並べるあいだは、レイチェルはなんとか自分を抑えていた。だが食事の用意ができたとたん、サンドイッチとフライドポテトを、ほとんど恥ずかしいくらいがつがつと食べはじめた。パンくずの最後のひとかけらとコーラの最後の一滴をのみこむまで、食べるのをやめられなかった。食事を終えて椅子に深くすわりなおしたレイチェルは眉をひそめた。お腹ははちきれそうなほど満杯なのに、脳みそはまだ空腹だとうったえている。

「きみには血が必要なんだ」とエティエンがやさしく言った。どうやらこちらの渇望に気づいたらしい。「バスチャンの話では、きみはしばらくのあいだは大量の血を必要とするってことだった。きみの体はいまも変化しつつあるから」

「変化はもう終わったんだと思ってたわ」

「ほとんどはね」とエティエンが訂正する。「まだいくつか残ってることがあるんだよ」

「たとえば?」レイチェルは好奇心にかられてたずねた。彼はオーガズムのことを言うつもりなのかしら。

「感覚が鋭くなるんだ。嗅覚はすでによくなってるけど、どんどん鋭くなっていくよ。もちろん視力もね。夜目もきくようになる」

「あなたのお母さんもそう言ってたわ」と認める。聞いた感じではそんなに悪くない。顔がごつごつと腫れあがるよりは確実にましだ。

「おいで」エティエンが立ちあがった。「点滴を用意しよう」

「注射針は大嫌いなのよ」とレイチェルはぼやいたが、しぶしぶ腰を上げた。「つまり、本当に大嫌いなの。ほとんど恐怖症と言ってもいいくらいに」

「きみにはもっと血が必要なんだ。血を体にとりこまないと気分はよくならないよ」エティエンがそうたしなめながら、先に立って廊下を進んでいく。

　レイチェルは彼の背中に向かって〝べーっ〟と舌を出してやったが、相手の言うとおりなのはわかっていた――自分にはもっと血が必要だ。ほどんど苦痛をおぼえるくらい強烈に、体が血を求めているのはたしかだった。しだいに明らかになってきているのは、この家から出ていく計画が中止に追いこまれたということだ。袋入りの冷たい血を飲みほせるようにならないかぎりはだが、そう考えるだけでぞっとしてしまう。

「だれかに咬みつくんじゃだめなの？」とたずねる。どういうわけか、そっちの考えのほうが冷たい〝血液パックくん〟より魅力的に思えたのだ――ほんのすこしだけだが。「もちろん、咬みつく相手はわたしの嫌いな人にしなきゃいけないけど」

　エティエンがちらりとふりむいて口をひらきかけたが、こちらが彼の首を見つめているのに気づくとそこで動きを止めた。「ちょっと待った！　ぼくは『血に飢えし者』の開発者なんだぞ、おぼえてるかい？　きみのお気にいりのテレビゲームじゃないか」

「ええ。でも、あなたはそもそもわたしをヴァンパイアに変えた人でもあるわけだし」と、レイチェルは思いださせてやった。

　どうやらエティエンは、からかわれているのがわからなかったらしい。罪悪感が顔をよぎり、申し訳なさそうな表情になる。「それについては悪かったと思ってる。だけど、きみを死なせるわけにはいかなかったんだ」

　ひどく自責の念にかられている相手をからかっても、ちっともおもしろくない。エティエンは明らかに、今回の困難な経験すべてを遺憾に思っているようだ。レイチェルは肩をすくめて彼のわきを通りすぎ、階段を登りはじめた。「まあ、そこらへんはきっと乗りこえられるわ。死んでるよりはずっとましだと思うもの。でしょ？」

　エティエンの大きなため息が聞こえてきたので、立ち止まってふりむく。こんなふうにすっかり暗くみじめになっている彼は好きじゃない。実際、気を悪くさせるつもりなんかなかったのだ。相手を喜ばせてその状態から救いだしてやるのが、事態を収拾する一番いい方法に思えた。そこで、にこやかにほほえんでこう言う。「それじゃあ……あなたはわたしに咬みついてほしくないみたいだから、うちの上司を見つけて咬みついてやるのがいいかもね。なにしろ、彼こそがわたしに三年間も夜勤をやらせた張本人なわけだし」

エティエンはこちらの真意をはかりかねているように見えた。「いまは陽が出てるよ」

レイチェルは両眉をつりあげた。「あなたは〝陽の光のなかにも出られる〟って言ってたと思うんだけど？」

「出られるけど、日光によって受けたダメージを修復するために、より多くの血が必要になるんだ。それに、人に咬みつく行為は、実際ぼくらがなんとしても避けようとすることなんだよ」

「あのね」レイチェルはちょっとうんざりして言った。「ときどき、あなたにはユーモアのセンスがないんじゃないかって思うわ」相手にくるりと背を向けて階段を登りつづける。「人に咬みつくとかいう話はただの冗談なのよ。〝血液パックくん〟に咬みつくのだって好きになれないんだから、当然、生きた人間にうまく対応できるわけがないでしょう。まったく」

「ああ、うん。冗談を言ってるのかもしれないとは思ったんだけど、自信がなくてね」

彼の言い訳などすこしも信じず、レイチェルは笑い声をあげた。でも、じつはそんなことはどうでもよかったのだ。本当は、〝また点滴を受けなければならない〟という考えから気をそらすために、エティエンをからかっていただけなのだから。

医療分野で働いているレイチェルが、いまだに〝注射はいやだ〟とだだをこねることに、家族はいつも驚いていた。まあ、長年のあいだにずいぶんましにはなってきている。たとえば、もうかつてのように赤ん坊みたいに泣きさけんだりはしない。それでも、注射針を刺されるのはストレスのたまる試練なのだ。だが、あまりにもプライドが高すぎて、怖がっている姿をエティエンに見られたくなかったので、点滴をつながれる苦しみに耐えるあいだは、黙ってただ目を閉じていた——意気地がないからではなく疲れているせいだと、彼が思ってくれることを祈って。

「それじゃあ……」

レイチェルは目をひらき、好奇心にかられてエティエンをちらりと見た。点滴をセットし終えた彼は、いまはベッドのわきに自信なさげに立っていて、つぎにどうするべきかよくわからないみたいに見えた。エティエンの視線がこちらの唇に釘づけになっているのに気づき、一瞬〝彼はキスしようかどうか考えているのかも〟と思う。エティエンは一度かすかに身をふるわせると、離れていきながらこうつぶやいた。「ぼくは地下のオフィスにいるから、なにか必要なときは起こしにきてくれ」

死者のために作られたあの小さな暗い箱のなかで彼が眠るという考えに、レイチェルは顔をしかめたが、ただ「おやすみなさい」とささやいて、相手が寝室から出ていくのをながめた。

ひとりになった瞬間、点滴を見ずにすむよう目を閉じる。心はふらふらとさまよい、せんだってのベッドでのイメージと刺激的な感覚とを、すぐにひっぱりだしてきはじめた。エテイエンといっしょにこのベッドにいたときの情熱的な時間のことは、こまかなところまで思いだせる――ちょっとした感覚のひとつひとつを、吸いこんだ息のひとつひとつを。しかし、マルグリートが部屋に入ってきたあの瞬間が訪れると、心は反抗的に独自のシナリオを作りだした。じゃまは入らずドアは閉じたままで、手がさがしていたものを見つける。レイチェルの心のなかでは、エティエンが主張していたとおり、彼のものは大きかった。しかも、時間によってみがきあげられた石のように硬くてなめらかで、そして……。

エティエンはため息をついて棺桶のなかで身じろぎした。心は数々のイメージで満ちあふれている。自分は寝室にもどっていて、レイチェルが上にのってきていた。その胸はこちらの飢えた視線の前にさらけだされており、彼女の手がズボンの内側にすべりこんで、勃起《ぼっき》したものをあたたかくしっかりとつつみこむ。エティエンはうめき声をあげ、レイチェルの手のなかでびくっと動いた。体が熱烈に反応している。彼女の手が勃起したものをするりとなでたときには、相手を止めなければ恥をかいてしまうとわかった。

エティエンはのどの奥でうなりながら、レイチェルをふりおとして体の位置をずらした。彼女をあおむけにころがしてから、自分もころがるように上におおいかぶさって、状況の主導権を握る。位置関係が急に変わったことでレイチェルは驚いて息をのみ、彼女の上着の前が大きくひらいて、青白い胸がいっそうさらけだされた。エティエンはその機に乗じて、前回やりたくてたまらなかったことをした――頭を垂れて、相手のしょっぱくて甘いなめらかな肌をぺろりとなめたのだ。

レイチェルが唇を噛んで甘いうめき声を押し殺し、エティエンの手にしっかりとつかまれたみずからの手を自由にしようと、身をよじってもがく。彼女もこちらにふれて愛撫したいのだとわかったが、そんなことをさせておけるほどの自制心はいまこの瞬間にはなかった。レイチェルを、自分とおなじくらい興奮して飢えた状態にしてやりたい。エティエンは、体をずらして片手で彼女の両手をつかみ、もう一方の手を下にのばしてズボンのベルトをはずそうとした。

「てつだってあげるわよ」と申し出てきたレイチェルが、下で休みなく体を弓なりにそらしている。エティエンは片手だけで不器用に作業しながら、ただほほえんで首をふった。ようやくベルトをはずすのに成功すると、つかまえていた相手の両手首にそれを巻きつけ、バックルに通した端をひいてぎゅっと締める。

「なにしてるの？」レイチェルが息をのんだ。こちらがそのベルトをヘッドボードに結びつけたからだ。「こんなこと――」

彼女の抗議を、エティエンはキスで黙らせた。

レイチェルはベッドの上で体を弓なりにそらした。心は混乱してごちゃごちゃになっている。どういうわけか、空想が急激に制御不能になりつつあった。形勢を逆転したエティエンにあおむけにひっくりかえされるまでは、この夢のなかではすべてが順調だったのに、いまは空想が予期せぬ方向に進んでいる。しかも、それを止めるすべがないようなのだ。もちろん、本気で止めたいのかはよくわからないが、そんなことが起きているという事実そのものに困惑させられる。自分がひとりでベッドにいて夢を見ているのはたしかだ。なのに、暗闇のなかでエティエンの体の感触を——麝香《じゃこう》のコロンの匂いを——そして口に舌が押しこまれてきたときには彼の本質的な味わいを——感じとることができた。とまどいながらも、このままなりゆきに身をまかせようと決意する。レイチェルは口を大きくひらき、みずからも舌を突きだして彼の舌とからみあわせた。手首に巻かれたベルトをひっぱって、こちらも相手を抱きしめたりふれたりできるよう自由になろうとしたのだが、むだな努力に終わる。

エティエンが口を離したときには、レイチェルは興奮にあえいで荒い息をついていたが、キスを中断されたことにがっかりしてもいた……彼の口が、のどをつたいおりて胸のふくらみへと動いていくまでは。どういうわけか、着ているシャツの前が大きくひらいていて、エティエンの喜びの前にわが身をさらけだすかっこうになっていた。幸い、彼の喜びはこちらの喜びでもある。それぞれの胸を愛撫され先端を吸われたレイチェルは、絶叫して背中を弓なりにそらした。エティエンが、さらに下へと移動しながら唇で腹部をたどっていく。甘くうめいて身ぶるいしながらも、レイチェルははっきりと意識していた——唇より先に動いていく彼の指が、腰骨を下へとなぞり、脚の外側をさらに下へと進んでから、腿をなであげるのを。

自分の脚はどうするべきか決めかねているようで、愛撫されているレイチェルはおちつきなく身じろぎした。両腿ははじめはぎゅっと押しつけられ、それからかすかにひらき、あとはエティエンの指の下でぴくぴくとふるえるだけだった。歌うのは得意ではないが、彼の愛撫が体の中心に達したときには、高い〝ド〟の音にとどく絶叫を発した気がする。レイチェルはびくっと身をふるわせ、甘くうめき、ベッドの上で首をよじった——とくに、相手の指が口におきかわったときには。

以降はほとんど頭が働かなかった。どうにか生みだせた唯一のまともな考えは、〝エティエンはめちゃくちゃじょうずだ〟ということだけだ。でもそれを言ったら、彼には三百年もの実践経験があるのだから当然だろうか。まあ、その事実ははっきり示されていて、レイチエルはこんな感覚は味わったことがなかった。エティエンのせんだっての話では、こちらの感覚はまだ完全には発達をとげていないということだったが、強烈ななにかを明らかに体験しているのだ。いまの快感は、かつて味わった絶頂の二十倍とはいかないまでも、すくなくとも二倍か三倍にはなっている。それはほとんど恐ろしくさえあった。〝ほとんど〟ではあるが。

エティエンは電話の鳴る音で起こされた。ぱっと目をひらき、心と体がただちに警戒態勢に入る。しかし、体のほうはどうやらすでに警戒態勢に入っていたらしい——この誇らしげに勃起したものが、なにかの判断基準になるとすればだが。体の強烈な欲求をむりやり無視し、棺桶のふたを押しあげて身を起こす。つぎの瞬間には、部屋を横ぎって受話器をひっつかんでいた。

「もしもし?」と、いらだちを隠せずにどなりつける。

沈黙。エティエンはすこしのあいだ耳をかたむけ、すっと目をせばめた。敵意と怒りが感じられる無言状態がつづいたからだ。そこでこう推測する。「パッジか?」

カチリと回線の切れる音がそれに答えた。懸念に眉をひそめながら受話器をもどす。こちらが〝雇うつもりはない〟とはっきり告げて以来、パッジは電話をかけてこなくなり、エティエンを殺そうとするようになったのだ。だが、いましがたの電話はパッジにちがいない。あいつがどうして電話してきたのかは知らないが、いいことではなさそうな感じがする。

エティエンはふりむいて、いらいらと自分の棺桶をながめた。そのなかにもどるという考えには心惹かれなかった。さっきの夢で興奮してしまっていたのだ。これではあまりにもおちつかなくてとても眠れそうにない——すくなくとも、暗くて窮屈な棺桶のなかにひとりでいる状態では。いつもの棺桶がなぜか急に、考えたり計画を練ったりできる居心地のいい場所ではなく、冷たくて暗い孤独な空間にしか見えなくなっていた。

ため息をつきながらオフィスを出て二階へと向かう。レイチェルのようすをチェックして、血液パックを交換してやり、それからしばらく仕事するのがいいかもしれない——眠りには当分もどれそうにないから。

エティエンがレイチェルのところに着くと、彼女はぐっすり眠っていたが、顔をしかめてもいた。彼女が目ざめているときには何度か見たことのある表情だが、眠っているときにもそんな顔をしているなんて、完全に予想外だった。いったいどういうことなんだ？ 冷蔵庫に向かう代わりに、ベッドのそばへと歩いていく。しかめっつらは不満のあらわれなのかもしれない。ベッドのシーツと毛布がからみあってめちゃくちゃになっている。半分はわきに蹴とばされ、半分はレイチェルの体に巻きついていた。明らかに、彼女もエティエンとおなじくらいおちつかない状態らしい。そのとき、レイチェルが両手を頭の上のほうにおいているのが目にとまった。夢のなかでこちらが彼女の手を拘束したのとほぼおなじ位置だ——すごく現実っぽかったあの夢の。

ある事実にとつぜん気づいたが、つづけてすぐに疑念をおぼえ、仮説を検証してみることにする。エティエンは目を閉じて心の手をのばし……即座にひっこめた。いつもぶつかっていた障壁ではなく、レイチェルの思考がちらりと見えたからだ。彼女の心は、目ざめているときにはしっかりとエティエンを締めだしているが、眠っているときには大きくひらかれているらしい。つまり、さっき体験していた夢だか空想だかは、たぶんふたりで共有していた時間だったのだ――自分がレイチェルの夢のなかにひきこまれたのか、その逆なのかはともかく。

どちらがあの夢の物語をはじめたのかは、たいした問題ではないと思う。一番だいじなのは、〝なんだかんだいっても彼女はまだぼくに惹かれている〟という事実だ。レイチェルの小さな甘いうめき声や、こちらに対する反応はまちがえようもなく（すくなくとも夢のなかではだが）、反発や嫌悪感とは似ても似つかぬものだった。いいことだ。なにしろ、ぼくはたしかに彼女に惹かれているのだから。希望が胸にわきあがってくる。生涯の伴侶なしで永遠のときをすごすはめにはならずにすむかもしれない。ひょっとしたら、すべてがまるくおさまるかも。とはいえ、うまくいくと確実にわかるまでにはしばらく時間がかかるだろうし、その時間を得るためには、この家にとどまってくれるようレイチェルを説得する必要がある。

ふつうの人間がするデートみたいなことをしてもいいかもしれない。彼女を外に連れだして、高級レストランで食事してくどくのだ。だが、やっかいな問題もある。パッジのことがひとつ。それに、レイチェルはこれまでとはちがう生きかたを学ばなければならないということもある。体の反応を制御できるようになることが、彼女が習得すべきより重要な課題の一例だ。

冷蔵庫へと歩いていったエティエンは、新鮮な血をとってきて、点滴スタンドのほとんどからになった血液パックと交換した。その役目を終え、ふたたびレイチェルをじっと見おろす。ふと気づくと、手をのばして、彼女の顔からひとふさの赤い髪をはらいのけてやっていた。眠っているレイチェルがため息をつき、こちらの手に頬をすりよせてきたので、エティエンはほほえんだ。彼女を自分のそばにとどめておく方法を見つけるのだ。レイチェルを守ってやりたい。ただ、彼女は過保護にされるのを嫌うタイプのように思えるが。

ととのえた毛布をひっぱりあげてレイチェルの体にかぶせてやると、エティエンは静かに寝室をあとにした。考えをまとめて、彼女を二週間くらいここにとどまらせるもっともらしい根拠を見つけださなければならない。そして、うちの家族の提案にのって〝パッジに拉致された〟と主張してくれるよう、相手を説得する作業にとりかからなければ。パッジは依然として非常に大きな脅威であり、レイチェルにはまだまだたくさん学ぶべきことがあるのだから。

8

レイチェルが目ざめると外はすでに暗かった。そういう状態には慣れているが、たいていは夜の訪れるのが早い晩秋か冬場だけの話だ。夜に働くのをつねに嫌ってきた理由のひとつが、〝冬には、朝七時に帰宅したあと、陽の光を浴びられるわずかな時間を眠ってすごさなければならない〟という事実だった。奇妙なことに今回は、夜まで眠ってしまったのがたいして気にならなかった。すっきりした気分で目ざめ、一日をはじめたくてしかたがない——いや、実情に照らせば〝一夜を〟だろうか。

手持ちの服に関してはあまり選択の余地がなかったので、レイチェルはマルグリートがとってきてくれた例のきついジーンズとTシャツをまた身につけた。つぎに、エティエンの衣類から長袖のワイシャツを勝手に拝借してはおり、ひらいたままのシャツの裾をウエストのところで結ぶ。つづけて、すこしのあいだバスルームにこもって、歯をみがいたり髪をとかしたりした。これまた気をきかせてマルグリートが持ってきてくれたファンデーションと口紅をつけることも考えたが、実際のところそんなものは必要なかった。肌は健康的に輝き、唇はいつもより赤みを増している。ヴァンパイアになることには、どうやらべつの利点もあるらしい——化粧品代をうんと節約できそうだ。

にやにやしながら寝室を出て階段を駆けおりていく。キッチンへとさまよっていったものの、そこでエティエンを見つけられなかったので、ひきつづき地下室へとおりていった。オフィスは薄暗くて、モニター上のスクリーンセーバーが光を放っているだけだったが、室内にだれもいないのは見てとれた。ただし、ふたの閉まった棺桶はある。エティエンは明らかにまだ目ざめていないようだ。

視線をさっとデスクの上の電話機に向ける。この家で唯一目にした電話機だ。家族に短い電話をかけて、自分がぶじなことだけでも知らせたかった。家族を心配させていると思うとたまらなかったからだ。

電話機のほうに足を一歩踏みだしたところで、みずからを制する。電話なんかかけたら、エティエンを起こしてしまう。もしそうなれば……。まあ、彼がどう反応するかはよくわからない。いずれにせよ、エティエンはもうすぐ目ざめるだろう。そのあとで、電話を使いたいとたのめばいい。レイチェルは静かにあとずさってオフィスから出ると、一階にもどった。

つぎにどうしようかと考え、家のなかを探検することにした。あてもなく一階の部屋から部屋へと歩きまわりながら、さまざまな現代風様式を称賛の目でながめる。ようやく足を止めたのは、図書室にたどりついたときだった。レイチェルは昔から本の虫なのだ。立ち止まって書棚と目の前の本をながめ、一冊に興味をひかれる。そこで、ふかふかの椅子のひとつにあぐらをかいてすわり、その本を読みはじめた。そんなふうにしているところへエティエンがあらわれた。

「まだ眠ってたんだと思ってたわ」と言いながら、本を閉じて立ちあがり、それをもとの棚にもどす。

「いや、きみの服をもっととりにいってたんだ。着替えが欲しいだろうと思ってね」

「あら、ご親切にどうも」レイチェルはエティエンのおちつかなそうな表情を見て、彼が持っているバッグに目をうつし、また相手の顔に視線をもどした。「ところで、あなたやあなたのお母さんは、厳密にはどうやってわたしのアパートに入りこんでるの？ ヴァンパイアは、心で家の鍵をあやつったりなんだりできるわけ？」

エティエンはにやりと笑った。「いや、できない。きみの鍵を使ってるんだ。ハンドバッグのなかに入ってたやつを」

「なるほど」とつぶやく。「わたしのハンドバッグもここにあるのね。そう聞いて安心したわ」この家を出ていける状態になったと判断できたら、それが必要になるだろうから。

「今日の午後、ぼくが出かける前に、二階のきみの部屋においておいたよ」

「〝あなたの〟部屋でしょ」レイチェルは彼の言葉を訂正してやってから、物問いたげに小首をかしげた。「いまので思いだしたけど、変化し終えたら、わたしも棺桶で眠らなければならなくなるの？」

「いいや」とエティエンが首をふる。「本当はもうあんなものは必要ないんだ。昔の家は隙《すき》間《ま》だらけで、太陽の光を締めだすのがむずかしかった。それに、使用人やらなにやらもいたしね。だけど現代では、光をさえぎるブラインドや鍵や警報装置なんかが、充分役目を果たしてくれる」

「ああ、よかった」レイチェルはエティエンのそばに歩いていって、彼が服を詰めこんでくれたバッグを受けとった。「とりあえず上着は着替えてくるほうがいいかしら。あなたがシャツをとりもどせるように」

「そうだね」エティエンは、こちらが廊下に出るまで待ってから声をかけてきた。「レイチエル？」

ふりむいて応じる。「なあに？」

「身じたくができたらここにもどってきてくれ。話しあわなきゃいけないことがあるんだ」

レイチェルは一瞬黙りこんでから、うなずいて二階に上がっていった。彼の真剣な表情には神経質にさせられた。話しあいたいことってなんだろう？　ひょっとして、こっちの気にいらないことなんじゃないかしら。もしかしたら、今回の件全体には、まだ語られていない不利な点がもっとあるのかも。

話の内容の見当はつけられそうにないと判断し——たとえ見当をつけられたとしても、それが正しいかは実際に話しあうまでわからないわけだし――寝室に駆けもどってバッグをベッドの上におく。エティエンが持ってきてくれたものを選りわけると、自分のかなり限られた手持ちの衣類が並んでいるのを見ることになった。フォーマルなズボンとブラウスが、その大半を占めている。ぜんぶ仕事用の服だ。ほとんど人づきあいのない状態では、バスローブとふわふわしたスリッパを除けば、仕事着以外の服はあまり必要ないのだ。

上着のひとつを選んで着替えたが、ジーンズをわざわざはきかえようとは思わなかった。はいているあいだに生地がのびて、まだ多少きついものの、また着心地がよくなってきていたからだ。そもそもたいしてきつくはなかったのだろうが、長年ゆったりとしたフォーマルなズボンをはきなれていたので、きついように感じただけらしい。バスルームの鏡で自分の姿をすばやくチェックしたあと、ひとつ深呼吸して肩をまっすぐにのばし、一階へと向かう。

エティエンがどんな不快なことを話そうとしているのか、レイチェルは心の準備をととのえようとした。だが、なにが話題になるかよくわからなかったため、ほとんど心構えはできなかった。

エティエンは図書室を行ったり来たりしていた。頭をフル回転させて、整然とした理屈を組み立てようとする。レイチェルを説得してここにとどまらせることができれば、パッジの問題にとりくむのに必要な時間を得られるはずだ。彼女は異議を唱えていたが、パッジに拉致されたと主張するよう説得するのは、そんなにむずかしくはないだろう――彼女自身にとっても、それがもっともためになることなのだから。

レイチェルに同情するところからはじめるのが一番いいにちがいない。彼女は、仕事のことや職を失う可能性を危惧《きぐ》しているはずだ。家族や友人を、また彼らがレイチェルの身を案じていることを、心配してもいるだろう。彼女のしあわせを願っている恋人だっているかもしれない。

その考えにはふいをつかれた。いまこの瞬間まで、レイチェルの愛をめぐって争うライバルがいるなんて考えもしなかったのだ。現時点でそう考えるのはあまりたのしくなかったが、これは明らかに知らなければならないことだ。

〝きみの懸念は理解してるよ〟と話したあとで、こんなふうに指摘してやろう。〝いろいろ心配するのはもっともだけど、一番気にかけるべきなのはきみ自身の健康としあわせだ――仲間の健康としあわせはもとよりね。仕事や自宅にすぐもどったら、きみの安全がおびやかされかねない。まずパッジのことがある。きみが元気な姿でもどれば、いまやヴァンパイアの一員になったと知られて、標的にされるおそれがあるんだよ。それに、きみはまだ経験が浅くてコントロールを欠いてる。牙がとびだしたり仕事中に空腹感に負けたりしたら、ヴァンパイアに変わったことがばれて、きみ自身とぼくの家族の両方が危険にさらされるはめになるだろう。いや、もっと悪い。きみはまだ人の心をあやつれないから、自分がひきおこした被害を修復するチャンスさえないはずだ。あと、血の問題もある。自力で血をとりこめないのが一番大きな課題だ〟と。

「さあ、来たわよ」

エティエンは窓からふりむいてレイチェルのほうを見た。彼女は例のジーンズをはいたままだったが、上着は瞳の色をひきたてるグリーンのブラウスに着替えていた。すごく魅力的だ。息をのむほどに。頭のなかで整然と組み立てた理屈は、いまや陽気に足並みをそろえて出ていってしまい、あとにはとほうにくれたエティエンだけが残された。

「話したいんでしょ？」とうながしながら、レイチェルが部屋の奥に進んできた――こちらが彼女を見つめて立ちつくしているあいだに。

「ああ。話そう」と同意したものの、どうにかそう言うのが精いっぱいだった。だれかにガツンとなぐられたような気分だ。

なぜだ？　レイチェルを見たのはこれがはじめてってわけじゃない。彼女の美しさには最初から気づいていたじゃないか。いまこんなに惹きつけられているのは、相手の不安そうな表情や、目に浮かぶかすかな懸念の色のせいかもしれない。それか、下唇を噛んでいるようすのせいか。いやひょっとしたら、体をしっかりとおおっていたTシャツの代わりに、レイチェルがいまはブラウスを身につけていて、上から二、三個めまでのボタンがはずされているという事実のせいかも。自分の夢のなかで――あるいはふたりが共有していた夢のなかで

——ぺろりとなめた胸の谷間がさらけだされている。

「話したいんじゃなかったの？」

エティエンはみずからの心を揺さぶってしゃきっとさせた。「ああ、うん、ぼくは……いいかい、知りあいに連絡できないことできみが気を悪くしてるのはわかるよ。家族や友人や恋——きみに恋人はいるのかい？」と、自分で話の腰を折る。

「現時点ではいないわ」レイチェルがそう答えた。

「それはよかった」にやりとして応じる。

彼女が両眉をつりあげた。『よかった』ってどうして？」

「どうして？」一瞬言葉に詰まったが、こういう答えにおちついた。「まあ、心配してる人がひとりは減るってことだろ？」

レイチェルが当惑顔でゆっくりうなずく。

「えー、とにかく」エティエンは咳ばらいした。「今回のことできみが気を悪くしてるのはわかる。だけど、だけど——」

「だけど、〝食事〟ができるようにならないと、わたしはここを出ていけない」と彼女が口をはさんだ。

「本当に？」驚いてたずねてから、こう言いなおす。「つまり、きみはそう理解したんだね？」

「もちろんよ。職場で牙をとびださせたり、家族や同僚や神父さんに咬みついたりしていいわけがないもの」

「ああ、うん、たしかによくないな」とエティエンは同意し、ほっとしてにやりと笑った。いまのレイチェルはとても分別がある。

「だからたぶん、〝食事〟をする訓練にとりかかるべきなんだわ」

「そうだね」とうなずいたものの、ただそこに立って相手を見つめているだけだったので、ついに彼女が両眉をつりあげた。

「どこでやることにする？　キッチンとか？」とたずねてくる。

「ああ、もちろん」エティエンは体をむりやり前に動かしたが、頭はフル回転していた。レイチェルはこの問題を克服する決意を固めているようだ。それはいいことなのだが、こちらとしてはあまり早く問題を解決してほしくない。彼女をしばらくわが家にとどめておきたいのだ。

レイチェルがなんとか血を飲めるようになるのを遅らせる方法はいくつかある。だが、そのためにはバスチャンに電話を入れなければならない。「すこしすわってくつろいだらどうだい？」と、戸口で立ち止まって提案する。「どっちにしろ、注文した血が届くのを待たなくちゃいけないから」

「血はたくさんあると思ってたけど」レイチェルが驚いて言った。

「いや、ないんだ」と嘘をつく。「昨日の夜、うちにあった最後のやつを使ってしまったんだよ。きみの血液パックを何度か交換する必要があってね」

「あら」レイチェルがため息をついた。「オーケー。じゃあ、しばらく本を読んでることにするわ」

エティエンはほほえみ、彼女をそこに残していそいで図書室を出た。

「ああもう！」レイチェルがマグカップのなかに血を吐きだし、いやそうにそれを押しやった。「どうしたらこんなものが飲めるわけ？　最悪よ！　ひどすぎる！　スカンクみたいな臭いだし！　この血はほんとに悪くなってないの？」

エティエンは罪悪感を顔に出さないようつとめた。血は悪くなってはいない。もともと悪い血なのだ。つまり、不良品としてはじかれた血で——喫煙者のどろどろした血と、マリファナ常用者のスカンク臭い血球と、精神安定剤を服用した患者の血をちょっぴり混ぜあわせたものなのだ。充分滋養になるし実質的な害はないが、まずくて飲めたものではなく、頭がくらくらして吐き気がするといういやな副作用がある。

そんなものを与えられているとはつゆ知らず、レイチェルはもちろんみずからの身体的な反応を、血を飲むことに対する心理的な嫌悪感のせいだと思っていた。エティエンは彼女の思いちがいを正さなかった。しかも、〝袋よりグラスからのほうが血を飲みやすい〟と主張して、〝あらゆる状況に対する準備をととのえなければ、この家を出て世間にふたたびもどれるようにはなれない〟と話したのだ。不良品の血液が届いてからのこの二日間、レイチェルは一日三回そのひどいまぜものを飲もうとしては、吐きだすだけの結果に終わっていた。そうしたこころみのあとにはいつも、ふたりでエティエンのゲームの最新作をプレイしたり、話をしたり、図書室でただいっしょにすわって本を読んだりした。

血を飲もうとする不愉快なこころみを除けば、なかなかいい二日間だった。あいにく、レイチェルに怪しまれないようにするために、エティエン自身も悪い血を飲まざるをえなかったのだが。なぜ吐き気ももよおさずにそれを飲めているのか、われながらふしぎだ。

「まあ、今日はここまでかな」と共感をこめて言う。「よくやったよ。明日はきっと――」

「明日だって今日とおなじことになるにちがいないわ」レイチェルがむっつりと予言した。「こんなものに慣れるなんて絶対むり」

心のなかをさぐって、彼女を元気づけてはげます方法はないかと――ついでに、自分用についだマグカップの血を飲みほさずにすむよう、相手の気をそらすこともできる方法はないかと――考えていると、玄関の呼び鈴が鳴った。

戸口の階段に母のマルグリートがいるのを見ても、エティエンは驚かなかった。実際に驚いたのは、母の口から最初にとびだした言葉があいさつではなかったということだ。

「レイチェルはどこ?」と母はたずねてきた。

「ここよ」

エティエンが肩ごしにちらりとふりむくと、レイチェルが近づいてくるのが見えた。「なにかあったんですか？」彼女が不安げにそうたずねる。

「いいえ、ちがうのよ。ただひょっとしたら、あなたはひきこもりぎみになってて、外に出たがってるんじゃないかと思っただけなの」母はさらりと言って、レイチェルの服装をざっとながめた。「まあ、そのかっこうでだいじょうぶでしょう。どう、遊びにこない？」

「いやそれは――」とエティエンは口をひらいた。

かたわらに足を踏みだしてきたレイチェルが、こっちの言葉をさえぎってたずねる。「厳密に言うとどこへです？」

「リシアンナの結婚を祝うパーティーによ。花嫁側の女性親族だけのね。あなたとおなじほかの若い女の子たちと会ういい機会になるはずだわ」

エティエンは、今夜に対する期待がしぼんで、孤独の痛みに変わっていくのを感じた。

「これはなに？」レイチェルは不審感もあらわにたずねた。リシアンナの友だちのミラボーが、ケーキによく似たものをのせた皿をさしだしてきたのだ。

「ドイツ風の七層チョコレートケーキよ」とマルグリートが答えた。

「本物のケーキなんですか？」と問いかえし、皿を受けとってミラボーにお礼の言葉をつぶやく。

「もちろん」エティエンの母親が小さく笑った。「いったいなんだと思ったわけ?」

「さあ」と唇をゆがめて応じる。「血の黒森《ブラック・フォレスト》ケーキとかかしら?」

マルグリートとまわりの女性たちがどっと笑い声をあげた。「この子ったらほんとにかわいいでしょ?」笑いがおさまったときにマルグリートがそうたずねると、みんなが同意の声をあげたので、レイチェルは顔を赤らめた。

いまのところこのパーティーでは、意外なほどたのしいときをすごしている。ここに来る前には、リシアンナへの贈り物を買うために、マルグリートが特別なブティックへ連れていってくれた。こちらがハンドバッグを持ってこなかったことに気づくと、マルグリートは自分が代金を払うと言い張った。〝レイチェルが使っている例の寝室にハンドバッグをおいた〟とエティエンは主張していたが、じつはいまだにそれを見かけていないのだ。といっても、本気でさがしたわけではない——ヴァンパイアに変えられて以降、ハンドバッグが必要になったことはなかったからだ。すぐにマルグリートにお金を返したいので、あの家に帰ったらあちこちさがしてみなくては。彼女はすごく親切な人だけど、そのやさしさにつけこみたくはない。

「チョコレートなしで生きていける女性がいると思う?」

レイチェルはそう発言した人物をちらりと見た。ジャンヌ・ルイーズだ。彼女なりにリシアンナやマルグリートとおなじくらい美人だが、ふたりとはまったく似ていない。ジャンヌ・ルイーズの顔はもっとまるみをおびていて、唇はやや薄く、目はいっそうエキゾチックで、髪は真夜中のように真っ黒だった。リシアンナのいとこでマルグリートの姪《めい》である彼女——レイチェルは三人とも好きだが、ジャンヌ・ルイーズとはまずまちがいなく親友になれるだろう。彼女はアルジェノ・インダストリーズ社の研究室で働いていて、手がけている仕事の話でたのしませてくれた。はじめはかなり漠然とした内容だったが、こちらが問題なく話についていっているのに気づいた彼女は、実験技術や専門用語に関する実用的な知識の持ち主に会えたと興奮して、もっとつっこんだことまで話してくれたのだ。レイチェルは、ジャンヌ・ルイーズがおこなっている検査にすっかり興味をひかれてしまった。どうやらアルジェノ・インダストリーズ社は、余人に負けないくらい医学研究に関心を持っているらしい。

ふたりが話をやめたのは、パーティーゲームがはじまったときだけだった。なんとも驚いたことに、結婚祝いパーティーでふつうに見られるゲームだ。その時点ではすべてがあまりにもありきたりで、客はみんなヴァンパイアなのだということを忘れてしまいそうだった。

レイチェルはしばらくのあいだ静かにすわって、室内にいる人々の外見や性格のちがいをただ心にとめていた。客のようすはそれぞれまったく異なっている。小柄な女性や大柄な女性、美しい女性や地味な女性。性格について言えば、気どったしゃべりかたをして人を見くだしているような感じの洗練されたタイプが二、三名。やさしくて親切な〝おとなりさん〟タイプや、ちょっと居心地が悪そうにしていておだやかに話す知的なタイプが数名。しかも、いかにも妖艶《ようえん》なヴァンパイアらしい、ぴちぴちの黒い服を身にまとった人物さえいた。その女性は、来《きた》るべき新婚初夜のことでリシアンナをしつこくからかっている。まさしくごくありふれたパーティーの、ごくふつうの人々の集まりだ。

レイチェルはマルグリートがこちらの心を読めることを忘れていたため、彼女がとつぜん身を寄せてこうつぶやいてきたときには、思わずぎょっとしてしまった。「もちろんよ。わたしたちはふつうの人間なの。あなたとおなじようにね」

「ただし、あなたたちはみんな何百年も生きてて、もっとずっと長生きする可能性が高い、って事実を除けばでしょう」と相手に指摘する。

「あなただってそうなるのよ」マルグリートが、おもしろがっているみたいに思いださせた。「だけど、わたしたちは依然としてただの人間なの。車と似たようなものだと考えてちょうだい。わたしたちには特別な防錆加工がほどこされてて長持ちするけど、それでも結局は車でしかないわ。防錆加工のない車とおなじ不安や懸念をかかえてるのよ。ついでに言うと――」と彼女がつけくわえる。「ここには百歳未満の女性も二、三名いるわ。ジャンヌ・ルイーズはまだ九十二歳よ」

レイチェルは、美しい検査技師のほうをふりむいてかぶりをふった。「いままで会ったなかで彼女が一番セクシーな九十二歳だわ」

その言葉を聞きつけたジャンヌ・ルイーズは笑い声をあげた。

彼女がいまはこう話している。「それにね、『血の黒森《ブラック・フォレスト》ケーキ』なんて聞いても、ぜんぜんおいしそうには思えないもの」

レイチェルは現在の会話に注意をひきもどされ、ケーキを一切れ切りわけながら応じた。「ええ、ほんとに。なぜあなたたちが平気で血を飲めるのかわからないわ。エティエンは〝血の味に慣れるには時間がかかる〟って言ってたけど、どうもわたしには問題があるみたい。血を体にとりこまないと苦痛や衰弱感をおぼえるって事実がなかったら、きっとあきらめてたでしょうね」

フォークでケーキをもぐもぐと食べはじめたレイチェルは、ジャンヌ・ルイーズとマルグリートが視線をかわしあっているのに気づいて動きを止めた。直感が鋭くなってきているせいなのかはわからないが、女性ふたりが心で会話しているのはまちがいないと思えた――しかもレイチェルのことをだ。問いかけるように両眉をつりあげてたずねる。「どうかした?」

「なんでもないわ」マルグリートがこちらの腕をぽんぽんとたたいてほほえんだ。「いいからケーキを味わって。ほら、紅茶もあるわよ」

レイチェルは紅茶を受けとり、すこしのあいだまわりの会話にただ耳をかたむけて、黙って食べたり飲んだりしていた。それからマルグリートにこうたずねる。「血を飲むのに慣れるまでに、あなたはどれくらいかかったんですか?」

ジャンヌ・ルイーズとマルグリートとのあいだでちらりと視線がかわされたのは、今回はまちがえようもなかった。ふたりはたしかにレイチェルのことを無言で話しあっているのだ。マルグリートがほほえんで言う。「わたしはわりと早く慣れたわ。実際のところすぐにね。でも、当時はいまとはちがってたのよ。血液バンクなんてなかったし、仲間うちで昔使ってた言葉で言うと、〝生き餌《え》〟を口にしなければならなかったの」

レイチェルは恐怖を隠そうともしなかった。「〝生き餌〟ですって?」

「まあね……」マルグリートがほほえんで肩をすくめた。「あなただって、人が亡くなった不快感から自分を切り離す助けになればと思って、遺体を〝カリカリくん〟とか呼んだりするわけでしょう。わたしたちもだいたいおなじで、そういう特殊な言いまわしやらなにやらを使うの。ほかの面では完璧に愛すべき人たちを食料にしなければならないという事実から、感情的に距離をおくためにね」

「なるほど」とうなずく。そのあとは黙ってケーキを食べていたが、ある考えで心はいっぱいだった。家族や友人といった人々が、いまでは自分のおもな食料供給源なのだ。それってすごくいやじゃない? 明らかにこの件に関するマイナス点のひとつだわ。人に咬みつくことはもう許されていないという事実に、安堵に近いものをおぼえる。人を咬むほうが簡単で、必要な血の量もすくなくてすむのかもしれないけれど、とりあえず袋詰めされた血なら、人間を食料にしていないふりをすることができるからだ。食料品店で肉を買うのと、飼っている牛を食肉加工することとのちがいみたいなものだろう。

食べ物が片づいたあと、リシアンナがプレゼントの包みをあけた。彼女はすてきな贈り物をいくつももらい、レイチェルの選んだクリーム色のネグリジェを本当に気にいってくれたようだった。

そして、飲み物が出された――ずっと予想していた飲み物、つまり、脚の長いワイングラスになみなみとつがれた血が配られたのだ。レイチェルは自分のぶんを受けとったものの、ただそれを持っているだけにした。つぎつぎに会う人々の前で、吐きそうになったりなんだりするような、恥ずかしいまねをしたくなかったからだ。みんな気持ちのいい女性たちでとてもやさしかったので、血のかすかな匂いをとらえるたびにこちらの牙がとびだしたりひっこんだりしつづけていることについては、なにもふれてこなかった。レイチェル自身は血の金属的な匂いには魅力を感じなかったが、牙のほうは確実にその匂いが好きらしい。この問題にとりくまなければならないのは明らかだ。エティエンは〝実際に血を飲めるようになるほうがだいじだ〟と主張していたが、牙をコントロールできないのはかなり恥ずかしいことだと今日わかったので、今夜うちにもどったら彼と話しあおうと決意する。

そこで、いまの自分の考えにふいをつかれて動きを止めた。〝うち〟ですって？　つまり〝エティエンのうち〟ってことよ、〝わたしのうち〟じゃなくて。あの家があまりにも居心地よくなりすぎてきているんだわ。ひょっとしたら、エティエンといることが本当に気持ちよすぎるのかも。わたしがむこうの命を救ったお返しに、彼はこちらの命を救ってくれたわけだけど、わかっているかぎりでは、ふたりはそれだけの関係だ。エティエンが友情とやさしさ以外のものを示してきていないのはたしかだ。

　まあ、最初の夜には彼は……でもあのときだって、わたしのほうがおそいかかっていったわけだし。しかも、なんともがっかりしたことに、あれ以来エティエンはわたしに関心を持っているそぶりは見せていない――すくなくとも、こちらが目ざめているあいだは。夢のなかでは、毎日訪れる彼に苦しめられていた。官能的なキスや愛撫をしてくれるのに、興奮して満たされないままとりのこされるだけなのだ。満足感を得る前に、夢はいつも唐突に終わってしまう。どうやらエッチな夢のこつをまだよくつかめていないらしい。友だちのシルヴィアが欲求不満や満ちたりない思いをいだいていないことはわかっているので、明らかにわたしのやりかたがなにかまちがっているのだろう。わたしの心はなぜか夢の完成を恐れているのだ。

「会えてうれしかったわ、レイチェル。リシアンナの結婚式でまた会えるといいんだけど。あなたも出席する予定なの？」とジャンヌ・ルイーズがたずねてきた。

自分の思考からみずからをもぎはなし、驚いてあたりを見まわす。全員が荷物をまとめて帰りじたくをしていた。どうやらパーティーは終わりらしい。

「もちろん招待ずみよ」リシアンナが会話に加わってきながら告げる。「わたしもレイチェルが出席してくれることを願ってるの」

「それは、例のべつの問題を解決できるかどうかにかかってるわね」とマルグリートが言い、考えこんでいるようすでこうつけくわえた。「だけど、なんとかレイチェルの外見を変えて、本名の代わりに〝R・J〟と呼べば、グレッグの家族が彼女をニュース映像で見たと気づくなんていう、やっかいなことにはならないはずだわ」そこでうなずく。「そうね、どうにかなるでしょう」

「よかった」リシアンナが力強い口調で言い、レイチェルを抱きしめた。「あなたにもぜひ式に出席してほしいわ。わたしたち、すごく仲のいい友だちになれると思うの。姉妹みたいにね」

レイチェルはほほえんだが、マルグリートとリシアンナのあいだでちらりと視線がかわされたのは見のがさなかった。心を読む技を、エティエンから絶対に教えてもらわなくては。ここでおこなわれている無言の会話は、声に出されたものよりずっと重要だという確信があった。

「ああもう！」レイチェルは血の入ったマグカップをどんとおいて、それを猛然とにらみつけた。このしろものをとにかく飲みほすことができない。なんとか二口くらいは飲みくだせるところまできたが、あまりにもひどい味とすさまじい悪臭に、心も胃袋も反発しているのだ。

「前よりよくやってるよ」とエティエンがうけあう。「すぐに問題なく飲めるようになるさ」

レイチェルは彼をにらみつけて立ちあがると、キッチンの窓のほうへ歩いていき、怒った目で外の星空をながめた。例のパーティー以降、二日間この家から出ていない。あのパーティーが何週間も前のことみたいに思える。昼も夜もここに閉じこめられ、本を読んだり血を飲もうとしたりする以外なにもやることがなくて、レイチェルは気が変になりそうだった。もううんざりだ。新鮮な空気を吸いたい。めちゃくちゃ体を動かすのでもいい。日ごとの官能的な夢はつづいていたが、いまだにまったく満足感を得られないままなのだ。こちらが望んでいるポイントに達する前に、毎回、夢は唐突に終わってしまう。時計みたいにぎりぎりとねじを巻かれた気分だった。

「ここを出なくちゃ」と告げながら、ふりむいてエティエンをにらみつける。まるで、いらだっているのは彼のせいだとでもいうみたいに。「わたしに必要なのは、新鮮な空気とか運動とかあと……とにかくこの家から出なきゃならないの。いますぐに」

エティエンはすこしのあいだ黙りこんでいた。はじめは気が進まなそうに見えたが、やがてうなずいて言う。「いい考えがある。ここで待っててくれ。いそいでもどってくるから」

レイチェルは顔をしかめて、相手があわてて部屋から出ていくのを見送った。すごく心配だ——彼は、心地よい月夜の散歩みたいな、おだやかでおごそかなことに連れだすつもりなのではなかろうか。おだやかでおごそかなものなんか求めていない。必要なのは、ひきつるような痛みを体にもたらしている性的緊張を緩和できる、汗をかくホットな運動なのだ。仲間になる前にほのめかされてもきっと信じなかっただろうが、ヴァンパイアとしての生活はめちゃくちゃ退屈なものらしい。

9

「すごいわ！　これこそわたしが求めてたものよ」

エティエンは、レイチェルの興奮したようすにほほえみながら、あいたテーブル席へと彼女を導き、ふたりで腰をおろした。ここへ来ようという考えは、明らかにインスピレーションによるものだった。この〈ナイトクラブ〉——日の入りから日の出までオープンしている、ヴァンパイア専用の会員制クラブ——にはふだんは来ないのだが、レイチェルの欲求は理解できたのだ。自分自身もすさまじい欲求にかられていたから。ここ数日間ふたりで共有している夢は、くりかえされる電話の音で毎回中断されていて、エティエンはいまにも爆発しそうになっていた。

そうやって毎日電話をかけてきているのがパッジだということに、もはや疑いの余地はなかったが、どう対応すべきなのかがわからない。受話器をただはずしておくことも考えたが、緊急時に家族が連絡してこられないのは困る。そんなわけで、毎日受話器をおいたまま眠りについて、これまで見たなかで一番官能的な夢でレイチェルと出会い——肝心なところでじゃまされるだけの結果に終わっていた。レイチェルの欲求不満度が自分と同程度に高いのであれば、それをやわらげる助けになるものは、〈ナイトクラブ〉を訪れることぐらいしかなかったのだ。

とりあえず、ふたりのためにも、ここに来たかいがあることをエティエンは願っていた。性的緊張をいくらか緩和しないと、遠からずレイチェルにおそいかかってしまいそうだ──彼女がこっちのことをどう思っているのかもうすこしはっきりするまで、そんな行動には出たくなかった。相手の心を読めないと、人間関係というのはむずかしいものになる。エティエンを求めるように女性をあやつったりしたことは一度もないが、魅力的な女性を見つけたときに心を読んで、むこうもおなじくらい興味を持ってくれているとわかれば、昔はもっと自信を持って状況に対応できていた。レイチェルを相手にしているいまは、地雷原を進んでいるような気分だ。

もちろん、彼女がこちらに惹かれているのは知っているが、命を救われたことに対するたんなる感謝の念が、そのうちのどれくらいを占めているのかはよくわからない。レイチェルからは〝感謝の念〟以上のものを受けとりたかった。ふたりは生涯の伴侶としてすごくうまくやっていけるにちがいない。だからこそ、自分はそれを目ざしてがんばっているのだ。だが、なにしろはじめての経験なので、暗闇のなかをつまずきながら歩いているみたいに思えた。こんなに不利な状況におかれたことはいままで一度もない。これほど多くのものがかかっていたこともだ。そこがじつに気にいらない。

「すごいわ！　刺激的な場所ね！」

レイチェルが椅子にすわったまま熱狂的に身をはずませているのを見て、エティエンはほほえんだ。彼女は音楽に合わせて指や足をとんとんと動かし、あたりを見まわしている。レイチェルは明らかに踊りたがっていた――〝必要としていた〟とさえ言えるかもしれない。ダンスに誘おうと口をひらきかけたが、そこでフロアへと目をうつし、踊っている人々が腰をぶつけあったり激しい回転運動をしたりしているさまを見てとる。活動的だったころのエティエンはちょっとした伊達男《だておとこ》で、当時流行のダンスはつねに踊れるようにしていた――ベッドをともにする代わりばえのしない女性たちに飽きてくるまでは。それにうんざりしはじめると、人づきあいをすこしずつ減らすようになり、しまいには完全にやめてしまったのだ。いまの自分には、ダンスフロアにいる人々がなにをしているのかさっぱりわからない。彼らの半分は、ある種の発作を起こしているみたいに見える。

「よう！　いとこどの！」

そのとつぜんの呼びかけにあたりを見まわしたエティエンは、いとこのトーマスを見つけて唇に好意的な笑みを浮かべた。立ちあがって年下の相手を抱きしめ、背中をばんとたたいてやる。

「きみがここに来てるなんて信じられないな！」とトーマスが言った。「なんとも衝撃的だね！　いつ以来だい？　百年ぶりくらい？」

「そこまでじゃないさ」とそっけなく応じる。

「でも近いだろ」トーマスはそう言い張ってから、レイチェルを興味深げにちらりと見た。

「きみがレイチェルだね。ジャンヌがきみのことを話してたよ。ぼくはジャンヌのきょうだいのトーマスだ。トムって呼んでくれてもいいよ」

レイチェルがほほえみ、さしだされた彼の手を握った。「きっとジャンヌ・ルイーズのことね。リシアンナの結婚を祝うパーティーでおしゃべりしたときは、本当にたのしかったわ。彼女はあなたのきょうだいなの？」トーマスのスタイリッシュな髪型やぴちぴちの黒いTシャツやレザーパンツを、レイチェルの目が見てとる。おもしろがるように――であることをエティエンは願っていた。「当ててみましょうか。あなたはジャンヌ・ルイーズの弟なんでしょう？　彼女が九十二歳なのに対して、あなたは二十八歳か二十九歳ぐらいなのよね？」

「はずれ」トーマスがにやりとする。「ぼくのほうが年上で二百六歳だ。新しい妹か弟ができるにしても、あと十年かそこらは待たなきゃならない」

「そうそう」レイチェルが顔をしかめた。「〝子供は百年にひとりしかもうけてはいけない〟ってルールがあるのを忘れてたわ」

トーマスは小さく笑って、レイチェルが彼を見たのとほぼおなじやりかたで彼女をちらりとながめた――トーマスの注意は、レイチェルの手足やほとんど全身が音楽に合わせて動いているようすにのみ向けられている。彼女はその場で踊っているも同然だった。「だれかがなだめてやらないと、きみはいまにもテーブルの上で踊りだしてしまいそうだね」彼が軽い調子でからかう。「大いにたのしむことが必要な女性に見えるよ」

レイチェルが笑い声をあげた。「それに気づくなんてずいぶん目ざといのね」

「どう返事をすればいいのかな？　ぼくは目ざとい男なんだ」とトーマスはとぼけ、彼女の手をとりながら言った。「おいで。レザーパンツをはいた騎士《ナイト》のぼくが、きみをダンスフロアに連れていってあげよう」

レイチェルがトーマスといっしょに立ち去ると、エティエンは顔をしかめた。彼女はこっちを見もしなかった。ダンスに誘うのをためらうべきじゃなかったんだ——と、いらだって自分に言い聞かせる。レイチェルをまっすぐダンスフロアに連れだせばよかった。ふたりともそれを必要としていたんだから。

《ぼやぼやしてるから出しぬかれるんだよ、いとこどの》その笑いを含んだ言葉を聞いて、エティエンは思いだした。ここはヴァンパイアの楽園で、こちらの思考を読める強力なヴァンパイアが何人もいるのだということを。いとこのトーマスも含めてだ。思考をガードする必要のないひとりきりの状態に、明らかに慣れすぎてしまっていたらしい。

自分自身に腹を立て、心をぴしゃりと固く閉ざして思考をさぐられないようにする。エティエンは椅子に深くもたれかかり、トーマスとレイチェルがみずからも〝発作を起こしたみたいに〝ダンスフロアで踊りだすのを、いらいらとながめた。

「で、いとこのエティエンとはどれくらい仲よくやってるんだい？」

レイチェルはほほえんで肩をすくめた。「まああよ。彼はいい人だし」

「なんてこった！」トーマスがぐさりと刺されたみたいに胸をつかんで言う。「『いい人』だって？　そんなのは〝死の接吻《せっぷん》〟に等しい評価だよ」

彼の芝居がかったしぐさに、レイチェルは笑い声をあげた。さらにおもしろいことに、トーマスは片眉を何度か上下させながらこうつづけた。「いとこどのが行動に出てないのは明らかだな。ちょっとつついてやらないとだめそうだ。よし、ふたりで彼をつついてみよう」

レイチェルが大いに困惑したことに、トーマスの思いついた〝エティエンをつつく〟行動とは、腕のなかにこちらを抱きよせ、まわりのヒップホップのリズムを無視してゆっくり踊りだすというものだった。

「えーと……トーマス、これはテンポの速い曲だって気づいてる？」と、音楽にかきけされないよう大声で言う。

レイチェルの背中をすべりおりた彼の両手がヒップにおかれた。「もちろんさ。エティエンも気づいてるよ」がなりかえしてきたトーマスが、いっそう近くへと抱きよせながら笑い声をあげる。「来た来た！　確実につつかれたな。礼ならあとでいいよ、お嬢さん。ぼくはいつだって、ぴかぴかのレザーに身をつつんだきみの騎士《ナイト》でいるからね」トーマスはヒップをぴしゃりとたたいてきて、エティエンが近づいてくると同時にこちらから手を離し、なにくわぬ顔でこうさけんだ。「割りこみかい？」

それに対するエティエンの返答は、憤りを秘めた目つきでにらむというもので、レイチェルは信じがたい思いがした。彼が関心を持ってくれているのかどうか、自分はずっと悩んできたわけよね？　エティエンの嫉妬と怒りの表情からすると、どうやら興味をいだいてくれているらしい――ふたりきりでいるときには、彼は友だちとしてしかふるまってこなかったのに。

その問題をさらによく考えているひまはなかった。エティエンが、トーマスとおなじように速いリズムの曲を無視して、レイチェルを腕のなかにひっぱりこんだからだ。そんなことが可能だとは思っていなかったのだが、実際彼は、いとこがしていたより近くにレイチェルを抱きよせていた。しかも、トーマスは両手を軽くヒップにおいただけだったのに対し、エティエンはそこをしっかりとつかんできて、ダンスフロアじゅうをひっぱりまわした。彼の体の前面にぴったりはりつけられた状態で、相手の体格のあらゆる隆起や曲線を、息をのむほどに隅々まで意識する。わずか数秒後には、熱くて息苦しくてやたらと飲み物が欲しくなっていた。

なんともほっとしたことに、こちらから〝なにか飲みたい〟と提案してみると、エティエンは即座に同意して、もとのテーブルへとエスコートしてくれた。トーマスはどうやら仲間に加わることに決めたらしく、そのテーブル席についていて、たどりついたふたりににやにやと笑いかけてきた。

エティエンが、いとこに向かって顔をしかめながらレイチェルの椅子をひきだし——そんなしぐさを現代のデート人生で経験したのははじめてだ——トーマスにこう言う。「お行儀よくしてるんだぞ。すぐにもどってくるからな」

離れていく彼をレイチェルは驚いて見送った。エティエンが、〝男性〟を示す万国共通の記号がついたドアの奥へと消えていく。つまりトイレに。

「ドリンクはいかが?」

ウエイトレスがほほえみかけてきたが、レイチェルは自信なく相手を見つめ、なすすべもなくトーマスのほうに視線をさまよわせた。「ここでどんな飲み物が出されてるのかよく知らないの」と、ちょっととほうにくれた気分で認める。ヴァンパイア向けのバーなのだから、たぶん血が提供されているのだろう。でも、ほかのドリンクは出しているのかしら?

「ぼくにまかせてくれ」トーマスがそう提案してきた。彼のにやにや笑いさえなければ、その申し出にほっとしてもよかったのだが。「〝甘い陶酔〟をふたつと、〝ヴァージン・マリー〟をひとつだ」

「〝ヴァージン・マリー〟って?」レイチェルは、ウエイトレスが歩み去っていくと同時に、いぶかりながらたずねた。〝甘い陶酔〟が男性用で、〝ヴァージン・マリー〟が女性用なのだろうと推測してのことだが、トーマスの答えはこちらの思いちがいを正すものだった。

「血とウスターソースとタバスコをまぜて、レモンをしぼったものさ。ぼくはぴりっと辛いのが好きなんだ」そう言ってにやりと笑う。

「へえ」レイチェルはぼんやりと応じた。聞くだけで胸が悪くなる。〝甘い陶酔〟とやらにはなにが入っているのか、たずねるのがほとんど怖いくらいだ。

「ときには知らないほうがいいこともあるさ」トーマスが、大声を出さずにすむよう身を乗りだしてきて言った。明らかにこちらの心を読んだのだろう。自分の思考をつねにだれかに聞かれているというのは、かなり気にさわることだった。エティエンとふたりきりでいるときのほうがずっと居心地がいい――彼は、レイチェルの心は読めないと主張しているわけだから。もしそれが嘘で本当は思考を読めるのだとしても、すくなくともコメントしてこない程度には充分礼儀正しいと言える。

「べつにかまわないわ」とレイチェルは応じた。「ここで出してるドリンクがぜんぶ血なら、こっちのことは気にしないでって、先に言っておくべきだったわね。わたしはまだ血を飲む技術を完全には習得できてないのよ」血を飲むと考えるだけで身ぶるいがする。

　トーマスがすこしのあいだ考えこんだ。なにが問題なのか脳みそを調べられているみたいに思えたが、やがて彼はうなずいた。「その件なら心配しなくていい。ぼくの妹ぶんもおなじ問題をかかえててね。ちょっとした解決策を見つけたんだ。ウエイトレスがドリンクを持ってきたら教えてあげるよ」

レイチェルは一瞬希望をおぼえた。トーマスは本当に解決方法を知っているのかもしれない。つぎの瞬間には思考がこう切りかわる。彼が注文したらしい〝甘い陶酔〟とやらには、いったいなにが入っているのだろう。

「ここにはあらゆる種類の飲み物があるんだよ」と、明らかにまたこちらの思考を読んだらしいトーマスが言った。「いくつかは、〝ヴァージン・マリー〟のようにふつうの血になにかを加えてまぜたドリンクで、ほかは特殊な血液なんだ。たとえば〝甘いもの好き〟とか」

「〝甘いもの好き〟?」とたずねる。

「うん」トーマスがうなずいた。「糖尿病患者の血さ。マルグリート伯母さんはそいつが大好物でね」そうつけくわえて話をつづける。「あと、鉄分やらカリウムやらを多く含む血もある。ああ、〝ハイ・タイム〟ってやつもあるんだ。マリファナ使用者の血からつくったドリンクなんだよ」

「嘘!」あんぐりと口をあけて相手を見る。

「本当さ。喫煙で肺にダメージを受けることなしに、マリファナの酔いを味わえるんだ」こちらの表情を見たトーマスが小さく笑った。

レイチェルは、信じられない思いですこしのあいだ彼を見つめてからきいた。「だったら、アルコール度の高い血もあるんじゃない?」

「ああ、もちろん。〝飲んだくれの赤〟って呼ばれてる。エティエンの父さんはそのドリンクがすごく好きだったんだ。ものすごくね」

トーマスの言いかたを聞いてこうたずねる。「アルコール依存症だったの?」

「そうなんだ」彼はまじめにうなずいた。「ふつうの人間たちとおなじように、ぼくらの仲間にもアルコールやドラッグの中毒者がいる。血を通して摂取しなければならないだけでね」

「アルコール依存症のヴァンパイアねえ」とつぶやきつつも、ほとんど信じられない思いがする。

「秘密をひとつ教えてあげよう」トーマスがテーブルごしにふたたび身を乗りだしてきたので、ふたりは頭をつきあわせるくらいに近づいた。「じつはみんなしばらくのあいだ、リシアンナが父親とおなじ道を歩むことになるんじゃないかと心配してたんだ」

「まさか」ショックを受けて椅子に深くすわりなおす。「エティエンの妹さんが?」

「ああ」トーマスが重々しくうなずいた。「リシアンナは子供のころから血液恐怖症をわずらってたからね」

「ええ。エティエンがそう言ってたわ。じゃあ、彼女は恐怖症を忘れるために酔っぱらってたのかしら、それとも――」

「いや。酔っぱらってたわけじゃない。すくなくとも、きみが思ってるような意味ではね。リシアンナは生まれてからおよそ二百年間、実家で暮らして点滴で血をとりこまざるをえなかったんだよ。恐怖症があまりにもひどくて、自分で点滴をセットすることさえできなかったから。点滴をセットするときには、マルグリート伯母さんがリシアンナの心をあやつって眠らせなければならなかったんだ。だけど、クロードが亡くなると——」

「クロード？」とレイチェルは口をはさんだ。

「マルグリート伯母さんの夫だよ。〝飲んだくれの赤〟を飲みすぎた彼は、火のついたたばこを手に持ったまま酔いつぶれて焼け死んだんだ」

「つまり、わたしたちは火で死ぬこともあるわけね？」とたずねる。

「ああ。火で焼かれるとか、首をはねられるとか、心臓を破壊されるか止められるかしても死ぬ」そう教えてくれたトーマスは、一瞬待ってそれ以上質問がないのをたしかめてから、もとの話にもどった。「リシアンナは、父親があまりにも急に亡くなったときにひどく衝撃を受けてね。ぼくらのあいだではだれかが死ぬなんてことはめったにないから、みんな動揺するんだよ。ほら、とにかく、リシアンナは〝もっと自立しなきゃだめだ〟と決意した。彼女の言いかたによれば、〝自分の人生を生きる〟必要があるってね。そんなわけでリシアンナは、大学で社会福祉を学んで地元の保護施設《シェルター》に就職し、実家を出て自活しはじめたんだ」

「でも、それじゃあ彼女はどうやって血を——」

「そこが問題だったんだよ。ぼくらは原則として人に咬みついてはいけないことになってるけど、特定の場合——たとえば緊急時とかには認められてる。リシアンナは血液恐怖症だったから、人に咬みつくことが許されてたんだ」トーマスは男性トイレの扉のほうをちらりと見たが、エティエンが出てくる気配はなかったので、こちらに向きなおって話をつづけた。「心配なのは彼女の獲物の選択だった。リシアンナは保護施設《シェルター》の来訪者を獲物に選んだんだよ。手近にいて、おそうのも楽だったからね。問題は、彼らの多くがアルコールやドラッグの中毒者だってことだ。リシアンナはそういう連中は避けようとしたんだが、ときどき……」そこで言葉を切って肩をすくめる。

「当然、彼女の家族は心配したでしょうね」とレイチェルはつぶやいた。

トーマスがうなずいた。「そして一年くらい前、心配するのはもうたくさんだと判断したマルグリート伯母さんは、娘の血液恐怖症を治すために、ふつうの人間の精神科医を誘拐したんだ」

「誘拐？」と息をのむ。

トーマスが笑い声をあげた。「だいじょうぶ。リシアンナが彼を解放してあげたからね……最終的には。その精神科医がグレゴリー・ヒューイットさ」

「リシアンナの婚約者の？」レイチェルはあきれて首をふった。

「家族の秘密をばらしてるのか、トーマス？」

エティエンがレイチェルのとなりの席にどさっと腰をおろしたので、ふたりともうしろめたさにぎくりとした。

「だって、彼女は実質的に家族の一員だろ？」と、トーマスが言い訳がましく応じる。

男たちがたがいに見つめあうと、レイチェルは一方からもう一方へと視線を走らせた。ここでは、こちらには理解できない隠されたやりとりがおこなわれているらしく、トーマスの言葉の意味もさっぱりわからない。ヴァンパイアになった自分は、現在ではエティエンの家族の一員とみなされているってこと？　彼らは明らかに、体が変化しつつあるレイチェルを訓練したりてつだったり、いろいろめんどうみてくれているけど、それは〝いまや新しい家族を持つことになった〟って意味なの？　生来の家族と死にわかれたあとも、ずっとそばにいてくれる家族？

「さあどうぞ！」ウエイトレスの到着で、そのおちつかない時間は終わった。「〝ヴァージン・マリー〟を注文した人は？」

「ぼくだ」トーマスが魅力的な笑顔でドリンクを受けとる。

「じゃあ、これはあなたたちのぶんね」彼女は、残ったふたつのグラスをエティエンとレイチェルの前においた。

「こいつはなんだ？」エティエンが、ウエイトレスが立ち去ったとたんトーマスにたずねる。

「あっ、ちょっと待った」トーマスはぴょんと立ちあがっていそいで彼女を追いかけていき、すこししてもどってきたときには、二本のストローを手にしていた。彼はレイチェルのそばに移動し、ストローをドリンクのなかに落とすと、グラスを持ちあげてほほえみかけてきた。

「オーケー、きみのかわいい口をあけてくれ」

一瞬ためらってから口をあける——そうすることにかすかな恥ずかしさをおぼえながら。というのも、いつもどおり牙がのびてきていたからだ。

「恥ずかしいことなんてなにもないよ」とトーマスはうけあいながら、二本のストローをこちらの牙の先端にとりつけた。「これで効果があるはずだ。あとはただ楽にしてればいい。きみの牙がすべての仕事をこなしてくれるからね」

口から手を離したトーマスが自分の席にもどっていったあとも、レイチェルはじっと動かずにいた。なにも起きていないように思えたが、やがてトーマスがほほえんでこう言った。

「よし、うまくいってるぞ」

「らしいな」というエティエンの言葉を聞いて、彼のほうに視線を向ける。その口調はちっともうれしそうではなく、彼はみずからのドリンクの半分を、いらだたしげに一口でごくりと流しこんだ。

「ほらね？」トーマスがにやにやしながら言った。「問題を回避する道はあるって言ったろ。ぼくらの牙のパワーときたら、ほんとに驚きだよな？」

思いきって頭をかたむけ、グラスのなかをのぞきこむ。どうにかストローをはずさずにそうすることができたが、たしかにうまくいっているのが見えたのでびっくりしてしまった。グラスはすでに半分からになっていたのだ。牙がドリンクの最後の一滴を吸いあげるまでには、ほんの二、三分しかかからなかった。終わった瞬間、レイチェルはストローをはずして身を乗りだし、トーマスをぎゅっと抱きしめた。「ありがとう、トーマス。血を飲もうとずっと努力してきたんだけど、とにかくひどい味だったから。おかげでもう心配しなくてもよくなったわ」椅子に深くすわりなおし、エティエンのほうを見てにやりとする。「さあ、これで牙のコントロールやらなにやらを学ぶ段階にうつれるわね」

「うーん」エティエンは今度もうれしそうには見えなかったが、その理由はわからない。彼はドリンクの残りを一気に飲みほし、グラスをおいて立ちあがった。「踊ろう」

それは実際のところ誘いではなかった。エティエンはレイチェルの手をとり、ひっぱるようにして立ちあがらせたのだ。ダンスフロアへとせかす彼についていくには、ほとんど走らなければならないほどだった。いまはゆっくりした曲が流れている。エティエンはこちらを腕のなかに抱きよせて、ダンスフロアを動きまわりはじめた。最初の抱きかたはほぼ礼儀正しいと言える距離をたもったものだったが、一曲ごとにどんどん近くへと抱きよせられて、最終的にはふたりの体のあらゆる部分がぴったりとくっついていた。レイチェルは進んで身を寄せ、たがいの体が溶けあうと、小さなため息を漏らしてエティエンの肩に頭をもたせかけた。彼の両手が、愛撫と抱きよせるのとを同時にやりながら体をなでまわしてきたので、思わず喜びの言葉をつぶやく。

信じられないくらい……信じられない気分だった。エティエンがふれたあらゆる場所を快感のさざ波が走りぬけ、それに興奮の小さなおののきがつづく。髪のなかにすべりこんできた彼の片手にそっとひっぱられたときには、首がうしろへかたむくままにさせ、目をぼんやりとあけて、相手の唇が重なってくるさまをながめた。けだるくはじまったキスはたちまち深まり、興奮ぎみに喜びを求めるものになる。レイチェルの知らぬ間に、ふたりは踊るふりをすることさえやめて、ただダンスフロアに立って十代の若者みたいに熱烈にキスしあっていた。

「きみが欲しい」とうなったエティエンが、キスを中断して唇でのどをつたいおりていく。

「よかった」レイチェルはほっとしてささやいた。彼がただちにセックスしてくれなければ、自分は死んでしまうにちがいない。

「いますぐにだ」

「いますぐに？」目をひらくと、エティエンがいらいらとあたりを見まわしているのがわかった。

「そう、いますぐに。でも、ここでじゃない」彼は片腕でレイチェルを抱いたまま、ダンスフロアを離れるようすばやく導いてくれた。テーブル席にもどってすくなくともトーマスに弁解するくらいの時間はとるだろうと思っていたのだが、エティエンはそれだけの時間さえ待てなかったらしい。代わりに、彼はこちらを〈ナイトクラブ〉からまっすぐこちらを外に連れだし、停めてある自分の車へと向かった。レイチェルを助手席に押しこむと、いそいで運転席側にまわり、車に乗りこんでエンジンをかける。しかし、エティエンの自制心がもったのはそこまでだった。エンジンの回転数が上がって車が息を吹きかえした瞬間、彼はふりむいてきてふたたび腕のなかへと抱きよせたのだ。

レイチェルは喜んで身を寄せ、ほとんどエティエンのひざに這《は》いあがったようなかっこうになる。頭を下げてきた彼に唇を奪われたときには、口をひらいて準備をととのえていた。こんなに興奮したのは生まれてはじめてだ。エティエンがふれたあらゆる場所、彼の吐息がかすめた肌の隅々が、急に燃えあがったみたいに感じられる。情熱が重くしっとりと両脚のあいだにたまっていた。

「あなたが欲しいの」と、キスが中断したときにあえぐ。

エティエンの返事はうなり声のようだった。彼はこちらのブラウスをジーンズからひっぱりだした。人の服を脱がせる経験を積んできたのは、明らかにレイチェルだけではなかったらしい――上着の前がとつぜん大きくひらかれ、迅速に手際よくブラジャーのフロントホックがはずされる。

「ああ」とレイチェルは甘いうめき声をあげた。こぼれでた胸を、エティエンが両手でつつみこんだからだ。彼が胸の先端を交互に愛撫したり吸ったりしてくると同時に、快感に苦しれ、ふたりの体は密着しすぎていて車内の空間もせますぎた。エティエンの手がウエストにおかれたのを感じたときには、自分も下に手をのばして彼をてつだおうとしたが、ふたりの体は密着しすぎていて車内の空間もせますぎた。

エティエンが悪態をつきながらレイチェルを助手席にもどし、車のギアを入れる。「家だ」というのが彼の口にした言葉のすべてであり、言うべきことのすべてだった。

車がよろめくように駐車場から出ると、レイチェルは下唇を嚙んでダッシュボードをつかんだ。一瞬〝シートベルトを締めなければ〟と考えたが、エティエンの運転があまりにも速かったため、自分のふるえる手が作業を終える前に家に着いてしまうのは確実に思えた。

エンジンが止まりきるより早く、ふたりとも車からおりていた。車の前でこちらと合流したエティエンが、手をつかんできて玄関へと駆けだす。彼はなんとか鍵をあけて扉をひらき、レイチェルをひっぱりこんでドアをばたんと閉めてから、ふたたび腕のなかへと抱きよせた。とつぜん廊下の壁にどんと押しつけられ、エティエンの口と両手があらゆる場所に一度に感じられる。ふたりはたがいの服をひっぱりあった。

「きみを二階に連れていくところまで待てない」と、エティエンが申し訳なさそうに言った――レイチェルのズボンが脚をすべりおちると同時に。

「待たなくていいわ」と応じる。こちらもとても待てる状態ではなかったのだ。いまこの場で彼が欲しくてたまらない。

エティエンが必要としていた許しはそれだけだった。パンティーを一気にすばやくひきちぎると、両腿のうしろをつかんで持ちあげ、彼自身の上におろしていく。彼がレイチェルのなかにすべりこんできてそこを完全に満たしたとたん、ふたりともうめき声をあげた。日ごとの官能的な夢のおかげで、この瞬間に向けていっしょに何週間も努力してきたみたいに思える。

エティエンがいったん動きを止めて横に歩きだしたので、レイチェルは〝自分はまた夢を見ているのではないか、夢はいつものように途中で終わってしまうのではないか〟と急に不安になり、彼の肩に爪を食いこませて先をうながした。

「もっとよ」と懇願する。

すると、エティエンがなにか――廊下のテーブルにちがいない――の上にこちらをおろし、レイチェルのなかで動きはじめた。腰をひいて再度みずからをたたきこみ、ふたたび腰をひく。

自分が絶叫するタイプだとは思っていなかった。いままで絶叫したことなどなかったからだ。だが、達したときには実際に絶叫しただけでなく、絶叫してからエティエンの首に牙をうずめていた。相手から血をとりこむと同時に、彼自身をつつんだみずからの体が、さざ波のようにふるえて鼓動する。それは人生最高のセックスだった。

「おーい」

レイチェルはぼんやりと目をしばたたき、自分の上にかがみこんできている男性を当惑して見つめた。エティエンだ。もちろん彼を認識することはできたが、位置の変化に混乱する。最後におぼえているのは、これまで経験したなかでもっとも強烈なオーガズムによって、体が爆発してこなごなに砕けたということだ。いまはなぜか、やわらかいものの上にあおむけに横たわっていた。〝寝室だ〟と困惑ぎみに気づく。いったいどうやってここに来たの？

「きみは失神したんだよ」とエティエンがやさしく言った。「ぼくが乱暴すぎたんじゃないいいんだが」

乱暴？　いいえ」と応じて彼を安心させてやり、状況を理解するとともに顔を赤らめる。いうことが起こるかもしれないって、あなたのお母さんが警告してくれてたわ」

グリートは〝快感はこれまで味わったものの二十倍にはなる〟とも主張していた。快が二十倍だったかどうかはさだかではないが、すくなくとも十倍は強かった――まだ体が完全に変化しきってもいないのに。

「きみに咬まれたよ」とつぶやいたエティエンが、依然として固くなったままの胸の先端の一方を、指で羽のように軽くなでてくる。

「ごめんなさい」そう応じた声はかすれていて、レイチェルは彼の愛撫に反応して身わせた。

「謝らなくていい。ぼくはそれが気にいったんだから
ゆっくりとなでおろしていく。「きみがそこまで興奮してた
べてが気にいってる」
「ああ、よかった」レイチェルは甘くうめいて目を閉じた。彼の手が両
まれると同時に、体を弓なりにそらす。下唇を嚙みながら、エティエンの親密
休みなく身じろぎして体をよじり、再度ぱちっと目をひらいて彼自身に手をのば
たあなたが欲しくなったみたい」
「自分がまたきみを欲しがってるのはわかるよ」エティエンがうなるように言葉を返してくる。レイチェルは勃起したものを片手でなでた。おおいかぶさってきた彼が体をずらし、こちらの両脚をすこしずつひらかせはじめたが、そこで動きを止める。なにかの考えに電撃を受けたみたいに、エティエンの表情がとつぜんこわばり、彼はすっと目をせばめた。「あのドリンクはなんだったんだ？」
「ドリンク？」と困惑してたずねたが、両脚はおちつきなく彼の下で動いていた。おしゃべりなんかしたくない。前戯さえ必要ない。求めているのはただ――。
「そうだ。トーマスがぼくら用に注文した飲み物だよ」とエティエンが説明してくる。
「ああ、あれね」レイチェルはため息をついた。どうしてそんなことが問題なのかしら。
「えーと、〝甘いもの好き〟？　いいえ、それはマルグリートのお気にいりのドリンクだわ。

たしか〝甘いなんとか〟だったはず。甘い……甘い……」

「〝甘い陶酔〟か？」

「そうそう！　ええ、〝甘い陶酔〟よ」レイチェルはほほえんで、彼が行為のつづきにもどってくれることを願った。しかし、なんともがっかりしたことに、代わりにエティエンはうめき声をあげてこちらの上に倒れこんできた。「なに？　なんなの？　あのドリンクにはなにか悪いものでも入ってたの？」

「悪い？　ちょっとちがうな。ヴァンパイア向けのバイアグラ、もしくは伝説の媚薬《びやく》とでも思えばいい」

「ほんとに？」と、好奇心にかられてたずねる。そうと知ってもたいして動揺はしなかった。この数日間、性的緊張にあまりにもひどく苦しめられてきたので、ちっとやそっとのことでは動揺するまでもないように思えたのだ。しかもあのドリンクは、ふたりを動かして性的緊張を緩和させてくれた。エティエンがもうすこし緊張を緩和してくれることを、レイチェルは願うばかりだった。

　だが、三百歳を超えているエティエンのほうは、はるかに自制心があるようで、どうやらいまはおしゃべりしたい気分でもあるらしかった。

「ああ、ほんとに」と彼が応じる。「いや、もっとひどい。あのドリンクには、オキシトシンやらドーパミンやらノルエピネフリンやらフェニルエチルアミンやら、そのほかわけのわからないしろものがたっぷり入ってるんだ」

エティエンがそうした化学物質の名前を記憶しているだけでなく、列挙すらできることに、レイチェルは感動した。どの物質もぜんぶわかる。大半は性的興奮に関係するホルモンだ。とはいえ、オキシトシンは〝抱擁物質〟とも呼ばれ、母親の脳下垂体から分泌されて赤ちゃんとのきずなを結ぶのを助けるとされている。カップルのあいだでも分泌されるという仮説もあるが、まだ証明されてはいない。それでも、レイチェルはとても感動していた。両脚のあいだにおさまっている勃起したものがなかに入ってきていたら、もっと感動していただろうが、いずれにせよ感動していることに変わりはない。

「効きめはどれくらいつづくの？」とたずねる。エティエンのなかでは効きめはすでに薄れつつあるのかしら。

「数時間だ」彼がそううめいた。「ごめん。次回トーマスの馬鹿に会ったらぶんなぐってやる。飲む前にあのドリンクをチェックするべきだったんだ。トーマスはいつだって一族内で一番ふざけたやつで、しかも――」

「エティエン」と相手の言葉をさえぎる。

「なんだい？」彼はかなり警戒しているように見えた。まるで、いとこがやらかしたことで激しく非難されるのではないかと心配しているみたいに。

レイチェルは、エティエンの背中に爪を立てていた手を離して、彼の頬を愛撫してやった。

「あなたがわたしを求めてないっていうのなら納得するわ。たぶん死ぬほどつらいだろうけど納得する。わたしは──」

「もちろんきみが欲しいにきまってるさ」エティエンがすばやく口をはさんできた。「何日もずっときみを求めてたんだ」

「よかった」安堵の思いが全身を駆けめぐると同時に明るくほほえむ。「わたしも心からあなたを求めてるの──化学物質があろうとなかろうとね。だから、トーマスのことをうだうだ言うのはもうやめて、ただ──」口にできた言葉はそこまでだった。エティエンがキスでこちらを黙らせて、みずからを突きいれてきたからだ。

ほっとため息をついてもよかったのだが、快感のうめき声をあげるので忙しすぎた。レイチェルは、エティエンだけが応《こた》えられる欲求で燃えあがっており、彼はまちがいなくついに応えてくれていた。だけど、まだ充分じゃない。感じたいのは……。思考はそこでとぎれた。エティエンが急に動き、双方がつながったままレイチェルの脚のあいだにひざまずくと、こちらの体をすくいあげて彼のひざの上にすわるかっこうにさせたのだ。自然と両脚が相手の腰に巻きつく。

体がたがいにすべりあい、レイチェルは快感に身をふるわせた。そのときには、ふたりの全身が接していた。乳房がエティエンの胸板をこすり、両腕は彼の肩をしっかりと抱いている。レイチェルは、エティエンの首に顔をうずめながらそこの肌に唇を押しつけてキスし、興奮が高まっていくと同時にやわらかな肉を軽く咬んだ。咬みつくのが好きだったことは一度もないが、いまは相手に深々と牙をうずめたくてしかたがない。

レイチェルは息をのんで大きな声をあげた。エティエンに先を越されて咬まれたからだ。すばやい一咬みで、たぶん血もあまり出なかったはずだが、それを許しととらえて自分の牙を彼の首にうずめる。ふたりの情熱が最高潮に達して爆発したとき、レイチェルは咬みついた場所を碇として使った。意識が薄れてまわりの世界が暗くなるのを感じたが、牙でしっかりとしがみつき、エネルギーと興奮とが全身をどっと駆けめぐる感覚を味わう。まるでドラッグのようだ——実際ドラッグのせいなのだが。過剰にエネルギーを注入されたみたいな感じを受け、すぐに圧倒されてしまったレイチェルは、エティエン自身をつつみこんだ体がひくひくとふるえると同時に、甘いうめき声をあげて彼の首から口を離した。

闇がふたたび押しよせてきた。

10

レイチェルが目ざめたときには、エティエンはすでに起きて姿を消していた。あくびをしてベッドのなかでのびをし、しあわせなほほえみを浮かべる。最高の気分だ。ちょっぴり空腹かもしれないけど、それ以外は最高だ。昨夜のことはどんな官能的な夢よりよかったと断言できる。友だちのシルヴィアが〝夢のほうが現実にまさる〟と思っているのだとしたら、彼女は実際みじめな性生活を送っているにちがいない。

エティエンは一晩じゅうレイチェルを抱いてくれた。ふたりのセックスは朝までつづき、ともにへとへとになり、ようやく満足して倒れこむように眠りについたのは正午すぎだった。

しわだらけになったベッドを見てにやりとし、起きあがって、もつれたシーツをわきにほうる。エティエンは超人だった。これまで会っただれよりもエネルギーに満ちていて、三百年つちかった技術がそれを後押ししていた。彼がしてくれたことの数々を思いだすだけで、体がふるえて顔が赤らんできてしまう。実際に身をふるわせて顔を赤らめながら、レイチェルはあわててバスルームに駆けこみ、まっすぐシャワーへと向かった。

その時点ではたぶん、冷たいシャワーで体のほてりを冷ますつもりだったのだ――〝長時間にわたるセックスで満足したはずなのに〟と思うと信じがたいが、本当のことだった。でも結局はあたたかいほうを選び、シャワーノズルの下に立って、頭や背中をたたく湯の感触をしばらくたのしんでから、髪をシャンプーする。体はまだふるえていて敏感になったままだった。例の〝甘い陶酔〟の影響が依然として残っているせいなのか、ただたんにエティエンが与えてくれた喜びの記憶のせいなのかはよくわからないが、タオルが濡れた肌をこするたびに、身ぶるいしてまた彼が欲しくなってしまう。あの男性はまさにドラッグのようだ――といっても、いいドラッグだが。

シャワーから出て体をふき、服を着て髪にブラシをかける。いったん立ち止まって、バスルームの鏡にうつった自分に顔をしかめてみせると、いそいで寝室を出てエティエンをさがしにいった。どうしようもなく彼に会いたい。近くに行くだけでもいい。ひょっとしたら、抱きしめるとか、それ以上のことをしてもいいかも。

そんな気まぐれな思いに、にやにやしながら階段を駆けおりる。家がしんとしていることに驚いたり不安になったりはせず、エティエンがいるとわかっている例の地下室へとまっすぐに向かった。彼はコンピューターで仕事をしているにちがいない。

エティエンはオフィスにいたが、デスクの前の椅子にすわっているにもかかわらず、コンピューターの電源はすべて切られていた。彼は電話でしゃべっているところだった。受話器に話しかけているエティエンのうしろへ歩いていって、ためらいがちに両手を彼の肩におく。エティエンがあいているほうの手をのばして即座にこちらの片手をおおってくると、レイチェルはほほえんで緊張を解いた。はたして彼が歓迎してくれるのかどうか、完全には確信できていなかったことに、そこではじめて気づく。〝何日もずっとレイチェルを求めていた〟とエティエンは主張していたが、それはたいして重要ではない。ただそう言ってみただけかもしれないからだ。ふたりの情熱が満たされたいま、彼がレイチェルに対する関心を失っている可能性もあった。でも、そんなことは起きていなかったのだ。

「よかった！　じゃあ、彼が来るのを待つよ」と言って、エティエンが電話を切る。受話器をカチリともどした瞬間、彼は立ちあがってふりむき、腕のなかに抱きよせて歓迎のキスをしてくれた。つづけて、うなるように話しかけてくる。「おはよう、美人さん。気分はどうだい？」

レイチェルは顔を赤らめて相手の鼻の頭にキスしかえした。「飢えてるわ」

エティエンが小さく笑う。「満足することを知らないんだな」

「ええ、そうよ。だけど、わたしは〝お腹がぺこぺこ〟って意味で言ったの」

「ああ」エティエンがそっとため息をついてこちらをぎゅっと抱きしめ、手をとってオフィスから連れだしてくれた。「うん、ぼくもだ。でも、あいにく血のストックを切らしてしまってね。血液パックを送ってくれと、いまバスチャンにたのんだところなんだよ。すぐに届くはずだけど、それまでは……」ふたりでキッチンに足を踏みいれたとたん、彼は言葉を切り、裏口の窓にさっと目をやって外の闇を注意深くさぐった。

「なんなの？」と好奇心にかられてたずね、エティエンの横に並びながら、家の裏手にあるひろい庭をじっと見つめる。昼夜両方の時間帯に、家のなかからその裏庭をながめたことがあるが、いずれのときも美しく見えた。大きな噴水や岩石庭園《ロックガーデン》や数多くの木々がある庭だ。

「外にだれかいるのが見えた気がしたんだ」彼はそうつぶやき、レイチェルの手をぎゅっと握って言った。「ここで待っててくれ。ちょっと見まわってきたいだけだから」

こちらが返答するひまもなく、エティエンは裏口から外へ出ていった。すべてをながめられるようにドアを押さえてひらいたままにしておき、裏庭に出ていく彼を見まもる。自分もあたりを見まわして、隠れている者がいないかたしかめるつもりだったのだが、エティエンのヒップに視線がとらえられてしまった。しかも、視線はそこにとどまっていたらしく、レイチェルはあえて逆らわないことに決めた——どっちにしろ、彼のほうが夜目がきくのだから。それに、本当にいいながめだった。ものすごくいいながめだ。男性のヒップがこんなに魅力的になりうるなんて、まったく思いもしなかった。いまの望みはただ、彼のヒップをわしづかみにして、ぎゅっと握って、そして……。

「きっとあのドリンクの影響にちがいないわ」とつぶやいて、ぶるぶるとかぶりをふる。だが、エティエンのほうをちらりと見た瞬間、視線はまたしても彼のヒップにもどってしまった。ここに立って物欲しそうに舌を垂らしているより、エティエンと合流するのが一番かもしれないと判断し、背後でドアが閉まるにまかせて、彼に向かって静かに歩いていく。

「なにかわかった？」レイチェルは、エティエンの匂いにちょっと気をそらされつつも、ささやき声でたずねた。彼は本当にいい匂いがする。おいしそうだ。エティエンの首に幾度か顔をうずめて香りを吸いこんだとき、いい匂いがすることには気づいていたが、いまは彼のすぐとなりに立っているみたいに匂いを嗅ぎとれた。感覚が鋭敏になりつつあるにちがいない。そうわかってうれしくなる。ひょっとしたら、もうすぐ牙もコントロールできるようになるかもしれない——あと、血を飲むことだって。トーマスに教わったストローを使う技はうまくいっていた。でも、できればほかのみんなとおなじく、グラスからじかに飲めるようになりたい。そうなるまでは、自分が〝カップの半分はミルクを入れて紅茶を飲む子供〟みたいに思えてしまう。

「いや。見まちがいかな。ただの影だったのかもしれない」

「ふーん」レイチェルは空気を嗅いでエティエンに歩みよった。視線がさっと彼の首に向かう。エティエンは本当にかぐわしい香りがした。食べてしまってもいいくらいだ。どういうわけかその瞬間の彼は、最高においしいとても大きな高級ステーキを思わせた。

〝生き餌〟——マルグリートの言葉が頭に浮かび、恐怖に目を見ひらく。

「なんだい？　なにか見えるのかい？」エティエンが、唐突に身をひいたこちらにたずねてきた。

「いいえ」と、罪悪感にどっぷりつかりながら応じる。「ちがうの。もう家のなかに入るべきだと思わない？　外のここはかなり寒いもの」実際季節はずれの寒さで、ふたりとも上着をはおっていないのだ。といっても、手近な言い訳として使うまでは、寒さには気づいていなかったのだが。

「寒いかい？」

「ぜんぜん」そう認めてから小首をかしげる。「わたしはどうして凍えてないのかしら？　本来なら凍えてるはずだわ。寒い夜に屋外にいるのよ、エティエン」

「きみの体は前より性能がよくなってるんだよ。寒さやら凍傷やらなにやらのことはもう心配しなくていいんだ」と彼が説明してくれた。「それでも、たしかに家のなかに入るべきだな。体をあたたかくたもつためにより多くの血が消費されて、ずっと早く〝食事〟をしなきゃならなくなる――きみがすでに空腹なのはわかってるし」

「絶望的なくらい空腹だわ」と同意したものの、視線が相手の首に行ってしまい、不快感をおぼえて目をそらす。

「まあ、配達係がすぐに朝食を持ってきてくれるはずだけどね」エティエンが安心させるように言って、裏口のドアへと歩いていった。「たぶんトーマスが来るんじゃないかな。あいつはよくそういう使い走りをしてるから」

「へえ、いい人なのね」とコメントし、そこで言葉を切る。ドアの取っ手をつかんでまわしたエティエンが、もとの位置にまわしてもどしたからだ。「どうしたの？」

「えーと……レイチェル、きみはドアのロックを解除したのかい？　それとも、ただ閉まるにまかせただけ？」

「い、い、い、あなたがロックを解除したんでしょう。わたしはただ背後でドアが閉まるにまかせただけよ。どうして？　なにかまずかった？」

エティエンが顔をしかめた。「ドアはオートロックになってるんだ。レバーを操作しないかぎりはね。ぼくらは締めだされてしまったんだよ」

「ええっ？」彼の横に並んでドアの取っ手をまわしてみたが、恐ろしいことに扉は閉じたままだった。「締めだされるなんてありえないわ、エティエン」

「でも残念ながらそうなんだ」エティエンが、動揺しているというよりおもしろがっているような口調で応じた。

レイチェルはおもしろがるどころではなかった。彼がおいしそうなごちそうに見えてしまうほど、すでにお腹がぺこぺこなのだ。寒さが血への欲求をさらにせっぱつまったものにするとしたら……。けわしい顔で相手に向きなおりながら命じる。「窓から入るのよ」

エティエンはかぶりをふった。「ごめん。ハイテクのセキュリティーシステムを入れてるから、そんなことをしようとしたら警報が鳴ってしまうんだ」

「じゃあ、警報の回路をバイパスするとかなにかできないの？」

「たしかにできるけど、寒さに耐える時間をほんの数分短くするためだけに、どうしてうちのシステムをこわさなきゃならないんだい？　配達係がだれだろうと、携帯電話は持ってるはずだ。バスチャンに電話して、スペアキーを持ってきてもらえばいいのさ。外にいる時間はきっと二、三分だよ、誓ってもいい。それに、晴れた気持ちのいい夜じゃないか。うちの庭園を間近で見せてあげよう。きみはいままで家のなかからしか見たことがないしね。夜咲きのきれいな花があって——」

「エティエン」レイチェルはいらいらと口をひらき、そこで沈黙した。とつぜん、彼が朝食みたいに見えると認めるのは気が進まなくなったのだ。人に咬みつくことに対する以前の嫌悪感は、性行為中に咬み跡をつけあったおかげでかなりやわらいでいた。自分をコントロールできるかどうかたしかめるのに、いま以上にいい機会はないだろう。ある夜、小腹がすいたときに、同僚に咬みついたりはしたくない。

「なんだい？」レイチェルが黙ったままでいると、エティエンがそううながしてきた。

「なんでもないわ」と、やっとのことで応じる。「庭園を見せて」

エティエンはほほえみながらこちらの手をとり、ふたたび裏庭へと導いて、噴水を迂回して中央庭園に連れていってくれた。広大な裏庭だ。明らかにトロントのはずれに住んでいるとしか思えない。でも確信は持てなかった。というのも、庭はプライバシーを守る高い塀にかこまれていて、敷地の外が見えなかったからだ。あとでエティエンにきいてみよう、と自分に言い聞かせながら、さまざまな植物を指さしてはその名前を教えてくれる彼につづいて、庭園のなかを進んでいく。

とても美しい庭園だった。夜にながめるよう造られているのは明白で、それは理にかなっている気がした。一点を目立たせるのに使うとおぼしきライトがあちこちにあるが、いまはどれも消えている。ふたりの進む道を照らしているのは月明かりだけだ。でも、物を見るにはなんの問題もなかった。マルグリートが言っていたように、視力が向上しつつあるのだと思う。もっと興奮していてもよかったのかもしれないが、お腹がぺこぺこになりすぎていた。〝食事〟をしたいという欲求で、実際に体がひきつるように痛んできている。エティエンがおなじ症状に苦しんでいないらしいところをみると、自分はまだ変化のためにより多くの血を必要としているのだろう。

「どうしてきみは、口にリンゴをくわえた大きな豚の丸焼きをながめるような目で、ぼくを見てるんだい?」

レイチェルは、相手のいかにもおいしそうな首から目をひきはなし、むりしてほほえんだ。

「あなたがとてもおいしそうに見えるからよ」と軽い口調で応じる。そして、無意識にエティエンに近づいて、胸板をなであげた両手を彼の首のうしろで組みあわせ、頭をおろしてキスするよううながした。

やすやすとひきよせられたエティエンが、激しい情熱をこめて唇を近づけてくる。レイチェルは、ひどく簡単にいったことで安堵のため息を相手の口のなかに漏らしてから、キスを中断して、彼の頬から耳へと唇でたどっていきはじめた。耳を軽く噛んでからかってやる。

「あなたは、食べちゃいたいくらいいい匂いがするわ」

エティエンはその言葉に小さく笑ったが、すぐに笑うのをやめてこちらの腕のなかで身をこわばらせた。レイチェルが彼の首を軽く噛んでいきはじめたからだ。「あー、ハニー？きみは血への渇望《ブラッドラスト》と肉欲《ラスト》を混同してるんじゃないかな。いいアイデアとは思えないよ、きみが――あああ！」

エティエンの忠告は、レイチェルがジーンズごしに彼自身をさぐりあてて握りしめると同時にとぎれた。たちまちエティエンの呼吸が速まり、レイチェルがつづけておなじところをなでまわしてやると、こちらの耳のなかに荒い息をついているような状態になる。「まあ、ちょっと甘噛みするくらいなら害にはならないかもしれないな」

レイチェルはかすれた笑い声をあげて、相手の首をぺろりとなめた。自分がなにをしているのかはさっぱりわからなかった。ただ本能にしたがっているだけで――本能的にエティエンの首をなめたいと思ったのだ。実際のところ、彼の全身をなめまわしたかった。エティエンは大きなぺろぺろキャンディーみたいなものだ。あるいは〈トッツィー・ポップ〉かも。あの棒つきキャンディーのＣＭの台詞《せりふ》じゃないけど、何回なめたらこの〈トッツィー・ポップ〉の中心にたどりつけるのか知りたい。でも、中心にたどりつくはるか前にキャンディーをかじってしまって、けっして答えを得られないことはわかっていた。

　ふたたびエティエンの首をなめて静脈を舌でたどる。ぎょっとするような自然の能力で、静脈の位置を感知したのだ。ひどく彼に咬みつきたくてしかたがない。とにかくお腹がぺこぺこで、空腹のあまりひきつった痛みを感じるほどだ。一回ぶんのクスリを欲しがる麻薬中毒者とたいして変わらない。すごく血を必要としているが、ただ相手に咬みつくのは不作法に思えたし、そうする気にもあまりなれなかった。昨夜は何度かエティエンを咬んだものの、それはつねに情熱にもだえているときだった。いまこの瞬間も、彼に対してかなりの情熱をおぼえてはいるが、咬みつくのを正当化できるほどではない。そのあたりを調整しなくては。

　彼自身をつかんでいた手を離して胸板を両手でなであげ、むこうの襟をつかんでシャツの前をひっぱってひらく。ボタンがぱらぱらとはじけとんだときには、エティエンはにやりとしただけだったが、レイチェルは少々おちつきを失った。そんなことになるとは予想していなかったからだ。ボタンがひとつくらいはぽんととれるかもしれなくても、残りは手ではずさなければならないだろうと思っていた。しかしどうやら、約束された力がいくらかついてきているらしい。

　驚きはしたが、ほんの一瞬しか動きはゆるまなかった。相手の胸板がとつぜんむきだしになって月明かりのなかでほぼ銀色に輝くと、獣じみたごろごろというなり声が自分ののどから漏れるのが聞こえ、レイチェルはさらけだされた肉体を両手でなでまわした。エティエンの肌はひんやりとしてなめらかで、ビロードのようにやわらかかったが、鋼の硬さをそなえてもいた。喜びのため息を漏らして前に身を乗りだし、彼の心臓の上の肌に唇を押しつける。その下から伝わってくる鼓動は力強かった。エティエン自身も生き生きと力強く、レイチェルは彼を求めていた。

頭をうしろへかたむけながら、彼の髪に片手をすべりこませて顔をひきよせる。自分の唇でエティエンの唇をおおい、はじめはそっとこすりあわせてから、口をひらいて彼の下唇を歯でとらえて噛んだ。そのままひっぱった下唇が、歯のあいだからすべりでてぷるんと音をたてると、ふたりとも小さく笑った。エティエンにとっては、たわむれはそれで充分だったらしい。彼はこちらを腕のなかに抱きしめて唇を奪った。やさしくこすりつけたり、じらしたりするようなキスではない。口をおおってきたエティエンは、みずからの口をあけて舌を突きだし、レイチェルの唇のあいだに分けいってこようとした。ためらいもなく彼に対して口をひらき、さっと前に出した自分の舌をふれあわせる。半分くぐもった甘いうめき声とともに、ふたりの舌がたがいにからんですべりあった。

エティエンがうめきかえしてくると、レイチェルはほほえみ、どうにかキスを中断した。唇をゆっくりと相手のあごへと移動させ、のどをつたいおりていきながら彼の匂いを吸いこんだが、頸静脈《けいどうみやく》の気配に誘惑されて止まったりはしなかった。胸板を唇でなめらかにたどり、一方の乳首のところで止まって、噛んだり吸ったり舌ではじいたりしてやる。つづけてもう一方にもおなじ愛撫をくりかえした。そうしながらもエティエンの背中をきつく爪でひっかいて、それを確実に彼に感じとらせたが、血は一滴も流さなかった。

エティエンがうなり声をあげて身をそらし、こちらの両腕をつかんでおそらくキスするためにひっぱりあげようとしたが、レイチェルはからかうみたいに笑ってただ さっとしゃがみこんだ。目線が彼のウエストの高さになったので、頭をうしろへかたむけていたずらっぽいほほえみとともに相手を見あげ、ジーンズのスナップに手をのばす。そのスナップをはずすと、エティエンが驚いて息をのんだ。ファスナーをひきおろしてやったときには、彼は吸いこんだ息を止めたようだった。

ますますほほえみをひろげ、ジーンズの内側に手を入れて彼自身をひっぱりだす。前に身を乗りだしてそれを口にふくんだ瞬間、レイチェルは自分の過ちに気づいた。エティエンの匂いと味のせいで、〝咬みつきたい〟という衝動がほとんど抗しがたいほどになってしまったのだ。彼の硬いものをおおった脆弱《ぜいじゃく》な皮膚の下に、どくどくと脈うっている血が実際に感じとれた。

ああたいへん、きっとソーセージにかぶりつくみたいな感じにちがいないわ――とかすかに思う。甘く濃厚に口のなかにあふれでた肉汁がのどをすべりおり、体をひどくうずかせている渇望を満たしてくれるだろう。その考えは妙に官能的だった。一方、かなり恐ろしくもある。自分が男性の前にひざまずいて、昨夜あれほど多くの喜びを与えてくれたものにガブリと咬みつくことを考えているなんて、とても信じられなかった。やれやれ、どうやら明らかに、まだ仕事にもどる準備はできていないらしい。こんなことを考えているようでは、こちらの渇望からぶじ逃れられる人間なんているわけがない。

「レイチェル？」

目を上げると、エティエンの体ごしに相手の不安そうなまなざしと視線が合い、彼自身を口にふくんだまま動きを止めてしまっていたことに気づいた。みずからの心を揺さぶってしゃきっとさせながら、片手を上げて勃起したものの根もとをつかみ、その長軸方向にそって口をすべらせてからまたもどる。レイチェルは、〝きっとやれる、渇望に抵抗できる、抵抗しなくちゃ〟と、断固としておのれに言い聞かせていた。とにかく自分に証明しなければならないのだ――なににだって抵抗できると――同僚のそばにいても安全なのだと――たとえ誘惑が近く（実際のところ口のなか）にあっても打ち勝てると。エティエンのうめき声に勇気づけられ、ふたたび彼自身にそって口をすべらせる。相手の肉体に影響をおよぼしている舌は、なぞっている浮きあがった静脈に興味を集中させているようだった。〝ちょっぴりかじるだけ、一咬みするだけよ、本当に〟と心が誘惑してくる。そんな考えをわきへ押しやり、彼自身をまたほとんど口からひっぱりだした。エティエンの反応をゆっくりと意識する。そうした刺激的な感覚はすでに彼と何度も味わっていた。ふたりの情熱がまじりあって高まり、双方が興奮と欲望の圧倒的な波にのみこまれてしまう感覚だ。だが今回はちがっていた。〝食事〟をしたいという欲求に気をとられているこちらの心は、性的な興奮をおぼえていなかったため、いまのレイチェルは、エティエンの情熱と快感のみを体験していたのだ――彼が味わっているほとんど耐えがたいほどの喜びの感覚に、隅々まで満たされながら。

みずからのあたたかく湿った口が、彼自身にそってなめらかに動く感覚は、ただの人間だったら絶対に味わえなかったはずの快感だった。歯が彼の先端をかすめると、ふたりとも甘いうめき声をあげ、新たなうずきをおぼえたレイチェルは両腿をぎゅっと合わせた。たいへんな快感の苦しみだ。おなじ動きを何度かくりかえすと、双方がそれ以上は耐えられずにこなごなに砕けてしまうにちがいない、というところまできた。

そうした考えが、自分だけでなくエティエンの状態をも反映したものであることに気づき、いまの喜びをこんなに早く終わらせたくなかったので、レイチェルは愛撫のリズムを変えた。快感とおなじように相手の失望も感じ、思わずほほえんでしまう。あいているほうの手でジーンズにおおわれたエティエンの腿をなであげ、彼自身の根もとをつかんだ手にいっそう力をこめて、舌でくるくるとなめまわしてやる。

「レイチェル」それは〝いかせてくれ〟という懇願だったが、レイチェルは残酷な気分になっていた。とにかく飢えていたのだ――血と快感の両方に。今回の経験を、エティエンが絶対に忘れないものにしてやりたかった。いまは彼とおなじ感覚を味わっていて、こちらの愛撫が正確にどう感じられてどう影響をおよぼしているかわかるのだから、そうできるはずなのだ。

女性全員がこういう精神融合をたのしめたらいいのに、とぼんやり考える。男性を喜ばせる自分の能力に疑いを持ったり、希望や不満を言葉であらわしてくれるのを期待して不器用にいじくりまわしたりする、なんてことは二度となくなるのだから。相手の感覚が簡単にわかって、気持ちのいいことだけをしてあげられる。通常では不可能なやりかたで、その経験の喜びを分かちあうことだってできるのだ。

「ああ、レイチェル」

レイチェルはエティエンの懇願を無視した。感覚を共有しているから、彼がまたいまにも爆発しそうになっているのはわかる。自分もそうだったので、今回はテクニックやリズムを変えたりはしなかった。今回は、この渇望が否定されることはないだろう。

エティエンがさけび声をあげてレイチェルの口のなかで爆発し、一瞬遅れてこちらの体も絶頂に達した。彼の快感とみずからの快感で心が満たされたとたん、新しいほうの本能に支配権を握られ、舌でもてあそんでいた静脈に牙をうずめてしまう。エティエンの驚いた反応が感じとれた。つづけて、血が牙を通って流れこんでくると同時に、レイチェル自身の喜びが彼をおそったのがわかる。まじりあったふたつの刺激的な感覚は、一方の心からもう一方の心へと双方のあいだを行き来し、やりとりされるたびにどんどん強まっていくようだった

――〝それをかかえこんでいることなどなにものにもできない〟と思えるまでに。

エティエンが目の前でふらつきはじめると、レイチェルは牙をひっこめて彼を解放した。こちらが弱々しく地べたにすわりこむと同時に、エティエンががっくりと両膝をつく。圧倒的な快感を受けいれようともがいている心は、いまは衰弱感にも苦しんでいた。自分自身が衰弱しているの？

エティエンが両腕でつつみこんできたが、それはかろうじてふれたと感じられる程度の軽い抱擁だった。彼がしゃべった言葉は、ろれつのまわらないごくかすかなもので、なにを言っているのかわからなかったくらいだ。エティエンがうしろへ倒れはじめたので、レイチェルは彼をつかまえてまっすぐに身を起こす手助けをしようとしたが、どうやらそんな力はないみたいだった。あたたかい液体のような暗闇のなかへとすべりこんでいく。エティエンとのセックスのあとで毎回のみこまれる闇だ。

だが、今回はちがっていた。これまでは闇にのみこまれるのはレイチェルだけで、三百年ほど生きてそうした経験にずっと慣れている強いエティエンが、こちらの碇になってくれていたのだ。今回は、レイチェルといっしょにエティエンも闇にすべりこみつつあるようだった。そう気づいて急に怖くなる。その不安が自分のものなのか彼のものなのかはさだかではなかったが、意識を失いながらも、なにかがひどくまずいというのはわかった。

レイチェルはゆっくりと意識をとりもどしたが、覚醒《かくせい》したきっかけは不明だ。ひんやりとした硬いものの上に頰をのせ、しばらくじっと横たわったままでいる。目を閉じた状態で、信じられないほど衰弱しているのを——じつのところ消耗してしまっているのを——感じたが、どうしてなのかはわからなかった。庭園で起きたことの記憶が心をよぎり、横たわった場所でほほえむ。しかし、笑顔はたちまち眉をひそめた表情へと変わった。自分がこんなに衰弱しているはずはない。エティエンの血をとりこんだのだから、強くなりこそすれ、弱くなる理由なんてないのだ。でしょ？

「エティエン？」

そのはるかかなたからの声に、けだるい状態から呼びさまされたレイチェルは、目をあけて庭園にあるものの形や影を見やった。咲きほこる夜の花々にかこまれて、エティエンの胸に頭をもたせかけて横たわっている自分に気づく。ゆっくり動いてどうにか上体を持ちあげ、小道にそって並んだ植物の上から家のほうをちらりとながめてみたが、見るべきものはなにもなかった。家は、最初に締めだされたときとおなじく、人けがなくて静まりかえっているように見える。

レイチェルはため息をついて、体がまた冷たい地面にころげおちるにまかせた。自分が衰弱感に苦しんでいるという事実に、ショックを受けると同時にちょっと怖さもおぼえる。首をひねってエティエンのおぼろげな姿を見つめられるようにすると、彼はかたわらの露に濡れた草のなかに横たわり、その体は月明かりに輝いていた。彼の胸板を弱々しくぽんぽんとたたいてみたが反応がない。

不安に心を奪われた気がした。「エティエン？」もうすこし力をこめて押してみる。「エティエン？」

「エティエン！」男性の声がこだまのように返ってきた。今回はさっきより近くで聞こえたが、イヤマフごしかずっと離れたところからの声みたいにまだくぐもっている。「レイチェル？　くそっ、ふたりとも――返事をしてくれ！　いるのは感じとれるんだが、気配が弱すぎてたどれないんだ」

その言葉とはうらはらに、声はだんだん近づいてきていた。家の裏口のドアがばんとひらく音が聞こえる前に、自分の服を見おろしてきちんとととのっていることを確認するだけの時間はかろうじてあった。こちらがふたたびむりして身を起こすと同時に、大股に歩くバスチャンの姿が視界に入ってくる。

「そこにいたのか」彼はいそいで走りよってきた。「すごく心配したんだぞ。トーマスのやつが、〝家のなかから応答がなくてドアの鍵が締まってる〟と言ってたから。それでぼくはエティエンのスペアキーを持って駆けつけて――。いったいぜんたいなにがあったんだ？」と心配そうにたずねながら、レイチェルの横に倒れたエティエンの姿が見えるところまで近づいてくる。弟の体を目でとらえたバスチャンは両眉をはねあげた。「おっと」

エティエンをちらりと見たレイチェルは顔を赤らめた。彼のズボンの前がまだひらいたままになっていて、萎《な》えてだらりと外に垂れたものに、まちがえようのない一対の歯形がついているのに気づいたからだ。

「なんとまあ。きみが咬みついたわけかい？」

レイチェルは恥ずかしさのあまり——衰弱しすぎて、まっすぐ身を起こしていられなかったのは言うまでもないが——うめき声をあげて地面に倒れこみ、片腕をぱたりと顔の上にのせた。

「トーマス、血を持ってこい！」

不安をおぼえてふたたび腕をおろす。バスチャンにこの瞬間を目撃されただけでも充分まずいのに、トーマスにまでここに来られたら……。だが、バスチャンがエティエンのかたわらにひざまずいて服をととのえているのに気づくと、パニックはすこしおさまった。

「気分はどうだい？　かなり悪いんだろうね？」

気づかうようなその口調に驚いて、彼のほうをちらりと見る。「ええ。理由はわからないけど」

「きみは大量に血をとりこみすぎたにちがいない」とバスチャンは説明し、意識のない弟に向かって顔をしかめた。「エティエンはきみにそんなことをさせるべきじゃなかったんだ。こいつのほうがよくわかってるんだから」

「彼は、えーと、そのときにはべつのことに気をとられてたから」レイチェルはまたしても顔を赤らめながら認め、咳ばらいして言った。「でも、どうしてなの？『そんなことをさせるべきじゃなかった』っていうのは――」

「体内のナノはつねに一定の数を維持してるんだよ。体に完璧に合った分量をね。死んだものは必要に応じておきかえられ、つくりだされたよけいなぶんは駆除される。べつのヴァンパイアからよぶんなナノがとつぜん流れこんでくると、体がそれをうまく処理するのに時間がかかるんだ。そのあいだに、増えたナノは血液を消費して通常より速いスピードで使いはたしてしまう。ちゃんと食事をとってて満腹なときにそういうことが起きるだけでも充分まずいんだが、エティエンから聞いた話では、きみは血の味に耐えられなくてずっとまともに〝食事〟してなかったそうじゃないか。しかも、今日ここには血のストックがまったくなかったわけで――だからトーマスが来ることになったんだが」

それが合図だったみたいに、いとこの当人が、医療用クーラーボックスを持ってぶらぶらと視界に入ってきた。トーマスは視線を落とし、まず意識のないエティエンの姿を、つぎにレイチェルのだらしなく衰弱した状態をながめたが、ただほほえみかけてきただけだった。

「やあ、お嬢さん。どうやらぼくはぎりぎり間に合ったようだね」

トーマスは、クーラーボックスをあけて血液パックをふたつひっぱりだすと、ひとつをバスチャンに手わたし、ポケットからゆっくりストローを二本とりだして、ふたつめの血液パックに突き刺した。「エティエンの家にはきっとストローなんてないと思ったし、きみには必要だとわかってたから、さっきここへ来る途中で角の店に寄って持ってきたんだ」と説明しながら、細工した血液パックをさしだしてくる。

レイチェルは感謝のほほえみを浮かべてそれを受けとり、牙にストローをすばやくとりつけた。血液パックのなかの液体はすぐになくなりはじめ、衰弱と苦痛がおさまっていくと同時に安堵のため息をつく。

「もうひとつくれ、トーマス」とバスチャンが言い、エティエンの牙が突き刺さってすでにからになった血液パックを、新しいものと交換した。弟の口をふたたびこじあけて、ふたつめの袋もひょいと牙にはめこむ。エティエンからレイチェルへと心配そうに視線をうつしながら、バスチャンはこうたずねてきた。「きみはどれくらい血を吸ったんだ?」

レイチェルは恥ずかしい思いで肩をすくめた。自分でもさっぱりわからなかったのだ。

「エティエンを咬んだのかい?」トーマスが同情するように問いかけてくる。「新入りにはよくあることだね」

バスチャンが同意とおぼしきうめき声をあげたが、レイチェルはそちらには注意をはらっていなかった。トーマスがいとこの姿を見つめているようすを、いやな予感をおぼえてながめていたからだ。あんのじょう、彼は眉をひそめてきいてきた。「きみはエティエンのどこに咬みついたんだい?　咬み跡が見あたらないけど」

「レイチェルにもうひとつ血液パックをとってやれ、トーマス」そう命じたバスチャンが、こちらの膝をぽんぽんとたたいてくる。レイチェルは顔を赤らめ、すわったままもじもじしたが、口は固く閉ざしていた。エティエンに咬みついた場所をおおやけに認めるつもりはない。一生涯。

「いいとも」トーマスが、からになった袋をレイチェルから受けとってストローをひきぬいた。つづけて新しい血液パックをとって、最初にやったように準備をととのえると、ほほえみを浮かべてそれを手わたしてくる——さっきの質問は一見忘れたみたいに。だけど、レイチェルはだまされなかった。男性ふたりが視線をかわしあうのが見えたので、彼らは心で会話したにちがいないと確信していたのだ。バスチャンが〝その話題にはふれるな〟とたしなめてくれたことを願うしかないが、トーマスの目には明らかにおもしろがるような光が浮かんでいた。

みじめなため息をつきながら、レイチェルは牙にストローをはめて、悲しいほど不足している血をとりこむ作業をまかせた。

なんとも驚いたことに、トーマスがぽんぽんと肩をたたいてきて言った。「心配することはないよ、お嬢さん。これはぜんぶぼくのせいで、きみは悪くないんだ」

ここにいる男性たちは心で会話できるだけじゃなく、人の思考も読めるのだと思いだして、レイチェルは一瞬暗い気持ちになった。バスチャンはたぶん、こちらがエティエンに咬みついた場所をばらす必要などなかったのだろう。自分の心がそんなつもりもなくばらしてしまったにちがいない。そこでトーマスの言葉をふと意識し、好奇心をおぼえて彼を見つめる。トーマスが〝これはぼくのせいだ〟なんて主張することがどうしてありうるのだろう？　だが、牙からストローをはずしてたずねるひまもなく、エティエンのうめき声に注意をひかれた。

「楽にしてろ」とバスチャンが命じる。弟の目がぱちっとひらいて、起きあがろうともがきはじめたからだ。「荒っぽい行動に出る前に、おまえにはもうすこし血が必要だ」

エティエンはリラックスしてまた地面に横たわり、視線を移動させてレイチェルの姿を見つけると、腹部にのせていた片手をするりと動かして、安心させるようにこちらの膝にふれてきた。〝気を悪くしてはいない〟という無言のメッセージだと思う——すくなくともそう願いたい。おかげでレイチェルは気分がよくなった。

「こいつは悪い癖になりつつあるぞ、エティエン」

発言者のバスチャンが、さらにもうひとつの血液パックを弟の口にひょいと入れる。レイチェルとエティエンのふたりは困惑ぎみにちらりと彼を見た。

「このざまはなんだ？　おまえを救わなければならなくなったのは、最近でもう三度めだぞ？」

エティエンが、血液パックが口のなかにある状態でみごとに悪態をついたので、レイチェルはちょっと感心してしまった。自分が血を飲みながら明瞭にしゃべれるとは思えない――でもそれを言ったら、エティエンは二、三百年は練習してきたわけだし。とはいえ、物を食べながら話すのは不作法だと考えられてはいないのだろうか。こっちはそう考えるよう育てられてきた――すくなくとも、ふつうの人間のあいだでは。

「いまではきみもぼくらの仲間なんだよ、レイチェル」と、バスチャンが静かに指摘してくる。レイチェルが黙ったままでいると、彼はエティエンのほうにちらりと向きなおった。「じゃあ、おまえはさっきパッジが外にいるのを見たと思ったわけだな」

今回は、エティエンは口から血液パックをひっぱりだして言った。「心を読むのはやめてくれよ、兄さん。不作法じゃないか」

「問題の思考が、おまえの心の表面におかれてただけさ」バスチャンが肩をすくめてそう応じる。「だけど、じつに愚かなことに思えるな。パッジがそこらへんに隠れてるかもしれないのに……あー、どんなことであれそれに没頭してしまうっていうのは。おまえたちがべつのことに気をとられてるあいだに、パッジがとびかかってくる可能性だってあったんだぞ」

「きっと見まちがいだよ」エティエンがぶつぶつと文句を言った。「庭を調べたけど、やつの気配はなかったし。そしたら、ドアが閉じてしまって外に締めだされたんだ。だから、兄さんに電話してスペアキーを持ってきてもらおうと、トーマスが来るのを待ってたんだよ」

「でもって、待ってるあいだに体温と体液を分けあうことにしたわけだ」と推測したトーマスは、エティエンににらまれると笑い声をあげ、肩をすくめて詫びるようにレイチェルのほうをちらりと見た。「ごめんよ、お嬢さん。どうしても言わずにはいられなくてさ」

「血はもう充分とりこんだだろう。あとは家のなかにもどって回復を終えればいいんじゃないか？」バスチャンが唐突にそうたずねる。

「はいはい」エティエンはからになった血液パックを手わたし、バスチャンの助けをかりて立ちあがった。

レイチェルも、トーマスがさしだしてくれた手をつかんでおなじく立ちあがる。恥ずかしさと不安に苦しんでいたのだが、裏口のドアへと歩いていく途中、エティエンがこちらの手をとって握ってくれたおかげで、そんな気持ちはたちまち消え去った。こういうのは新しい経験だったが、これからも新しい経験をたくさんすることになりそうだ。人生は明らかに予期せぬ展開をとげているのだから。

「それで？」バスチャンが、みんなでキッチンに入ると同時に言った。「おまえはもうレイチェルに例の話を――」

「いや」とエティエンが言葉をさえぎる。

「そうか、じゃあ――」

「かならず話すよ」エティエンがふたたび言葉をさえぎった。「近いうちに」

バスチャンはため息をついたものの、どうやらその話題は――なにかは知らないが――打ち切ることにしたらしい。彼は、片手でトーマスの肩をぽんとたたいて玄関ドアのほうに向きを変えさせると、こう告げてきた。「おまえたちにはもっと血が必要だ。たがいに負わせたダメージを修復するだけで、ここにあるぶんはすぐに使いはたしてしまうだろう。あとでもっとトーマスに持ってこさせるから、それまで殺しあわないようにしてくれよ」

エティエンはうめき声で応じた。

バスチャンとトーマスがキッチンを出て廊下を進みはじめる。ふたりのうしろで玄関ドアが閉まると、エティエンはいくらか肩の緊張を解いて、トーマスがテーブルにおいたクーラーボックスから血液パックをひとつつかみとった。

「ところで」レイチェルがその血液パックを受けとりながら静かに言う。「あなたがわたしに話さなければならないことって、厳密にはどんな内容なの？」

エティエンは彼女をじっと見つめた。一番レイチェル自身のためになるのは〝パッジに拉致された〟と主張することだ——そう話して説得しようとするのが本当はいいのだろう。だが、〈ナイトクラブ〉へ行った夜から共有してきた親密な関係を、だいなしにするのは気が進まなかった。ふたりが築きつつあるきずなはあまりにも新しくてもろいものだから、言い争うことでそれがこわれてしまうのではないかと、エティエンは恐れていたのだ。たがいの距離をいっそう縮めるなにかで彼女の気をそらすのが、ずっとましな選択のように思える。

「きみは夜が嫌いなんだったね」と唐突に言ってやると、レイチェルの表情から彼女がびっくりしているのがわかった。

「『夜が嫌い』ってわけじゃないのよ。ただ……」レイチェルが眉をひそめて肩をすくめた。「みんなが眠ってる夜に働くのが嫌いなだけなの。ほかの人たちとおなじく、夜は眠って昼に働くほうがいいわ」

「どうして？」

「そうねえ……」彼女は明らかにいらだったようすで、こちらに向かって顔をしかめた。「夜に働くのはそんなに悪いことじゃないわ」とようやく言う。「でもわたしは、〝仕事の夜にずっと起きてて、かつ、休日の夜には正常な時間に寝起きする〟ってことができないのよ。だから、休日の夜も一晩じゅう起きてるんだけど、ただぼんやりすごすかひとりでテレビゲームをするか、それくらいしかやることがないの。夜勤の仕事仲間以外の知りあいは、全員ふつうの時間に働いてるから、ほんとになにもすることがないのよ」

「『なにもすることがない』だって？」エティエンはぽかんと口をあけてレイチェルを見つめ、あきれたように首をふった。「残念ながら、きみには教育が必要みたいだね」

レイチェルは、エティエンの確信に満ちた態度を疑わしい思いでながめた。こっちはもう三年間も夜勤で働いているのだから、彼に教わることがそんなにたくさんあるとは思えない。なにしろずっと、休日の夜にすることを必死にさがしもとめてきたのだ。夜も早いうちなら、いつでもショッピングや映画に出かけられるが、深夜——通常レイチェルができるかぎり起きて働いている、午後十一時から午前七時のあいだ——は、時間をつぶすのがむずかしい。午前二時までやっているバーはあるが、いずれにせよバーにしょっちゅう行くタイプではないし、ひとり退屈して自分のアパートをうろうろする以外、ほとんどすることがないのだ。

「着替えておいで」とエティエンが命じてくる。「黒っぽいズボンと上着、あとジャケットもだ。外は肌寒いからね」こちらがただじっと見つめかえしていると、彼は手をふって追いはらうようなしぐさをした。「さあ、行って着替えてくるんだ」

レイチェルはふたたび肩をすくめて、最後の血液パックをゴミ箱にほうりこみ、キッチンをあとにした。〝着替えろ《チエンジ》〟とエティエンは言っていた。自分はきっと変化《チエンジ》するはずだが、彼が夜についてなにを教えてくれるつもりだろうと、こっちがまだ知らずにいることがあるなんて、その時点では信じていなかった。

11

「夜の浜辺に来たのははじめてよ」と、レイチェルは吐息をついて認めた。砂浜に背中をあずけると、あたたかなそよ風が腕をかすめていく。エティエンが夜のことを教えに連れだしてくれたのは、今日で三晩めだ。一晩めは森へ夜の散歩に出かけ、手をつないで歩きながら、動物たちの音や声を聞いたり、姿をちらりと見たりした。驚いたことに、踏み荒らされたでこぼこの泥道を、レイチェルはなんの苦労もなく進んでいけた。どうやら感覚が本当に鋭くなっているらしい——夜でも昼間とほとんどおなじくらい物がよく見える。

エティエンの目は暗闇のなかで銀色に輝いていたが、ひょっとしたら月明かりを反射しているだけの可能性もあった。そこで、こちらの目も光っているのかたずねてみると、彼がほほえんでうなずいてきたので、そのことをよくよく考える。自分はいまや夜行動物であり、ヴァンパイアであり、ハンターなのだ。

そうした考えには、かつてのように不安はおぼえず、むしろ妙に自信が深まった。レイチェルは、現代社会で夜に働く女性として、そこらにいるおおぜいの変質者たちを警戒することにけっこう慣れていた。そして、車からおりてどこへ向かう場合でも、つねにトラブルに用心しながらおおいそぎで移動するようにして、人生の大半をすごしてきた。だがいまは、自分の新たな強さと能力をはじめて味わっているのだ。

よくなったのは視力だけじゃない。昨夜ふたりは、森のなかでよじのぼったり走ったり遊んだりしたので、これまでになく体が強くて俊敏になっているのがわかった。ずっと強くだ。人間離れした強さだが、ナノがどうやってそれを可能にしているのかはさだかではない。原理をわざわざ解明しようとは思わなかった。すごくたのしんでいたからぜんぜん気にならなかったのだ。

「気持ちのいい夜だね。泳ぎにいきたいかい？」

レイチェルは、人けのない浜辺と月明かりを反射している湖面をちらりと見わたした。たしかに気持ちのいい夜だ。昨夜は季節はずれの寒さだったが、今夜はいかにも夏の晩らしいあたたかさで、月明かりのなかで泳ぐというのは心そそられるひびきがした。でも、ふたりとも水着は持ってきていない。

レイチェルはひとりほほえんで、ふたたび浜辺を見つめた。いまはすべてを自分たちだけで独占しているが、昼間だったら不可能なことだ。何人かの夜間パトロールの警官が、パーティー好きの未成年者がいないか監視しているのだが、来ていた連中はすでにエティエンによって追いはらわれていた。実際のところ、水着なんてまったく必要なさそうだ——エティエンはこちらの裸をもう何度も見ているわけだし。

相手の問いかけに言葉で答える代わりに、彼のほうにいたずらっぽい笑みを投げかけ、両手をTシャツの裾にのばして頭の上へと持ちあげる。

「きれいだ」胸がさらけだされると同時にエティエンがつぶやいた。

彼が急に真剣な表情になったので、レイチェルは笑い声をあげた。脱いだTシャツを彼のひざにほうって立ちあがる。今夜はめんどうなブラジャーはつけていなかった。実際、ブラジャーをつけることはもうほとんどない。必要ないのだ。レイチェルの胸はいまだかつてないほどぴんとひきしまっていた。ナノがそういう状態にたもってくれているからだ。将来的にはきっと大金を節約できるだろう。

エティエンの前に立ち、ジーンズのスナップをはずして腰をふるようにして脱ぐ。顔が赤らむのを感じたが、これまでにも彼に裸を見られているのは本当だし、いまの自分の体が完璧な状態なのはわかっていた――まあ、ほぼ完璧なのは。どうにか顔を赤らめずに服を脱ぐことを、いつの日か実際に思いえがけるかもしれない。

ふくらはぎに羽のように軽い愛撫を感じてちらりと見おろす。エティエンが熱っぽくこちらを見あげ、脚の内側の敏感な肌を指でそっとたどっていた。彼にチャンスを与えたら、ふたりは数分以内に、獣みたいにうなりながら砂の上をころげまわるはめになるだろう。だが、泳ぐことを提案してきたのはエティエンのほうで、レイチェルはいままでは本当に泳ぎたくなっていた。相手の手のとどく範囲からひらりと踊るように逃れ、ピクニックかごがおかれた毛布の上にすわっている彼に背を向けて、軽い足どりで水際へと駆けていく。

最初に水のなかに足を踏みいれたときには、ちょっと衝撃を受けた。夜の空気はあたたかかったが、水のほうは冷たかったからだ。冷たい水が足をとりまいてきたものの、進むスピードはほとんどゆるめなかった。水がウエストのあたりにくるまで、決然と何歩か前進しつづけ、頭の上で両手をそろえておだやかな波の下へもぐる。ありえないほど長い時間、レイチェルは潜水で泳ぎ、自分がそうできることに驚いた。ついに水面に顔を出したが、それは息つぎが必要だったからというより、どれくらい遠くまで泳いできたか知りたかったからだ。ナノの作用について、バスチャンにもっといろいろ質問しなければと決意しながら、水のなかでくるりと体の向きを変える。岸からずいぶん遠く離れているのを見たとたん、思わず立ち泳ぎをやめてしまって水面下に沈みそうになったが、どうにか体を支えた。自分の新たな能力は、強くなったとか動きが速くなったとかいう程度の言葉ではとても言いあらわせない。すごく一生懸命泳いだわけでもないのに、信じられないほどの距離を進んでいたのだ。

黒っぽい影が右手の湖面に浮かびあがってきたと思ったら、エティエンが姿をあらわしたので、レイチェルはほほえんだ。彼の髪はなめらかに頭にはりついていて、その目はまたしても月明かりのなかで輝いている。エティエンは近くに泳いできた。

「きみはきれいだ」と、彼がまじめな口調で言う。

レイチェルは自分自身をちらりと見おろした。胸が水の上に半分出ていて、銀色の月明かりで真珠のような光沢をおびている。わずかに近づいてきたエティエンが、手をのばしてこちらの片手をつかみ、前へとひきよせた。乳房が胸板をかすめると同時に、彼がレイチェルを抱いてあおむけになる——水面に浮いたエティエンの胸に半分おおいかぶさり、下半身は水中で横に並んだかっこうだ。彼のばた足で、ふたりは岸へともどっていきはじめた。

レイチェルは、相手のウエストにするりと両腕をまわしていっしょに移動しながら、進むのをてつだうべくおざなりに水を蹴った。ようやくエティエンが泳ぐのをやめて立つ。おなじように立つと、水はちょうど胸の上にとどくくらいだったが、それに気づくか気づかないかのうちに、彼の腕のなかに抱きよせられていた。進んで抱きよせられたこちらが顔を上げたとたん、エティエンが唇を奪ってくる。はじめは水の下でたがいの脚がこすれあうままにさせていたレイチェルは、やがて自分の脚をむこうの腰に巻きつけて、両腕を相手の首にからめた。背中をそらしてエティエンに身を押しつけ、体をのばすとともにいくつもの刺激的な感覚を意識する——濡れた肌にいまはかすかに冷たく感じられる夜の空気——温度に慣れてきた現時点ではあたたかくなめらかにレイチェル自身をとりまいている水そのものの感触——ふれあっているすべての場所で感じられるエティエンの体の熱さ——そして、内側でつのっていくみずからの情熱の激しさなどを。

ふたりはもう何度もセックスしていて、回を重ねるたびに前のときよりも爆発的ですばらしいものになってきていたため、レイチェルがおぼえたわきあがる興奮は圧倒的なほどだった。これまでにもこんなふうに感じたことはある――エティエンへのこの渇望、彼のなかのこの喜び、自分自身のこの欲求。だけど、今回の体験はさらにもっとすばらしいものになるだろう。ふたりの心はたがいに対してひらかれており、彼の欲望がこちらの欲望に加わっている。神経を最初におそってきた快感はほとんど耐えがたいほどで、レイチェルは気が遠くなってしまった。

両手をエティエンの髪にすべりこませて爪で頭皮をかいてやると、半分うなるような半分ごろごろ鳴るような声が、彼ののどからとびだしたのが聞こえた。刺激的な感覚が自分のなかでこだまするとともに、こっちも同様の声で応える。その感覚がとてもたのしかったので、おなじ動作をもう一度、さらにもう一度くりかえした。最後にエティエンの首を両手でなでおろして、彼の背中の上部と肩に爪を走らせる。そんな単純なしぐさがこれほど官能的なものになりうるとは知らなかったのだが、自分自身の背中の筋肉が、感覚の共有と欲望とでさざ波のようにふるえた。

そのとき、エティエンの両手はレイチェルの体じゅうをさまよっていた――背中を愛撫して腰の曲線をなぞり、ヒップをつつみこんで一瞬ぎゅっとつかんでから、両脚をなめらかになでてくる。双方の愛撫と快感がひとつになって、レイチェルはすぐにふるえはじめた。エティエンは浜辺で服を脱いできていたので、ふたりの体のあいだにとらわれた彼の勃起したものが、硬く興奮しているのが感じられた。相手の腰に巻きつけた両脚の締めつけを強めて、体を上のほうにずらす。エティエン自身にみずからをこすりつけたレイチェルは、絶頂を求める彼の衝動がどっと心に押しよせてくると同時に、ぴたりと動きを止めてのどの奥でうめいた。

ふたりでセックスしたあとに自分が毎回失神していることを思いだし、キスを中断して〝浜辺の毛布へもどろう〟と提案しなければと必死になる――だが、それにはものすごく苦労しそうで、キスを中断するのは不可能なように思えた。まるで、息をするのとおなじくらいキスを必要としているみたいに。

《レイチェル》と呼ばれた名前が、うなり声として頭のなかにひびく。というのも、エティエンはまだキスしている最中で、しゃべってはいなかったからだ。レイチェルは一瞬遅れて気づいた。彼は心で話しかけてきているのだ。ふたりの心が熱をおびてあけはなたれているから、口をきかずに会話ができるのだ。《きみが欲しい》

ため息をついて、自分も彼を求めているという返事を心で伝えようとしたが、相手がそのメッセージを受けとれたのかはよくわからなかった。そんな能力をすでに獲得できているのかもわからない。しかし、こちらの考えを声に出してくりかえさなくても、エティエンはキスを中断して、水のなかのレイチェルを後方へ移動させはじめた。浜辺の毛布に連れていってくれるつもりなのだろうと思ったが、彼が水中で動きを止め、水面に出るよううながす。

レイチェルは、膝を曲げた状態であおむけに浮かびあがった。すると、両脚をつかんできたエティエンがそれを急にひっぱって大きくひらかせたので、思わずショックを受けてしまう。

驚いて水中に沈みそうになり、体を浮かせておこうと手で下へ水をかいたが、結局そんな必要はなかった。両腕がほとんどすぐに砂地についたからだ。レイチェルが上体を支えて水の上に出していられるくらい、すでに浜辺の近くまで来ていたのだと気づく。両脚のあいだでわずかに動いて頭を垂れたエティエンが、こちらの熱い中心部分を舌で愛撫しはじめた。

レイチェルはびくっと身をふるわせた。彼が仕事にとりかかると同時に、自分の足がはねあがってそこらじゅうに水をまきちらす。心は無数の感情を味わっていた——衝撃、恥ずかしさ、与えられている快楽からいそいで逃げだしたいという一瞬の馬鹿げた欲求。そうした感情すべてが急速に走りぬけたが、やがて快感が支配権を握った。

甘くうめきながら、エティエンの肩口に足の裏をついて腰をまわし、両脚をいっそう大きくひらいて彼の仕事を楽にさせる。これは……。そう、こんなに強烈な快感を味わったのははじめてだ。このせいで自分は死んでしまうのではないかと怖くなりかけたが——〝なんでもいいからどんどんやっちゃって!〟と思ったとたん、最初の絶頂のもだえにおそわれた。それがエティエンのほうへこだましていき、さらに強烈さを増してもどってくる。

かすかに小さく笑う声が聞こえ、レイチェルは意識をとりもどした。エティエンがこちらの両脚を肩からはずして、体の上に這いあがってくる。彼は、湿った砂に横たわったレイチェルの上に身をおちつけた。明らかに、さらに水の外へと移動させてくれたらしく、それはたぶんいいことだった。でなければきっと溺《おぼ》れていたはずだ。自分はまたしても失神したのだ。いまでさえ、頭もなにも持ちあげる力はなかった。むりして目をあけるのも一苦労だったが、なんとかこじあけてぼんやりとエティエンを見つめる。

「どうして？　どこで知ったの……？　どうやって？」と、レイチェルはとりとめもなくたずねた。

彼はにやりと笑って、顔から濡れた髪をふりはらってくれた。「庭園でのことをおぼえてるかい？」

心がまだひどく混乱していたので、実際すこしのあいだ考えこまなければならなかった。ようやく理解できてくるとともに、はっきりと思いだす——エティエン自身をなめてキスして愛撫してやったとき、彼が味わっている感覚を共有していたことを。今夜のエティエンは、明らかにあれとおなじ体験をしていたのだ。だから、適切なところに適切な圧力でふれてきて、月のかなたへ飛ぶほどの快感を与えてくれることができたわけだ。たぶん彼自身もいっしょに飛んでいたにちがいない。庭園で相手の絶頂感を共有したことはおぼえている。

「なるほど」とささやいたレイチェルは、自分が馬鹿みたいににやにやしているのに気づいた。こういうセックスは、ヴァンパイアになることのプラス面と言える。いまでは、現状にあらゆるプラス面を見いだしはじめていた。以前はどうしてあんなにぶつくさ文句を言っていたのだろう？「あなたってすばらしいのね」

エティエンがにやにやと笑いかえしてくる。「ああ、そうさ。きみもすばらしいよ。ぼくらはなかなかいいペアだな」

「ほんと」レイチェルはしあわせな吐息をついて、彼の下でのびをした。背中を弓なりにそらすと、両胸が押しあげられ、エティエンの口からほんの数センチのところまで近づいた。彼自身がまた硬くなりはじめたのを感じてにやりとする。ヴァンパイアに無限のスタミナがあることは、すでに経験からわかっていた。もうひとつのプラス面だ。そうしたプラス面も無限にあるような気がしはじめている。

まだ身をそらしたままのレイチェルをエティエンがとらえ、背中の下に片手をさしいれてすくいあげてから、砂にひざまずいてもう一方の手で両膝の裏をつかんできた。そんなふうにして彼がこちらを両腕に抱いて立ちあがる。レイチェルはかすれた笑い声をあげて、片手をエティエンの首にまわした。毛布のほうへ運んでいってくれた彼が、片足を使って一瞬で毛布をまっすぐにのばし、両膝をついてそこに横たわらせてくれる。レイチェルは、立ちあがろうとしたエティエンの首をつかんだ手に力をこめ、動きをはばみつつ彼をひきおろしてキスしようとした。

エティエンはキスさせてくれたが、ほんの短いあいだだけだった。「食べ物があるんだ」とつぶやいた彼が、くるりと体をまわしてピクニックかごをつかむ。

レイチェルは飢えていたが、欲しいのは食べ物ではなかった。かといって血でもない――それはかなりの驚きだった。というのも、ヴァンパイアに変えられてからは、ほぼたえまなく血に飢えていたからだ。〝つまり、もうすぐ体が変化し終わるってことなのかしら〟と一瞬思ったが、エティエンがかごから物をひっぱりだしはじめると、そっちに気をとられてしまった。

「苺《いちご》?」熟した赤い実の入ったボウルが毛布の上におかれると同時に、驚いてたずねる。

「そう、苺のチョコレートがけだ」彼は誇らしげな笑みを浮かべて告げてきた。「〝フォンデュ〟とかなんとか呼ばれてるやつさ」

レイチェルは片眉をつりあげた。エティエンが、しぼりだし容器入りのチョコレートソースをとりだして、苺のかたわらの毛布の上においたからだ。彼がかごを閉じてわきへ押しやると、レイチェルはおもしろがっている気持ちを隠そうとしながら言った。「〝フォンデュ〟っていうのは、あたためたチョコレートに苺のほうをひたすものだと思うけど」

エティエンが肩をすくめる。「ハニー、ぼくは男なんだよ。三百年以上生きてる男だが、それでもただの男にすぎない。ぼくにとってはこれが〝フォンデュ〟なんだ」

レイチェルは笑い声をあげた。

彼が苺をひとつとり、その上にチョコレートをしぼりだしてひょいと口のなかにほうりこむ。さらにふたつめの苺をとってチョコレートをしぼると、こっちにさしだしてきた。レイチェルは笑い声をあげて口をあけ、あきれたように首をふりながら苺を嚙んでのみこみ、こうコメントした。「あなたが本当の食べ物を口にするのをはじめて見た気がするわ」

エティエンが肩をすくめてにやりとする。「物はめったに食べないんだ。特別なときだけさ。だけど、ピクニックかごに血液パックが山ほど詰めこまれてるっていうのは、なにかまちがってるように思えてね」

レイチェルは顔をしかめた。「そうね。ぜんぜんロマンチックじゃないし」

彼はこちらの表情に笑い声をあげ、こう提案してきた。「まあひょっとしたら、ふたりでおなじシャンパングラスから血を飲めばロマンチックかも」

レイチェルは両眉をつりあげ、たがいににやにやと笑いあう。やがてエティエンがかぶりをふり、双方が口をそろえて言った。「ないない」

「よし、わかった。ぼくのロマンチックなところできみを感心させるのはむりみたいだな」

エティエンは愛想よく認めたが、苺とかごをわきへ押しやりながらこうつけくわえた。「きっと、セックスの腕前だけで充分にちがいない」レイチェルは大声で笑いだした。

エティエンがおおいかぶさってきて、ひらいたこちらの口を唇でおおう。笑い声はすぐに、喜びに甘くうめく声に変わった。レイチェルは体の位置をずらし、どうにか相手をあおむけにころがすことに成功した。そうできた理由はただひとつ、不意打ちだったからだ。自分の優位を手放したくなくて、すばやくエティエンの上によじのぼると、胸板に両手をついて体を支え、彼の驚いた表情をにやにやしながら見おろす。「わたしが上だとなにか問題がある？」

驚きが情熱にゆっくり場所をゆずると同時にエティエンが首をふった。「でも、上になったいま、きみはいったいどうするつもりなんだい？」

ちょっと考えてからこう提案する。「暴れ馬みたいにあなたを乗りこなすとか？」

信じられないというように彼の目が見ひらかれた。大きな喜びの笑い声をあげたエティエンが、レイチェルをひっくりかえしてあおむけにさせ、片手でこちらの両手をつかんで頭上で押さえつける。そして、いたずらっぽく片眉をつりあげて言った。「手錠を持ってくるべきだったな」

「手錠ですって？」と、かんだかい声で応じる。「なんだか変態っぽく聞こえるわ」

「うーん」彼は頭を垂れて、胸の先端を口にふくんでそっと吸い、顔を上げてこう告げてきた。「百年かそこらしてまともなセックスに飽きてきたら、きみはぼくの変態趣味に感謝するはずだよ」

レイチェルは首をふりつつもおもしろがっていた。エティエンがふたたび頭を垂れると、思わず吐息を漏らして、彼が胸の先端を舌でちろちろとなめてから軽く嚙んでくるようすをながめる。背中をそらしながら甘いうめき声をあげて身をよじったとき、ふいに相手の言葉を意識した。『百年かそこらしてまともなセックスに飽きてきたら、きみはぼくの変態趣味に感謝するはずだよ』

エティエンは本気で言ったのかしら？　彼は、わたしが百年間ともに生きることを期待しているの？　ただ肉体関係を結んだだけじゃないってこと？　わたしたちは長くいっしょにすごしてきたわけじゃないし、彼の心づもりをたずねるにはまだ早すぎるとわかっている――いまの時代に、そんなことをきくにふさわしいときが実際にあるとすればだけど――それでも、自分の考えには悩まされてしまった。ふたりはどこに向かっているの？　わたしはエティエンにとっていったいなんなのだろう。〝彼の命を救い、彼に命を救われた女〟〝いとこのトーマスにはめられて寝ることになった女〟という以外に。

「ぼくはなにかまずいことをしてるのかな？」

ぐいと現実にひきもどされたレイチェルは、困惑ぎみにエティエンと視線を合わせた。

「えっ？」

「きみの心が閉じてるんだ」と彼が静かに説明してくる。「つまり、きみは興奮してないわけで、ぼくがなにかまずいことをしてるにちがいない。それはなんなんだい？」

レイチェルはどうにかほほえんで首をふった。「いいえ。考えごとをしてただけなの」

どんな考えごとなのかきかれる前に、頭をもたげてエティエンの唇を奪う。こちらの考えていたことを彼に知られたくなかったからだ。ふたりの将来に関する心づもりや希望を、もしもエティエンが持っているのだとしたら、彼の心の準備ができていないうちに口に出さざるをえなくなるような状況には追いこみたくない。一方、もしもエティエンがまったく心づもりなど持っていないのだとしたら、そうと知ることでこの瞬間をだいなしにするのは本当にいやだった。人生にはなんの保証もないのだ——思うに、ヴァンパイアにとってさえも。

真夜中を大幅にすぎるまで、浜辺ではしゃぎまわって体を重ねたあと、ふたりはうちに帰って〝食事〟をすることにした。〝うちじゃなくてエティエンの家でしょ〟と自分で訂正しながら、毛布をひろいあげてたたむ。エティエンは、例のボウルとふたつのシャンパングラスを水際ですすいでいた。二、三回はたがいの体を皿として用いながら、苺とチョコレートを食べつくすと、彼がふたつのグラスとともにシャンパンをとりだしたのだ。ヴァンパイアとなったいま、シャンパンがこの体にどんな影響を及ぼすのかは、ずっと知りたいと思っていた。レイチェルはアルコールはほとんど飲めず、酔いつぶれるにはいつも二杯ほどで充分だったからだ。しかし、浜辺でセックスするのはのどが渇く行為であり、今回は結局、たいした苦労もせずにみごとにボトルの半分をあける結果となった。

エティエンが、すべてをもとどおりにしまい終えたかごをひろいあげ、まっすぐに身を起こして手をさしだしてくる。「それも持つよ」

レイチェルは、わたした毛布をかごの持ち手の下につっこむ彼のようすをながめた。そして、エティエンがふたたび手をさしだしてくるとそこにみずからの手を重ね、ふたりで浜辺から駐車場へと歩きだす。

駐車場への道はせまく、縦一列になって歩かなければならなかった。エティエンのほうが道をよく知っているので、彼のうしろについて先導してもらうことにする。森のなかの小道を数メートル進んだところで、エティエンが立ち止まって横を向き、こうささやいてきた。

「見てごらん」

レイチェルは彼のかたわらに足を踏みだして、相手が指さしているほうを見つめ、そこで息をのんだ。明るく輝く小さな光が空中に満ちていたからだ。

「なんなの？」

「ホタルさ」

「ホタル？」と信じられない思いでたずね、かぶりをふる。前に見たホタルとはぜんぜんちがう。実際のところ、ずっと明るくて小さな星みたいだ。きらきらと輝くその光が虫だなんてとても思えない。どうやらエティエンは、こちらが信じられずにいるのに気づいたらしい。

「きみの視覚が変わったんだよ」と説明してくる。「変化する前といまとでは、ホタルもちょっとちがって見えるはずだ」

「へえ」レイチェルの視線は小さな光に釘づけになっていた。すっかり心を奪われてしまっていて、エティエンがするりと手を握ってきたのにもほとんど気づかなかったくらいだ。彼にそっとひっぱられるまま横に動いて相手にもたれかかる。しばらくのあいだ、ふたりはただ静かにホタルをながめていた。やがてレイチェルはため息をついて言った。「きれいね」

「ああ」と同意したエティエンが手をぎゅっと握り、身をかがめてひたいにキスしてくる。

レイチェルは驚いてちらりと彼を見あげたが、むこうはもうホタルに視線をもどしていた。そんなエティエンを黙って見つめる。いまのはどういう意味かしら。彼はこれまでに、情熱的なキスやセックスさえもしてくれたことがあるけど、今回のキスはちょっとちがう感じがした。好意的で、愛情のこもった愛撫とすら言えるかもしれない。彼が欲望以外のなにかを感じてくれていることを示すはじめてのしるしであり、その考えをたいせつにあたためている自分に気づく。レイチェルの感情はとまどってちょっと混乱していたが、それが欲望を超えたものであることはわかっていた。〝わたしはエティエン・アルジェノが好きなのだ〟――彼を尊敬してもいるし、信頼するようにもなってきている。すくなくとも自分の側にとっては、深刻な事態になりかねない気がしはじめていた。だが、この件について相手がどんな感情をいだいているのかはよくわからず、正直言って神経質になってしまう。

「そろそろ行かないと」とエティエンがつぶやく。「もうすぐ陽が昇るし、血液パックはひとつも持ってきてないんだ」

レイチェルはうなずいてまっすぐに身を起こし、歩調を合わせて彼のあとについていった。ふたりで森のなかの小道を進みつづける。歩きながらも、今回はエティエンのヒップを見つめまいと努力することさえしなかった。だって、彼のヒップときたら、コインがはねかえりそうなくらいひきしまっているのだ。

12

「そう、それがぴったりだわ」

と言われたレイチェルは、鏡のなかのおのれの姿をまじまじと見つめた。驚きがはっきり表情にあらわれてしまっている。マルグリートがレイチェルの金髪の巻き毛をつまんで、こちらの顔を縁どるように前にひっぱってきた。ウイッグひとつでこんなに印象が変わるなんて信じられない。自分でもほとんどだれだかわかないくらいだから、ほかのみんなもわからないにちがいない。

「ええ、これでうまくいくはずよ」マルグリートが満足げな吐息をつきながら言い、鏡ごしにほほえみかけてくる。「さあ、あなたはリシアンナの結婚式に出席できるようになったわ……エティエンもね」

レイチェルはどうにか顔をしかめずにすんだ。あきれたことに、新郎付添人のひとりになるはずのエティエンが、結婚式の最終リハーサルを昨晩すっぽかしたという事実を、今日になって知ったのだ。彼は、レイチェルを『ひとり無防備な状態で』残していきたくなかったらしい。今日、マルグリートがショッピングに連れだす気まんまんであらわれるまで、レイチェルはエティエンがリハーサルをさぼったことなんて知りもしなかった。マルグリートは、「雨が降ろうが槍《やり》が降ろうが、エティエンはかならず妹の結婚式に出席するの。たとえ、レイチェルを連れていくためにヤギに扮装《ふんそう》させなければならないとしてもね」と言い、つづけて「まあでも、実際ヤギに扮装する必要はないと確信してるわ。つまり、ただの強調表現なのよ」と、安心させるようにすばやくフォローした。

レイチェル自身は、エティエンをにらみつけるのに忙しくて、マルグリートのなぐさめの言葉に感謝するどころではなかった。いまは鏡のなかの自分を見つめ、〝たしかにヤギに扮装する必要はなさそうだ〟と喜んで認める。

「じゃあ、つぎのメイクとネイルで完成よ」そう告げたマルグリートが、うれしそうに吐息をつき、レイチェルにウイッグをつけてくれた女性のほうをちらりと見た。「ヴィッキーはどこ?」

「メイク室でお待ちしています」と女性が答える。「ご案内しましょう」

「ええ、お願い」マルグリートはこちらが立ちあがれるように移動した。

レイチェルは店の女性のあとについていきながらも、エティエンの母親が歩調を合わせてきたことにはさほど驚かなかった。マルグリートはまちがいなく、ウイッグを選んだときとおなじくらい念入りに、メイク中も監督するつもりなのだろう。彼女は明らかに、なんでもとりしきりたがるタイプの女性らしい。そう判断しつつ、クリーム色の小部屋へと導かれて入っていく。

じつのところ、エティエンの家をあとにした瞬間から、マルグリートがすべてをとりしきっていたのだ。彼女はまずお気にいりのブティックに連れていってくれた。マルグリートがそこのデザイナーの女性を気にいっている理由はすぐにわかった。店のオーナーでもある彼女は、まるでマルグリートが王族ででもあるかのようにご機嫌をとっていたからだ。女性がヴァンパイアであることも、レイチェルにはすぐに認識できた。なぜわかったのかは厳密にはさだかではないが、ただどうやってか感じとれたのだ。だれもわざわざ教えておこうなんて思わなかったべつの本能なのだろう。持っていれば便利な能力なのはたしかだ。なにしろ、身をもって知ったとおり、ほかのヴァンパイアから血を吸うとひどく衰弱しかねないわけだから。

高価なドレスをつぎからつぎへと身につけては、試着室を出てマルグリートにチェックしてもらうあいだ、レイチェルは黙って同意するままになっていた。「今回のお出かけの費用はわたしが持つわ」とマルグリートが主張したからだ。「そうするのがわたしの喜びなの。それに、エティエンが行けるようにするためでなかったら、結婚式みたいに退屈なものに出席するなんてことを、きっとあなたは望まないでしょうしね」と言って。

その件については異議を唱えようとしたが、最後にはこう指摘されてしまった。「あなたのキャッシュカードやクレジットカードを使わせるわけにはいかないわ。どちらも警察をまっすぐにひきよせてしまうもの——あなたはまだ牙をコントロールできずにいるから、いま見つかることは許されないのよ」と。レイチェルは、通常の生活にもどったらお金を返さなくてはと心に誓いながら、しぶしぶ同意した。そして——たとえ一時的にでも——マルグリートがすべての支払いをすることから、こちらの着るものについては相手に大きな決定権があるように感じていたのだ。

幸い、マルグリートが選んでくれたのは、レイチェルが一番気にいったドレスだった。ダークブルーのレースが、長いサテンのアンダードレスをおおっている、肩がむきだしになるタイプのもので、体にぴったりフィットした胴体部分《ボディス》と、長くてタイトなレースの袖が特徴的だ。スカート丈がちょっぴり長かったが、そのドレスを着た自分の姿はまちがいなく美しいと感じられた。おなじ素材で作られた靴もあって、運のいいことに、ヒールの高さはドレスがちょうど長すぎなくなる程度だった。

「さあどうぞ」ウイッグ担当の女性が立ち止まってドアをあけ、レイチェルとマルグリートのために押さえておいてくれる。レイチェルが先に室内に足を踏みいれると、ひとりの若い女性が化粧品でいっぱいのテーブルについていた。明らかに待っていたらしく、彼女はこちらが入っていくと同時にぱっと立ちあがり、駆けよってきてあいさつしてから、ふたりを導いてメイク用のテーブル席にすわらせた。軽食は必要ないかと確認したあと、女性——ヴィッキー――はメイクの要望についてたずねてきて、マルグリートが結婚式やらドレスの色やらなにやらのことを説明した。数秒後には、彼女はレイチェルの顔のメイクにとりかかり、「しみひとつない健康的な色の肌ですね」とか言っていた。

レイチェルは相手の褒め言葉にはいっさい返事をしなかった。べつのことに気をとられて、みずからの顔をぽかんと見つめていたせいだ。もうメイクが必要ないことには気づいていたが、本当にまじまじと顔を見たのは今回がはじめてだった。大きくうつる鏡をさしだされたいまは、ただ自分を見つめることしかできない。肌は、赤ちゃんのお尻みたいにすべすべでやわらかだった。顔にメイクをされているあいだはとにかく驚嘆するばかりで、かなりうわのそらで質問に答え、ほとんどの提案に同意していた。

ほくろが変装の助けになるのではないかとマルグリートが思いつき、レイチェルがふと気づくと、とつぜん唇の上の左側に誇らしげなほくろがひとつついていた。その小さなつけたしに、ヴィッキーの芸術的な手腕とウイッグの効果とがあいまって、本当に別人のようになる。メイクを終えたときには、自分でも〝エキゾチックに見える〟と思った。レイチェルとマルグリート双方の爪の形をととのえてマニキュアを塗るため、べつの鏡張りの部屋に移動しても、みずからの姿を見つめるのをやめられなかった。

「なかなかおもしろかったわね」マルグリートがそう言ったのは、彼女のリムジンにまたふたりで乗りこんだときのことだ。

「ええ」とレイチェルは同意した。ちやほやされてかわいくなれた気分だが、自分ではお金をいっさい払っていないことにちょっぴり罪悪感もおぼえる。「ありがとうございます」

「いえいえどういたしまして。お願いだから罪悪感はおぼえないでちょうだい。わたしはこのすべてをたのしんでたんだから」

そんなふうに命じながら、マルグリートは例の〝魔法〟をかけてきたらしい。味わっていた罪悪感が溶けて消えたことからそうわかった。だが、彼女が頭に忍びこんできたことに腹を立てるのはやめて、代わりにそれを喜ぼうと決める。罪悪感というのは、本当にまったくおもしろくないものだから。

「さあ、着いたわ」

レイチェルは、リムジンが建物の前で停まると同時にちらりと窓の外を見た。巨大な屋敷だ。エティエンの家ではない。

「ここは？」と驚いてたずねる。

「わたしの家よ」とマルグリートが答えた。車をおりた運転手が、まわりこんできてふたりのためにドアをひらく。「うちでエティエンと合流して、車で教会へ向かうことになってるの。そうすれば、あなたが身につけるジュエリーを選んであげられるから」

「まあ」レイチェルは彼女のあとについてリムジンをおりた。ヴァンパイアはいったいどんなジュエリーを持っているのかしら？

エティエンは、ぐいとひっぱったネクタイを即座にまたまっすぐになおしたものの、再度いらいらとひっぱった。ネクタイをつけるのもタキシードを着るのも大嫌いだ。どうして今回の結婚式に出ることに同意してしまったんだろう？　ジーンズとTシャツのほうが好きだからこそ、自分はコンピューター関係の仕事をたのしんでいるのだ——仕事のときにビジネススーツを着る必要がなく、きちんとした服装をしなければならないのは、ゲームを製造販売してくれる会社とのミーティングのときだけだから。

ふたたびネクタイをととのえ、ため息をつきながら母の屋敷の応接間を歩きまわる。まあ、若いころ身につけざるをえなかったクラバットよりは、ネクタイのほうがまだましかもしれない。クラバットの大流行はたいへんな苦痛だった。十八世紀初頭の衣服の大半は、かなりめかしこんだものだったのだ。自分の筋肉質な脚はひきたっていたが。

そのちょっとうぬぼれた考えににやりとしたとき、廊下からコツコツとハイヒールの足音が聞こえてきたので、エティエンはドアのほうにちらりと目をやった。たぶん母だろう。こういうとき、母はいつも身じたくをととのえるのが早いから。何百年にもわたる練習の成果なのか、ただたんにあまり手間をかけずにきれいになれるおかげなのかはよくわからないが、エティエンがおぼえているかぎりでは、母の身じたくはつねに早かった。

しかし、あらわれたのは別人だった。これまでの人生で見たなかで、一番すばらしい金髪の女性だ。一瞬遅れて、ウイッグをつけたレイチェルだと気づく。青いレースとシルクに身をつつんだ絶世の美女は、すべるように応接間に入ってきた。

「あなたに伝えるよう、マルグリートに言われて来たの。リシアンナの準備はもうすこしでできるそうよ。あと、時間に遅れてるから、あなたとバスチャンはグレッグとルサーンを車でひろって教会へ行くようにって」

「そいつは名案だ」と言いながら部屋に入ってきたバスチャンに、レイチェルがふりむいてほほえみかける。兄はほほえみかえし、相手の姿を見てとると顔にかすかな驚きを浮かべた。

「きれいだよ、レイチェル。金髪のきみも、赤毛のときとおなじくらいきれいだ」

「ありがとう」彼女はかわいらしく頰を染め、バスチャンをまわりこむようにして部屋から出ていった——じっと見送るエティエンを残して。レイチェルの姿を一言も褒めてやらなかったなんて、どれだけ感じのいいやつなんだ。何百年ぶんの知識があろうと、自分はとびきりの大まぬけだ——とそこではじめて気づく。

「なかなかのふるまいだったな、エティエン」と、バスチャンがにやにやしながら言ってきた。「おなじみのなめらかな舌がよく動いてると見える」

エティエンはうめいて、椅子にどさりと腰をおろした。

こちらの陰気な表情を見たバスチャンはいっそう激しく笑っただけで、歩いてきて肩をぽんとたたいた。「さあ行くぞ。ルサーンはたぶんいまごろ、神経質になったグレッグの相手をするので手いっぱいになってるにちがいない。花婿どのを車に押しこんで教会に連れていくのを、てつだってやらないとな」

エティエンはどうにか立ちあがり、応接間を出て玄関へと向かう黒髪の兄のあとを追いながら、ちらりとあたりを見まわした。もう一度レイチェルと顔を合わせて、口にすべきだった褒め言葉を言ってやれたらと思っていたのだが、もちろん彼女の姿はどこにも見あたらなかった。自分はチャンスを逃したのだ。三百年ちょっと生きてきて学んだことがひとつあるとすれば、それは〝人生はめったに二度めのチャンスを与えてくれない〟という事実だった。


「あのふたりはかわいいカップルだけど、レイチェルが求めてるのは彼じゃないよ」

バスチャンとレイチェルが踊っているダンスフロアをにらみつけていたエティエンは――個人的な意見では、兄は彼女を近くに抱きよせすぎていると思えたからだ――そうするのをやめて、声をかけてきたいとこのトーマスのほうに向きなおって顔をしかめた。かたわらで立ち止まったトーマスも、ふたりが踊るようすをながめている。エティエンはおせっかいな相手をにらんで、内側でつのっていく嫉妬と憤りを無視しようとつとめながら、ダンスフロアを見まもる作業にもどった。

結婚式はとどこおりなく進み、食事が終わって披露宴もたけなわだというのに、いまだにレイチェルと一言も言葉をかわせずにいるのだ。母の家でのへまを修正して、彼女に〝きれいだよ……ほかのだれよりも〟と言ってやりたくてしかたがない。しかし残念ながら、新郎付添人のひとりであるエティエンは、食事のときは主賓席にすわらざるをえなかった。レイチェルは、ジャンヌ・ルイーズやトーマスといっしょのテーブルについていた。そのことをはじめは申し訳なく思っていたのだが、彼女はたのしんでいるようだった――すくなくとも、こちらがレイチェルのほうを見るたびに彼女はなにかに笑い声をあげていたので、たのしんでいると推測できたのだ。エティエン自身は涙が出るほど退屈していて、レイチェルと合流したくてうずうずしていた。だがあいにく、バスチャンのほうがすばやかった。彼は先にレイチェルのところに着いて、すぐさま彼女をかっさらってダンスフロアへと連れだしたのだ。

それは、兄弟がよくやるくだらない悪さのように感じられた。

「ふたりはただ踊ってるだけだよ、エティエン」と、トーマスが大いにおもしろがっている口調で言う。

頭のなかをつつかれるのはありがたくなかったが、一方で、このいとこにはすでに少々いらいらさせられてもいた。〝食事のあいだ、トーマスはレイチェルといっしょにたのしむことができた〟というのが理由のひとつだが、そんな嫉妬は馬鹿げているとわかっていたので、そこは無視してこう告げる。「きみにはちょっと文句を言ってやりたいんだがな、いとこどの」

「おっと」トーマスはにやにや笑いを抑えることさえできないようだった。明らかにたいしつもりだったんだ?」「いったいどういうお膳立《ぜんだ》てのて心配はしていないらしい。「ぼくがなにをしたっていうんだい?」

「〝甘い陶酔〟だって?」と、顔をしかめながら問いかける。「いったいどういうお膳立《ぜんだ》てのつもりだったんだ?」

「まあ、ふたりに必要なものは明らかだったからさ」トーマスは悪びれもせずに答えた。

「ちゃんとうまくいっただろう?」

　こちらが黙ったままでいると、彼は笑い声をあげて背中をばんとたたいてきた。「いやいやどういたしまして。あのドリンクがなくても最終的にはなんとかなったはずだと確信してるけどね。きみはすこし腕がなまってるみたいだから、ちょっぴり背中を押してやることにしたんだよ」

「だけど、もしレイチェルが望んでなかったら――」

「そんなのありえないって、この色男。ぼくは彼女の思考を読んでたんだ。あのお嬢さんはきみにそうとう熱をあげてたよ」トーマスはあきれたように首をふった。「ぼくでさえ――こんなに堕落してるにもかかわらず――レイチェルの考えてたことには、あやうく赤面させられそうになったくらいだからね」

「ほんとか?」とたずねる。

「ああ、もちろん」トーマスが大きくにやりと笑ってから片眉をつりあげた。「でも、なんでいまさらとがめるんだ? ぼくがきみの家に血を届けにいったときにはなにも言わなかったじゃないか。楽園にすでにトラブルでも？」

「いいや」エティエンはレイチェルのほうをちらりと見て、青いドレスにつつまれた彼女の体を、そのすべてを知りつくした熱っぽい目でむさぼるようにながめると、いとこにまた向きなおってこうつけくわえた。「家から締めだされてきみが血を持ってきてくれたあの日に、文句を言ってやってもよかったんだが、ぼくはぜんぜん本調子じゃなかったからな」

「うん、そうだと思うよ」とトーマスが同意する。「きみはかなり消耗してたからね。いろんな意味で」彼は大笑いしてから、顔をしかめたエティエンを残して歩み去った。

「あなたは割りこむべきだと思うわ」

そう言われてふりむくと、口もとにおだやかなほほえみを浮かべた母がいた。エティエンは相手の助言を一時的に無視してコメントした。「しあわせそうだね」

「ええ」と母が認める。「わが子がはじめて結婚して身を固めたんですもの。よ、う、や、く、ね」

エティエンはその強調に小さく笑った。ふつうの人間は〝子供が結婚して身を固めるまでには、永遠の時間がかかる〟とよくぼやく——そう聞いたことがあるが、彼らはなんにもわかっちゃいないのだ。

「それで、割りこむの割りこまないの？」と母がたずねてくる。「レイチェルはあなたが割りこんでくることを望んでるわ」

「本当に？」

母はすこしのあいだ集中したあと、唇にほほえみを浮かべ、うなずいて静かに言った。「ええ、そうよ。レイチェルはディナーをたのしんでたし、いまもすてきな時間をすごしてるけど、明らかに、どちらかといえばあなたの腕のなかにいたいと思ってるの——あなたと踊りたいとね。それはバスチャンもわかってて、自尊心を傷つけられてるのよ。バスチャンを救いにいってあげたほうがいいわ」

エティエンは、ふたたびゆっくりとレイチェルのほうに視線を向けてうなずいた。「ありがとう」とだけ言ってダンスフロアを横ぎり、のろのろと動いている問題のカップルに近づいていく。

「ようこそ、弟よ」バスチャンが、そばにたどりついたエティエンにまじめにあいさつしてきた。兄はレイチェルを解放し、優雅に礼儀正しく彼女におじぎしてから、ダンスフロアを立ち去った。

「こんにちは」と、レイチェルが静かに声をかけてくる。

「やあ」エティエンは誘うように両腕をひろげ、彼女が抱擁のなかに歩み入ってくると、ほっと息をついた。ここがレイチェルのいるべき場所だ。そう感じられる。三百年間、こんなにしっくりきた女性はほかにはいない。レイチェルをヴァンパイアに変えたのは正しい選択だった。彼女はエティエンのために生まれてきた存在なのだ。

「まさしく息をのむくらいきれいだよ」と相手の耳もとでささやく。「生まれてこのかた、きみほど美しい女性は見たことがない」

レイチェルが頰を染めたのを目の隅でとらえたつぎの瞬間、彼女はさらに身を寄せてきてこう言った。「それを信じるのはむずかしいわ、エティエン。あなたはいままでにおおぜいの女性を見たはずだもの」

「でも、おなじくらいきれいだと思えた女性はひとりもいなかったんだ」と重々しく保証してやる。「たとえ金髪でもね」

レイチェルは踊るのをやめて、疑っているみたいにこちらの顔をじっとのぞきこんできた。やがて、おだやかにほほえみながら「ありがとう」とだけ言い、にやりと笑ってこうつけくわえる。「あなたもかなり魅力的よ」

「そう思ってくれるかい？」エティエンはたずねた。

「ええ、もちろん」レイチェルがうけあう。「あなたはとってもハンサムで、本当にめちゃくちゃセクシーだわ。すてきな目をしてて、笑顔にちゃめっけがあって、しかもすごく知性的。わたしは昔から知的な男性に弱いのよ、エティエン」

「ふーん？」エティエンはにやりとした。「きみは頭のいい男が好きなんだ？」

「まあね」とレイチェルはうなずき、おもしろがるような笑みを浮かべた。「知性にしびれるの」

「へえ？」エティエンは両眉をつりあげて、いたずらっぽくほほえんだ。「〝擬音語《オノマトピア》〟」

レイチェルは目をぱちくりさせた。

「〝エンケファリン〟」

レイチェルの困惑は深まるばかりだった。エティエンはなにをしているのかしら？　医療にたずさわっているおかげで、エンケファリンがなにかはわかる。モルヒネに似た脳内物質で、痛みに対する反応の制御を助けると考えられているものだ。でも、エティエンがどうしてそんな言葉をぺらぺらしゃべっているのかはさっぱりわからなかった。こちらがたずねるひまもなく、彼はさらにつづけた。「〝矛盾語法《オクシモロン》〟」

「えーと……なにをしてるの？」と問いかける。

「むずかしい言葉を並べたてて、ぼくの知性をきみに印象づけようとしてるのさ」エティエンがにやにやしながらきいてきた。「まだしびれてくれないのかい？」

ふいをつかれて口から大きな笑い声が漏れ、まわりにいる人々の注目を集めてしまう。

エティエンはほほえんでほかの踊り手たちに会釈してから、レイチェルのほうに向きなおり、ふんと鼻を鳴らして顔をしかめるふりをした。「きみをくどこうとしてる男を笑うべきじゃないな」

「つまり、わたしをくどこうとしてるわけね？」とたずねる。

「うん。うまくいってるかい？」

レイチェルは小さく笑って、エティエンの肩に頭をもたせかけた。「どうかしら。ひょっとしたらね。むずかしい言葉をもういくつかためしてみたら？」

「もういくつか？」彼が両腕でいっそうきつく抱きしめてくる。「うーん……そうだな。〝すごく大きい《ジャイノーマス》〟、〝ヨーロッパカヤクグリ〟」

「それってなに？」レイチェルは頭を上げて問いかけた。知らない言葉がはじめて出てきたからだ。

「生け垣に巣をつくるイワヒバリの一種さ」

「へえ」

「もっとつづけようか？」とエティエンがきいてくる。

「たのむからやめてくれ」

そのルサーンからのそっけない要求に、レイチェルもエティエンも驚いて背すじをのばした。ダンスフロアのふたりのそばに立ったルサーンのまじめな顔はつらそうだった。「おまえたちに伝えるよう言われてきたんだ。ルシアン伯父さんがレイチェルと一言話したがってるそうだ」

エティエンが身をこわばらせたのに気づき、興味をおぼえて彼のほうをちらりと見る。

「伯父さんがいるの？」

「ああ」エティエンはあきらめたように、詰めていた息を吐きだした。「しかも、意地の悪いいやな年寄りなんだ」

「実際そうかもしれないが、一族の長でもあるんだぞ」とルサーンがコメントする。「そして、レイチェルと話したがってる」

「彼の望みはなんでもかなえられるってわけ?」とレイチェルは推測した。

「残念ながらそのとおりだ」エティエンが申し訳なさそうに言って、守るみたいに片腕をまわしてきた。

安心させようとレイチェルはほほえんだ。「わたしならだいじょうぶよ、エティエン。人と接するのは得意なんだから」

「ルシアン伯父さんは〝人〟とはちがうよ」エティエンはけわしい口調で応じたが、腕をどけて代わりにこちらの片肘に手をあてると、ダンスフロアを横ぎるように先導していった。ルサーンがすぐに歩調を合わせて、レイチェルのもう一方の側につく。

ふたりがそうやって忠誠をあらわしてくれたことにレイチェルはほほえみ、一族の長のところへ案内されていくあいだ、すごく守られているという感じを受けた。だが、護衛は実際には必要ないと確信していた。人と接するのは得意だと言ったのはべつに冗談ではなく、問題の『意地の悪いいやな年寄り』とやらにも、ちゃんと対応できる自信がかなりあったのだ――エティエンの母親のとなりにハンサムな金髪の男性がすわっているテーブル席へと案内される直前までは、ずっとそう思いつづけていた。

マルグリートの顔に浮かんだ緊張と不安の表情が、ついにレイチェルの自信を揺るがした。

彼女のそんな表情を見るのははじめてで、それはよくないことのように思えたからだ。レイチェルは肩をまっすぐにのばし、エティエンの伯父とおぼしき男性に、むりして礼儀正しくほほえみかけた。

ルシアン・アルジェノはとてもハンサムだった。まちがいなく、結婚式の出席者のなかで一番ハンサムな男性だ。アイスブロンドの髪と彫りの深い顔だちは、だれもがいだくギリシャ神のイメージにぴったりあてはまっている。しかし、こちらをながめる彼の表情はひどく冷たく、人間的なやさしい感情の気配はまったくうかがえなかった。この男性がこれまでに思いやりや愛情といったものを感じたことがあったとしても、そうした感情はとっくの昔に死に絶えたか絶滅させられてしまったのだろう。ルシアンが向けてきた目は、黒い穴とおなじくらいうつろだった。

レイチェルは彼と視線を合わせ、相手が礼儀正しくあいさつしてくるのを待ったが、そんなようすはかけらもない。理由は一瞬で理解できた。ルシアンはこっちの心を読んでいるのだ。いや、〝心を読む〟というのは控えめな表現だ。実際には彼は、熊手《くまで》でかくように心をさぐりまわり、あらゆる思いや気持ちを調べていた――息もつけなくなるほど、人の感情に対する配慮を欠いた無慈悲なやりかたで。相手が心のなかにいて、思考をあちこちつついて選りわけているのが、実際に感じられる。しかも、むこうはまったく意に介していないのだ。

「まだ彼女に話していないのか」ルシアンの最初の言葉はエティエンに向けられたものだっ

たが、彼はレイチェルから視線を離さなかった。

「はい」エティエンがおなじくらい冷たい口調で認める。

「彼女を怒らせたくなかったわけだ」ルシアンがそうつづけた。「おまえは彼女をくどいてそばにおこうとしてきた。彼女がおまえの望みを受けいれてくれることを願ってな」

レイチェルははっとして、視線をすばやくエティエンに向けたが、その表情は読めなかった。だが、彼は伯父の告発の言葉を否定しておらず、風船から空気が抜けるみたいに今夜のたのしさすべてが漏れだしていくのを感じる。ふたりで分かちあった笑い声や情熱はみんな、目的を達成するための手段にすぎなかったってこと？

「いまではきみもわれわれの一員だ」

レイチェルは視線をさっとルシアンにもどした。こちらに向けられた言葉の内容を、重々しくうなずいて認める。「ええ、そうです」

「このままわれわれの一員でいたければ、一族にとって最善のことをしなければならない」と彼は告げてきた。

「まあ、本当に？」レイチェルはいたずらっぽく応じた。「では、この体の変化はもとにもどせるんですか？」

「解放される唯一の方法は〝死〟だけだ」

「それは脅しでしょうか？」とたずねる。

「たんなる事実の表明だ」ルシアンがさらりと答えた。「きみは贈り物をさずけられた。感謝しているのなら、しかるべき行動をとることだな」

「さもなくば？」レイチェルはすっと目をせばめながら問いかけた。

「さもなくば、きみは脅威とみなされることになる」

「排除されると？」

「必要ならな」その発言には、遺憾の念も申し訳なく思う気持ちもうかがえなかった。ただの事実として、〝太陽は朝に昇る〟と言うのとおなじ口調で語られていた。だからこそ、いっそう恐ろしく聞こえたのだ。

「なるほど」レイチェルはゆっくりと応じ、こうたずねた。「それで、わたしがやるべきことというのは？」

マルグリートがとつぜんルシアンの腕に片手をあてた。聞こえたわけではないが、無言のやりとりがおこなわれたとわかる。彼女がなにを言ったにせよ、説得力のある言葉だったにちがいない。ルシアンはひとつうなずいて告げてきた。「エティエンから聞け。なにが自分のためになるかわかれば、きみも耳をかたむけるはずだ」

「いたいた！」

陽気なさけび声が割りこんできたので、レイチェルはぎょっとした。声につづいて、ほっそりした金髪の女性がルシアンのかたわらにあらわれ、まるで猫を相手にしているみたいに彼の肩と腕をなでまわしはじめる。女性がルシアンをなでているはずなのに、のどを鳴らしているのは彼女自身のほうだということに、レイチェルはどうしても気づかずにはいられなかった。

「リシアンナ」と金髪の女性が言う。「あなたの親族にこんなにハンサムな人たちがいるってことは、あらかじめちゃんと言っておいてくれなくちゃ。あなたのお兄さんもすてきだし、このいとこの男性もほんとにすばらしいわ」

ルシアンがリシアンナの〝いとこ〟と呼ばれているのを聞いて、レイチェルは驚いた。だが、実際の年齢を新郎のグレッグ側の家族から隠すため、アルジェノ一族の年長の親族は全員〝いとこ〟に格下げされていたことを、そこで思いだす。マルグリートが〝母〟でルシアンが〝伯父〟と紹介されていたら、山ほど質問を受けるはめになっていただろう。グレッグ側の一族に関するかぎり、アルジェノ一族は若い世代のみで構成されていて、生きている年配の親族はいないことになっているのだ。

グレッグの親族の独身女性の何人かが、見ているのが苦痛なくらい恥ずかしいやりかたで、アルジェノ一族の男性の機嫌をとっているのをまのあたりにしても、レイチェルはたいして驚かなかった。

「わたしは彼らにとりかこまれて育ったのよ、ディーアナ。だから、その外見を意識することはもうほとんどないの。いまそれを意識するとしたら、彼らが冷淡なろくでなしみたいにふるまってるときだけね」

肩ごしにちらりとふりむくと、発言者のリシアンナと新郎のグレッグとバスチャンが、小さな集団に加わってレイチェルのうしろに立っているのが見えた――三人が近づいてくる音は聞こえなかったのだが。花嫁のリシアンナの顔は冷たい憤怒に満ちている。彼女は伯父のルシアンに不満をいだいているらしく、その気持ちを隠そうともしていなかった。

「行こう」注意がそれた機に乗じて、エティエンがそうささやいてきた。つづけて、レイチェルをひっぱってそこから離れる。

黙ってついていきながらも、心はざわついていた。〝彼はわたしをくどいてなにかをさせようとしていたのだ〟――そんな考えが、披露宴会場から連れだされるあいだ、心のなかをずっと駆けめぐりつづける。なにしろ、この世で一番嫌いなものがひとつあるとしたら、それは〝利用されること〟だったから。

エティエンが車のドアの鍵をあけたので、レイチェルはすぐになかに乗りこんだ。こちらがシートベルトを締めていると、運転席側にまわりこんで車中に入ってきた彼が、エンジンをかけて運転しはじめたが、レイチェルはただじっと石のように冷たい沈黙をたもった。

もちろん、ふたりはエティエンの家に向かっていた――なんだか知らないが、彼がレイチェルにさせたがっていることを話しあうために。こうなることはわかっていた。エティエンの家に着きしだいおこなわれるはずの会話が、きっとひどくつらくて不愉快なものになることもわかっている。気は進まないが、ルシアンのせいで、いまやそれを回避するすべは確実になくなっていた。現状では、せめて誇りは持ったまま問題の会話を切りぬけられることを祈るしかない。心のほうはとても生きのびられそうにないから。

エティエンは家に向かうあいだずっと、心のなかでルシアンをののしっていた。あの男はいつだって頑固なのだ。一族のほかの者は、〝ルシアンにはそもそも心があるのだろうか〟としばしば疑問を持つが、今夜のことは最悪だった。レイチェルとの関係にまだほんのすこしでも見込みがあったら、まさに驚くべきことだ。ルシアンはついいましがた、エティエンの人生を信じられないくらいややこしくしてくれたのだ。

しかし残念ながら、ぜんぶ自分のせいだとわかっていた。本来やっておくべきだったように、結婚式の前にパッジの件を切りだしてさえいれば、今回のことは問題にはならなかったはずだ。だが実際にはそうせず、いまでは〝パッジに拉致されたと主張するのがもっとも賢明な手だ〟とレイチェルを説得するだけではなく、まず彼女の怒りをかわさなければならない状態になっていた。しかも、現時点のレイチェルはひどく怒っている。ひどく。ものすごく。いつもはレイチェルの思考は読みとれないが、高いレベルの激情が、彼女の心を本のようにひらいてくれるらしい——どうやらそれは、性的な情熱にかぎったことではなさそうだった。いまこの瞬間のレイチェルは、音量を最大にしたＦＭラジオのごとく怒りを放射している。

エティエンは自宅の車道に車を停めてエンジンを切り、彼女がシートベルトをはずすあいだ、しばらくじっとすわったままでいた。こちらが車をおりるそぶりを見せなかったので、レイチェルが動きを止めて待つ。そのようすは〝しんぼう強い〟と思えたかもしれない――彼女の思考の猛攻を受けてさえいなければ。

「うちの一族が望んでることをするよう説得するために、ぼくはきみと寝たわけじゃないよ」とエティエンはようやく言った。なぜならそれこそが、レイチェルが一番強く発している恐れであるらしかったからだ。

「じゃあ、実際どうしてわたしと寝たの？」

おちついた口調にだまされたりはしない。レイチェルはこっちの言うことを信じておらず、まだ怒りくるっているのだ。彼女の問いかけに対する答えをさがして一瞬黙りこむ。どうしてレイチェルと寝たのかって？　そんなのは、女性がたずねる質問のなかで一番馬鹿げたもののひとつにちがいない。あるいは、ふつうの男が相手なら馬鹿げた質問ではないのだろうか。ふつうの男ならこう答えたかもしれない――『きみが寝たがってたからさ』、もしくは単純に『なんで寝ちゃいけないんだ？』と。だけど自分は、動くものならなにとでも寝ていた段階はとっくの昔に卒業している。悲しいことに、長い年月のあいだに、セックスも結局は食べ物とおなじようになってしまうのだ――はじめのうちは、種類の多さにスリルと興奮をおぼえるが、やがて〝めんどう〟以外のなにものでもなくなる。というか、レイチェルと会うまではそう考えていた。彼女と会ってからは欲求がよみがえり、〝どこがめんどうだって？〟とふしぎに思っているくらいだった。

ふたりですごした熱い時間を思いだすだけで、性的に興奮するには充分なのだ。まったく、そう考えただけでいまも股間が硬くなってしまっている。でも、このすべてをどうやって説明すれば、彼女に信じてもらえるんだ？　自分のひざをちらりと見おろしてからレイチェルに視線をうつしたとき、ふとひらめいた。手をのばして彼女の手をつかみ、車のまんなかを横ぎるようにひきよせて、ズボンの上からおのれの股間にしっかりと押しあてる。「きみがぼくをこんなふうにするからだ」

レイチェルはやけどでもしたみたいに手をもぎはなし、車外にとびだしていった。

「オーケー。つまり、いまのはあまりいい理屈じゃなかったってことかな」とエティエンはつぶやいた。車のドアがばたんと閉められる。明らかに、三百歳を超えていてもまだ、女性を理解できるほど長く生きてはいないということらしい。

13

「レイチェル!」エティエンは車のドアをばんと閉め、歩道を走って玄関ドアへと向かった。

「話しかけてこないで」とレイチェルがどなる。

やっぱり。彼女はかなり頭にきている。エティエンは玄関ポーチでレイチェルに追いつき、彼女の腕をつかんで自分のほうに向きなおらせた。「話は終わってない」

「終わってない?」レイチェルは、信じられないというようにおなじ言葉を返してきた。

「いったいなにを終えるっていうの? あなたの言いたいことはわかったわ。わたしがあなたを勃起させるってことよね。だけど、男の人ってのはささいなことで勃起するものなんでしょ。同僚の男性の何人かがこう話してるのを聞いたことがあるわ――『目を閉じれば、相手はみんなマリリン・モンローさ、だろ?』って」彼女はこぶしを玄関ドアにたたきつけた。

「このいまいましいしろものをさっさとあけてちょうだい」

家のなかで話をすませるほうがいいかもしれないと判断し、エティエンは鍵をひっぱりだしてすばやくドアロックを解除した。レイチェルはただちにドアを押しあけた。

「レイチェル」と、ふたりで屋内に入りながら再度話しかけてみる。「ぼくはそんなのとはちがうよ。かつてはそうだったかもしれないけど、ずっと昔のことだ。ぼくは——。どこへ行くんだい？」

レイチェルは二階へ上がっていきはじめた。こちらの問いかけには答えようともせず、急に駆け足になってたちまち上の踊り場に行ってしまう。心のなかに不満がわきあがってきて、エティエンはいそいであとにつづき、二階の廊下を通って例の寝室へ彼女を追っていった。

「いいかい、昔はたしかに、動くものならなにとでも寝てたかもしれないときがあったよ」と認めながらレイチェルについていく。「でも、きみがぼくの人生にあらわれる前のすくなくとも三十年間は、ずっと禁欲生活を送ってきたんだ。セックスにはもう刺激を感じなくなってたからね。そのすべてをきみが変えてくれたんだよ」

「お役に立てたのならうれしいわ」

エティエンは顔をしかめた。彼女は怒るとカミソリのように鋭い舌の持ち主になる。まあ、そこが好きなのだが。「いいかい、ぼくは——。なにをしてるんだい？」

「なにをしてるように見える？」レイチェルがうわべは感じよくたずねてきて、彼女の衣類を運ぶために母のマルグリートが使っていたバッグに、服を詰めこみなおしはじめた。

「荷づくりしてるように見えるんだが」

「一発でわかったのね。なんて頭がいいのかしら。二言三言むずかしい言葉を口にして、わたしに印象づけてみたらどう?」

ついさっきは〝彼女の鋭い舌が好きだ〟とか思ったんだったか? エティエンは相手をにらみつけた。「どこにも行かせるわけにはいかない。ぼくらはこの問題を解決しなきゃならないんだ。あと、パッジの件も話しあわないと」

「やっぱりね!」レイチェルが、冷たい満足感をこめてこちらに向きなおった。「結局そういうことなんだって、ちゃんとわかってたのよ。『パッジの件』! わたしに嘘をつかせて、パッジに拉致されたって主張させたいんだわ」

「それがやつの問題を処理する一番いい方法なんだ」と重々しく応じる。

レイチェルがあざ笑うようにふんと鼻を鳴らした。「つまり、あなたたちにとって一番都合がいい、ってことでしょ。だけど、パッジはわたしをさらってないわ。実際わたしを殺そうとさえしてない。わたしが彼のじゃまをしただけでね」

「パッジは危険なやつなんだよ、レイチェル」

「ああ、よしてよ。わたしはあなたの伯父さんから〝消す〟って脅されたばかりなのよ。彼がきっとすぐにパッジを始末するにちがいないわ」

「たしかにそうだろうな」と認める。「でもうちの家族は、〝死〟を用いるのは最後の手段にしたいと考えてるんだ。しかも、そんな手段はこの件には必要ない。単純な嘘をつくだけで、パッジは元気に生きてるまま収監されて、もはや脅威ではなくなるんだから。それとも、きみはやつが死ぬのを見たいのか？」

レイチェルの顔に罪悪感がよぎったのを見て、エティエンはささやかな満足感をおぼえた。一本とってやったのだ。自分に〝ブラボー〟だな。

「わたしは嘘がつけないのよ、エティエン――まさに文字どおりの意味で。嘘をつくのがすごくへたなの。顔がゆがんで、神経質なくすくす笑いが漏れてしまうのよ」

「とりあえずためしてみることはできるだろう。きみはその手にパッジの命を握ってるんだ。嘘をついてやつが生きのびるのを見ることも、嘘をつくのを拒否してやつが始末されるのを余儀なくさせることもできる」

レイチェルがあんぐりと口をあけた。「いまのわたしは、パッジの命にまで責任を負ってるっていうの？　わたしが悪いみたいに？　おつぎは、世界を滅ぼす戦争がはじまることだって、わたしのせいにするつもりなんでしょ」

「まあ、きみが充分長生きすれば、実際に世界を滅ぼす戦争をひきおこす原因にだってなるかもしれない」エティエンはぴしゃりと応じた。

「へえ！」レイチェルはくるりと背を向け、服をさらに何枚か乱暴にバッグに押しこんだ。「あなたってすごくチャーミングよね。あなたの望みどおりにするよう、わたしをくどけなかったのがふしぎだわ」

「〝ぼくの望みどおりにする〟よう、きみにたのんだことなんかないよ」エティエンは不満げに片手で髪をかきあげた。「これがまさにその理由だ。ぼくは、ふたりのあいだで起きてたことをだいなしにしたくなかったんだ」

レイチェルはいまの言葉に注意をひかれ、荷づくりする手を止めた。ふりむいて相手をじっと見つめさえする。「どういうこと？」

「きみが好きなんだ、レイチェル。きみを求めてる。たえまなくね」と、エティエンは乾いた口調でつけくわえた。「パッジの件で望んでることをさせるために、ぼくはきみと寝てたわけじゃない。実際、ぼくらの……関係こそが、パッジの問題を持ちださなかった理由なんだ。家族にはずっとせっつかれてたんだけどね。家から締めだされてふたりで庭園にいたあの日、バスチャンはきみの前でせかしさえした。でも、ぼくにはできなかった。そうしたくなかったんだ。ぼくはきみに話すのを先送りしつづけてきた。あいにく、先にのばしすぎてルシアン伯父さんに気づかれてしまい、いまでは事実深刻な問題になってるわけだけど」

レイチェルは片足からもう一方の足へと重心をうつした。頭は激しく混乱している。バスチャンがエティエンに〝彼女に例の話をしたのか〟とたずねていたときのことは、はっきりとおぼえている……。エティエンは兄の言葉をさえぎってけっして最後まで言わせず、〝かならず話す〟とうけあっていた。だが、彼は話さなかったのだ——あの日にも、それにつづく日々にも。ひょっとしたら、エティエンは真実を語っているのかもしれない。彼が気にかけてくれていることを心から信じたかったが、頭があまりにも混乱していて、なにを考えたらいのかわからなかった。エティエンから離れている時間が必要だ。彼が近くにいると、困惑させられるというまずい副作用があるのだ。

エティエンが唇にそっとキスしてきて、こちらの困惑をいっそう深めてくれた。「きみに手を出さずにいられるようになるなんて思えないよ、レイチェル。三百年間ほかの女性はだれもなしえなかったやりかたで、きみはぼくの血をかきたててくれる——渇望させてくれるんだ。きみはすばらしいよ」

彼の腕のなかに抱きよせられると、抵抗するすべはなかった。朝になったら考えよう、と心に誓いながらキスしかえす。朝には、すべてがもっと明確になっているだろう。

エティエンはハンサムな男性だ。それはもともとわかっていたが、バスルームから漏れてくる光のなか、眠っている彼の姿をベッドに横たわってながめながら、レイチェルは時間をかけて相手の全身をじっくりと観察した。

あのあとほぼ一晩じゅう、エティエンはレイチェルを抱いてくれた。こちらはいつもどおり失神してしまったが、現状のように思考が乱れている状態では、長く眠っていることはできなかった。こういうときには眠れたためしがないのだ。午前十時のいま、レイチェルはすっかり目ざめていて、恋人を見つめながらも思考は激しく渦巻いていた。

〝きみが好きで、本当に魅了されてるんだ〟とエティエンは言っていた。前者の部分は問題なく信じられる——自分は人に好かれるタイプだと思っているから。だけど、〝魅了されてる〟っていうのは？　エティエンは、実際にこちらをきれいで魅力的だと思ってくれているの？　ため息をついてごろりとあおむけになり、天井に散らばる影を見つめる。ヴァンパイアになったおかげで、これまでになく容姿がよくなったことは、鏡をのぞきこんだときに見てとれたが、内心では本当に魅力的になれたとは感じていない。

高校時代まではずっと、ほめそやされてデートに誘われるというより、どちらかといえばからかわれがちな、背が高くて不器用な赤毛の女性だった。もと婚約者のスティーヴンがはじめての本物の恋人だったが、それだって大学に行ってからの話だ。スティーヴンと会ってようやく、自分がかわいくて求められているという感じがした……彼がルームメイトとベッドをともにしているのを見るまでは。

以来、デートが成功したことはあまりない。失敗の一部は、まちがいなくレイチェルの勤務時間のせいだが、すべてがそうというわけではなかった。要するに、自分の魅力に自信がないのだ。この十日間ほどは、なにかの夢が現実になったかのようだった——エティエンみたいなハンサムでセクシーな男性がかまってくれるなんて。しかし、夢というのは信じるのがむずかしく、〝望むものを得るために彼がこちらをくどいていた〟と考えるほうがはるかに簡単だ。

エティエンが眠りながらため息をついて身じろぎしたので、注意がそちらにひきよせられた。視線が彼の裸身をさまよい、ウエストに巻きついたシーツのところでとまる。いまでさえ、エティエンには気をそらされてしまう。彼から離れている時間が必要なのだ。まったく、もしかしたらセラピーを受ける必要もあるかもしれない。

そのセラピーがどういうことになるか考えて顔をしかめ、ベッドからそっと抜けだして服をかきあつめはじめる。ここの庭園を散歩するかなにかしよう。昼間外へ出ると、あとでより多くの血を飲まなければならなくなるが、ストローの技を使えるいまでは充分楽に血をとりこめるわけだし。

どちらかといえば自宅に帰りたい。自宅は世間からの安全な避難所で、考えごとはいつもそこでしているから。あと、とりあえず家族に電話して、これ以上心配させないようにしたいとも思う。だが、いまはまだいずれの危険をおかすのも気が進まなかった――このすべての問題を解決するまでは。

どうにかエティエンを起こさずに、服をかきあつめてバスルームにたどりつくことができた。ドアを閉めると、すこしリラックスしてすばやく服を身につける。レイチェルはブラシで髪をとかし、顔を洗い、鏡にうつったおのれの姿を見つめた。

「わたしはパッジにさらわれたんです」と、ためしに言ってみる。たちまち、渋面とにやにや笑いの中間みたいなかたちに唇がひきつり、神経質なくすくすという声がのどから漏れた。がっくりと肩を落とす。自分は昔から嘘をつくのがすごくへたなのだ。ときには不便なこともあるが、たいていは人生をよりシンプルなものにしてくれる。嘘をつかなければ、嘘がばれることもない。『正直は最善の策』という警句を、子供のころからくりかえし頭にたたきこみ、つねにそう信じてきた。だが、パッジの問題に直面しているいまは、今回ばかりは嘘をつくほうがずっと全員のためになると、どうしても思わずにはいられない。その〝全員〟にはパッジ自身も含まれている。

レイチェルは鏡に背を向け、ドアに近づいていってそっとひらいた。視線がただちにベッドへと向かう。エティエンはまだ、こちらがベッドをあとにしたときとおなじ姿勢で横たわっていた。思わずほほえんでしまう。くしゃくしゃの髪にむきだしの胸板、しかもウエストにシーツがからみついた状態で横たわっている彼が、とてもかわいらしく見えたからだ。レイチェルは、バスルームの明かりを消してゆっくりと寝室に入り、忍び足で廊下につづいているドアへと向かった。

寝室からこっそり抜けだして階段の踊り場に忍びよっていく自分が、まるで泥棒みたいに思えたが、ずっと爪先立ちで歩きつづけて階段をおりる。キッチンへのドアにたどりついたちょうどそのとき、木が抗議してかすかにきしむ音が聞こえた。キッチンの戸口で立ち止まって室内を見まわす。つぎの瞬間、窓のところで動いているものに気づき、ヘッドライトに照らされた鹿《しか》のごとく凍りついてしまった。窓が押しあげられていて、だれかがいままさによじのぼって入ってこようとしていたからだ。すでに片脚が室内にあって、残りの体がたくみに入ってきつつある。

うなじにチクチクと熱が這いあがってきて、アドレナリンが全身を駆けめぐり、レイチェルは本能的にひらめいた行動をとった——見えないところへひっこんで、一番手近な隠れ場所だった玄関ホールの納戸に身をひそめたのだ。なにをしているのか意識する前に、納戸の扉をそっと閉めていた。納戸のなかで比較的安全になったと感じられたところで、ようやく頭が働きはじめたらしく、いまやすばらしき女ヴァンパイアとなった自分が、ふつうの泥棒から隠れていることに気づいた。

グラスから水が流れだすように恐怖が消えていくのを感じる。いったいなにをしているの？　わたしはヴァンパイアなのよ。あのまぬけな泥棒くらいなんとかできる。そうだわ、一生忘れられないくらい怖がらせてやろう。ついでに、一生忘れられないくらい懲らしめてやろうかしら——と、おもしろがりながら考える。納戸の扉をまたそっとひらきはじめたが、わずか数センチあけたところで、まっすぐに身を起こした泥棒の顔が見えた。衝撃とともに相手がだれであるかに気づき、ふたたび動きを止める。そこにいたのは遺体安置所で会った男だった。エティエンの首をはねようとした迷彩服のいかれ男——パッジだ。

その事実は、納戸の扉をふたたびそっと閉めるに充分なものだった。彼はふつうの泥棒ではなく、エティエンの一族のことを知っている男なのだ。パッジはヴァンパイアに精通していて、どうやって殺せばいいかを知っている。そうするために彼はここに来たにちがいない、とレイチェルは気づいた。たちまちまたパニックにおそわれ、一瞬、どうしたらいいか考えようとする。ひとりでこっそり散歩に出る計画は明らかにつぶれてしまった。二階に行ってエティエンに警告しなければ。それも、パッジがエティエンのところにたどりつく前にだ。

だが、パッジが納戸の前を通りすぎていったとき、もう手遅れだとわかった。彼のあとをつけて不意打ちをくらわすしかない。

パッジが階段を登りはじめたことを示すきしみが聞こえ、隠れ場所から出てもだいじょうぶだと気づく。階段は上がるにつれて右のほうへカーブしているので、納戸を出ても危険はないはずだ。玄関ホールに足を踏みだすと、なぜかすこし前より暗くなっているように思えた。しかし、太陽はまだ明るく輝いており、窓からさしこむ日光が、空気中にただようこまかいほこりを照らしている。陽にあたることは避けなければ。

すべての思考をどうでもいいものとして押しやり、パッジを追いかけはじめたが、いったん立ち止まって、武器になるものがないかとまた納戸をのぞきこんだ。見つかったなかで一番ましだったのは、モップとほうきだった。キッチンをあされば、すくなくとも鋭いナイフのひとつくらいは見つかるかもしれないと考えたが、そんなひまはないのではないかと恐れていたのだ。それに、パッジの姿を見たときに彼が完全武装しているのがわかった。ライフルや、ホルスターに入った銃や、ほとんど剣と言ってもいいくらい長いナイフや、そのほかさまざまな武器を、あの男は身につけていた。現状では、バズーカ砲でも持たないかぎり太刀打ちできない気がする。

ちゃちな細いアルミの柄がついたほうきと比較して、とりあえず頑丈な木製の柄がついたモップのほうをひっつかむと、レイチェルは一階の廊下をいそいで走りぬけ、できるだけすばやく静かに階段を駆けあがった。

二階の廊下に着いたとき、そこに人影はなかった。あまり安心できることではない。パッジはエティエンの寝室がどこか正確に知っていてすでに侵入を果たしたということなのか、ひとつひとつの部屋を捜索していていまは姿が見えないだけなのか、どちらかよくわからなかったからだ。ひょっとしたら、パッジはレイチェルの背後にあらわれて、不意打ちをくらわせてくるかもしれない。

彼がどれかべつの部屋にいて、こちらがエティエンのところにたどりつくまでそこにとどまってくれることを祈りながら、レイチェルは勇気をふりしぼって、忍び足ですばやく廊下を進んでいった。エティエンの寝室のドアの前でいったん立ち止まり、ふりむいて廊下に人影がないことを確認してから、さっと扉をあける。すると、まさにちょうどパッジが杭を頭上高くふりかざしているのが見えた。レイチェルはその時点で考えられる唯一のことをした。生まれてこのかた一度も出せたことがないくらい大きくて長い金切り声をあげ、突進していったのだ。

パッジが動きを止めてぱっとあたりを見まわし、モップを手にしたレイチェルにぎょっとしたような目を向けてから、おなじくらいすばやくエティエンに視線をもどした。エティエンは声に驚いて目ざめ、「なんだ？　なにごとだ？」とさけんでいる。

なんとも恐ろしいことに、パッジはそこで杭をふりおろして突き刺した。

レイチェルが発した声は激しい怒りに満ちており、自分のなかにそんな場所が存在するとは知りもしなかったところから出たものだった。咆哮《ほうこう》に近い原始的なうなり声のようなひびきがみずからの耳にとどくと同時に、パッジの後頭部めがけてモップをふりまわす。あいにく、彼はそれを見てどうにか頭をひっこめた。

すごく力をこめていたため、レイチェルはバランスをくずしてしまった。バランスをとりもどしてモップを逆方向にふったときには、フットボールのタックルをするみたいにパッジが突進してきていた。彼の頭が腹部にあたり、体から息がたたきだされる。さらに、うしろへよろめいてカーペットの上にひっくりかえったときにも、またしても体から息がたたきだされた。ふたりそろって床にどさりと倒れこむ。

パッジのほうが回復するのが早く、こちらがもがいて自由になろうとすることさえできないうちに、邪悪なほど鋭くて長いナイフをのどにつきつけてきた。「動くな、お嬢さん。でないと首を切りおとす」と彼があえぎながら言う。

レイチェルは凍りついた。たいていのけがなら生きのびられるが、首を切りおとされたら話はべつだ。

双方ともすこし息を切らしてたがいに見つめあっていると、ベッドの上で動きがあり、それがふたりの注意をひいた。エティエンはやられてはいたが、ノックアウトされてはいなかったのだ。パッジは興奮のあまり狙いをはずしていた。いまも身を起こしつつあるエティエンの胸からは、心臓のある場所のわずか二、三センチ横に杭が突きでていた。彼がその杭をひきぬいたときには、レイチェルはほっとしてすすり泣きそうになった。

パッジはさほど感動しなかったらしく、悪態をついてこうどなった。「あんたも動くんじゃない、アルジェノ!」

エティエンは一瞬ためらい、ベッドにすわりなおして目をすっとせばめた。そこで膠着《こうちゃく》状態になる。

「ああ、そんな」とレイチェルは言った。パッジのほうが優位に立っていることに気づいたからだ。自分がすごくいい成果をあげたとはとても思えなかった。たぶん訓練が必要なのだろう。

「このあとどうするつもりなんだ、パッジ?」エティエンがそうたずねる。彼はすこし元気になったように見えはじめていた。ナノが猛烈に働いて体を修復しているにちがいない。だが、ナノにエネルギーを補給するにはより多くの血が必要になる。それでもエティエンは、杭を打たれたうえにいまにも恋人が首をはねられそうになっている人物にしては、かなり平然としているように見えた。自分を〝彼の恋人〟と言ってよければだが。男性と寝たら自動的に恋人になるのかしら？　あるいは、エティエンはたんにこちらのことを――。その先は考えちゃだめ、ただの恋人でいいわ、とみずからに警告する。いまはそんな分析をしているときじゃない。

「彼女の首をはねれば、おまえは盾を失うことになるんだぞ」とエティエンがつづけた。

パッジは黙っていたが、レイチェルののどにナイフをいっそう強く押しあててきた。困惑と不安に満ちた苦しげな表情が顔に浮かんでいる。

「おまえにはかなりしんぼう強く接してきたよ、パッジ。いままではおまえのふざけた行動をおもしろいと思っていた――というのがおもな理由だが、もううんざりしてきたな。ここから立ち去って二度ともどってこないことだ。さもないと、ぼくらのささやかなゲームに終止符を打たざるをえなくなるぞ。永遠にな」

ベッドにすわっている恋人が、胸にぽっかりとあいた傷口があってもなおすごみをきかせられるという事実に、レイチェルは驚くばかりだった。パッジもおなじくらい感銘を受けているかちらりと見てみると、彼のひたいに急に汗がふきだしてきたのに気づいてちょっぴり安心した。ただ、それがいい結果を生むか悪い結果を生むかはよくわからない。

「立て」

レイチェルは、のどもとの長いナイフをはっきり意識しながらあわてて立ちあがった。たくみに動いて相手から逃れることも考えたが、エティエンを救おうとして失敗したせいで、やや自信がなくなっていた。さっきみたいにひどいへまをしてしまうのではないかと恐れていたのだ。

そろってまっすぐに立つと、パッジは体の位置をずらしてこちらの背後にまわりこみ、エティエンが言ったようにレイチェルを盾として使った。

「さがってろ」と命じたパッジの声は、はじめはしっかりしていたが、語尾はふるえていた。彼が怖がっていることを示している。とはいえ、そんなふるえなどなくてもレイチェルにはそうとわかった。パッジから放出されている恐怖の匂いが実際に嗅ぎとれたのだ。その匂いをどうやって認識できたのかはわからないが、自分の新たな能力なのだろう。たいていの捕食者がそういう能力を持っている——犬は恐怖を感知できるし、猫だっておなじだ。例のナノは、宿主にとってもっとも役立つ力を強化するらしく、これは捕食者にとってかなり便利な能力だった。

「彼女を放せ」とエティエンが命じる。

「さがってろ」パッジはレイチェルとともにじりじりと移動しはじめた。

「彼女を連れてはいけないぞ」

「さがってるんだ。でないと、この女の首を切りおとす」パッジがそう警告した。

「彼女に危害を加えるな。ぼくが彼女を仲間にしなければならなかったのは、そもそもおまえのせいなんだ。仲間にしなかったら、おまえが負わせた斧の傷で彼女は死んでいただろう」


その言葉にパッジは動きを止め、彼が見おろしてくると同時にレイチェルは息を詰めた。

「きみは病院にいたドクターじゃないか」パッジが驚いた口調で言う。あのときの自分はインフルエンザから回復したばかりで、いまほど健康的な外見ではなかったはずだ。青白い顔でだるそうに見えたにちがいない。パッジの顔に罪悪感がよぎったのに気づき、レイチェルは一瞬希望をおぼえた。彼はこう言った。「斧で切ったことは本当にすまなかったと思ってる。だけど、きみはぼくらのあいだにとびこんでくるべきじゃなかったんだ。ぼくはやつの正体をきみに教えようとしたのに」

「彼女を放せ」とエティエンがくりかえす。


パッジが身をこわばらせたとき、レイチェルは希望が消えるのを感じた。彼の表情がけわしくなり、ナイフがいっそう強くのどに押しあてられる。パッジの罪悪感というのは、その程度のものでしかなかったらしい。「あんたがそこでじっと動かずにいれば、彼女に危害は加えない」いまの彼の口調には、これまでよりやや主導権を握ったひびきがあった。パッジが自信を深めたからなのか、はたまた、エティエンがおなじ警告をくりかえしたせいで、優位に立っていることをやすやすと確信させてしまったからなのか、レイチェルにはどちらとも判断できなかった。

「彼女に危害を加えたら、おまえを追いつめて素手で殺してやるぞ」

レイチェルはエティエンにすばやく目を向けた。彼は言葉どおりのことをする能力があるように思える。チャーミングなコンピューターマニアの気楽そうなうわべは消え、エティエンのなにからなにまでが危険な捕食者に見えた。

三人とも数分のあいだ黙りこんで、パッジがつぎにどうするか決めるのを待っていた。彼がどんな行動をとりうるのかはさっぱりわからない。こちらを解放するわけにはいかないから、パッジの選択肢はかなり限られている。レイチェルはエティエンのほうにさっと視線を向けた。血はもう止まっているが、口もとのあたりがやや青白く見える。体内に残された血の多くが、傷の修復で使いはたされてしまったにちがいない。彼のいまの状態に関してこれまで聞かされたことから推察するに、早急に血をとりこむ必要があるのではなかろうか。エティエンの体は欲求でひきつるように痛んでいて、ひどく衰弱した無防備な状態になっているはずだ。

唯一のプラス面は、パッジはそれに気づかないだろうということだ——と判断する。

「どうするつもりなのか、さっさと決めたほうがいいわよ。彼の体はほぼ修復を終えかけているし、傷の完治した彼がどれほど強い力を持っているかはだれにもわからないんだから」

はっきりとは言えないが、パッジがテレビか劇場で見たヴァンパイア映画を参考にしているのなら、彼はたぶん実情とはちがうふうに考えるだろう。すくなくとも、パッジがそうしてくれることをレイチェルは願っていた。こちらをつかまえた彼の手に力がこもったようすからすると、どうやら推測は正しかったらしい。

　パッジの顔は見えなかったが、彼の困惑は感じとれる。パッジは疑わしげにこうたずねてきた。「きみがぼくに手をかそうとしてると信じろと？」

　レイチェルはむりやり自分をリラックスさせ、みずから首をはねずに何気なく肩をすくめることに成功した。「あなたの信じたいことを信じればいいわ。あなたが侵入してきたとき、わたしはこっそり外に出ようとしていたところだったのよ」と、ありのままを話す。実際には庭園を散歩するために抜けだそうとしていたということは、わざわざ口にはしなかった。エティエンの鋭い視線が裏切られた思いで満たされるのを見たときには、それを口にできないことをほとんど申し訳なく思った。彼を動揺させるのは本当にいやだったが、どうにか話をつづける。「あの遺体安置所での事件の夜からずっと、わたしはこの家にとどまることを余儀なくされていたの。家族や友人にぶじを知らせたかったんだけど、電話をかけるなんて許されなかったのよ」これはすべて本当のことだ、とみずからに言い聞かせる。神経質なくすくす笑いがのどの奥にこみあげてくるのを感じたからだ。自分は実際にとどまることを余儀なくされていた――すくなくとも、牙のコントロールのしかたやらなにやらを習得するまでは。加えて、だれかに電話をかけることも実際に許されなかった。むりやりそう決めたのはレイチェル自身だったことを明確にする必要はない。

「だからわたしは愛想よくふるまって、エティエンが眠るまで待っていたの。そして、キッチンから外に出ようとしたまさにそのとき、あなたが入ってくる音が聞こえたのよ」とつづける。「あなたのせいで計画がだいなしだわ」

　エティエンは動揺しているように見えたが、レイチェルは彼を無視して、パッジがこちらの言葉をのみこむのを待った。

「それが本当なら、どうしてきみはただ立ち去らなかったんだ？」信じられないみたいにパッジが言う。「なぜとどまってやつを救おうとした？」

　レイチェルは肩をすくめた。「わたしの良心が許さなかったのよ。眠っているエティエンをあなたが惨殺するままにさせておくわけにはいかなかったの。彼はわたしの命を救ってくれたんですもの。あなたが負わせた致命傷からね」『あなたが』という部分を強調して、さっきパッジの顔にうかがえた罪悪感がもどってくることを祈る。彼の目に罪悪感がちらついたのを見てとり、もうすこし圧力をかけてやることにした。「ちなみに、そのことにはすごーく感謝しているのよ。吸血鬼になることはわたしの夢や希望の上位にはなかったし、永遠に夜勤をつづけるはめになったのをどんなに喜んでいるかは、とても口では言いあらわせないわ」

　パッジが本気で顔をしかめた。「悪かった」彼は悔やむように言ってそこで言葉を切り、エティエンのほうをちらりと見た。「ここから脱出するためには、やつをどうすればいいと思う？」

レイチェルは考えこんだ。自分はいまや味方とみなされただなんて、一瞬たりとも信じなかった。彼はこちらをためしているのだろう。パッジの気にいらない答えを告げれば、困った状況におかれることになる。だがそれを言ったら、たぶんいずれにせよ困った状況になるはずなのだ。彼はみずからを現代の吸血鬼ハンターと考えているらしく、害悪に満ちたヴァンパイアの世界を壊滅させることに打ちこんでいる。レイチェルは、自分も殲滅《せんめつ》の対象になっていることを充分承知していた。こっちがその事実に気づかないくらい愚かで、ふたりはいまや味方どうしだと思っていると、パッジに信じこませることこそが唯一の希望だ。そうするためには、彼の質問にきわめて注意深く答えなければならない。「まあ、命の恩人のエティエンが死ぬところは見たくないわ。あなたが本当に彼を殺したいのなら、わたしがここにいないべつの日にやるか、わたしにいま杭を打っていちかばちか彼と戦ってみるか、そのどちらかにしてちょうだい。でも、わたしがあなただったら、彼に戦いを挑《いど》んだりはしないでしょうね。ふつうの状態でも、エティエンは動きが速くて俊敏で十人力以上の力があるわ。現時点の彼はそこまで強くないけど、わたしはちがう。わたしたちふたりが相手じゃ、あなたに勝ち目はないわよ」とつけくわえる。

パッジは耳をかたむけており、〝エティエンが死ぬところを見たくない〟というレイチェルの正直な気持ちが、彼を納得させたらしかった。言ったことが相手の心にかろうじてしみこんだところで、さらにこうつけくわえる。「しかも、エティエンは家にセキュリティーシステムを入れているの。おそらくいまこの瞬間にも、彼の仲間の何人かがここに向かっているはずだわ。だから、あなたにはあまり時間はないのよ」

パッジは明らかにこちらの言葉を信じたようだった。彼の顔にパニックの表情がちらりとよぎる。

「エティエンを縛りあげても――」とレイチェルはつづけた。「彼はただいましめを解いて、たぶんわたしたちが家を出る前に追いついてくるでしょうね」あるいは、とりあえずいくらか血をとりこんだあとで。

「エティエンを地下のオフィスに閉じこめるのが一番いいんじゃないかしら。あのオフィスは、どんな敵の攻撃にも耐えられるよう造られているから」と説明し、甘言で釣ろうとこうつけくわえた。「ついでに、彼の最新作をめちゃくちゃにするチャンスだってあるかも」

「きみなんか死なせておけばよかったよ」エティエンの冷たい言葉に、視線がそちらにひきもどされる。本来なら彼の演技力を心のなかで称賛していたところだが、本当に演技なのかはさだかではなかった。なにしろ、エティエンが眠っているあいだにこっそり抜けだそうとした事実を認めたばかりだし、ひょっとしたら彼はすべてを真に受けてしまったのかもしれないのだ――そうでないことを祈りたいが。いいえ、真に受けたりはしないわ。エティエンはヴァンパイアの真実を知っている――こちらが〝彼はいま力を増しつつある〟と考えるほど馬鹿ではないということも。レイチェルがエティエンを救うために事実をねじまげていることに、彼はまちがいなく気づいているはずだ。

その一方で、エティエンの怒りはべつの理由からきているのかもしれない、とふと思う。もし彼が、作業内容をなにひとつ保存していなかったり、データを失う可能性にそなえたバックアップをとっていなかったりしたらどうなるの？　わたしがいま提案したことのせいで、エティエンは作品のデータを失ってしまうかもしれない。だけど、わたしのおもな関心は、とりこめる血がある場所に彼を生きたままおいていくことにあったわけだし。

たいへん。もしもエティエンがあまり賢明じゃなくて、最新作のゲームを保存していなかったら、彼は本気でわたしの死を願うかもしれないわ。でも、ゲームがぶじな状態で死ぬよりも、生きて腹を立てているほうがましなはずよね。

パッジが身じろぎして、こちらののどにあてたナイフを片手からもう一方の手に持ちかえた。はじめはどうしてそんなことをしたのかよくわからなかったのだが、要するに、肩にかけたライフルをさっとエティエンに向けるためだったらしい。

「銃弾ではあんたを止められないのは知ってるが、痛いことは痛いにちがいない」とパッジは言った。「弾が当たれば動きがにぶくなることはわかってる。だから、指示どおりにするんだ。あんたを撃たなくてもいいようにな。これからあんたのオフィスに向かう」

エティエンは、安堵と恐れがまじりあって全身を駆けめぐるのを感じた。オフィスの冷蔵庫には血液パックがある。あそこに閉じこめられるのであれば、血を補給してすみやかに回復することができるだろう。そうしたら、オフィスから脱出してパッジを追いつめるのだ。エティエンが恐れていたのは、この計画で自分は救われても、レイチェルは危険にさらされたままになるという事実だった。行動の選択肢のできたパッジがレイチェルになにをするかは見当もつかないが、おそらく極悪非道なことであるはずだ。レイチェルはかつての十倍は強くなっているが、傷つかないわけではない。こちらをぶじオフィスにしまいこんだあと、彼女がなにか危険なことをしようとするのではないかと心配だった。

「さっさとしろ!」パッジが銃を撃ってくることでその言葉に感嘆符をつけくわえる。

エティエンはうめき、ベッド上にすわった位置で体が鋭く後方へふれた。銃弾が、ひきさくようにして筋肉と骨をつらぬく。レイチェルがもがきはじめるのが見えたが、つぎの瞬間、彼女はほぼおなじくらい唐突に動きを止めた。エティエンにはすぐに理由がわかった。レイチェルののどに血のすじができているのに気づいたからだ。あのろくでなしは彼女を切ったのだ。重傷という深さではないが、それでも切ったことに変わりはない。

激しい怒りが全身を駆けめぐるのを感じる。そのことが歩く助けになった。室内を横ぎってパッジにとびかかりたかったが、やつのところにたどりついても、自分はなんの役にも立たないかもしれない。おまけに、パッジがパニック状態になって、脅威とみなしたレイチェルを排除すべく、彼女の首をはねてしまう可能性もある。そんなことはさせられない。

レイチェルが食いしばった歯のあいだから告げた。「エティエンを殺すのは許さないって言ったはずよ。彼をまた撃ったりしたら、自分の首をはねられる危険をおかしてでも、あなたを殺してやるから」

「黙れ」パッジが怒った声で命じたが、自信はやや失われていた。彼はライフルでエティエンをうながし、レイチェルをひきずりながら、あとずさってドアの外に足を踏みだした。

「出ろ」

エティエンは、実際には衰弱しているのを表にあらわさないようにしつつ、従順にドアへと向かった。一番新しい銃創のおかげで、いまでは深刻に血が必要になっていた。体がほかの組織から血をかきあつめだすと同時に、思考プロセスがぼんやりしてくる。エティエンはすべての集中力をつぎこんで、足をもう一方の足の前へと動かしつづけ、先に立って家のなかを進み、地下のオフィスへおりていった。移動しながら、この状況を切りぬける方法を考えだそうとしたが、なにも思いうかばなかった――レイチェルをこれ以上すこしでも危険にさらさずにすむ方法は。

「すごいな！」パッジはエティエンの仕事場に明らかに感銘を受けたらしい。エティエンは部屋の中央で立ち止まってふりむき、機器をゆっくりと見まわすパッジの目が明るく輝くようすをながめた。

「まったく、こんな設備があればぼくだってゲームの王さまになれるよ」と、パッジが腹立たしげに言う。彼の視線がドアの横におかれた棺桶で止まり、表情になにかべつのものがいりまじった。羨望《せんぼう》の表情だと数秒後に気づく。

「棺桶のなかに入れ」パッジがそう命じてきた。

エティエンはためらったが、相手がさっとライフルの銃口を上げたので、言われたとおりにした。レイチェルが警告のうなり声をあげて身じろぎする。パッジはただちに銃をおろし、最初の切り傷が治ったばかりの場所にまた血のつぶがつらなった赤いすじをつけることで、彼女を制御下においた。

「ちゃんと命令にしたがってるだろう」エティエンはぴしゃりと言い、〝レイチェルを傷つけた報いをすぐに受けさせてやる〟と心に誓った。

「ふたを閉めろ」パッジが、棺桶の内側にこちらが腰をおろしたとたん指示してくる。

エティエンは言われたとおりにし、あおむけに横たわりながらしぶしぶふたをひっぱって閉じた。銃の発砲音がとつぜん爆発的にひびいたので、棺桶のなかでびくっと体をふるわせる。はじめはあの馬鹿が棺桶ごしに撃ってきているのかと思ったが、木がはぜているわけでもなく、ひきさくような痛みも感じなかったことから、やつは仕事場を撃ちまくっているのだろうと判断する。モニターかコンピューターの爆発するドーンという音が、推測の正しさを証明してくれた。回路が燃えてプラスチックが溶ける臭いに、エティエンは顔をしかめた。

14

レイチェルは唇を噛んだが、エティエンの機械がまわりで爆発するあいだじっと動かずにいた——銃を持ったパッジは熱狂していて、こちらはなにもできないくらいきつくナイフがのどに押しあてられていたからだ。充分なダメージを与えたと彼がようやく判断し、ふたりであとずさりしてオフィスの外に出ると、レイチェルはほっとした。

パッジが戸口で立ち止まって施錠装置を調べた。〝彼がドアを閉めるだけにしてくれれば〟と願っていたのだが、そこまで馬鹿ではなかったらしい。パッジはドアをひいて閉めたあと、電気パネルを銃で撃った。つづけて彼がパネルをはぎとり、何本かのワイヤーを手あたりしだいにひっぱりだしたとき、エティエンがそれを修理できそうな希望は完全に消えた。彼は正真正銘オフィスに閉じこめられてしまったのだ。レイチェルは動揺しながらそう考え、破壊された機器のどれからも出火しないことを祈るしかなかった。焼死というのはあまりたのしい死にかたではない——エティエンの父親はそうやって亡くなったわけだが。

でもオフィスには血液パックがあるし、と自分を安心させ、パッジがデスクのひきだしを調べなかったことに感謝する。まちがいなく、あとでバスチャンとルサーンがやってくるはずだ。ふたりはエティエンを解放してから、たぶんレイチェルを追ってきてくれるだろう。そのときまで生きつづけるしかない。こちらがヴァンパイアになったことをパッジが知らなければ、生きつづけるのはもっと簡単だったはずなのだが。

とりあえず、頭を胴体につけたままでいることがいいスタートになる。とはいえ、本当はそれ以上のことをしたいところだ――たとえば、パッジにもう切られないようにするとか。これまでに彼に負わされた細い切り傷は、命の危険にさらされるほどのものではなかったが、めちゃくちゃ痛かったのだ。どうやら、ヴァンパイアになったからといって、痛みを感じにくくなるわけではないらしい。むしろ感度が高まってさえいると気づく。結局のところ、快感に敏感になっているのだから、おなじくらい苦痛にも敏感になっているはずよね?

「くそっ」

パッジが悪態をついたので、レイチェルは考えごとを中断した。ふたりは階段を登りきり、いまはキッチンの裏口の前に立っていた。

「きみを陽の光のなかに連れだせないことを忘れてた」とパッジが説明してくる。

レイチェルは顔を輝かせた。陽の光のなかでもちょっとのあいだは生きのびられるが、その事実を進んで教えてやる気はほどんどない。「まあ、なんならわたしをただここに残していって、そして――」

言葉はそこでとぎれた。キッチンテーブルのそばへ、パッジにうしろ向きにひきずっていかれたからだ。相手がなにをするつもりなのかよくわからなかったが、彼は分厚いえび茶色のテーブルクロスをひっぺがした。上にあったフラワーアレンジメントが床に落ちてばらばらになる。

「まさか本気でそんなこと……本気なのね」パッジがテーブルクロスを頭にかぶせてきたので、レイチェルはふうとため息をついた。のどもとにナイフをつきつけられたうえに、今度は視界がきかなくなったのだ。まったく、状況がほんとにどんどんよくなっていく。まさによりいっそう危険な状態だ。つまずきでもしたら、自分の首をはねることになりかねない。〝ちょっぴり陽にあたっても死にはしない〟と教えてやることも考えたが、その知識があとで重要になるかもしれないと恐れてもいた。

「すばやく移動するぞ」パッジが、前方のおそらくドアのほうへとせきたてる。「いまきみにぱっと燃えあがられちゃ困るから、遅れずについてくるようにするんだ」

「ナイフを押しつける力をゆるめてくれてもいいんじゃない?」とたずねてみたが、問いかける声は、〝ガチャッ、ギーッ〟というドアの音にかきけされてしまった。つづけて、パッジに前へとせかされる。足どりが乱れでもしたら命にかかわると気づいて、レイチェルはむりやり歩かされながらも慎重に相手についていき、それでもできるだけいそいで進みつづけた。しかし、最善をつくしたにもかかわらずつまずいてしまい、のどがナイフで切られると同時にうめく。押しあててくる力がゆるめられる前に、今回はみごとにいままでより深い切り傷ができていた。詫びの言葉らしきものが聞こえたが、頭にかぶせられた布と耳鳴りのせいでくぐもっている。やがて、パッジが急にこちらを立ち止まらせた。

「乗れ」

ナイフがどけられ、レイチェルは前方の下のほうへドンと押されるのを感じた。両脚の前になにかがあたってつんのめる。ナイフの脅威がもうなくなったのをありがたく思いながら、すぐに布をひっぱって頭からとろうとしはじめたが、そのせいでぴしゃりとはたかれてしまった。

「よせ。陽の光があたってるんだぞ」パッジがそう警告してくる。つぎに、なにかが手首にあたるのを感じ、カチッという音が聞こえた。それをひっぱってみたレイチェルは、拘束されているのに気づいて眉をひそめ、もう一方の手首にも手錠がはめられると同時に悪態をついた。

「こいつは亜鉛メッキ鋼でできてるんだ」とパッジが告げてくる。「厚さは十センチ。きみはたぶんこれをこわせるんだろうが、そのときにはかならず大きな音がするはずだ。もし手錠をはずそうとしたら、運転席からきみを撃つ。しかもただの銃でじゃない――杭撃ち銃で心臓をつらぬいてやるからな」

「杭撃ち銃?」とレイチェルはつぶやいた。ドアの閉まる音が聞こえたあとに静寂がつづく。

頭から布をふりおとしてあたりを見まわそうとしてみても平気だろうか、と思案していると、べつのドアのひらく音が聞こえた。今回の音は、こちらの右側の、バンとおぼしきものの前座席のほうから聞こえてきたと判断する。パッジが車に乗りこむと同時に、レイチェルの下で床がすこし揺れた。

むりやり緊張を解いて、エティエンが教えてくれようとしていたことに耳をかたむけていなかったおのれをののしる。自分のヴァンパイアとしての能力がさっぱりわからないのだ——ふつうの人間よりも強くて俊敏で、比較的大きなダメージを受けても死なない、ということ以外は。理解しているところでは、生きたまま焼かれるか首をはねられるかしないかぎり死にはしない。とはいえ、杭を打たれて心臓が止まれば、杭がひきぬかれるまでナノは強制的に活動停止状態に追いこまれる。

もちろん、そうわかっているのはすばらしいことだが、自分が正確にどれくらい強くて俊敏になっているのか見当もつかなかった。はたして手錠をこわせるのかも不明なら、もし実際にこわせたとして、杭撃ち銃（それがなにかは知らないが）をつかんだパッジにしとめられる前に、このバンから脱出できるほど動きが速くなっているのかどうかも不明だ。〝ためしてみようか〟という考えには心惹かれたが、〝撃たれるかもしれない〟という考えには——心臓にはたぶん当たらないとは思っていても——いくらか決心をにぶらされた。痛いのは大嫌いだからだ。注射だっていやなのに、突き刺さるのが杭だとしたら？　痛みに関することになると、わたしはひどい意気地なしのすぐ泣く大きな赤ん坊になりかねないのだ、本当に。そんなわけで、撃たれる危険はおかさないことにする。

つづく短いドライブのあいだは、脱出計画をひねりだそうとしてすごした。パッジがどうしてわたしを連れだしたのかはさっぱりわからない。彼には盾が必要だった——あるいは、はじめはそう考えていた——だが、エティエンを閉じこめたらもう必要なかったはずだ。その機に乗じてパッジが杭を打ってこなかったのがむしろ驚きだ。

彼がまだ杭を打たずにいるのは、罪悪感をいだいているからかもしれない。なぜなら、そもそもパッジが斧で攻撃してきたせいで、わたしはヴァンパイアになったのだから。でも、杭を打つ予定がないのなら、彼はわたしをどうするつもりなのだろう。よさそうなことはなにひとつ頭に浮かばなかった。脱出するのが最善の行動のように思える。とにかく脱出方法を考えださなくては。

おそらく、パッジはわたしをどこかへ連れていって車を停め、ナイフを持ってまた近づいてくるだろう。今回こちらが恐れているのは、〝切られる痛みを味わう危険をおかさなければならないかもしれない〟ということだった。気は進まないが、そうしなければもっとひどい苦しみを味わうはめになる可能性がある。

バンのエンジンのうなりが止まった。いまこそ脱出のときだ。バンが揺れると同時に、体が緊張するのが感じられた。パッジが車からおりようとしている、と気づいたからだ。つづけてドアの閉まる音が聞こえる。手錠をためしにひっぱってみると、金属がきしみながらのびていく音が耳にとどいたので驚いてしまった。本気でひっぱろうとしたそのとき、後部ドアのひらく音が聞こえた。

自分の臆病さかげんに悪態をつきながら、ぴたりと動きを止めて待つ。とつぜん頭から布がとりさられたときにはぎょっとした。

「このガレージには窓はひとつもないから、陽にあたる心配はしなくていい」とパッジが告げてきた——まるで、ガレージとそこにまちがいなく付属しているはずの家を入手したのは、まさしくレイチェルの身の安全を守るためだ、とでもいうみたいに。

そう言われてもぜんぜん感動はしなかった。視線は相手が持った武器に釘づけになっている。彼の〝杭撃ち銃〟は、矢の代わりに木製の杭をセットしたクロスボウのように見えた。といっても、その事実が本当に問題だったわけではない。エティエンの話によれば、矢だろうが杭だろうがなんだろうが、それが充分長く心臓にとどまっていれば、おしまいになりかねないのだから。脱出はやめだ。とりあえずいまは。

「来るんだ」パッジが武器で慎重にこちらの心臓を狙いつづけながらあとずさり、自由なほうの手をふって、バンからおりるよう指示してくる。

彼の命令にレイチェルは両眉をつりあげ、自分をバンの壁につないでいる手錠の短い鎖を、ただガチャガチャと鳴らしてやった。

「おっと」パッジは一瞬ためらってから、打ち負かされるおそれがあるほど近づきたくはないと判断したらしく、単純に鍵の束をほうりなげてきた。

それを片腕と胸のあいだでどうにか受けとめ、手にとって鍵をあける作業にとりかかる。そこではじめて手錠をまともに見たのだが、目にしたものには気力をくじかれた。パッジが〝手錠の厚さは十センチ〟と言ったのは冗談ではなかったのだ。とはいえ、たいして重くは感じない。力が強くなっているおかげなのだろう。本当にいちかばちか思いきり手錠をひっぱって、自由になっておけばよかった――と心のなかでつぶやきながら、片方につづけてもう一方の手首の手錠もはずす。

「よし、来るんだ」とパッジがくりかえした。すばやく動かなかったエティエンが銃で撃たれたときのことを思いだし、レイチェルはあわててバンからおりて、ガレージのコンクリートの床に立った。鍵の束を返そうとさしだしたが、相手はかぶりをふった。

「家のドアをあけるのにそれが必要になる」彼は左へ進むよう身ぶりでうながしてきた。示された方向をふりむいてながめると、すぐに家のドアが目にとまった。車一台用のガレージにバンが停まっている状態だと、歩くスペースはほんの四、五十センチくらいしかない。バンの助手席側にそって移動したレイチェルは、ドアの中央にぶらさげられたにんにくの輪とそのまんなかにある十字架を見て立ち止まった。

「ごめんよ。ちょっとさがっててくれ」パッジがすばやくドアに近づいて、問題のヴァンパイアグッズをとりはずす。

レイチェルは〝むだなことだ〟と教えてやったりはしなかった。代わりに、〝家のドアにそんなものをつけておくなんて、この男はどれだけ被害妄想的な恐れをいだいているのだろう〟と考えこむ。

「オーケー」十字架とにんにくを持ったパッジがあとずさりしてわきによけ、前に進むよう身ぶりでうながしながら告げてきた。「幅のひろい銀色の鍵だ」

レイチェルは鍵の束を選りわけ、幅のひろい銀色の鍵がひとつだけあるのを見つけると、ドアに近づいていって鍵を鍵穴にさしこんだ。カチリとロックがはずれると同時に、ふりむいて誘拐犯に向かって片眉をつりあげる。

「そのまま進め」とパッジは命じ、クロスボウをふってうながしてきた。ドアをあけて彼の家のキッチンに足を踏みいれたレイチェルは、そこでぴたりと立ち止まった。こんなにきたない部屋は見たことがない。カウンターとシンクにはよごれた皿が山積みになっていて、ガスコンロも冷蔵庫も調理台も食器棚も床も、食べかすか単純にきたないもので完全におおわれている。加えて、大量の揚げ物が調理されたことを示す油で、すべてがコーティングされていた。

「さっさとしろ」と背中を鋭く突かれたレイチェルは、すばやく足を一歩前に踏みだし、なににもさわらないようにしながらキッチンのなかを進みつづけた。床の上を歩かなければならないだけでも充分不快な経験だった。足を踏みだすたびに、スニーカーがリノリウムの床にへばりついていたからだ。胸が悪くなる。アーチ形の出入口を通りぬけたときに見えたダイニングルームも、おなじくらいひどいありさまだった。

「すわれ」

「できればすわりたくないわ」と、よごれた皿が山積みになったテーブルをじっと見つめながら言う。あいにく、皿の上にのっていたのは食べ物だけではなかった。何匹もの虫が這いまわり、一カ月くらい前のピザやらなにやらをうれしそうに食べている。椅子自体に関して言えば、ありがたいことに皿はおかれていなかったが、代わりに、数カ月ぶんの古新聞やチラシやダイレクトメールでおおわれていた。「あのね、パッジ、家政婦さんを雇っても悪くはないと思うんだけど」

「すわれ！」家のなかに入ったいま、彼はかなり自信をとりもどしたらしく、詰めよってきてレイチェルの肩をつかむと、一番近くの椅子にすわらせた。くしゃくしゃになったチラシの角がヒップに食いこんできたので、思わず顔をしかめる。だが、パッジがテーブルをまわりこんでみずからも席につき、クロスボウをこちらの胸に向けてテーブルの上におくあいだ、レイチェルはじっと口をつぐんでいた。

ふたりとも一瞬黙りこみ、たがいに見つめあい、また品さだめしあう。しかし沈黙が長びきつづけると、レイチェルはおちつかない気分になりはじめ、両眉をつりあげて言った。

「それで?」パッジが眉をひそめた。「——ってなにが?」

「あなたはいまこそわたしを殺すつもりなわけ?」とたずねる。

「まさか!」彼はそんな可能性を思うだけでぎょっとしたみたいだった。「ありえないよ。きみがヴァンパイア娘になったのはぼくのせいなんだから。いや、女ヴァンパイアって呼ぶべきなのかな」パッジがそこにすわってつぶやいたりやきもきしたりするあいだ、レイチェルは、だとしたら自分は厳密にはどうなるのか把握しようとした。口調に畏怖《いふ》の念がうかがえたことから判断するに、彼は女性のヴァンパイアにはかなりいい印象を持っているらしい。どうやらパッジは、おなじヴァンパイアであっても、エティエンのほうは抹殺すべき人物とみなしているのに対し、レイチェルのことはすてきだと思っているようだ。理由はよくわからないが。

「それでさ……」

パッジの顔をちらりと見たレイチェルは、ほとんどわくわくしているとも言える彼の表情に興味をおぼえたが、そこで予想外のことをきかれた。「お腹はへってるかい?」

びっくりさせられたものの、妥当な問いかけではあった。のどの切り傷からはさほど出血しなかったと思うが、たしかに空腹だ。視線がキッチンの冷蔵庫へとさまよっていく。パッジはあのなかに血液パックを保存しているのかしら? そんなことはありそうにないけど、だったらどうして彼は〝お腹がへってるか〟なんてたずねてきたの？　一方で、もしパッジが実際に血を保管しているとしても、彼が〝家〟と呼んでいるこのバクテリア工場のなかでは、それを飲んでも安全かわかったものではなかった。むしろ半分怪しいと思っている。口に近づけてもだいじょうぶなものが、この場所にひとつでもあるのだろうか？

「ぼくに咬みついてくれてもいいよ」とパッジが申し出てきて、レイチェルの注意をひいた。彼はかなり期待に胸をはずませているように見えた。食欲がぱったりと事切れるのを感じる。

「ありがとう、でも——」レイチェルは礼儀正しくしゃべりだした。

「ああ、よしてくれ。きみは血を強く求めてるにちがいない。その気なら、ぼくをヴァンパイアに変えてくれたっていいんだ」パッジが視線を落としてこちらの胸を見た。

　嫌悪感を顔に出すまいとつとめる。パッジが世の中に永遠に存在しつづけるというのは、彼に咬みつくこととほぼおなじくらい、ひどくて恐ろしい考えだった。パッジがこの家よりうんときれいだとは思えない。かといって、彼をいらいらさせたくはない。パッジがレイチエルをどうするつもりなのかはまだわからないが、脱出のチャンスが来るまでは、彼の機嫌をとっておくのがいいだろう。

「必要ないわ、ありがとう」と、パッジの申し出を礼儀正しく辞退する。視線をさまよわせるとリビングルームの一部が見え、ベランダへつづくドアが、木材でふさがれたうえに何本もの金属棒でおおわれているのに気づいた。かなり暗い家だ。ほかの窓をちらりと見まわしてみると、おなじく木材と金属棒でおおわれているのがわかる。パッジはつねにエティエンを殺そうと動いていたわけではないのかもしれない。

「あのさ、きみのルックスは悪くはないよ」

レイチェルは誘拐犯のほうへとさっと注意をもどした。どう反応すればいいのかよくわからない。べつのだれかからそう言われたのなら、褒め言葉と受けとれたかもしれないが、パッジの口調は失望を物語っていたからだ。失望の意味が理解できたのは、彼がこう説明してきたときだった。「まあ、ほら。きみは充分かわいいけど、ぼくが期待してたほどじゃないっていうか。映画のなかのヴァンパイア娘はみんな……」パッジはぴったりの言葉をさがしているらしく、そこで言葉を切った。「もっとセクシーだからさ。わかるだろ。ビニール製の黒いビスチェに、太腿までとどくハイヒールのブーツ」パッジはこちらの胸をじっと見つめていた。まるで、スウェットシャツの下にビニール製の黒いビスチェを身につけている可能性があるかどうか、解明しようとしているみたいに。

レイチェルはため息をついた。今日は長い一日になりそうだ。

エティエンはいらだちをこめてオフィスのドアを蹴とばすと、くるりとふりむいてデスクの冷蔵庫のほうへ歩いていった。すでに四袋ぶんの血液をとりこみ、そのあいだにドアのダメージを調べて、なんとか修理できないか見てみたのだが、直すのは不可能なように思えた。

パッジは開閉装置を完全に破壊しており、オフィスを泥棒から守るために導入したハイテクのセキュリティーシステムとあいまって、エティエンの動きをはばんでいた。レイチェルも口にしていた問題のセキュリティーシステムを働かせておくくらい、自分が賢明だったらよかったのに。あいにく昨夜は、彼女の怒りをなだめようとしたりセックスしたりで、帰宅後にシステムのスイッチを入れなおすのを忘れてしまったのだ。

おのれの愚かさに悪態をつく。家や所有物やわが身の安全さえ、これまで本気で心配したことはなかった。いままで〝たいせつで、傷ついたら困る〟と思っていたのは、自分の作品のことだけだったからだ。襲撃される心配をしたこともまったくない。なみの泥棒――とくに、攻撃してくるくらい無鉄砲なやつ――がこの家に侵入しようとすれば、うれしくない驚きを味わうはめになっていただろう。それに、吸血鬼ハンターの脅威にさらされていた時代はとっくの昔に終わっていた。いや、〝パッジがあらわれるまではそうだった〟と言うべきか。しかしレイチェルは、エティエンにとってすごくたいせつな存在なのだ。これまで彼女に告白した以上にずっとたいせつだ。なのに、配慮をおこたったせいでレイチェルはいま危険にさらされ、こちらはどうすることもできずにいる。

このオフィスは一種の緊急避難部屋《パニック・ルーム》として造られていた――ふつうの人間とヴァンパイアの両方を防げるように。というのも、コンピューターは驚くほどヴァンパイアに人気があるからだ。そしていま、パッジはドアの開閉パネルをはぎとることで、このハイテク緊急避難部屋《パニック・ルーム》を檻《おり》に変えてしまったのだ。厚さ十五センチもの鋼をアセチレントーチで焼き切らないかぎり、だれもここには出入りできない。残念ながら、オフィスにアセチレントーチをそなえておくほどの先見の明はなかった。バスチャンとルサーンが来てくれるまで、動きがとれない状態だ。やってくるのは数時間後だろう。それだけの時間があれば、レイチェルの身にどんなことだって起こりうる。

エティエンは、かつては仕事場を構成していた数千ドルのこわれた機械類をにらみつけた。その一部をまた立ちあげて動かすことができれば、もっと早くだれかと連絡がとれるかもしれない——いちかばちかだが。なにしろ、パッジはすべてを念入りに破壊していったのだ。とはいえ、レイチェルの身にふりかかりかねないあらゆるひどいことを、ただじっとすわって想像しているよりはましだろう。

冷蔵庫からもうひとつ血液パックをつかみだしたエティエンは、それがしだいにあたたかくなってきているのをぼんやりと意識した。パッジは冷蔵庫にまでみごとに弾を当ててくれたらしい。だが、さして心配するほどのことでもなかった。すでに充分な血をとりこんだし、ちょっぴりあたたまっていても気にならないからだ。

エティエンは機械をいじくりまわす作業にとりかかった。

「わたしはマフィンに咬みついたりしないわよ」レイチェルは、マフィンという名の小さなテリアを、こちらの目の前にぶらさげているパッジをにらみつけた。そんな提案をしてくるなんてほんとに信じられない。この男はいかれているのだ。先刻、レイチェルが如才なく口をつぐんでいたのに勇気づけられたらしい彼は、本気でヴァンパイアになりたがっているのだと説明してきた――永遠の命を持ち、ヴァンパイア娘を腕に抱いて夜を駆けぬけるのは、かっこいいにちがいないと。パッジはみずからをB級ヴァンパイア映画の主役とみなしているらしく、やせっぽちで脂ぎったおたくのイメージは下取りに出して、さっそうとした夜の反逆児の人格を手に入れるつもりのようだ。ヴァンパイアになることで、外見や性格までもがなぜか変化するとでもいうみたいに。

　実際には〝あざけり〟である言葉を、相手が〝はげまし〟と解釈してくれることを祈りながら、こちらがもごもごとコメントすると、彼はかなり活気づいて、エティエンがヴァンパイアだと知ってからいろいろ夢想してきたのだと説明した。パッジの計画のひとつは、ついにエティエンを殺害したら、葬儀を注意深く観察してヴァンパイア娘を見つけだし――「だってほら、たぶんやつの葬式には、ヴァンパイア娘がおおぜい参列するだろうからさ」――一番気にいった女性を選んで、この住みかに連れ帰るというものだった。そうしたら、女性は彼自身を口にふくみ、そこに咬みつくことでヴァンパイアに――。

　レイチェルはその時点でパッジの言葉をさえぎり、〝彼のそこに咬みつくことを期待または強要しようとしているのなら、考えなおしたほうがいい〟と告げてやった。パッジが小首をかしげて応じる。「だけど、ぼくには杭がある。つまり〝力〟を持ってるんだ。きみは命じられたとおりにしなきゃならない」

レイチェルは、すっと目をせばめてちっぽけなゴキブリ野郎を見ると、冷静にこう言ってやった。「ええ。あなたには杭があって、ゆえに〝力〟も持っている——いまのところはね。でも、もしあなたのそこに咬みつくことを強要しようとしたら、そいつを即座に食いちぎってやるわよ。血のチューインガムみたいにね」吐き気が顔にあらわれていないことを祈りながら、むりして邪悪な笑みを浮かべる。

パッジが青ざめて脚を組んだようすから判断するに、こちらの警告は適切な抑止力になったらしい。彼は〝咬みついてヴァンパイアに変えてほしい〟とせまるのをたしかにやめたが、レイチェルをむりやり立ちあがらせて、地下室へ向かうよう命じてもきた。

そのときはさすがに、〝ちょっとやりすぎて自分の使いみちをなくしてしまい、墓穴を掘ったかもしれない〟と恐れた。しかし、パッジはレイチェルを殺さず、鎖で地下室の壁につないだのだ。彼は〝ヴァンパイア娘〟をこの家に連れ帰る準備を完全にととのえていて、どうやら彼女がすぐに協力的になるとは期待していなかったらしい。おそらく、すこし時間をかければ状況は変えられると思っているのだろう。ひょっとしたら、誘拐された被害者が犯人に好意を持つようになるという、ストックホルム症候群かなにかが効力を発揮して、問題を解決する助けになることをあてにしているのかもしれない。

いずれにせよ、パッジは「壁に歩みよって、足首と腿とウエストと首に鋼の枷《かせ》をはめろ」と命じてきた。レイチェルが言われたとおりに枷をはめ終えると、彼はクロスボウでこちらの胸を狙いつづけながら注意深く近づいてきて、肩と手首にも枷をとりつけた。そのあとパッジは、レイチェルをそこに残して上の階へともどっていった。拘束から逃れる作業にすぐさまとりかかったものの、今回の枷は、バンの車内ではめられた手錠よりさらに厚みがあって頑丈だった。しかも、枷は壁にとりつけられていて、両脚と両腕をひろげて立った状態では、全力を出すのがむずかしい。

すこし前、レイチェルがまだ枷と格闘して悪態をついているときに、上の階につづくドアがひらいてパッジが地下室にもどってきた。そして彼は、小さなふわふわの白いテリアを、首輪からつながったリードを持ってこちらの目の前にぶらさげると、歌うように「ディナーだよ」と告げたのだ。

「わたしはマフィンに咬みついたりしないわよ」と、いまレイチェルはくりかえしていた。哀れな犬がもがいて窒息しそうになっているのを見ていられず、無益に枷をひっぱりながらぴしゃりと言う。「そのかわいそうな犬をおろしてやって。それじゃあ窒息死してしまうわ」

「だけど、ぼくはきみに〝食事〟をさせなきゃならないんだ」とパッジは文句をたれたが、犬を床におろしてリードを階段の手すりに巻きつけ、こうつぶやいた。「でないと、ぼくを信頼するようになってくれないだろう？」

ぶつぶつひとりごとを言っている彼を、レイチェルは興味深くながめた。あまりにも長すぎる時間、この男が孤独にすごしてきたのは明白だ。明らかにかなり慣れたようすでつぶやきつづけている。「こいつはただのキャンキャンうるさいとなりの犬なんだ。いつもうちの芝生に糞《ふん》をしていく、ちびのワン公さ。なぜきみが単純にこのいやなやつを食ってぼくをいらいらから解放してくれないのかわからないよ。ぼくは――」

「だれかのふわふわした小さな飼い犬を食べるつもりなんかないわ」レイチェルは、とりとめもなくつむぎだされるパッジの思考を唐突にさえぎった。

彼が興味深げにこちらをちらりと見る。「鼠《ねずみ》はどうだい？　飼ってる蛇のために毎週届けてもらってるんだけど――」

パッジはそこで言葉を切った。レイチェルが身ぶるいしてかぶりをふったからだ。この件についてはコメントしたくもない。鼠を食べるですって？　かんべんしてよ。

「まったく、なんて好き嫌いが激しいんだ」とパッジが憤慨して言う。「こんなに世話が焼けるとわかってたら――」彼のいらだたしげな言葉は、チャイム音が家にひびきわたると同時にとぎれた。

なんの音かよくわからず、レイチェルはあたりを見まわしたが、それもパッジが歩いていって隅におかれたテレビをつけるまでのことだった。すぐに、この家の玄関とおぼしき映像がぱっとうつったのだ。エティエンとおなじく、パッジもハイテク機器にのめりこんでいるらしい。そう気づいたレイチェルは、ビールのTシャツを着た太鼓腹の巨漢が、片手を呼び鈴についてそこにもたれ、もう一方の手でどんどんとドアをたたいている映像を見つめた。

「兄さんだ」パッジが、はじめは浮かない口調で言ったが、とつぜん顔を輝かせてふりむいてきた。「彼の血を吸ってくれてもいいよ。あいつのことはあんまり好きじゃないんだ。ヴァンパイアに変える必要もないしね。どっちにしろ、腹立たしい大きないじめっ子なんだから」

「あなたのお兄さんに咬みつくつもりもないわ」そう考えるだけでショックを受けて息をのむ。まったく、わたしをなんだと思っているの？　パッジをいらだたせたものすべてを始末するためにつかわされた、彼専用の暗殺者だとでも？　本物の生きた人間に咬みついたことはこれまで一度もないし、いまそれをはじめるつもりもない。まあ、もちろんエティエンを除けばだけど、あれはむしろ……その……本質的には親密な行為だったわけだし、ぜんぜんちがうわ。見ず知らずの人に咬みつきはじめる気なんてかけらもない。

「そうは言っても、なにか食べなきゃならないはずだ」パッジはまたしてもいらだったように見えた。

この問題に終止符を打たなければと決意する。「お腹はへってないの。だれにも、なににも、咬みつくつもりはないわ」

「わかったよ、くそっ！」どうやらパッジは、レイチェルが咬みつかないのなら、兄の相手はしないことに決めたらしい。彼はテレビ画面に背を向け、兄が呼び鈴を鳴らしてドアをたたきつづけるあいだ、室内を行ったり来たりしていた。レイチェルが〝騒音で頭がおかしくなりそうだ〟と思ったちょうどそのとき、パッジのいじめっ子の兄はついにあきらめ、最後にドアを一回蹴とばしてから、カメラ映像の外に消えていった。

兄があきらめて立ち去ると、パッジはいくらか緊張を解いた。行ったり来たりするのをやめて立ち止まり、大きな金属製の棺桶とおぼしきもののふたの上に腰をおろして、不機嫌そうにこちらを見つめる。レイチェルは、〝自分はヴァンパイア娘としてはすごく期待はずれなんじゃないか〟という気がしてきていた。それをすこしもくやしいと思えないのがとても残念だ――と考え、そこでようやく地下室を見まわす。ここへおりてくるときにはちらりと見まわしただけだったし、拘束から逃れようとするあいだはながめるひまなどなかったからだ。いま地下室を見てみると、安っぽいヴァンパイアグッズの楽園だとわかった。半分はヴァンパイアを殺す武器でいっぱいで、残りの半分はヴァンパイアが必要とするかもしれないものだ。棺桶とか、フックにかかったマントとか、カウンターにおかれた偽物の牙とか、これまでに出版されたあらゆるヴァンパイア関連書とか。マントをはおったパッジが偽物の牙をつけてヴァンパイアのふりをしているイメージが浮かぶ。レイチェルはあきれて首をふった。彼は本当にいかれているわ。

「じゃあ、いつになったらお腹がすく？　好き嫌いの激しいきみは、厳密になにになら食べるんだ?」

ちらりと誘拐犯に目をもどしたレイチェルは、彼の肉親やペットの血を吸うようすすめてくるのをやめてくれたらと願って、正直に話すことにした。「いまは実際すこしお腹がへっているけど、わたしは人に咬みついたことは一度もないの。そうできるとも思えないわ」

その告白にパッジは驚いたみたいだった。「じゃあ、きみはどうやって〝食事〟してたんだ? エティエンにヴァンパイアに変えられたあと、きみは確実に〝食事〟をしてたはずだ。あれからもう十日はたってるんだから。きみは——」

「袋入りの血を飲んでいたのよ」と彼の言葉をさえぎる。

「袋入りの血だって?」そう考えてパッジはショックを受けたようだ。「つまり、病院なかで見る冷たい血液パックってことか?」こちらがうなずくと、彼はいやそうに顔をゆがめた。「うええええ」

レイチェルは相手の反応にあきれてぐるりと目をまわした。どうやらパッジは、ワインみたいに血を飲むより、人に咬みつくほうがいいと思っているらしい。ああ、彼はきっとすばらしいヴァンパイアになれるだろう。エティエンが言っていた『ならず者のヴァンパイア』のひとりに。パッジには絶対に咬みつかないようにしなければ。人類をおそう者として彼を解きはなつのはよくないことだ。

「まあ、そういうやりかたはぜんぶあらためるんだ。きみは——」パッジは、おそらくこちらが聞きたくないようなことを言う途中で言葉を切り、ふたたび玄関の呼び鈴が鳴ると同時に、例のテレビ画面にちらりと目をやった。彼のいらだたしげな視線を追うと、小柄でまるまるとした白髪まじりの女性の姿がうつっているのが見えた。ドアに向かってさけびながら、呼び鈴を押して木の扉をこんこんとたたいている。

今回は、パッジはリモコンをつかんでボリュームを上げ、彼女のわめいている言葉が聞こえるようにした。スタッカートぎみの声が、猛烈な怒りに満ちて室内になだれこんでくる。

「いますぐこのドアをあけなさい、ノーマン・レンバーガー。あなたがなかにいて、うちのマフィンを隠しているのはわかっているのよ！　あなたが裏庭からマフィンをかっさらっていくのが見えたんですからね。いますぐドアをあけないと、まっすぐ家にもどって警察を呼びますよ」

「くそっ」とパッジはつぶやき、立ちあがってどすどすと階段を登っていった。

レイチェルはテレビ画面に注意をもどした。ちょっと心配しながら、彼が応対に出るのを待つ。犬のマフィンを連れていかなかったのは、よくない兆候なのではなかろうか。

やがてドアがひらき、怒りくるった女性にパッジが愛想笑いするのが見えた。

「こんにちは、クレイブショー夫人」

「あいさつなんてよして、ノーマン！　わたしのマフィンはどこにいるの？」

女主人の声を聞きつけたマフィンが吠《ほ》えはじめたので、レイチェルは顔をしかめた。パッジは階段へつづくドアをあけたままにしており、犬の声がどうやら玄関にまでとどいたらしい。というのもつぎの瞬間、「マフィン！」とさけんだクレイブショー夫人が、パッジを押しのけて家のなかへ入ったからだ。彼女の姿はすぐにカメラ映像の外に消えた。

「どこなの？　わたしのベイビーはどこ？　マフィン？　マフィン！」老婦人が犬の吠える声をたどってきているいま、彼女の声は、テレビではなく上の階から聞こえていた。「マフィン！」

ついに声が階段のてっぺんまでたどりつき、女性の体が戸口をふさいだ。階段の手すりにリードでつながれて猛烈に吠えているマフィンを見つけたとたん、彼女の目が明るく輝く。

「逃げて！　警察を呼んで！」とレイチェルはさけんだが、もう手遅れだった。老婦人の目と耳は、マフィンだけに向けられていたのだ。彼女は、あとをつけてきているパッジをののしりながら、危険なほどの速さで階段を駆けおりた。一番下の段に着いて手すりからリードをほどこうとしている老婦人の頭を、パッジがクロスボウでなぐりつける。その動きで、セットされていた杭が発射された。それが自分に向かって飛んできたので、レイチェルはぐいと体を動かしてわきによけようとしたが、あいにく枷で定位置に固定されていて、どこにも逃げられない状態だった。杭がいきおいよく心臓に突き刺さった痛みに、レイチェルは悲鳴をあげた。

15

「お帰り」

レイチェルはその言葉に顔をしかめつつ、目をしばたたくようにしてひらいた。一瞬、自分がどこにいるのかよくわからなかったが、パッジの顔に焦点が合ったとたん、記憶がもどってきた。彼の視線を追ってみずからの胸に目をやると、スウェットシャツにぽっかりあいた穴から、血まみれになったレースのブラジャーがあらわになっているのが見えたので、思わず渋面をつくる。

「杭はぼくが抜いたんだよ」パッジがそう説明してきて、無傷のなめらかな肌にうっとりと視線をさまよわせた。「傷の治るのがめちゃくちゃ早いんだな。まず出血が止まって、穴がふさがり、傷跡さえ消えちまった。ほんとにすげーや！」

興奮した彼の顔から、うんざりして顔をそむける。『すげー』ね。だが、いまのレイチェルは、より多くの血をなにがなんでも必要としていた。大量の血を使わないかぎり、そんなけがを負って回復することはできなかったはずだ。命の液体を求める苦しみに、体がひきつるように痛んで悲鳴をあげている。目の前に立っているパッジの体内の血の匂いを、実際に嗅ぎとることができた。血が脈うちながら血管を流れていく音が聞こえるとさえ思ったほどだ。彼がもうすこし近づいてきたら、いかに誠意をつくしても、あっさり相手に咬みつかずにいられる自信はなかった。体が血を求めてさけんでいる現状では、人に咬みつく難業だってこなせる、とたしかに感じていた。

ぶるぶるとかぶりをふって、そんなふうに考えてしまったおのれを心のなかで叱《しか》りつける。わたしは、自分をコントロールできない魂のない吸血鬼なんかじゃない。エティエンがそう保証してくれたのだ。わたしは衝動と戦える。このやたらと杭を打ちたがる無能でつまらないおたくを言いくるめて、血液バンクから食べ物を奪ってこさせればいいだけのことだ。パッジに咬みついたりはしない。

部屋の反対側から聞こえてきたうめき声に、彼はちらりとうしろをふりむいて離れていった。血に満ちた匂いが運び去られてすごくほっとしたため、レイチェルは目を閉じて、パッジがそばにもどってくるまで彼のしていることには注意をはらわずにいた。さっきより強くなった血の匂いがいっしょにもどってくる。

「こいつを食うといい。殺してしまおうと思ったんだが、きみのためにとっておくことにしたんだ。きみには血が必要だ。こいつに咬みつけよ。ヴァンパイアのキスをしてやれ」

レイチェルはうめいて必死に顔をそらした。青ざめてまだ意識がもうろうとしているクレイブショー夫人を、パッジが事実上鼻先につきつけてきたからだ。老婦人はずっと意識を失っていたらしく、それは幸運だったと言わねばなるまい――すくなくとも、パッジになぐられたレイチェルの『すげー』治癒力は目撃されなかったのだから。いま問題なのは、パッジに老婦人の頭のてっぺんに切り傷があるという事実だった。血が髪のなかに流れでて、首をつたいおち、花柄のブラウスの肩にしみこんでいる。血の匂いは酔ってしまいそうなほどで、蠱惑《こわく》的かつ呪わしいものだった。自制心が衰えつつあるのが感じられる。クレイブショー夫人がすすり泣くような声を漏らしたとき、レイチェルは相手の顔をちらりと見おろした。老婦人はこちらを見てはいなかった。〝パッジは完全にいかれている〟と思っているのがありありとわかるおびえたようすで、彼をじっと見つめていたのだ。そんな彼女をだれが責められるだろう？　レイチェルはげんなりと考えた。だって、ヴァンパイアなんてものは存在しないのだから。

「さあ、こいつに咬みつけよ」パッジがじれったそうに哀れっぽくうったえてくる。

レイチェルはただ目を閉じてかぶりをふり、血の誘惑的な匂いから逃れようと顔を横にそむけた。べつの生き物を殺すくらいなら自分が死ぬ。実際に老婦人に咬みついてしまったら、血を吸いつくすまでやめられないのではないか――それがものすごく怖かった。そんな危険はおかせない。

「まだ充分お腹がすいてないわけか？」パッジががっかりした口調で言う。「まあ、きみが空腹になるまで、こいつをここにつかまえておくだけのことさ。そうか！」

とつぜんの大声に、レイチェルは用心深く彼に視線をもどした。なんともほっとしたことに、パッジは老婦人をまた部屋の反対側へせきたてていっているところだった。依然として血の匂いは嗅ぎとれるが、やや薄れて誘惑の力も弱まっている。しかし、ちらりとふりむいてきた彼の明るい表情には警戒させられた。

「きみはきっと疲れてるんだろうね？」と、パッジが老婦人を縛りあげながらきいてくる。「いままで思いつかなかったけど、昼間だからとかなにかそんな理由で、きみはたぶんヴァンパイア特有の倦怠感《けんたいかん》に苦しんでるにちがいない。とても起きていられなかったり、本当に衰弱してしまったりなんだりする状態なんだ」

わざわざ訂正してはやらなかった。ヴァンパイアに関して、パッジがすでに知っている以上の知識を与えるのは、彼にとっていいことではなさそうだ。

「さあ」パッジがレイチェルのそばにもどってきて、首と肩とウエストの枷をすばやくはずしてから、かがみこんで腿と足首の枷もはずしてくれた。作業する彼の頭をじっと見おろしながら、こんなに衰弱していなければ脱出するチャンスだったのに、と悲しい思いで考える。だが、体は深刻なほど力を欠いていて、衰弱のせいで筋肉はゴムみたいにぐにゃぐにゃになっていた。自分が一瞬より長く立っていられるかどうかさえさだかではない――このつまらない馬鹿をなぐって尻もちをつかせ、いそいで逃げることは言うまでもなく。

「ぼくの棺桶のなかで眠るといい」パッジがそう告げてきてまっすぐに身を起こし、すばやく手首の枷をはずした。彼は、こちらが衰弱していることに明らかに気づいている。でなければ、例のクロスボウをあとに残してきたりはしなかっただろう。しかし衰弱の原因については、胸に負った傷のせいで血を失ったからではなく、いまが昼間だからだと思っているらしい。とはいえ、大量に出血したわけでもないし、ダメージを修復するために血が使いはたされてしまったことを、むこうは知らないのだから当然か。

「もともとは、エティエンを誘拐してきてここに監禁するつもりだったんだよ」パッジが、さきほど目にとまった大きな棺桶へとレイチェルを導きながら、うちとけた口調で言う。「そうすれば、彼のコンピューター関係のアイデアをぜんぶしゃべらせたり、ひょっとしたらほら、ぼくの嫌いな連中を連れてきて咬みつかせたりすることができると思ったんだ。嫌いなやつはたくさんいるからさ。かなり長いあいだエティエンを監禁しておけたんじゃないかな。でもあとになって、そんな危険をおかすには彼は強すぎるって気づいたんだ」

パッジは、金属製の棺桶のふたをひっぱりあげて完全に押しあけ、赤いサテンの内張りをあらわにした。レイチェルは困惑ぎみに巨大なスペースをのぞきこんだ。二、三人くらいは楽々となかにおさまれるように見える。

「特注の棺桶さ」とパッジが教えてきた。「ぼくがヴァンパイアになったときのために、ヴァンパイアのかわい子ちゃんたちといっしょに入れるくらい大きなやつが欲しくてね」

その告白にレイチェルはあきれて首をふった。血への欲求で思考がしだいにぼんやりしてきてはいたが、この男がもう救いようもなくいかれているのはわかった。

「なかに入るんだ」パッジがそう指示してくる。

レイチェルは疲れきっていて、本気で横になりたかったが、進んで棺桶に入るなんてまっぴらごめんだった。コンクリートの床で眠るほうがまだいい。「いやよ」

唇から漏れたその言葉はあまりにもかすかだったので、彼には聞こえなかったらしい。

「さあ、入れったら」

「わたしは棺桶で眠るつもりなんかないわ」と、どうにかもうすこし強い口調で言う。

「もちろん眠るにきまってるさ」とパッジが主張した。「棺桶のなかに入るんだ。そうしたほうがよく眠れる」

なんとか首をふって相手をにらみつけたレイチェルは、彼の顔にすぐに不満の表情がよぎったのを見ても驚かなかった。つづけてパッジの表情が消える。

「棺桶のなかに入れ。さもないと、あの意地悪ばあさん《クラビーショー》を殺す」

その脅しに負けてレイチェルはがっくりと肩を落とし、こう認めた。「とてもじゃないけど――」

口にできた言葉はそこまでだった。いきなりパッジにすくいあげられて、ぞんざいなやりかたで棺桶のなかにほうりこまれたのだ。彼がいらだっていたせいなのか、たんに力が弱すぎて長く抱きあげていられなかったせいなのかはさだかではないが、どさりとなかに落とされたレイチェルは、その追加の痛みが全身にひろがると同時に息をのんだ。そうしてまともに動けなくなっているあいだに、一方の足首に新しい枷《クラピーショー》がカチリとはめられた。

「この鎖は、きみが空腹になったときに、棺桶から出て意地悪ばあさんの血を吸えるくらいには長い」とパッジが説明してくる。「だが、地下室から逃げだせるほど長くはない。よく眠ってくれ!」

ふたがばたんと閉まった。

レイチェルはたちまち過剰なまでの暗闇にとりかこまれた。弱々しく片手を上げると、棺桶のサテンの内張りにつきあたった。パニックにのみこまれそうになる。以前からちょっと閉所恐怖症ぎみではあったが、いまこの瞬間にはその傾向が強まっているみたいだった。むりやり深く息をして、のばした手をまた弱々しく胸の上に落とし、自分自身をおちつかせようとする。とにかくすこしのあいだ休むことにしよう。休んで力をとりもどし、パッジがいなくなったらこっそり抜けだして、そして……。

そこで思考がはっきりしなくなる。こっそり抜けだしてからどうするの? そもそも抜けだすことさえできるのかしら? 血をとりこまなければ、体力を回復できる見込みはない。それどころかどんどん衰弱していって……。ああたいへん、エティエンはどこ? 彼がここにいてわたしをこのごたごたから救いだしてくれないのはどうしてなの? こっちは、たやすく血を入手できるオフィスにエティエンを残していくことで難を逃れさせてやったんだから、すくなくとも彼はわたしに手をかしにきてくれてもいいんじゃないかしら。

息をするのがしだいにむずかしくなっていく。この棺桶のなかには充分な空気がないように思えた。すべての空気を吸いつくしつつあるにちがいない。ここで窒息して死んでしまうのだ。

むりやり自分をおちつかせ、たんなる閉所恐怖症のせいだと言い聞かせる。わたしは死んだりしない。ヴァンパイアが酸欠で死ぬことがあるなんて、だれも言ってはいなかった。とにかく、平静をたもって待たなければ。エティエンがきっと来てくれる。

エティエンは眉をひそめてドアのほうをちらりと見た。確信は持てないが、なにかが聞こえた気がしたからだ。数時間とも思えるあいだいじくりまわしていた、焼け焦げた回路の山を残して立ちあがり、ドアへと歩いていって耳を押しあてる。

「エティエン」ドアごしのその呼びかけはとてもかすかで、かろうじて聞きとれるかどうかというものだったが、それでも聞こえたことに変わりはなかった。家族が来てくれたのだ。安堵の思いが全身にわきあがったが、困惑がただちにあとにつづく。どうして兄さんは思考を使って話しかけてこようとしなかったんだろう。そういぶかしく思った瞬間、いくつかのちがった思考がいっせいに心にぶつかってきているのに気づいた。たぶん、みんなはずっと精神的にコンタクトをとろうとしていたのに、自分はコンピューターをいじくりまわすのに没頭していて、外の思考に対して無意識に心を閉じてしまっていたのだ。

《エティエン？　だいじょうぶか？》

《なにがあったんだ？》

《ドアをあけることができないのよ》

一度にどっと押しよせてきたそうした思考はやや混乱したものだったが、バスチャンとルサーンと母の三人全員がドアのむこうにいるとわかった。

《パッジにドアの開閉パネルをこわされたんだ》と思考を送りかえす。《ぼくはだいじょうぶだけど、レイチェルがさらわれた。そっちからドアをあけてくれ》

《どうやって？》その言葉ははっきりしていたが、パッジに対するいろいろと不愉快な思いやレイチェルを心配する気持ちもうかがえた。一瞬、きかれたことについて考える。自分が外にいたらこの手でドアをあけられたはずだが、家族のほかのメンバーは理工学的な知識はあまり持っていない。どこがこわれているのかパネルを見られれば、たぶん家族に手順をくわしく説明できるだろうが、そうでない場合、一番てっとりばやい方法は——。

《アセチレントーチが要る。ドアロックのまわりの鋼を切断してもらわないと》家族がそれを理解し、必要なトーチを求めてひとりが立ち去ったことを確認してから、エティエンはこうたずねた。《いま何時だい？》

《午後六時をすこしまわったところだ》という答えを聞いて目を閉じる。たしかなことは言えないが、パッジが押し入ってきたのは正午ごろだったはずだ。つまり、レイチェルはもう六時間以上もやつにとらえられていることになる。ああ、どうか彼女がぶじでありますように。

大きなロックミュージックの音でレイチェルは意識をとりもどした。目をあけて、容赦ない暗闇をじっと見つめる。たちまち呼吸がしづらくなってきた。まるで、棺桶のなかの空気がすべてなくなってしまったみたいに。ふたたびパニックの波にのみこまれたが、今回はそれが有利に働いた。パニックにともなってアドレナリンが急増し、棺桶のふたを押しあげるのに必要な力を与えてくれたのだ。といっても、あまりにも衰弱していたため、どうにか数センチ持ちあげられただけで、そのあとはふたと棺桶本体とのあいだに片手を残したままにして、また閉まってしまうのを防がなければならなかった。ふたが手に食いこんでくる痛みにレイチェルは顔をしかめたが、いま体内にすべりこんできている追加の空気のためなら、そうする価値は充分にあると思えた。力をかきあつめてゆっくりと身を起こし、外の地下室内が見えるところまで棺桶のふたをむりやり押しあげる。

最初に見えたのは、縛りあげられたクレイブショー夫人が壁によりかかっている姿だった。老婦人には意識があって、部屋のむこう端のなにかを目をまるくして見つめている。それがなんなのか確認しようとしたものの、ちらりと見えたのはひらいたドアだけだった。この棺桶の位置からでは、ごく一部を除いて、となりの部屋の大部分は見ることができない。パッジの姿はどこにも見あたらなかった。自分の体を半分ひきあげ半分押しやるようにして、棺桶の横の壁を乗りこえはじめる。するととつぜん、エティエンの家での最初の朝、彼が棺桶から身を起こしてなめらかな動きでとびだしてきたときのことを思いだした。あんなふうに動ける力がいまこの瞬間にあればと願ったが、とにかくよじのぼって出られるだけ運がよかったと考えることにする。自分はまじりけなしの決意のみで動いているのではないか、と思うからだ。血が必要だ。ここから脱出しなければ。

レイチェルはどうにかむりやり棺桶の縁を乗りこえ、あとは重力に仕事をまかせた。床にころげおちたとたん、口からうめき声が漏れる。そのときの騒音と足首にとりつけられた鎖がカチャカチャと鳴る音は、となりの部屋から音楽がうるさくひびいてきているにもかかわらず、信じられないくらい大きく聞こえた。いまにもパッジが足を踏みならして近づいてきて、脱出劇をだいなしにされるのではないかと覚悟しながら、自分に呼吸をととのえる機会を与える。

レイチェルは目をあけてクレイブショー夫人のほうを見た。老婦人は現在、レイチェルと部屋の反対側の両方に、まるくした目を交互に向けている。彼女の顔に浮かぶ表情は、こちらを恐れているのか心配しているのか、どちらかよくわからないものだったが、レイチェル自身が動かなければならないことはわかっていた。

とても立ちあがれそうにはなかったので、うしろに鎖をひきずりながら、四つんばいになって老婦人のほうへ近づいていく。「だいじょうぶですか?」

クレイブショー夫人がどうにか弱々しいほほえみを浮かべた。「ええ、平気よ。でも残念ながら、ノーマンは完全に頭がおかしくなってしまったみたいなの。彼は自分をヴァンパイアだと思っているらしいわ」

老婦人の視線をたどってドアに目をやると、ちょうどパッジが通りすぎるのが見えた。壁にぶらさがっていた長いマントが、いまは彼の体のまわりでひるがえり、口には偽物の白い牙がきらめいている。

「本当にいかれているわね」クレイブショー夫人が嫌悪感もあらわに言った。とつぜん立ち止まったパッジが、来た道をふりかえり、片手でマントの裾をあごまでひっぱりあげて、室内のこちらからは見えないところにある鏡とおぼしきものをいやらしい目つきでながめる。

「そなたの血を吸いたいのだよ、ベイビー」彼がすごくへたなドラキュラのものまねでそう言うのが、音楽ごしにかろうじて聞きとれた。

「ええ」とレイチェルは同意した。「本当にいかれています」

「警察を呼ぶわけにはいかないよ。だいたい彼らにどう話すのさ? いいかい」と、エティエンはルサーンとバスチャンの言葉をさえぎった。こちらがようやくオフィスから解放されて以降、兄ふたりはずっと議論しつづけていたのだ。自由になってから永遠の時間がすぎたように思えたが、実際には数秒しかたっていないのかもしれない。しかし、むだに費やされる時間のすべてがエティエンには耐えがたかった。レイチェルのところに行かなければ。

「警察を呼ぼうが呼ぶまいが好きにしてくれ。だけど、ぼくはパッジの家に向かう。やつはそこにレイチェルを連れていったにちがいない」

「あなたひとりでは行かせないわ」母がそうきっぱりと言う。「全員で行きましょう」

「警察はどうするんだ?」とバスチャンが主張する。「これは、じゃまなパッジを排除する絶好の機会なんだぞ。彼は実際にレイチェルを誘拐したんだから、きっと投獄されることになる」

「いずれにせよ、かならず片をつけてやるさ」エティエンは決然と応じて、一階への階段を登りはじめた。

「おまえは携帯電話を持ってるだろう、バスチャン」とルサーンが指摘する。「パッジの家に向かう途中で警察を呼べばいい。匿名の通報にするって手もある。〝どこかの男が女性に銃をつきつけてむりやり家に連れこむのを見た〟ってな」

「名案だ」バスチャンがあとについてキッチンへと入りながら同意した。「パッジはどこに住んでるんだ、エティエン?」

エティエンはためらった。心のなかではレイチェルの姿が見えつづけている——ナイフの薄い刃の下ののどに、血のつぶがつらなったすじができていても、不安を隠して勇敢にふるまおうとしている姿が。エティエンは、このすべての馬鹿げた事件が起きて以来はじめて、パッジと呼ばれているあの救いようのない男を殺してやりたいと思った。

「エティエン」母のきっぱりとした声には警告のひびきがあった。明らかに、こちらの考えていることがわかっているのだ。母なら、〝エティエン自身のためだ〟と、ルサーンとバスチャンに指示して、パッジの住所を教えるまで拘束させることだってやりかねない。オフィスから自力で脱出できなかった自分が呪わしかった。そうできていれば、パッジはすでに死んでいて、レイチェルの身は安全だったはずなのに。

以前は、パッジが象徴している問題を解決するために彼を殺すというのは、極端な手段に思えていた。パッジは、嫉妬と怒りに突き動かされたひどく哀れな男だったからだ。あのけちなずるい男のことを、実際気の毒に感じてもいた……いままでは。だがいまは、チャンスがあるときにやつを殺しておけばよかったと本気で思っている。

「行く途中で住所を教えるよ。警察が来る前にパッジの家に着きたいんだ。警官があらわれたら、レイチェルの安全がおびやかされかねないからね。その場にいて、彼女がぶじなことをたしかめないと」エティエンはそう言いながら、先に立ってガレージへと向かった。

レイチェルは、クレイブショー夫人の手首に巻きつけられたロープと格闘していた——となりの部屋をはねまわっている馬鹿な男に注意をそらされてはいたが。パッジは、ドアの前をさっと通りすぎては、ヴァンパイア映画『ロストボーイ』のサントラとおぼしきものに合わせて、ポーズをとったり踊ったりしつづけている。幸い、彼は牙をひらめかせたりヴァンパイア流のへたなくどき文句をためしたりするのに忙しくて、レイチェルが棺桶から出て老婦人を自由にしようと努力しているのには気づいていなかった。

あくまでも〝努力している〟だが。レイチェルはため息をついてロープに注意をもどした。パッジは本当にしっかりとロープを結んでおり、こちらにはごくわずかな力しかない。クレイブショー夫人の横で、壁にぐったりともたれかかって作業している状態なのだ。老婦人のまるまるとした体に隠れてドアのほうからは見えない位置だが、まっすぐに身を起こしていられる唯一の方法でもある。レイチェルは、自分が刻一刻と衰弱しつつあり、頭を働かせるのがますますむずかしくなってきているのに気づいた。しかもいまは、汗がダイヤモンドのごとくきらめいている老婦人ののどに、心惹かれるほど近い距離にいる。相手の不安と恐れが嗅ぎとれたが、それ以上に圧倒的なのは血の匂いのほうだった。ロープと格闘しつつ、クレイブショー夫人に咬みつこうとする本能とも戦っていたのだが、どちらの戦いにも敗れつつあるようだ。老婦人の首をふたたびちらりと見ると、目に涙がこみあげてきた。

〝ほんの一口ちょっぴりかじるだけよ〟と心が誘惑してくる。〝ロープをほどく力をとりもどせる程度に〟と。

「だめ」レイチェルは自分自身にきっぱりと言い聞かせた。

「なにが『だめ』なの？」とクレイブショー夫人がたずねてくる。

首をふったレイチェルは、とつぜんマフィンが一声吠えたので、必死にあたりを見まわした。パッジの注意をひいてしまうことを恐れ、犬を静かにさせなければと思って、「しーっ、マフィン、いい子ね」とささやく。

小犬はすわったが、その視線は階段に釘づけになっていて、期待するようにしっぽをふっていた。体をひねって階段のほうを見たレイチェルは、エティエンがおりてくるのを目にしたとたん、心臓がのどにつかえたみたいに感じた。ついに来てくれたのだ。

「よかった」とうめいて、深々と壁によりかかる。彼が到着したのはまさにすんでのところだった。あと一秒遅かったら、自分をけっして許せないようなことをしてしまっていたかもしれない。おそらくクレイブショー夫人も許してくれなさそうなことを。

「レイチェル」エティエンがひたいにキスしてきたので、レイチェルはまぶたを小刻みにふるわせてひらいた。

「ああ、来てくれたのね」とささやき、彼の唇がおりてきて自分の唇に押しつけられると同時に黙りこむ。それは、ほとんど〝うやうやしい〟とも言える甘いキスだった。

「もちろん来るさ。きみのことをたいせつに思ってるんだから」

エティエンにキスされたときにゆっくりと閉じていった目を、そこでふたたびぱっとひらく。いまのは愛の宣言ではなかったが、すてきな言葉であることに変わりはない。「本当に？」

彼はこちらの表情を見てほほえみ、顔から髪をはらいのけてくれた。「どうしてたいせつに思わないわけがある？　きみはきれいで、勇敢で、知的で、めちゃくちゃ頑固なんだから」レイチェルが唇をゆがめると、エティエンはにやりと笑ってこうつけくわえた。「しかも、ぼくのゲームを気にいってくれてる。つまり、きみはものすごく趣味がいいってことだ」彼はまたキスしてきた。

「えへん」

クレイブショー夫人のかなり大きな咳ばらいに、ふたりはぱっと体を離した。老婦人が心苦しそうなほほえみを浮かべる。「だれだって恋人を愛しているのでしょうけどね。なにごとにもふさわしいときと場所というものがあるわ。そして実際、いまはふさわしいときでもなければ……」彼女は鼻にしわを寄せてあたりを見まわした。「ふさわしい場所でもないのよ、本当に」

「すみません」エティエンが魅力的にほほえんで応じる。

「彼女のロープをほどくのに苦労してたところなの」とレイチェルは彼に言った。

「このかわいそうな娘さんはひどく衰弱しているのよ」クレイブショー夫人が、エティエンがロープをほどきはじめたときにそう告げた。「娘さんがどれくらい長くここに監禁されていたのかは知らないけど、どう見ても食事を与えられていなかったのね。なぜか、彼はこの子を〝ヴァンパイア〟と呼びつづけていて、わたしやマフィンの血を飲ませようとしたのよ。ノーマンは明らかに正気を失っているんだわ」

「ノーマン？」エティエンが驚いて手を止める。「パッジのことですか？」

「〝パッジ〟ね」老婦人は嫌悪感もあらわに舌打ちした。「本人はそう呼べと言い張ったけど、彼のお母さんのノーマはそのニックネームをひどく嫌っていたわ。彼女の哀れな魂が安らかでありますように。ほら、ノーマは愛すべき女性で、よき隣人でもあったのよ。彼女が亡くなって、ノーマンがひとりでここに住むことになったあの日は、暗い一日だったわ。ノーマが生きていたときには、彼女が息子を監督していたけど、〝母親を亡くした瞬間にノーマンは堕落してしまう〟とわたしにはわかったの。できれば彼にはどこかへひっこしてほしかった。でもだめ、ノーマンはとどまるしかなかったのよ。彼のお兄さんがそれをあまりこころよく思っていないことも、わたしとしては責められないわ。この家は売却して利益を兄弟ふたりで分けあうべきなのに、ノーマンがここをめちゃくちゃにしていては、きっと売れないでしょうからね。彼はわざと散らかしているんだと思うのよ。お兄さんもそう思っているわ。彼は――」

「えーと――失礼？」とエティエンが口をはさむ。「ロープはもうほどけました。ぼくがレイチェルを自由にするあいだに、警察を呼びにいってくださいませんか」

「あら、残念だけど、この子を自由にするのは枷をはずす鍵がないとむりだと思うわ。とはいえ、ええもちろん、わたしが警察を呼んできてあげますとも」

クレイブショー夫人は長時間縛りあげられていたため、立ちあがるには手助けが必要だった。レイチェルがながめるなか、エティエンが老婦人をてつだって犬のほうへといそがせる。というのも、彼女が〝マフィンをいっしょに連れていく〟と言い張ったからだ。彼は、老婦人が階段を登っていくのを見まもったあと、いそいでレイチェルのほうにもどってきた。

「どれくらい悪い状態だい？」と、ふたたびこちらのそばにひざまずくと同時にたずねてくる。「きみが苦痛におそわれてるのはわかる。やつはまたきみにけがをさせたのか？」

レイチェルはうなずいた。「偶発的な事故だったのよ。パッジがクロスボウでクレイブショー夫人の頭をなぐったとき、杭が発射されてわたしの胸に刺さってしまったの」

エティエンは悪態を漏らしつつ、シャツの下から血液パックを一袋とりだした。「あたたまってて量も充分じゃないだろうが、とりあえずほんのちょっとは苦痛がやわらぐはずだ」

たとえバクテリアだらけの血でも気にはしない。レイチェルは血液パックを口もとへ持っていき、牙を思いきり突き刺した。なかの液体が消えていくのがあまりにも早かったので、自分がそれをとりこんでいるのがほとんど信じられなかったくらいだ。だけど、実際にすこし気分がよくなった。しかもすぐに。でも、本当にすこしだけで、かすかに痛みがやわらいで力をちょっぴりとりもどせたかどうかというところだ。まあすくなくとも、ただちにだれかに咬みつかないと気絶してしまうような感じではなくなった。

血液パックの血を最後の一滴まで吸いつくしてから、袋をくしゃくしゃにまるめてポケットに押しこむ。すると、エティエンが足首の枷をガチャッとこじあけてくれた――紙でもできているみたいにやすやすと。オフィスの冷蔵庫に入っていた血液パックのおかげで、彼は明らかに完全に力をとりもどしたらしい。

「オフィスからどうやって脱出したの？」と、立ちあがるのをてつだってもらったときにたずねる。

「母さんとルサーンとバスチャンが助けだしてくれたんだ」エティエンがそう答えた。「アセチレントーチでドアに穴をあける必要があったけどね。三人とも外のバンで待ってるよ」とつけくわえる。「じつは、そこで待っててくれと説得するのは、かなりめんどうなことでもあったんだ。〝パッジを殺さない〟って約束しなきゃならなくてさ」

ふらついたレイチェルを、エティエンが胸で受けとめてくれた。彼の顔には懸念の表情がちらついていたが、目から放たれている激しい怒りを隠せてはいなかった。パッジに気づかれて避けられない戦いが起こる前に、エティエンをここから連れだすのが賢明なように思える。約束があろうとなかろうと、彼がパッジを殺さないとは――もしくは、そうしようとして逆に殺されないとは――信じられなかったのだ。

「バスチャンのバンに行けば、もっと血液パックがある。きみをそこまで連れていってから、もどってきてパッジのめんどうをみるよ」

「いいえ。彼のことは警察にまかせればいいわ、エティエン」とあわてて言う。

「いや、ぼくが――」

「なんてこった！」

レイチェルとエティエンは、ふたりそろって部屋の反対側の端をふりむいた。パッジが戸口で凍りつき、ショックを顔に浮かべてこちらを見つめている。

エティエンがただちにパッジのほうへ向かいはじめたが、レイチェルはその腕に必死にしがみついてどうにか彼をひきとめた。あるいはひょっとしたら、自分の存在をエティエンに思いださせただけだったのかもしれない。いずれにせよ、彼は立ち止まってレイチェルを見おろすと、みずからのうしろに隠すようにして、パッジと相対すべく向きなおった。しかし、肝心の相手はいなくなっていた。レイチェルがエティエンの気をそらしているあいだに、パッジは姿を消していたのだ。

「やつはどこに――」と言いかけたエティエンが、そこで言葉を切ってすこし背すじをのばす。彼は後方の階段に向かってレイチェルを押していき、クロスボウを手にしたパッジがふたたびあらわれたときには、自分の体でこちらをかばってくれた。新しい杭がセットされたクロスボウは、まっすぐにエティエンの心臓を狙っていた。

16

「ひどく時間がかかってるわね」

バスチャンはバンの運転席で身じろぎし、バックミラーにうつった母の顔をちらりと見た。母の表情には、声からも聞きとれた不安と懸念があらわれている。バスチャンもおなじ不安と懸念を味わっていた。パッジことノーマン・レンバーガーの家に、弟のエティエンをひとりで行かせるのを、一番しぶっていたのがバスチャンだった。とても冷たく怒りくるった弟がなにをしでかすか、と恐れていたのだ。だが、これはエティエンの問題で、彼の恋人にからむ彼自身の戦いであり、結局バスチャンは弟に処理させることにした……そうする力がないと証明されるまでは。

「そんなに時間はたってないよ」と、ルサーンが助手席から言う。「忘れちゃいけないのは、エティエンがまず――。あれはなんだ？」

パッジの家にちらりと視線をもどしたバスチャンは、年配の女性が駆けだしてくるのをちょうど見ることになった。その小柄でふくよかな白髪まじりの髪の女性は、両腕で小さな毛の塊をかかえている。いそいで庭を横ぎってとなりの家に入っていく彼女の姿を、車内の三人は黙ってながめていた。

「あまりいいことのようには見えないわね」と、母が全員の共通した思いを口にする。パッジがレイチェルをここに監禁していることは予想していたが、家のなかにべつのだれかがいる可能性など考えてもみなかった。こうなると、どう判断したらいいのかわからない。あの女性はパッジの家でなにをしていたんだろう？　彼女は、エティエンあるいはレイチェルの姿を見たのか？　地獄の悪魔全員に追いかけられてでもいるみたいな逃げかただったが。

「あなたたちも家に入って、エティエンに助けが必要かどうか見てくるといいんじゃないかしら」と、母が心配そうな声で言う。

バスチャンはルサーンとちらりと視線をかわしあい、兄の心のなかのためらいを読みとった。実際に干渉するべきなのか、ふたりとも確信が持てなかったのだ。もしもエティエンがすべてをうまく処理していたら、彼は干渉をありがたくは思わないだろう。弟は多くを語らなかったが、彼にとっては、自力でレイチェルを見つけて救いだすことこそが重要なのは明らかだった——これほどひどい目にあわされた相手をどうにかすることは言うまでもなく。

「もう二、三分くらい時間をやってもいいんじゃないかな？」ルサーンが最終的にそう提案し、バスチャンもうなずいた。三人とも黙りこんでパッジの家に注意をもどす。短くて緊張感あふれる待ち時間だった。遠くからサイレンのかんだかい音が聞こえてきたとき、三人はすわったまま身をこわばらせ、用心深く視線をかわしあった。サイレンの音が近づいてくるあいだ、その場でじっと動かずにいる。ここは大きな街だから、問題の車両は警察と消防いずれの可能性もあるし、かならずしもここに向かってきているとはかぎらない。

しかし、三人が待機している通りにパトカーが入ってくるのが見えたので、バスチャンとルサーンはそれぞれのドアハンドルに手をのばした。

「待って」と、母が大声を出してふたりを止める。兄弟はそこにとどまったが、車の窓はあけて外をうかがえるようにした。問題のパトカーが、さっき女性が駆けこんでいったばかりの、パッジのとなりの家の私道に入っていく。すると、彼女がまた外に走りでてきて、なにか小さくて毛におおわれたものをまだしっかりと胸に抱いたまま、パトカーへといそいだ。車には警官ふたりが乗っている。ひとりは小柄な金髪の男で、もうひとりは背の高い黒髪の男だ。運転席からおりてドアをばたんと閉めた近いほうの黒髪の警官に、女性は駆けよっていった。

「彼は頭がおかしくなったんだわ！」と、老婦人がかんだかい声でわめく。「自分をヴァンパイアだと思っているなんて！　彼はわたしのマフィンを食べようとしたのよ！」

「『わたしのマフィン』ってのが、彼女が抱いてるあの毛玉であることを切に願うよ」ルサーンがそんなふうに乾いたユーモアを口にして笑わせてくれたおかげで、バスチャンはとらえられていた緊張感からいくらか解放された。

「だれの頭がおかしくなったんですか?」と、金髪の警官が車をまわりこんでふたりに合流しながらたずねるのが聞こえる。

「ノーマンよ。となりの家のね」老婦人は、エティエンが姿を消していった家を指さした。「彼は、あのなかにかわいそうな娘さんを鎖でつないで監禁しているの。ニュースで流れていた例の女性だと思うわ。病院で働いていて、十日くらい前に行方不明になった女性よ。青白い顔をしていて、すごくぐあいが悪そうだった。ノーマンは明らかに食事を与えていなかったんだわ。そして、わたしの犬を彼女に食べさせようとしたのよ」

「あなたの犬を?」黒髪の警官が嫌悪感もあらわに問いかける。

「わたしのマフィンをね」老婦人は腕をかすかに上げて、抱いていたふるえる毛の塊をいとおしげになでた。

「それは、彼自身があなたのマフィンを食べようとした前ですかあとですか?」と、金髪の警官がちょっとおもしろがるようにたずねたので、バスチャンは眉をひそめた。すくなくとも警官の一方は明らかに、彼女は少々頭がおかしいと思っているようだ。どうやら、そう推測したのはバスチャンだけではなかったらしい。老婦人はすっと目をせばめて金髪の警官を見た。まるで、一年生の担任の先生が、クラス内に問題児を見つけたときみたいに。

「馬鹿にしないでちょうだい。わたしはいかれた愚かな老人なんかじゃないんですからね。あの家のなかにいるふたりは、いまこの瞬間にも危険にさらされているのよ」

「ふたり?」と金髪の警官がきいた。

「ええ。ニュースで見たかわいい赤毛の娘さんと、ハンサムな若い男性のふたりよ。地下室に入ってきた彼が、わたしとマフィンを自由にしてくれて、警察を呼ぶように言ったの」

　警官たちは、パッジの家をちらりと見やってから老婦人に視線をもどした。

「そのふたりはどうしてあなたといっしょに逃げてこなかったんです?」と金髪の警官がたずねる。

「わたしは縛りあげられていただけだったから、すぐにほどいてもらうことができたけど、娘さんのほうは鎖で棺桶につながれていたのよ」

「棺桶?」

「さっきも言ったように、ノーマンは自分をヴァンパイアだと思っているの」老婦人がいらだたしげに説明した。「彼は正気じゃないわ! だから、外のここでぐずぐずしているのはもうやめて、あの若者が娘さんを救いだすてつだいをしにいきなさいな。それがあなたたちの仕事なんですからね」

　ふたりの警官はまだためらっていた。明らかに、彼女のとっぴな主張をどうとらえるべきかよくわからずにいるようだ。すると、老婦人は愛想をつかしたような声をたて、パッジの家のほうに向きなおった。「いいわ。わたしがあの若者のところへ行って、外に連れだしてくることにしましょう——彼がすでに、たちの悪いノーマンに気づかれて殺されていなければの話だけど」

老婦人がみずからの庭を出てパッジの庭を横ぎりはじめると、警官たちは凍りついた状態からぱっと目ざめていそいで彼女を追いかけた。この小柄な女性は、その気になればちゃんと行動に出ることができるのだ。警官たちが追いつくより早く、彼女はパッジの家の玄関ポーチに上がってなかへ入っていった。

「ぼくをヴァンパイアに変えてくれよ」

レイチェルは体をすこし横にずらして、エティエンの肩ごしにパッジを見た。彼がクロスボウを手にふたたびあらわれてから、緊張に満ちた沈黙がつづいたあとで、そんな言葉を聞くことになるとはぜんぜん予想していなかったのだが。

「さあ」と、パッジが哀れっぽい声でうったえてくる。エティエンとレイチェルの両方が、ぽかんと相手を見つめるばかりだったからだ。「なんであんたたちだけがいい思いをしてるんだい？ ぼくをヴァンパイアに変えてくれ。たのむよ」

エティエンが、パッジの懇願が本気なのかどうかたずねるみたいに、レイチェルのほうをちらりと見た。

「ぼくをヴァンパイアにしてくれたら、あんたに安らぎを与えてやるからさ」とパッジがうけあう。

「安らぎ？」エティエンが驚いてオウム返しに言った。

「ヴァンパイアってのはいつだって安らぎを求めてるものだろ」パッジは、まじめにそう告げてきてから眉をひそめた。「まあ、たいていの場合はね。映画のなかだと、杭を打たれたヴァンパイアは、安らいだような顔をするじゃないか。ときには、杭を打った相手に礼を言うことさえある。ドラキュラは例外だけどさ。彼が安らぎを求めてるとは思えないけど、すごく長く生きてきたわけだし」パッジは興味深そうにエティエンを見つめた。「あんたはドラキュラに会ったことはあるのかい？」

「パッジ、作り話と現実のちがいを理解してるか？」とエティエンがたずねる。

「もちろんだよ」パッジが顔をしかめて応じ、いらだたしげにこうつけくわえた。「いいからさっさとぼくをヴァンパイアに変えてくれ。そうしたら、あんたを眠りにつかせてやるからさ」

エティエンが短い笑い声を漏らした。「おまえは、自分がほのめかしてることの意味をちゃんと考えてるのか？　〝永遠の命をくれ……お返しに殺してやるから〟と、たのんでるんだぞ？　もしもーし。おまえは永遠の命を求めてる。なのに、ぼくがおなじものを求めてないなんてどうして思うんだ？」

「ああ、よしてくれよ。あんたはもううんざりしてるにちがいないんだ。実際の年齢はいくつだい？　五、六百歳ぐらいか？」とパッジが推測する。「あんたはそうとう年をとってるはずだ。ぼくはアルジェノ一族の名前を調べて、その歴史がとても古いことに気づいたんだよ。中世にさかのぼる時代に、ルサーン・アルジェノに関する記述があったけど、彼はあんたの兄さんなんだろう？　レディー・マルグリートがどこかのクロードとかいう男と結婚した、って記述もあった。それがあんたの両親だってことはわかってるんだ」

レイチェルは、エティエンのぎょっとした表情に気づいた。どうやら彼は、パッジが調べものをするなんて思ってもみなかったらしい。調べられたという事実や、いまや家族もおなじく標的にされかねない可能性を、エティエンがこころよく思っていないのは明らかだ。レイチェルはうんざりして首をふった。彼の家族のことを持ちだすなんて、パッジの馬鹿には災いがふりかかるにちがいない。エティエンはたいていの場合きわめておおらかだが、保護意識にあふれた性質も持っており、それが前面にあらわれつつあった。ふだんはほほえんでいる彼の顔は、冷たくこわばった仮面と化している。

エティエンがすばやく動き、またたくまに部屋を横ぎってパッジののどをつかんだ――あまりにも速すぎて、クロスボウで制止するひまもなかったほどだ。パッジがクロスボウをとりおとしたとたんに発射された杭は、無害に壁に当たった。彼が黒いジーンズの前ポケットに手をつっこんだのが見えたが、レイチェルはその意味を理解していなかった。やっかいなことになりそうだと気づいたのは、パッジがリモコンをひっぱりだしていくつかのボタンを押したときだ。光がたちまち室内で爆発するとともに、ウィーンという音が空気中に満ちた。

太陽灯があたたかな光をふりそそいでくるのを、レイチェルはぽかんと口をあけて見つめた。つづけて首を横にひねると、ウィーンという音の正体が判明する。巨大な十字架が壁のくぼみからすべりでてきて、ふりこのように部屋を横ぎろうとしていたのだ。視線をさっとエティエンに向けると、彼もとつぜんの光と音の爆発に驚いて、おなじくぽかんとしているのが見えた。だが、彼にぶつかっていく全長百八十センチほどの十字架は目に入っていないらしい。

レイチェルが警告のさけびをあげたときにはもう手遅れで、ただエティエンを問題の大きな十字架のほうにふりむかせて、ちょうど真正面から衝撃を受けさせることになっただけだった。彼が後方にはねとばされてむこうの壁に激突すると、レイチェルはふたたびさけび声をあげた。そちらへ駆けだしたレイチェルだったが、パッジがいまなにをしようとしているのかが見えたとたん、方向を変えて代わりに敵のほうへと走っていった。エティエンが倒れた瞬間に、パッジはかがんでクロスボウをひろいあげ、ポケットから新しい杭をひっぱりだしたのだ。

いそいだにもかかわらず、パッジのところにたどりついたときには、もう杭が武器にセットしなおされていた。背後から近づいていったレイチェルの姿は相手には見えておらず、その事実を利用して彼の背中にとびかかる。パッジはかんだかい声をあげてまっすぐに身を起こし、こちらをふりおとそうとしたが、獣じみた怒りが全身にあふれるなか、レイチェルは猿のごとく彼にしがみついていた。片腕をパッジの腕と胸にまわし、もう一方の腕は蛇のように彼の首に巻きつけてあごをつかむ。パッジの頭を横にひねったときには、なにも考えていなかった。そうさせたのはまじりけなしの動物的本能だ。このけちなずるい男に咬みついて、血を吸いつくしてやる気まんまんで、彼の首へと頭をかがめる。

「動くな！」

そのどなり声を耳にしたレイチェルは、血を一滴も吸わずに首からすばやく口をひきはなした。こちらがさっと顔を上げると同時に、パッジがクロスボウを激しくふりながら、体をまわして階段のほうを向く。レイチェルはショックで目をまるくした。階段をおりたところに、制服を着た警官ふたりが立っていて、抜いた銃を向けてきているのが見えたからだ。つづけて、パッジのクロスボウが発射された。

「たいへん」レイチェルは、ひゅっと放たれた物体をよけようと警官たちがとびのいたのを見てささやいた。悪態をつく声のあとに、杭がドスッと金髪の警官に命中する。腕に刺さったのかと最初は思ったが、警官が杭をひっぱりはじめたときに、肉や骨には当たらず袖が壁に釘づけにされただけだとわかった。

もがいている警官をレイチェルがまだぽかんと見つめていると、エティエンがとつぜん動いた。〝移動しなければ〟とこちらが考えるより早く、彼がそばにやってきてレイチェルをパッジの背中からもぎはなし、銃で撃たれないところへひっぱっていってくれたのだ。だが、警官たちは撃ちかえしてはこなかった。黒髪の警官はパッジに銃を向けつづけていたが、その視線は、自由になろうともがいている相棒のほうへちらちらともどってしまっている。おかげでパッジには、またべつの杭をうしろのポケットからとりだして武器にセットする機会ができた。

彼が杭を所定の位置にはめ終えて、それをレイチェルとエティエンに向けてきたとたん、動けなくなっていた警官がどうにか袖をひきぬいて自由になった。ふたりの警官はただちに二メートルほど離れ、そろってパッジに銃を向けた。

「捨てろ！　武器を捨てるんだ！　いいから捨てろ！」と金髪の警官がどなる。かなり怒った口調だ。かんかんになっていると言ったほうがいいかもしれない。レイチェルがそう思ったとき、エティエンがこちらを背中にかばって、パッジが向けてきている杭とのあいだに、レンガの壁みたいに立ちはだかった。

その行動に明白にあらわれている気づかいはありがたかったが、おかげでなにが起こっているのかが見えにくい。レイチェルは結局、ひょいとかがんで身をひねり、彼の体ごしにむこう側をのぞいた。警官たちの怒りがみずからに向けられていることに気づいたパッジの反応を見たときには、彼をほとんど気の毒にさえ思った。パッジは目をまるくしてぽかんと口をあけ、しだいに恐怖をおぼえてきたように警官を見つめていた。明らかに、こういう事態は予想していなかったらしい。

「さあ、その武器をおろすんだ」黒髪の警官が、言いくるめるみたいな口調でうながす。

「きみを撃つはめになりたくはないが……必要なら撃つ」

「ぼくを？」パッジが驚いて警官たちを見つめた。「ぼくを撃つって？　ぼくは悪者じゃないよ。吸血鬼ハンターみたいなものさ！　あっちのふたりをやっつけてくれ！　やつらはヴァンパイアなんだ！」

警官ふたりがちらりと視線をかわしあうのを見て、すべてがうまくいくとレイチェルにはわかった。たわごとにしか聞こえない話を、彼らは信じたりするまい。とはいえ、どうしてもこう考えずにはいられなかった——警官たちの入ってくるのがもう一瞬遅れて、こちらが意図したとおりにパッジの首に牙をうずめてしまっていたら、すべての筋書きが完全にちがったものになっていたかもしれない。

すばやくエティエンを見ると、彼もおなじことを考えているのではないかと思えた。

「本当さ！」パッジは豚みたいにキーキーわめいていた。「やつらはふたりともヴァンパイアなんだ」

警官たちが、レイチェルとエティエンのほうを反射的にちらりと見る。両者は目をそらしかけたが、ついさっき壁に釘づけにされた警官が、途中でさっと視線をもどしてきた。その金髪男性の顔にはなにかに気づいた表情が浮かんでおり、レイチェルは身がこわばるのを感じた。

「ドクター・ギャレット？　ドクター・レイチェル・ギャレットでは？」と彼がたずねてくる。「たしかにあなただ」

レイチェルは用心深くうなずいたが、言葉を口にする機会はなかった。パッジが興奮した声で話に割りこんできたからだ。「そう、彼女さ。あの夜、彼女は遺体安置所で働いてたんだ。ぼくがやつにとどめをさしにいったときに」パッジがクロスボウを激しくふってエティエンを指し示したので、レイチェルはびくっとした。すでに一度は偶発的に杭が発射されているわけで、またあっさりとおなじことが起こりかねないからだ。「やつの首をはねようとしたところへとびこんできた彼女に、ぼくは誤って斧をふるってしまった。斧を胸に受けて死んでたはずの彼女を、やつがヴァンパイアに変えたんだ。いまではふたりともヴァンパイアなんだよ」と、パッジは完全にいかれた口調で説明した。「やつらはどちらも、永遠に夜の闇をうろつく呪いを受けた、魂のない吸血鬼なんだ」

レイチェルは唇を噛み、パッジのことをほとんど恥ずかしいとさえ思った。もちろん、彼が言ったことはすべて真実だ――まあ、『魂のない』という部分を除けばだが。しかし実際のところ、パッジの常識はどこへいってしまったのだろう？　だれも彼の話を信じないことは、確実にわかっているはずなのに。そんなわけで、ふたりの警官がいっそうたがいとの距離をとりながら、かなり用心深くパッジに近づきはじめるのを見ても、レイチェルはたいして驚かなかった。

「オーケー」と黒髪の警官が言う。「状況はわかった。ふたりはヴァンパイアで、きみはやつらを倒す側なんだな。だが、いまはわれわれ警官がいる。きみは安全なんだ。だから、その武器を捨てて両手を上げてくれないか?」

眉をひそめたパッジが、クロスボウ、警官、レイチェルとエティエン、それぞれのあいだで視線をさまよわせた。「だけど、あっちのふたりはどうなんだ? あんたたちはやつらに銃を向けてるべきじゃないか」と最終的に彼が応じる。

「まあ、ほら」金髪の警官がゆっくりと言った。「ヴァンパイアに銃は効かないだろう? でも、あのふたりはきっとおとなしくついてきてくれると思うんだ」警官はレイチェルとエティエンのほうをちらりと見た。「でしょ?」

ふたりともうなずく。

「ほらな?」と、黒髪の警官がなだめるようにつづけた。「彼らはもうつかまったとわかってるのさ。あとはただ、きみが武器をそこへおろせばいいんだ」

パッジがためらうと、金髪の警官がつけくわえた。「おれたちは、こういう呼びだしに対する準備はととのえてこなかったんだよ。ほら近ごろは、ヴァンパイアは厳密にはうじゃうじゃいるわけじゃないからね。適切な武器を持ってないんだ。おれたちが彼らの身柄を拘束できるよう、その武器をこっちにわたしてくれないか?」

「ああ、うん。そうだね」パッジは安心したように見えた。「あんたたちも武装するべきだ」

彼は、クロスボウをレイチェルとエティエンに確実に向けつづけながら、近いほうの警官へと横歩きで移動しはじめた。「奥にもっと武器があるんだよ。ぼくが追加の武器を持ってくるまで、こいつでやつらを狙ってるといい。聖水に十字架にたくさんの杭。あんたたちがふたりを見張ってるあいだに、そういうのをとってくるから」

「名案だ」金髪の警官が愛想よく言ってわずかに銃をおろし、クロスボウを受けとろうと、あいているほうの手をさしだす。

「こいつの狙いをそらしちゃだめだ」と、パッジがクロスボウを手わたしながら警告した。「知ってのとおり、やつらはすごく動きが速くて、すごく力が強いからね。ぼくは――おい！」

クロスボウを受けとった瞬間、警官はその武器をわきにぽいとほうりなげ、銃を上げてパッジに狙いをさだめた。彼の傷ついた表情を無視して、警官が銃でうながす。「壁にへばりつけ。さあ、壁にへばりついて手足をひろげるんだ」

「でも――」パッジの抗議の言葉は、さっと進みでてきたふたりめの警官に腕をつかまれると同時にとぎれた。

「手足をひろげろ」とどなった黒髪の警官の口調からは、言いくるめるような気配は完全に消えていた。金髪の警官がパッジを銃で狙いつづけるなか、相棒がマントをはぎとってボディーチェックにうつる。いかれ男は、ジーンズのうしろのポケットにさらに二本の杭を隠し持っており、警官がそれをとりあげた。

抗議しているパッジが手錠をかけられて階段のほうへ連れていかれるのを、レイチェルとエティエンは黙って見ていた。パッジはまだべらべらとしゃべりつづけている。「やつらは魂のないヴァンパイアで、ここではぼくがヒーローなんだ。あんたたちは大きなまちがいをおかしてるよ」と。

「さて」壁に釘づけにされた金髪の警官がそう言ったとき、相棒のほうはパッジとともに上の階へ消えていくところだった。警官はふりむいてきてこちらの姿をざっとながめたあと、レイチェルに意識を集中した。「行方不明だったあなたは、十日ほど前に、職場からここへ連れてこられたわけですね？」

レイチェルは、そばに立っているエティエンが緊張しているのを感じて、そちらをちらりと見た。彼がなんと言ってもらいたがっているかはわかっている。〝十日ほど前のあの夜にパッジに拉致された〟と主張することを、エティエンとその家族全員が望んでいるのだ。でも、それは真実ではないし、自分は嘘をつくのがへただ。一瞬ためらって、みずからの選肢を考える。実際にパッジはレイチェルを誘拐した。進んでエティエンの家からここに来たわけではないのはたしかだ。また一方で、この十日前後どこにいたのか本当のことを説明したら、答えるのがむずかしい質問をいくつも受けるはめになるだろう。レイチェルは、正直に必要最小限のことだけを話そうと決めた。

「パッジにさらわれてここに連れてこられ、意に反して監禁されました」と重々しく認める。すると、横でエティエンが緊張を解くのが感じられた。まだ危機を脱してはいないのに、どうして彼が緊張を解いたのか、思わず向きなおってたずねそうになる。だが、そこで警官がうなずいたので、みずからを制した。

「彼はどうやってあなたをここに連れてきたんです?」

レイチェルは一瞬ためらってから言った。「彼は、迷彩服にトレンチコートをはおった姿で、遺体安置所に入ってきたんです。コートの下にライフルと斧を身につけていて、ヴァンパイアがどうとかさけんでいました。そして……」ふたたびためらってエティエンをちらりと見る。彼は息を詰めているようだった。レイチェルはつばをのみこみ、警官のほうに向きなおってつづけた。「残念ながら、そのあとのことは記憶がかなりぼんやりしていて――つぎにお話しできるのは、今日ここで目ざめたら鎖で壁につながれていたということです。パッジはまだヴァンパイアやらマニアやらのことをとりとめもなく話していて、エティエンのゲームに執着しているみたいでした」

「ゲーム?」警官は困惑して、ふたりを交互にちらりと見た。

「エティエンは『血に飢えし者』の開発者なんです」と説明する。「ヴァンパイアもののテレビゲームの」

「ああ」警官はそう応じたが、まだとまどっているように見えた。「なるほど、彼はあなたのゲームに執着していたわけですね」と、エティエンに向かって言い、視線をレイチェルにもどしてくる。「でも、だとしたらどうして彼は、この人ではなくあなたを誘拐したんでしょう?」

「彼女がぼくの恋人だからですよ」エティエンがおちついて答えた。

レイチェルはこうつけくわえた。「本当にひどく困惑させられました。パッジは、多くの時間はわたしとエティエンのことをヴァンパイアだと考えていて、あとの時間は自分もヴァンパイアだと思っているか、そうなりたがっているみたいでした。あの男はかなりいかれているようです」

「ええ、たしかに」金髪の警官はそっけなく言って首をふり、こう告げてきた。「街の警官全員があなたをさがしていたんですよ。彼のこともね」と、いまは人影のなくなった階段のほうを指し示す。「あなたの助手の代わりを務めることになっていた女性が、病院に着いたときに、遺体安置所に乱入していくあの男を見たんだそうです。彼女は警備員を呼びにいったんですが、彼らはそのとき別件を処理していて、あなたの仕事場に向かうのが遅れてしまった。遺体安置所に着いたときにはだれもいなくなっていて、問題の男があなたを連れ去ったと推測されたわけです」警官はそこで首をふった。「目撃者の女性は、男の特徴を述べたときにもかなりいい仕事をしてくれましたよ。警察で似顔絵を作成して、すべてのニュース番組で流したんですが、なぜだれもこの家の男だと気づかなかったのかわからないくらいです。あんなに似顔絵そっくりなのに」

レイチェルはうなずいたものの黙ったままでいた。この警官からさらにべつの質問を受けるはめになるのを恐れていたからだ。幸い、彼はエティエンのほうに注意を向けてこうたずねた。「あなたはどうして今日ここにたどりつくことになったんです？　となりの家のご婦人は、あなたが入ってきて自由にしてくれたと話していましたが、だれなのかは知らないようでした」

エティエンは一瞬ためらってから応じた。「レイチェルが姿を消して以来、ぼくは彼女のことをとても心配していたんです。信号待ちをしていたら、パ——あの男を見つけました。バンを運転していた彼の顔が、ニュースで見た似顔絵とおなじだとわかったので、ここまであとをつけてきたんですよ」と、平然と嘘をつく。

エティエンは嘘をつくのがすごくじょうずだわ、とレイチェルは興味深い思いで気づいた。だとしても驚くようなことではない。彼は三百年以上も技をみがいてきたのだから。

「あなたはただちに警察に通報するべきでしたよ」警官が不満げに言う。

「そうするつもりだったんです」エティエンが重々しくうけあった。「だけど、男の顔を近くで見たかったんですよ。まちがった通報はしたくなかったので。ぼくが車を停めたときには、彼はもうバンからおりて家のなかに入っていました。男の顔をもっとよく見られないかと、いくつかの窓をのぞきこんだんですが、彼はまっすぐ地下室へ向かったにちがいありません。家の裏にまわりこんだぼくは、あの窓を見つけました——」

エティエンが身ぶりで示した先を目で追ったレイチェルは、そこに本当に地下室の窓があるのを見てちょっと驚いてしまった。窓の存在にはいままで気づかなかったが、前は陽の光が入らないようブロックされていたのだ。パッジが押したリモコンのボタンのひとつが、太陽灯をつけると同時に窓のおおいをはずすものだったのだろう。彼は、太陽灯と陽の光を浴びたこちらがぱっと燃えあがることをまちがいなく予想していたはずだが、そうならなかった事実をいったいどう解釈したのかとふしぎに思う。

「窓からのぞきこんで、レイチェルがここに鎖でつながれているのを見たぼくは、彼女のそばに行くことしか考えられなくなってしまったんです。警察を呼ぶことなんてすっかり忘れていました。棺桶や例の老婦人も見えましたしね——あと、マントと偽物の牙をつけた男が踊りまわっている姿も」エティエンはあきれたように首をふった。「あの男がいかれているのは明白で、女性たちだけをあとに残していくのは心配だったんですよ。だから、裏口のドアの鍵があいているとわかったとき、ぼくは家のなかに忍びこんで、ふたりを解放するためにこっそりここにおりてきたんです」

「まあ、あなたの懸念は理解できますが、実際のところ警察を呼ぶべきでしたよ」と警官は文句を言った。「あの老婦人は、自分は縛りあげられていたと話していましたが、ミズ・ギャレットは鎖でつながれていて、あなたは彼女を自由にはできなかったはずです。いったいどうやって——？」

その質問は途中でとぎれ、警官は一瞬困惑したように見えた。彼がふたたびしゃべりだしたときの口調は、ほとんどロボットみたいだった。「まあ、質問はとりあえずこのくらいでいいでしょう。あなたがたは充分たいへんな目にあったわけですし。まずここから出してあげるべきでした」

レイチェルは、おもしろがるように片眉をつりあげてエティエンを見た。人の心をあやつれるというのはかなり便利だ。その技はぜひ身につけなければ、と決意する。

「お先にどうぞ」反省の色もなくにやりと笑ったエティエンが、先に立って階段を登るよう身ぶりでうながしてきた。彼は明らかに、心をあやつる技をこれほど恥ずかしげもなく使うことを、〝恥ずかしい〟などとは実際思っていないらしい。だが正直言って、それをとがめることはできなかった。疲れきって飢えていたからだ。もともと空腹だったところに太陽灯のおまけがついたせいで、血への欲求で体がひきつるように痛んでいる。エティエンの家にもどって血をごちそうになることしか、いまは心に思いうかばない。

なんとか自力で階段を登ったものの、ゆっくりとした大儀な動きでだった。パッジの家から出たころには、かすかに足がふらついていて、芝生を横ぎるときには、エティエンが手をさしのべてきて体を支えてくれた。

「救急車を呼んで病院へ搬送してもらうことにしましょう。ミズ・ギャレット、あなたはかなりぐあいが悪そうだ」警官が、レイチェルの衰弱ぶりと青白い顔を見て言った。「あの男に連れ去られて以降、そもそも食事は与えられていたんですか?」

「いいえ」と、正直に答えられることに感謝しながら応じる。

「ぼくが彼女を病院へ連れていきますよ」そう告げたエティエンの声が、催眠術をかけるような口調だったことから、彼はふたたび警官の心のなかを掘りかえしているのだとわかった。エティエンはたぶん、彼自身が病院へ送るのがよりよい選択だ、という暗示を植えつけようとしているのだろう。

「ええ、それでかまいません」と警官が同意する。「相棒がすでに応援を呼んだはずですから、あそこにいるわれらが友人をひろいにきてもらえるでしょう」彼は、パッジがそばに立っているパトカーのほうを身ぶりで示した。パッジはまだ必死に黒髪の警官を説得しようとしていた——エティエンとレイチェルこそが悪者で、パッジ自身は魂のないやつらから世界を救おうとしているのだと。

「ではまた病院で。医師がだいじょうぶだと言ったら、署のほうに来てもらって、供述調書を作成しなければならないかもしれません」

「いいでしょう」エティエンが、その問題について口を出す権利があるみたいに同意した。まあ実際そうなのだろう。彼が望めば、たぶん警官たちの記憶からこちらの存在を消し去ることができるのだから。しかし一方で、このすべてが彼に有利に働いてもいる。パッジはもも。

はや脅威ではなくなったのだ——エティエンにとっても、彼の一族のだれにとっても。レイチェル自身も含めて。心をよぎったその思考が、自分のものではないことはすぐにわかった。警官と話し終えたエティエンがレイチェルの腕をとり、通りに停まったバンのほうへと導いていってくれる。そちらへゆっくり視線を向けると、車の前座席にバスチャンとルサーンがすわっているのが見えたが、頭のなかの声がふたりのものでないのはたしかだった。さっきの思考は女性のものだ。そんなわけで、エティエンがバンのスライドドアをあけたときに、うしろのベンチシートにすわったマルグリートの姿があらわれても、レイチェルはたいして驚かなかった。

「さあ乗って。どうやらひどい脱水状態におちいってるみたいね。エティエン、かわいそうなこの子のために、うしろから血をとってきてあげなさい」と、アルジェノ家の女家長が命じる。「彼女は恐ろしい苦痛を味わってるわ」

エティエンは、レイチェルが車に乗りこむのをてつだうと、つづけて自分もなかに入ってドアをばんと閉めた。そのあとうしろのほうへ這っていって、そこにあった医療用クーラーボックスから血液パックをいくつかとりだす。

「ぐあいはどうだい？」バスチャンが気づかうようにそうたずねてきたのは、エティエンがベンチシートのレイチェルのとなりに腰をおちつけて、マルグリートとのあいだにはさみこんだときだった。

「だいじょうぶよ」とつぶやきながら、最初の血液パックを受けとる。とても空腹だったのでわざわざストローを使ったりはせず、ただ口をあけて袋に突き刺した牙に仕事をまかせた。

「なにがあったのか教えてもらわないとな。子細漏らさずに」と、ルサーンが助手席から言ってくる。

レイチェルは血液パックを牙にはめたまま、ポケットから小さなメモ帳とペンをひっぱりだすルサーンを見つめた。明らかにメモをとるつもりらしい。彼がエティエンの家を訪ねてきたべつのときにも、そうしていたことに気づく。以前こちらが「ルサーンはなにをしているの？」ときいたとき、エティエンは「兄さんは物書きなんだ」とかなんとかつぶやいていた。意味はよくわからないが。

「あとにしなさい、ルサーン」マルグリートが静かに言う。「質問攻めにする前に、このかわいそうな子をすこし回復させてあげないと」

「ぼくらは病院に向かうってことでいいんだろう？」バスチャンが運転席で前に向きなおり、エンジンをかけながらそうたずねた。

「ゆっくり運転してね、バスチャン。レイチェルにはたくさんの血と、それをとりこむ時間が必要なんだから」と、マルグリートが返答代わりに言う。「病院に着いたら、あなたもエティエンといっしょに行っててつだうのよ。わたしたち全員でね。病院がレイチェルの職場であるのと、今回の事件が大ニュースになってる事実とがあいまって、彼女は多くの関心を集めることになるでしょう。エティエンにはあらんかぎりの助けが必要になるわ」

「なにをする助けが?」レイチェルはそうたずねながら、もうからになった袋を牙からひきぬいて、エティエンがさしだしてくれたつぎの血液パックを受けとった。

「病院の人たちはきみを検査したがるはずだ」と彼が説明する。

「そんなことは絶対にさせられないのよ」とマルグリートは指摘した。「バスチャンとルサーンとわたしがいっしょに行って、医師や看護師に確実にこう思わせるようにするの。あなたの検査をすませて、〝脱水症状および栄養失調状態が認められる〟と診断したって。誘拐されて食事を与えられなかったら、本来そうなるようにね。わたしたちがつきそって、かならずすべてを順調に進めてあげるわ」

レイチェルは納得してうなずき、あとは黙って、体がひどく必要としている血を牙が吸いあげるにまかせた。なんであれ彼らが適切とみなすやりかたで処理してくれればいい、と思うくらい疲れきっていたのだ。嘘をつくのがへただろうがうまかろうが、〝パッジの件に関しては、彼らの主張に耳をかたむけ、嘘をつくことに同意するべきだった〟と考えはじめてさえいた。彼らはみなおそろしく長いこと生きてきたのだから、数世紀にわたって蓄積された知恵は膨大なものにちがいない。真実を話すというみずからのかたくなな主張のせいで、エティエンとレイチェル自身に加えてパッジの隣人にも起きていたかもしれない悲劇のことは、考えるだけで怖くなる。ひょっとしたらときには、『正直は最善の策』ではなく、ちょっとした嘘が窮地を切りぬけさせてくれる場合だってあるのかもしれない。

「あなたもきっと学ぶわ」とマルグリートが静かに言う。明らかにこちらの思考を読みとったのだ。「偉大なる師は、〝時間〟じゃなくて〝経験〟なの。たとえ天寿をまっとうした老人でも、自宅を出て人生を体験したことが一度もなければ、なにも知らずに死ぬも同然だわ。一方、ほんの子供だって、苦しみながら生きてきたのであれば、くだんの老人より賢くなりうるのよ」

17

「やつらはヴァンパイアなんだ。そう言ってるだろう！」

パッジの口調は頑固というより哀れっぽくなりはじめている――とレイチェルは思い、彼がぎとぎとの髪をかきあげて不満げに毛先をひっぱるのをながめた。もう何時間も尋問されているのだからむりもない。どうやら警官たちは、パッジをまっすぐ警察署に連行して調書をとり、いまきびしい尋問をおこなっている小さな四角い部屋に腰をおちつけさせたらしい。以来ずっと彼をそこに閉じこめているのだ。

レイチェルとアルジェノ家の面々は、取り調べの最初の二時間を見のがした。レイチェルが急場をしのいで病院から出るまでに、それだけの時間がかかったからだ。病院の関係者であるにもかかわらず――加えて、職場から〝誘拐された〟せいでちょっとした有名人にもなっていたというのに――医師の診察を受けるには長時間待たなければならなかった。「看護師にただ例の〝魔法〟をかけて、こっちを最優先にしてもらえばいいんじゃないかしら？」とレイチェルがたずねると、マルグリートはその考えに驚いたようで、「急患ってわけじゃないんだから、どうにか待ってられるでしょう」と指摘してきた。

レイチェルは、自分がそう思いつかなかったことを一瞬恥ずかしく思ったが、マルグリートがすかさず心のなかに入ってきて〝きっと学ぶわ〟という言葉でなぐさめてくれた。正直言って、学ぶのが待ちきれない。アルジェノ一家には驚くばかりだった。なにしろ、彼らがつきそった先では、だれも異議など唱えなかったからだ。まわりの人間の思考や心をあやつれることには、明らかにメリットがある。レイチェルは実際には検査を受けなかったが、病院のスタッフが記憶しているかぎりでは受けたことになっていて、マルグリートがうけあったように、すべての診断書には期待どおり〝脱水症状および栄養失調状態が認められる〟と記されていた。アルジェノ一家が活動するのを見ていると、とにかく仰天するばかりで、エティエンがどんな力をさずけてくれたかに、レイチェルはすぐに気づきはじめた。

「彼らがヴァンパイアだっていうのかい？」と、例の金髪の警官――カーステアズ巡査がたずねる。彼は、相棒の警官とパッジがたがいに向きあっているテーブルのそばに立っていた。

「棺桶とヴァンパイアの牙を持ってるのはきみのほうじゃないか、ノーマン。なのにきみは、ミズ・ギャレットとミスター・アルジェノがヴァンパイアだと主張するわけだ？」

「こいつは偽物の牙だって言ってるだろう」パッジが困っているみたいにそうつぶやく。

「手錠をはずしてくれたら、このいまいましいしろものをとってみせるよ。ぼくの牙は偽物だけど、やつらの牙は本物なんだ」

「もちろんそうだろうとも、ノーマン」と、黒髪の警官——トゥリーベック巡査がなだめるように同意した。

「その名前で呼ぶのはよしてくれ!」パッジがぴしゃりと応じる。「〝ノーマン〟。ああ、大嫌いだそんな名前。なんだかおたくっぽく聞こえるじゃないか」彼は、警官たちを一瞬にらみつけてからつづけた。「言ってるように、エティエン・アルジェノもあの女もヴァンパイアなんだ。くそっ、彼女はぼくを咬んだんだぞ!」

レイチェルは顔をしかめた。パッジに本当に咬みついたわけではないが、自分で気づいた以上にそれに近いところまでいっていて、片方の牙がかすった場所にひっかき傷ができていたのだ。ほんの小さな傷で、咬み跡とみなされるほどのものではない。とはいえ、まただれかに咬みつくはめにはなりたくないと思う程度にはきわどかった。まあ、エティエンは例外かもしれない。彼に愛の咬み跡をつけるのはかなりたのしいことだ。ふたりで——。『愛の咬み跡』? ぶるぶるとかぶりをふる。つまり、〝性行為中の〟咬み跡だ、〝愛の〟咬み跡じゃなくて。エティエンを愛しているわけじゃないんだから。でしょ? その問いかけが頭のなかをぐるぐると駆けめぐり、つづけて、混乱した思考と感情がわきあがってきた——少々不安をおぼえるような、あたたかくて感傷的な感情が。ああたいへん、彼を愛しているなんてありえないわ。

そこで、ルサーンが興味深そうに見つめてきているのを急に意識した。守ってくれるみたいにまわりに立っているみんなに思考を読まれているかもしれない、とふと気づく。レイチエルは、暴走する思考と感情を心の暗い隅にむりやり押しこみ、マジックミラーのむこうで起きていることに注意をもどした。パッジは口を固く閉ざして警官たちをにらみつけている。

「オーケー、じゃあ、実際に彼女に咬まれたとしたら」とカーステアズ巡査がコメントした。

「今度はきみもヴァンパイアになるのかな、ノーマン？」

「だから、ノーマンと呼ぶなって――」パッジが唐突に言葉を切って大きく目を見ひらいた。困ったようすはふいになくなり、興奮と驚嘆の念が表情にあふれてきている。「彼女はたしかにぼくを咬んだ。本当にぼくもヴァンパイアになると思うかい？」

「さあな、ノーマン。専門家はきみのほうなんだから、こっちに教えてくれないか？」

パッジはしばらく考えこんでからこう判断した。「ありうるんじゃないかな。だけど、ドラキュラの従者のレンフィールドは、一回咬まれただけじゃヴァンパイアにはならなかった。彼は……」そこで恐怖におそわれた表情になる。「なんてこった！　一回咬まれたレンフィールドは、死ぬまでドラキュラのしもべになってしまったんだ。彼はドラキュラの奴隷だった」

「――ってことは、きみはミズ・ギャレットの奴隷になるわけかい？」と、トゥリーベック巡査がたずねる。

パッジは聞いておらず、べつのことで頭がいっぱいみたいだった。「たいへんだ。しかも、レンフィールドは虫やらなにやらも食べてた。そんな！　虫なんかを食べられるかどうかわからないよ」

警官たちが視線をかわしあうなか、パッジは絶望したように首をふった。

「もう充分でしょう。今度はわたし自身が彼に質問したいのですがね」

レイチェルは、そう言った男性のほうをちらりと見た。病院から来た精神科医のドクター・スマイズだ。精神鑑定のために警察署に呼ばれた彼は、はじめは尋問中のパッジを観察するだけにさせてほしいとたのんだのだ――〝被験者は、メンタルヘルスの専門家に対しては、警官を含む素人を相手にするときとはちがう反応を見せる傾向がある〟と主張して。そしていまドクター・スマイズは、みずからパッジに質問をしたくなったらしい。

カーステアアズ巡査とトゥリーベック巡査の上司であるロジャーズ警部がうなずいて立ちあがる。「いいですとも、ドクター。わたしについてきてください」

レイチェルは、ふたりが観察室から出ていくのを見まもった。一瞬あとに取調室のドアがひらき、ドクター・スマイズとロジャーズ警部が入室する。警部は身ぶりでカーステアアズ巡査とトゥリーベック巡査をそばに呼びよせ、小声で短く話しあったのち取調室をあとにした。

警部が立ち去った瞬間、ドクターは自己紹介をしてトゥリーベック巡査がすわっていた椅子に腰をおろし、パッジに笑顔を向けてこうたずねた。「ノーマン、きみは空想と現実のちがいを理解しているかね?」

その質問にレイチェルはかすかにほほえんだ。エティエンがパッジの家でおなじようなことをきいていたからだ。観察室のドアがひらいてロジャーズ警部が入ってきたときには、視線をそちらへさっと向けたものの、またすばやくパッジのほうにもどす。当のパッジは、相手がエイリアンででもあるかのようにドクターを見つめていた。「なんだって?」

「きみは空想と現実のちがいを理解しているのかね?」と、ドクターがしんぼう強くくりかえす。

「当然だろ」パッジは顔をしかめた。「ぼくはいかれてるわけじゃないんだからさ」

「ああ、もちろんだ」ドクターがなだめるように言う。「空想と現実のちがいをわたしに説明してくれないかな?」

「いいとも。空想ってのは……まあ、魔法使いや戦士が出てくるゲームなんかがそうだ。魔法やらなにやらは現実じゃない」

「ああ、なるほどね」ドクターが口をすぼめてうなずいた。「では、現実の具体例をひとつ挙げてもらえるかい?」

「『血に飢えし者』だ」パッジがきっぱりと言う。

「『血に飢えし者』?」ドクターは困惑してたずねた。

「ミスター・アルジェノが開発したゲームですよ」とカーステアアズ巡査が説明する。「ヴァンパイアとかが出てくるやつです」

「ああ」ドクターはパッジにちらりと視線をもどした。「それは現実だというんだね?」

「うん、そうさ」とパッジはうけあった。「魔法なんてのは、まあ、ナンセンスの塊だ。でも、ヴァンパイアは実在する。ヴァンパイアは女の子にもてるし、すごく強くてすばやくて、永遠に生きられるんだ」

「そのなかで一番重要な要素はどれだい?」とドクターが問いかける。

パッジは長々と考えこんだりはしなかった。「永遠に生きられること……あと、女の子にもてることかな」と結論を出す。

「〝女性〟と〝不死であること〟が一番重要だと言うんだね?」ドクターはうなずいてつけくわえた。「きみは最近お母さんを亡くしたと、どこかの時点で話していたと思うんだが——そうなのかい、ノーマン?」

「ああ」パッジはうなずいたが、ドクターからしだいに注意をそらして、テーブルの上のなにかを目で追っていた。彼がとつぜん片腕をふりあげてテーブルの表面をばんとたたいたときには、レイチェルはびくっとした。どうやら虫をつぶしたらしい。とびあがったのはこちらだけではなく、ドクターと警官たちもだった。

「ちょっと失礼するよ」ドクター・スマイズが立ちあがって取調室をあとにする。彼が観察室にもどってきたのを見ても、レイチェルはたいして驚かなかった。ドクターは最初はなにも言わず、ただ警部の横に立ってマジックミラーごしにパッジをながめていた。つぶした虫をパッジがつまみあげ、一見魅了されたように注意深く見つめるのを、全員で黙って観察する。彼がとつぜん虫を口にほうりこんでためしに噛みくだいたときには、レイチェルは嫌悪感で顔をしかめた。一瞬おいて、パッジが軽く肩をすくめてこうつぶやく。「悪くない。ちょっとナッツみたいで」

「あの若者はひどく混乱していますね」とドクター・スマイズが言った。「彼のお兄さんとさっき話したんですが、最近のノーマンは、強迫観念にとりつかれて奇妙な行動をとるようになっていたそうです。お兄さんは、ノーマン自身の安全のためにも、収監されるべきだと考えています。もちろん、広範囲にわたる検査をしなければなりませんが、ノーマンはすでに自分が危険人物であることを証明したわけですからね。当人だけじゃなく、一般市民——とくに彼が脅威とみなす者にとっても」

ドクターは、レイチェルとエティエンに意味ありげな視線をゆっくり向けてからつづけた。

「ノーマンを七十二時間検査入院させる理由としては充分です」

「来てくださってありがとうございました、ドクター」と警部が言う。「いろいろ書類をととのえなければなりませんが、かなり早くノーマン・レンバーガーをあなたの監督下におけると考えてもらっていいでしょう」

「彼のためにベッドを用意しておきますよ」ドクター・スマイズは重々しくうけあい、警部と握手をしてから立ち去った。警部は取調室のほうをちらりと見て、あきれたように首をふった。パッジがまたテーブルを手でばんとたたき、なんだか知らないが彼が殺したものをつまみあげて観察しはじめたからだ。

「完全にいかれてるな」警部が、パッジが虫を口にほうりこんで嚙みくだいたのを見てつぶやいた。禿《は》げかけた頭のてっぺんを片手でなで、首をふってため息をつくと、小さくノックする音がしたドアのほうへと歩いていく。警部は、レイチェルからは見えないところにいるだれかとちょっと話をしたあと、こちらに向きなおった。

「供述調書にサインをしていただく準備ができたそうです。ジャンスコム巡査についていってもらえれば、彼女がその場所に案内しますから」

「わかりました。ありがとうございます」と応じたエティエンが、レイチェルの腕をとってドアへとせかした。黙ってそれにしたがいつつも、アルジェノ家のほかの面々もあとにつづいてきているのに気づく。

書類にサインするのは比較的短い試練だった——すくなくともレイチェルにとっては。アルジェノ一家と離されて、エティエンとその家族とはちがう部屋に案内され、立会人の前で書類にサインをすませたのだ。終わって廊下に出たものの、そこにだれもいないのに気づいて、ちょっぴりとほうにくれる。パッジの家から救出されて以降は、アルジェノ家の人たちが守るようにぴったりはりついてくれていたので、急にひとりになってすこし不安をおぼえた。

廊下で一瞬立ち止まり、どうしたらいいか考える。待つべきか、立ち去るべきか？　警官が言うには、供述調書にサインしたいまは、自由に出ていってかまわないということだった。つぎの行動を考えていたとき、ふいに〝待つ相手などいないのかもしれない〟という思いが浮かんだ。エティエンはすでに書類へのサインを終えて立ち去ったのかも。結局のところ、彼らがこちらのまわりをうろうろする必要性はもう完全になくなったのだから。レイチェルは自力で〝食事〟したり牙をコントロールしたりできるようになったし、病院で働いているから、たいして苦労せずに血を手に入れられるはずなのだ。簡単ではないにしてもどうにかなる。彼らもたぶんその事実に気づいているだろう。ひょっとしたら、レイチェルに対する責任から解放されて、ほっとしているかもしれない。

そう考えると苦しくて、受けた衝撃にあやうくあえぎそうになった。驚くほどつらい考えだ。

「レイチェル？」

名前を呼ばれてあわててふりむく。リシアンナと彼女のすぐあとにつづいたグレゴリー・ヒューイットが、こちらに向かっていそいで廊下をやってくるのが見えたときには、安堵の思いが全身を駆けめぐった。

「だいじょうぶ？」と、リシアンナが心配そうにたずねてきた。「母さんがうちの留守電に残したメッセージはなんだか要領を得なくて。わかったのは、あなたが誘拐されたってことだけだったから」

「平気よ」と、むりしてほほえむ。

「ああ、よかった」リシアンナもほほえんだが、心配そうなようすは目から完全には消えていなかった。「ほかのみんなはどこ？　エティエンもぶじなの？」

「ええ、ぶじよ。だけど、みんながどこにいるのかはよくわからないわ」と認める。「知らないけど、すでに書類にサインを終えて立ち去ったのかも」

そう聞いたリシアンナが眉をひそめてあたりを見まわした。「だれかにきいてくるわ」

彼女はおおいそぎで離れて、質問に答えてくれそうな人物をさがしに廊下を走っていった。

「エティエンがきみをおいていったりしないのはたしかだよ」とグレッグがまじめな声で言う。

レイチェルはふりむいて、彼のためにむりしてほほえんだ。「でもね、おいていかない理由なんて、現実にはひとつもないでしょ。いまのわたしは牙をコントロールしたり自力で〝食事〟したりできるんだから、もうエティエンがめんどうをみる必要はないんですもの」

グレッグはこちらの言葉に眉をひそめ、ハンサムな顔に不安の表情を浮かべた。「レイチエル、だれかから生涯の伴侶に関するルールを聞かされたことは？」

そう問われて困惑に目をしばたたく。いまこの瞬間に起きていることとはぜんぜん関係ない質問のように思えたからだ。「わたし――いいえ。ごめんなさい。そのルールについてはだれも教えてくれなかったわ」

グレッグがゆっくりとうなずいた。「だろうね。だが、それを知ることがだいじな気がするんだ。エティエンがきみをどう思ってるか、理解する助けになるはずだから」

レイチェルは両眉をつりあげた。彼にどう思われているか多少わかれば安心できる。エティエンに対する自分の感情が、かなり深くて苦痛をともないかねないものであることに、レイチェルは気づきはじめていたのだ。

「ぼくらは一般の人たちを食料にしてる」グレッグがそう切りだした。「だから当然、仲間を少人数にたもつことが重要なんだよ。食料源の数をうわまわらないようにするためにね」

レイチェルはうなずいた。完全にすじの通った話だ。

「そんなわけで、いくつかのルールがあるんだ。たとえば、それぞれのカップルは、百年にひとりしか子供をもうけてはいけないことになってる」

「マルグリートもそう言ってたわ」と、うなずきながら応じる。

「まあ、驚くことじゃないな。だけど、これは聞いてないだろう――人間をヴァンパイアに変えることは一度きりしか許されてない、って話は」

レイチェルは首をふった。「どういうこと？　伴侶はひとりしか持てないわけ？」

「いや、ちがう。実際、離婚することもあるよ。ここで話題にしてるのは何百年にもわたる人生のことなんだから、もちろん離婚はありうる。とはいえ、一般の人たちよりもずっと割合はすくないと、ぼくは理解してるけどね」そうグレッグが告げてくる。「つまり文字どおり、人間をヴァンパイアに変えることは本当に一度しか許されてないってことなんだ。たいていは、生涯の伴侶にする相手をヴァンパイアに変える。ぜんぜんちがう人物だってかまわないんだが、一度そうしたらべつのだれかをヴァンパイアに変えることはできない。生涯の伴侶にしたい人間をあとで見つけたとしても、ヴァンパイアに変えることはもう許されないんだ」

「でも、エティエンはわたしをヴァンパイアに変えたわ」と応じる。

「そうだ」グレッグが重々しくうなずいた。

「レイチェル！」

耳ざわりな声で名前を呼ばれたほうへ、今回はさっきよりもゆっくりとふりむく。頭がぐるぐるしていたせいか、駆けよってくる年配の女性がだれかわかるまでに数秒かかった。そのうしろから走ってくる白髪まじりの男性を見たときにようやく、両親が廊下を駆けてきているのだと気づく。母に両腕で抱きしめられたレイチェルは、いつしか母の好きな香水である〈プワゾン〉の香りにつつまれていた。

「よかった、ベイビー。すごく心配してたのよ。ジャンスコム巡査からの電話で、あなたがぶじ見つかったと聞いたときには信じられなかったわ。ああ、ハニー。あなたにもう二度と会えないんじゃないかって、わたしたちとても恐れてたのよ。本当によかったわ」母はそこでいったん言葉を切り、両手でこちらの顔をしっかりとつかんでそれぞれの頰にキスすると、しげしげと見つめてきて眉をひそめた。「なんだか前とちがって見えるわね。ひどく青ざめた顔をしてるし。あなたに必要なのは、おいしい家庭料理と仮眠だわ」

「そうとも。さあ、うちへ帰ろう」と父がぶっきらぼうに言って、半分抱きしめるように片腕をまわしてくる。そして、両親がやってきた道を三人でもどった。

両親に導かれて建物を出るときには黙ったままでいた。本来なら青ざめているはずはない。病院へ向かうバンの車内で、充分すぎるほどに血をとりこんだのだから。いま顔が青ざめているのは、グレッグから知らされた事実と、それがもたらした衝撃のせいにちがいない。エティエンはわたしを救うために、生涯の伴侶をヴァンパイアに変える機会を投げだしたのだ——とかすかに思う。ああ、そんな。彼はわたしをヴァンパイアに変えて、血を飲んだり牙をコントロールしたりできるよう、手間ひまかけて訓練してくれたのに、けっして生涯の伴侶を得られないんだわ。わたしのために、生涯のパートナーに関するすべてのチャンスを捨てたんだから。

エティエンはわたしを憎んでいるにちがいない。そうとしか考えられなかった。憎んでいないとしたらそれは、〝自分がはらった犠牲について考える機会がまだなかったから〟というだけのことだろう。みずからが投げだしたものに気づいた瞬間、彼はきっとわたしを憎むようになるはずだ。愛してくれる人のいない生涯——実際、何生涯ぶんにも相当する期間だ。愛を得られないまま、エティエンは数百年生きてきて、これからさらに何百年も生きていく。あるいは、愛を見つけたとしても、彼自身は永遠に若さをたもっている一方で、相手が年老いて死ぬのをながめざるをえなくなるだけなのだ。

エティエンは、目の前におかれた供述調書の写しの最後の一枚にサインすると、それを立会人に見せるためにデスクのむこう側へいらいらと押しやった。こんなことは早くすませてここから出たくてしかたがない。家族のだれもレイチェルにつきそうことができなかったからだ。すべてのことがあまりにも速いスピードで起きたため、彼女についていく機会がなかったのだ。全員がこの部屋に案内されたあと、ジャンスコム巡査がレイチェルに同行を求め、彼女を連れ去ってしまった。レイチェルがひとりになるという考えは気にいらなかったが、彼女の身になにかが起きることを心配しているわけではない。パッジの脅威がなくなったいまでは、レイチェルは充分安全なのだから。だが、もしもだれかが彼女にやっかいな質問をして、相手の記憶を消せる者がそばにひとりもいなかったとしたら？　レイチェルは嘘をつくのがへたなのに。加えてエティエンは、自分のもとから彼女がいなくなってしまうのではないかという恐怖につきまとわれてもいた。レイチェルはもう自力で〝食事〟することができる。バンの車内では、血液パックにじかに口をつけさえした。牙のコントロールだってできるようになった。それに、パッジの件が片づいたことで、彼女を家にとどめておく最後の理由もなくなってしまった。レイチェルが立ち去ろうと決めたり、家にいっしょに帰るのを拒んだりしたらどうするんだ？　彼女に立ち去ってほしくない。レイチェルがそばにいることに慣れすぎてしまったのだ。彼女といるとたのしい。できることなら人生を――。

「では、これで終了です」ジャンスコム巡査がそう言って、供述調書の写しをきれいな山に積みあげた。「すべてすみました。ほかになにか必要になったときは連絡しますが、いまは自由に立ち去ってくださってけっこうです」

彼女がしゃべり終えるか終えないかのうちに、ドアの外へとびだしていく。レイチェルを見つけて話しあわなければ。彼女がぼくのことをどう思っているのか知る必要がある――いつの日かぼくを愛するようになるかもしれないと、レイチェルが思ってくれているのかどうか――ぼくが急速に彼女を愛するようになりつつあるのとおなじく。

「エティエン」

廊下に出ると同時に聞こえてきたその呼び声にくるりとふりむいたが、そこにいたのは妹のリシアンナだけだった。彼女にうなずきかけてから、期待してあたりをさっと見まわす。残念ながら、レイチェルの気配はどこにもなかった。

「レイチェルを見かけたかい？」エティエンは、そばにたどりついてぎゅっと抱きしめてきた妹にたずねた。

「ええ。兄さんたちの居場所をだれかにきこうと、わたしがこの場を離れたときには、彼女はグレッグといっしょにいたわ」リシアンナが身をひいて、ゆっくり近づいてきた夫のほうに、静かに問いかけるような視線を投げかける。「レイチェルはどこに行ったの、ハニー?」

「彼女のご両親があらわれてね。三人で立ち去ったよ」とグレッグが説明したが、彼の表情にエティエンは警戒感をおぼえた。

「どうかしたのか?」とたずねる。

グレッグは一瞬ためらってからこう認めた。「ぼくのしたことはまちがいだったかもしれない」

「まちがいってどんな?」ときいたリシアンナが、安心させるようにみずからの手を夫の手のなかにすべりこませる。

「例のルールを彼女に説明したんだ。人間をヴァンパイアに変えるのは一生に一度しか許されてなくて、その相手はたいていは生涯の伴侶だって」とグレッグが白状した。

「エティエンがレイチェルのためにどんな犠牲をはらったのか説明したのに、彼女は一言も告げずに立ち去ったってわけ?」リシアンナが信じられないようすでたずねた。「そうと知りながら、さよならを言う時間すらとれなかったの? ありがとうって言うことさえ?」

妹の言葉は聞こえていたが、エティエンは実際のところそれを理解できずにいた。あとになれば理解できるだろう。いまはただそこに立ちつくして、見捨てられてとほうにくれた思いを感じるばかりだった。レイチェルはこちらがまさしく恐れていたとおりのことをした――彼女は去ってしまったのだ。

今度は母が話しかけてきたが、エティエンは聞いていなかった。両耳に脱脂綿が詰めこまれているみたいだ。実際にはむしろ、脳みそ全体に脱脂綿が詰めこまれているような感じがする。全員で警察署を出ていきながら、エティエンはときどきぼんやりとあいづちを打ったが、そんなことで家族をだませるとは思えなかった。たぶんみんながこっちの心を読んでいるはずだ――エティエン自身は自分の考えが読めない気がするのに。しかし、だれもとがめてこなかったところをみると、しかるべきタイミングであいづちを打っていたにちがいない。バスチャンのバンへと歩いていき、それに乗りこんで家に向かうあいだは、全員がただしゃべりつづけていた。

エティエンの家に着いたとき、家族は〝いっしょにいようか〟と提案してきた。だがエティエンは、仕事があるとかなんとかつぶやいてすばやくバンからとびおり、自分のうしろで荒っぽくドアを閉めた。現時点ではだれにもそばにいてほしくない。話したくもなければ、考えることさえしたくない。たとえ一時的にでも、ただ穴にもぐりこんで人生から逃避したいだけだ。つまり、エティエンにとっては仕事に打ちこむことを意味する。

家のなかに入ると、それがいかに大きくてからっぽであるかにふと気づいた。要するに、ひとりで住むには大きすぎるのだ。こんな家は売ってしまって部屋を借りるべきかもしれない。スペースはたいして必要ないだろう。オフィスに寝室に冷蔵庫に……。まあ、深く考えているわけではないが。

レイチェルとの思い出が心にあふれてきたのでたじろいでしまう。テレビゲームで遊んだり、図書室の暖炉のそばでいっしょに静かに本を読んだり、こちらが与えた不良品の血を彼女が飲もうとしているのを見て笑ったり、月明かりの下でピクニックをしたり……。そうした記憶の裏に喪失感と恐れがどっと押しよせてくると同時に、思い出につづく扉を閉めたが、完全に閉めきらないうちに数々の疑問がおそいかかってきた。ぼくはレイチェルを永遠に失ってしまったのか？　そもそも彼女は、ぼくになんらかの感情をいだいてくれていたんだろうか？　あるいは、あのすべてはただのたのしいひまつぶしにすぎなかったわけか？

わざわざ玄関ドアを施錠する気も起きないまま、廊下をまっすぐ大股に進み、キッチンを抜けてオフィスへと階段を駆けおりていく。階段の一番下に着いたとたん、エティエンを救出すべく家族がめちゃくちゃにしたドアと向きあうことになった。それを無視して、床に散らばった残骸をまたぎ、すたすたとオフィスに入っていく。いずれはドアをとりかえる手配をしなければならないだろうが、まずは『血に飢えし者Ⅱ』をぜひとも納期に間に合わせたい。パッジとのごたごたやレイチェルの出現によって、このところ人生があまりにも混乱していたため、完成作業が遅れてしまっているのだ。いまはその作業に集中しよう。仕事はいつだってエティエンの安全な隠れ家で、今度もまたそうなってくれるはずだった。

デスクの席について、かつてはコンピューターだった残骸を見つめる。パッジが銃でオフィスを撃ちまくったときに、すべてが完全に破壊されてしまった。幸い、あらゆるバックアップをとるのが賢明だとずっと昔に学んでいたので、これまでに仕上げたデータはなにひとつ失われていないが、コンピューターがなければ作業はつづけられない。

視線をさっと電話機に向けたものの、それもこわされていることはすでにわかっていた。めちゃくちゃになった機器に背を向け、オフィスおよび家から大股に出ていって車に乗りこむ。新しいコンピューターを買わなければ——こわれたやつに代わる四台のコンピューターを——そして、納期に間に合わせるため、仕事の鬼になって働くのだ。ゲームが完成したら、レイチェルのことをどうするか考えよう。これからやれることがあるとすればだが。

「レイチェルのことをどうするつもり？」

母のその問いかけにエティエンは顔をしかめた。レイチェルが警察署とエティエンの人生から歩み去って以来、自分でも一週間半にわたっておなじ質問をくりかえしてきたからだ。それは答えの出ない質問でもあった。レイチェルがこちらを求めていないのは明白なように思える。彼女はふりかえりもせずに立ち去り、以降は連絡をよこそうともしていない。

「そういうあなたは、レイチェルに連絡しようとしたの？」と母がたずねてくる。明らかにエティエンの思考を読んだのだろう。

母が心に侵入してきたことに、わざわざ動揺したりはしなかった。動揺してなんになる？おまけに、最近はあまり力が出ないみたいなのだ。生まれてこのかた勝ったためしのない戦いをする力なんて確実になかった。抗議しても母はこっちの心を読んでくるし、どちらかが死ぬまでそれをつづけるにちがいない。

「力が出なくて当然よ。ちゃんと〝食事〟してないんだから。いまだって脱水状態だわ」母がそうぴしゃりと言う。「しかも、自分の姿を見てごらんなさい。警察署をあとにして以来、あなたは入浴も着替えもしてないじゃないの。レイチェルが連絡をよこそうともしてないことを感謝すべきだわ。あなたのみじめな姿を一目見たとたん、彼女はくるりと背を向けて歩み去るでしょうよ。逃げだしてよかったと思いながらね」

「ずっと忙しかったんだよ」とどなりつける。エティエンは基本的にはどなるタイプではない。どなるのはむしろルサーンとバスチャンの得意技だ――ふたりは家族内の気むずかし屋だから。だが、近ごろのエティエンはちょっとどなりたい気分だったのだ。

「ふーん」母がじっと見つめてくる。はじめは、この話題はきっとここで打ち切られるのだろうと思ったが、やがて、母はこちらの心を調べまわっているのだとわかってきた。母に対して思考を閉ざそうとしてみたが、そうできたことはこれまで一度もない。それに、母はさがしていたものをすでに見つけていた。「〝愛してる〟って彼女に告げてないのね」

エティエンはその非難にひるみ、顔をしかめた。「愛してるとは気づいてなかったんだよ。

でも、レイチェルを好きだってことはわかってたし、ずっといっしょにいてほしいと思ってた。彼女はぼくの気持ちを知ってたにちがいないんだ。むこうがおなじことを望んでなかったのは明らかだけど」

「レイチェルがどうやって知ったっていうの？」と母がそっけなくきいてくる。「彼女にあなたの気持ちを話したわけ？」

「いいや」

「なんでこんなに馬鹿な子を育てちゃったのかしら？」母はうんざりしたように、部屋全体に向かって問いかけた。

「ふたりで……親密にしてるときには、ぼくらはたがいの思考を読めたんだよ。ぼくがレイチェルのことを気にかけてて恋愛関係を望んでるのを、彼女は知ってたはずなんだ」

「なんですって？」母が〝馬鹿じゃないの〟とでもいうような表情を浮かべているのに気づき、エティエンはおちつかない気分になった。「どうしたらレイチェルがあなたの思考を読めたっていうの？　彼女は初心者なのよ。まったくもう。あのかわいそうな子は、ここにいた最後の日かそこらまで、牙をコントロールすることさえできなかったのに。思考を読みとる技は、習得するのに何年もかかる高等技術じゃないの」母は眉をひそめてこちらを見た。「ふたりで親密にしててレイチェルの心がひらかれてたとき、あなたは彼女の思考を読んだ？」

「いや、もちろん読んでないよ。侵入したくはないから」

「なのに、〝レイチェルはどうやってか、進んであなたの思考に侵入できた〟なんて思ってるの?」とマルグリートはたずね、ふんと鼻でせせら笑った。「そんなことできるわけないでしょ。あなたは勇気をふるいおこして彼女に気持ちを伝えなくちゃ」

エティエンは黙ったままでいたが、彼の頭と心のなかにある不安が、マルグリートには読みとれた。エティエンはレイチェルを追いかけたい一方で、拒絶されるのを恐れているのだ。息子のことはよくわかっているから、彼は最終的にはレイチェルを追いかけていくだろうと、マルグリートは確信していた。ただ、エティエンがそうしたときにはもう手遅れになっているかもしれない、という心配がある。息子がしあわせになるチャンスをふいにするのを見たくなければ、母親らしいちょっとしたおせっかいをしてやらなければならないようだ。

まったく、とマルグリートは憤慨しながら考えた。この子は三百歳を超えているっていうのに、母親の仕事が終わることはないんだわ。

18

レイチェルは、深くすわりなおしてマニキュアのボトルのふたを閉めてから、両足を前にのばして苦労の成果をしげしげとながめた。十個の足の爪が、いまではダークレッドに塗られている。これは新しい経験だが、エティエンが遺体安置所にはじめてあらわれて以来、レイチェルは新しい経験をたくさんしていた。

眉をひそめ、そうした思考をむりやり押しのける。エティエンのことを考えるのはよくない。彼のことや、ふたりでともにすごした時間を思いだすのを自分に許すと、むっつりとふさぎこんだ気分になりがちなのだ。エティエンが恋しい。彼の家ですごした時間はごく短かったが、永遠であると同時にほんの一瞬でもあるみたいに感じられた。まるで、エティエンのことをずっと昔から知っていて、一生をまたたくまに経験したかのようだ。彼のことがひどく恋しい。

ため息をつきながら、レイチェルはマニキュアをテーブルにおいて立ちあがった。重労働のすべてをだいなしにしないよう、ジーンズの裾をひっぱりあげてから、アパートのリビングルームを横ぎってキッチンへと入っていく。本来なら歩こうとする前にちゃんと爪を乾かすべきなのだが、あのソファーにすわりつづけていたら、エティエンや彼といっしょにすごした時間のことを考えてしまって、憂鬱になるだけにちがいない。自分のもとの生活に腰をおちつけなおしたレイチェルは、そうしたことをすみやかに学んだのだ。エティエンのことを考えるのは禁物だ。深い鬱状態に沈みこんで、体が必要としておらずもうそんなに好きでもないアイスクリームみたいな馬鹿なものを、食べるはめになりかねないから。

冷蔵庫に直行して中身を物色している自分に気づき、うんざりしたため息をついて扉を閉める。つづけて、腰に両手をあててふりかえり、室内を調べた。しみひとつない状態だ。アパートのほかの部屋とおなじく、キッチンもきれいにしてから、ひまつぶしのペディキュア塗りにとりかかったのだ。休日の夜の時間をつぶすのにはいまだに苦労している。もとの生活にもどったレイチェルは、自分が行方不明になっていたあいだに、例の昼勤の仕事がべつの者に与えられたことを知った。上司はひたすら謝って、レイチェルが姿を消したときにはみんな最悪の事態を予想したのだと釈明していた——昼勤のあきはすぐに埋めなければならなかったから、おなじく申請を出していたトニーをその仕事につかせたのだと。レイチェルは、納得していると上司にうけあい、実際にちゃんと納得していた。事実、自分でもひどく驚いたことに、まったく気にさわらなかった。あの短い十日間ほどの経験によって、確実にちょっとした夜型人間になってしまっていたのだ。いまは夜が大好きで、喜んで一晩じゅう働いている。奇妙な話だが、騒々しい近隣住民に眠りをさまたげられることはもうなくなり、どうやってか騒音をブロックして、死んだみたいにぐっすり眠れるようになっていた。

現在の夜の唯一の問題点は、それがエティエンとすごした時間を大いに思いださせるということだ。すばらしくもあり悲しくもある。彼が恋しい。

そのとき聞こえてきたドアをノックする音が、エティエンのことをあれこれ考えてまたしても悲しみと気鬱に沈みこみそうな状況から救ってくれた。ほほえみを顔にはりつけながら、応対するためにキッチンを出て廊下を進んでいく。近所のだれがこんな時間にドアをノックしているのだろう。とっくに午前零時をまわっているが、アパート内に入ろうと呼びだしブザーを押してきた者はいないから、きっと近所の住人にちがいない。

ドアをあける前に、わざわざのぞき穴で確認したりはしなかった。ヴァンパイアに変えられてからの数週間、力とスピードは増しつづけ、だれかをひどく恐れることはもうなくなっていたのだ。かなり自信の持てる新しい生きかただ。玄関ドアをひきあけて、ちらりと外を見る。そこで一瞬動きを止めたあと、ドアの外に足を踏みだし、困惑して通路をあちこち見まわした。たしかにノックの音が聞こえたのだが、ドアの前にも通路にも人影はない。

「頭がおかしくなりかけてるにちがいないわ」とつぶやきながら、なかにもどって無意識にドアを施錠する。ふりむいてドアから二歩離れたところで、再度ノックの音がした。足は止めたが、玄関ドアのほうには向きなおらなかった。ノックの音はそちらからしてきているのではない——廊下の先のリビングルーム付近から聞こえてくる。好奇心と困惑が先に立った状態で、廊下を進みつづけて大きな居心地のいいリビングルームへと入っていき、ふかふかのソファーをさっとながめた。また聞こえてきたノックの音に、視線をベランダへつづく窓のほうへ向ける。

レイチェルは、ガラスの引き戸のむこう側に立っている男性をぽかんと見つめ、彼がにやりと笑って手をふってくると同時にそちらへ駆けよった。

「トーマス！」と相手を迎えながら、ガラス戸をひきあけてなかに入れてやる。「どうやってここまで上がってきたの？」

「よじのぼってだよ、もちろん」トーマスが肩をすくめて応じた。

レイチェルは彼をまじまじと見つめてから外へ足を踏みだし、建物の前面と階下の六つのベランダをながめた。ふりむいて信じられない思いでたずねる。「これを登ってきたわけ？」

「そうとも」トーマスはおもしろがるように肩をすくめた。「ぼくはよじのぼるのが好きなんだ」

レイチェルはふたたび建物を見おろした。登ってくるのは不可能ではないだろう——力が強くて身が軽くて、転落死することを恐れていない者なら。二百歳を超えたヴァンパイアには、そのすべての条件がまちがいなくあてはまる。まったく、あと二百年もしたら、自分だって似たようなことをしているかもしれない。

小さな笑い声をのどから漏らし、きびすを返して先に立って室内にもどる。「単純に呼びだしブザーを鳴らせばよかったんじゃない？ そうすればなかに入れてあげたのに」トーマスがまたしても肩をすくめ、レイチェルは、ベランダへつづくガラス戸をふたりのうしろで閉めた。「きみを驚かせたかったんだよ」

「まあ、それには成功したわね」と、そっけなく応じてからほほえむ。「わざわざ来てくれた理由は？」

「きみに〝バレンタインデーおめでとう〟って言いたかったのと、〈ナイトクラブ〉に誘おうと思ったからさ」トーマスはあっさりと言ったが、彼の言葉にはふたたび困惑させられただけだった。

「えーと……トーマス、バレンタインデーは二月よ。いまは九月じゃないの」と指摘してやる。

こちらの警戒した表情にトーマスが笑い声をあげた。「ほら、ぼくらはいつも通常の暦にしたがってるわけじゃないんだよ。二、三百年もしたらきみだって気づくさ。どんな日もバレンタインデーで、必要にせまられればキューピッドがあらわれるってね」

「へえ」とあいまいに応じる。トーマスの言おうとしていることはさっぱりわからない。でも、友だちが来てくれたのと、休日の夜になにかをするチャンスができたのが、とてもうれしかったので、追及はしないことにした。

ひとりで〈ナイトクラブ〉へ行くことも何度か考えたが、エティエンと鉢合わせするのが怖くて、実行する勇気がなかったのだ――相手に抱きつくとかいう恥ずかしいまねをしてしまったり、怒った彼に背中を向けられたりすることを恐れていたから。わたしを救うためになにを投げだしたかに、エティエンはもう気づいたかしら？　彼はわたしを憎んでいるの？むこうが電話さえしてこないという事実が、そうかもしれないことを示している。

「さて」トーマスが両手をぱんと打ちあわせたので、レイチェルははっと思考から呼びさまされた。「着替えておいでよ、お嬢さん。いっしょに〈ナイトクラブ〉へ行こう。今夜、あそこは刺激的な場所になるはずなんだ」

レイチェルはわざわざ考えこんだりはせず、感謝のほほえみを浮かべてうなずくと、いそいでリビングルームを出て寝室に入っていった。現在身につけているのは、エティエンの家にいたときにマルグリートがアパートからとってきてくれた、例のきついジーンズだ。休日にはたいていこれをはいている。いまではきごこちがよくて安らげるものになっていて、彼とすごした時間を思いださせてくれるからだ。いつかは新しいジーンズに替えなければならなくなるとわかっていたが、その日を心待ちにしているわけではない。

とりあえずジーンズを脱いで、最近買った短くてタイトな黒いレザースカートを身につける。つい魔がさして〝エティエンが連絡してくるかも〟と期待したときに買ったものだ。デートのときにそれをはいていって、彼を夢中にさせてやりたかった。だけど、エティエンはまったく連絡してこなかったので、そんな空想をするのはやめてしまった。このスカートでトーマスを夢中にさせるつもりはまったくない。トーマスはいい人だが、レイチェルの心はすでにエティエンに盗まれていて、その痛手から回復するには長い時間がかかりそうだった。とはいえ、エティエンと鉢合わせする可能性はつねにあるわけだし、彼と会ってしまった場合には、自分の最高の姿を見せてやりたい。ほかはともかくとして、すくなくとも〝どんな魚を逃がしたか〟はわからせることができるだろうから。

スカートをはき終えると、身につけていた大きめのTシャツをさっと脱いで、ドレッシーな白いブラウスに着替えて裾をたくしこんだ。つづけて、ペディキュアを塗ったばかりの爪先を見せびらかせるサンダルをはき、バスルームに駆けこんでアイシャドーをすこしと口紅をつける。そして、髪に軽く指を通してちょっと乱れたセクシーな感じにしてから、のどと両手首に香水を吹きかけて、いそいでバスルームを出た。

「早かったね。しかもすてきだ」と、トーマスがリビングルームで合流したときに称賛してくれた。「じゃあ行こうか、お嬢さん。夜が待ってるよ」

彼はベランダへつづくガラス戸には向かわず、玄関ドアへと廊下を進みはじめたので、レイチェルはひどくほっとした。ビルをつたいおりる心の準備は、まだできていなかったからだ。ハンドバッグをつかみ、トーマスのあとを追ってアパートの外に出ると、とつぜん足どりが軽くなった。彼のことは好きだ——といってももちろん、エティエンのことが好きなのとおなじかたちでではない。でも、トーマスはおもしろくて笑わせてくれるし、彼のおかげで今夜の自分は確実にたのしくすごすことができるだろう。アパートでぼんやりして、〝もしかしたらこうなっていたかもしれない〈ナイトクラブ〉での夜は、きっと愉快なはずだ。のに〟と、ふさぎこんでいるよりはずっといい。

それに、トーマスからエティエンの話を聞ける可能性もある。トーマスは、いとこがどうしていてなにをしようとしているのか知っているにちがいない。レイチェルはエティエンに関する情報に、恥ずかしいほど飢えているのだ。

エティエンは、『血に飢えし者Ⅱ』のデータが入ったディスクを梱包《こんぽう》してラベルに宛名《あてな》を書き、その封筒をわきにおきながらため息をついた。完成だ。ようやく仕事が終わった。封筒を一瞬見つめたものの、心はうつろで、そそくさと立ちあがってオフィスをあとにする。立ちよった母に悩まされたあの夜以外は、レイチェルのことを考えてしまって仕事のじゃまになったり作業が中断したりしないよう、ずっとノンストップでゲーム作りにとりくんできた。だが、ゲームが完成したいま、最初に考えたのはレイチェルのことだった。〝彼女はどうしているだろう〟と思いながら、一階に上がっていく。

仕事中かな？　いや。レイチェルをヴァンパイアに変えた晩に、彼女は昼勤に昇格できたことを知ったんだった。もう午前零時をまわっている。レイチェルは現在、大きくてあたたかなベッドで、心地よく寝具にくるまって眠っているにちがいない。そう思ったとたん、心のなかに切望がわきあがるのを感じる。そのベッドに自分もいられたらいいのに。もちろん、いっしょにいたら彼女はあまり眠れないはずだ。こっちはどうしてもがまんできずに、ふれて愛撫して――。

エティエンはそこで思考を断ち切った。レイチェルとのセックスを夢想するのは、この世で一番建設的なこととは言えない。それに、彼女に近づく方法を考えだすとか、そういうことをするほうがだいじだろう。母の言うとおりだ。自分の思いをレイチェルに伝え、彼女の気持ちをさぐりださなくては。唯一の問題は、どうやってとりくめばいいのかだ。

キッチンを半分ほど横ぎったところで、電話が鳴りはじめた。すぐに地下室へつづく扉のほうに向きなおったが、オフィスの電話を修理業者に直してもらったとき、家じゅうに電話機を設置したことを思いだした。またくるりとふりむいて、キッチンの壁の電話機へと歩いていき、受話器をつかんで「もしもし？」とどなってやる。

「よう、色男！」トーマスの陽気な声があいさつしてきた。「いまどこにいると思う？」

エティエンは顔をしかめた。音楽とおしゃべりの騒々しい音が、相手の声をほとんどかき消してしまっている。天才じゃなくても答えはすぐにわかった。「〈ナイトクラブ〉だな」

「一発で当てたね、色男」とトーマスが笑い声をあげる。「ああ、ぼくはここにいる。めちゃくちゃ魅力的な女の子といっしょにね。きみも知ってるかな。レイチェルっていうんだけどさ?」

「なんだと?」エティエンは身をこわばらせて、反射的に受話器を握りしめた。

「そうなんだよ」トーマスの口調は得意げだった。「彼女もぼくもひまでひまで……」

「トーマス」とエティエンはうなった。いとこが思わせぶりに言葉を切ったことで、冷たい怒りが心のなかにわきあがる。

「レイチェルはいま化粧室に行ってて、ぼくがきみに電話してることは知らない。彼女が欲しいのなら、こっちに出かけてきてぼくらと合流したほうがいい」トーマスはおもしろがるように言ってから、もっとまじめな声でつけくわえた。「でもって、今回はちゃんと決着をつけたほうがいいよ。ぼくがきみたちのためにキューピッドを演じるのはこれっきりだ。今度きみがしくじったら、レイチェルはぼくがもらう。バレンタインデーおめでとう」

電話がカチリと切れたあとに発信音がつづく。エティエンはすくなくとも一分間はその音に耳をかたむけ、頭をフル回転させていた。トーマスがキューピッドを演じている。つまり、またしてもちょっかいを出してきているわけだ。やつに神の祝福を。そう考えて受話器をガチャンとおき、まずどうするべきか、すこしのあいだ迷った。シャワーを浴びて服を着替えなければ。あと、ひげもそらないと。まったく、あんまり長いことひげをそらなかったせいで、このいまいましい顔にはあごひげがのびてきてしまっているのだ。レイチェルになにかプレゼントを持っていくといいかもしれない。花束とか。いったいどこへ行けばこんな遅い時間に花を見つけられる？　なんで夜にはどの店も閉めなきゃならないんだ？　ちょっとでも金を稼ぎたいってやつはいないのか？　そんなことをいらいらと考えながら、エティエンはいそいでキッチンをあとにした。


「きみは刺激的な女の子だね、お嬢さん！」

トーマスの褒め言葉にレイチェルは笑い声をあげた。ダンスフロアに鳴りひびくロックミュージックに合わせて踊りながらのことだ。本当にたのしい。ものすごく。ここに来てからの二時間、エティエンのことは二千回くらいしか考えていない。いつもよりすくない回数だ。

「ぼくはもうへとへとだよ、お嬢さん。すわろうか」トーマスが、レイチェルの同意を待たずに、こちらの手をとってダンスフロアの外へひっぱっていった。異議を唱えることなく彼についていく。たのしんではいたが、ちょっぴり休みたかったからだ。

「よかった、ドリンクが来てるわ」と、うれしいため息をつきながら言って、椅子にどさりと腰をおろす。〝甘い陶酔〟はたのまないようにとだけはっきり告げたうえで、また思いきってトーマスに注文をまかせることにしたのだ。彼は今回、〝つきせぬ耐久力〟とかいうのをたのんでくれた。言葉のひびきからするとそんなに危険ではなさそうだ。それでも、いちおうなんなのかきいてみたが、トーマスはほほえんで「すぐにわかるよ」と言うだけだった。好奇心で味見すると、驚いたことに悪くなかった。けっこういける。もう血を飲むのにストローは必要なくなっていた。

「さあ、お出ましだ」

トーマスの言葉にちらりと目を上げたレイチェルは、エティエンが人ごみをかきわけて向かってくるのを見て凍りついた。一瞬、心が幸福感に満たされたが、不安がただちにとってかわる。彼はこちらを見てもうれしそうにはしていない。実際、かなりいらだっているように見える。そう思ってながめていると、エティエンがテーブルまでの最後の数十センチの距離を詰め、そこで立ち止まってじっと見つめてきた。〝彼はなにを投げだしたかに気づいて、事実わたしを憎んでいるのだろう〟とレイチェルが判断したちょうどそのとき、相手はとつぜん背後からさっと手を出して、しおれた花束をさしだしてきた。みじめな花束をぽかんと見つめてから、それを受けとろうとおずおずと手をのばす。レイチェルのためらいは明らかに長すぎたらしく、エティエンがすぐに花束の状態を詫びはじめた。

「きみに花を持ってきたかったんだけど、こんな時間にあいてる花屋は一軒もなくてね。終夜営業の雑貨店を六軒まわっても、ぜんぜん花は見つからなくて、これが一番ましな――」

「すてきだわ」と言葉をさえぎって花束を受けとる。実際しおれてみじめな外見だったが、レイチェルには本当にすてきに思えた。希望の象徴だ。はにかむようにほほえみながら、喜んで受けとった花束を顔のそばに持っていき、ほのかな香りを――。「サラミの匂い?」

「惣菜屋《デリ》の冷蔵庫に入ってた花なんだ」エティエンが恥ずかしそうにつぶやく。

レイチェルは笑い声をあげるまいと唇を噛んでから、にっこりと相手にほほえみかけた。

「どうしてた?」

「悲惨だった」と彼が簡潔に答える。「きみは?」

「おなじよ」ふたりでほほえみあうと、双方が緊張を解いた。

「さてと、ここでのぼくの役目は終わったようだね」とトーマスが告げて立ちあがり、レイチェルにこう説明してきた。「たのしかったけど、ぼくはただの配達係なんだよ、お嬢さん。キューピッドを演じるよう、マルグリート伯母さんにたのまれたんだ。ぼくはきみが好きだから、それに同意したってわけさ」

「キューピッドねえ?」と、エティエンがおもしろそうにたずねる。

「ああ、笑ってくれよ」トーマスが愛想よく言った。「できるうちにたのしむがいいさ。だけど、今回はこのお嬢さんとのことをしくじらないでくれよ。ぼくがキューピッドを演じるのは、百年に一度が限界だ」

彼はレイチェルのそばにやってきて、身をかがめてこちらを抱きしめながらつぶやいた。

「わが一族にようこそ」

いまの言葉はどういう意味なのかききたかったが、トーマスはあまりにもすばやく歩み去ってしまったため、そんなチャンスはなかった。彼が人ごみのなかに消えていくのをながめてから、いとこがあけたばかりの席にすわったエティエンをちらりとふりかえる。

「きみが恋しかった」彼は目が合った瞬間にそう告げてきた。

その主張にレイチェルは両眉をはねあげた。〝とても信じられないわ〟という考えが心をよぎったとたん、エティエンが苦笑いする。

「いまのは聞こえた」彼はおもしろがるように言った。

「あなたはわたしの心を読めないと思ってたんだけど」と、不審感をおぼえながら応じる。

「読めないよ」エティエンはそううけあった。「まあ、ふたりで親密にしてて、きみの心がぼくにひらかれてるとき以外はね」

「じゃあ、どうやって——？」

「実際、きみがぼくに思考を伝えてきたんだよ」

「本当に？」とたずねる。

「ああ。たぶんたまたまだろうけど、練習すれば意のままに伝えられるようになるはずだ」

「そうなの？　やりかたを教えてくれる？」

エティエンがしばらく黙りこんでから言った。「もっといい考えがある。ぼくが伝える思考を読みとろうとしてみてくれ」

「オーケー」と同意し、首をかしげる。「どうやればいいの？」

「ただぼくに心をひらいてくれれば、残りはこっちがやるよ」エティエンはそう告げて沈黙し、集中してすっと目をせばめた。ほんの一瞬あとに、耳に語りかけられているのとおなじくらいはっきりと、彼の考えていることが聞こえてきた。

《きみが恋しい。きみを切実に求めてるんだ。きみがいないと、人生からなにかが失われてしまう。ぼくの人生に、家に、ベッドに、きみをとりもどしたい。毎晩きみのそばで目ざめたいんだ。愛してるよ、レイチェル》

正しく聞きとれたとはとても信じられず、エティエンをじっと見つめる。「じゃあ、どうして連絡してこなかったの？　トーマスが今夜わたしをここに連れてこなかったら——」

「そのときは、きみに近づくべつの場所や手段を見つけてたさ」と彼は重々しくうけあった。「ぼくはただ、仕事の納期なんていうじゃまなものをなくしてしまいたかったんだ。きみのことだけに集中できるようにね」

かなりへたな言い訳に聞こえる。エティエンはまず仕事を片づけたかったってこと？　わたしのことは、仕事であるテレビゲームのつぎってわけ？　まあ、うれしいことかもね。

「きみは本当に腹を立ててるにちがいないな」と、エティエンが顔をしかめて言う。「思考がベルのようにはっきり送られてきてるよ」

窮地から救ってやるような反応やほほえみをこちらが返さずにいると、彼はため息をついてこうつづけた。「もっと静かな場所へ行こうか」

レイチェルは重々しくうなずき、ドリンクの残りを飲みほして立ちあがった。ふたりとも黙りこんだまま、〈ナイトクラブ〉を出てエティエンの車へと向かう。車に乗りこめるよう彼が助手席のドアをあけてくれたときにも、レイチェルは異議を唱えず、どこへ行くのかもたずねなかった。そして、エティエンの家の前に車が止まってもさほど驚かなかった。ふたりの関係の大部分はここで進行したわけだから、問題を解決するのにもっとも理にかなった場所だと思える。

レイチェルは彼のあとについて家のなかに入り、例の一階の図書室へと足を踏みいれた。図書室に入ると、しだいにおちつきにつつまれるのを感じた。この部屋では、ただいっしょに本を読んで幾晩か静かな夜をすごしたからだ。

「オーケー」とエティエンが言う。ふたりでソファーに腰をおろしたあと、彼は片腕をレイチェルの体にまわしてみずからの胸に抱きよせた。「本当は仕事のせいじゃなかった。仕事は口実だったんだ」

エティエンがそう認めたことにはたいして驚かなかったが、レイチェルが沈黙をたもっていると、その見返りに彼はさらにこうつけくわえた。「ぼくは怖かったんだよ」

今度の言葉には実際に驚いたので、上半身を起こしてふりかえり、相手をじっと見つめる。

「なにが怖かったの?」

「傷つくことがさ、レイチェル」エティエンが静かに応じた。「自分を臆病者だと思ったことは一度もないけど、これはぼくにとってまったく新しい経験だったんだ。惹かれてるのに思考を読めない女性には会ったことがなかったからね。いままでにない経験で、ちょっとおちつかなかった。ぼくははじめから無防備に感じてて、困惑もしてたんだと思う。思いだしてほしいのは、ぼくは恋に落ちることなく三百年も生きてきてしまったってことだ。きみにかきたてられた感情にはびっくりした」

「わたし自身もかなりびっくりしたわ」と静かに認めて、彼の腕のなかにまた身をおちつける。「そして、傷つくのを恐れてた。本当に怖かったのは、わたしを救うためになにを投げだしたかに気づいたあなたが、こっちを憎むようになるんじゃないかってことで、それは――」

「ありえないよ」エティエンがきっぱりと言葉をさえぎり、ぎゅっと抱きしめてきた。「最初から、自分は正しいことをしてるとわかってた。ぼくははじめからきみに惹かれてたんだ。きみが体調不良で青ざめた顔をしてて、いまにも倒れそうに見えたときですらね」レイチェルが相手をちらりと見あげると、彼はほほえんで発言の印象をやわらげ、片手でこちらのあごをとらえて言った。「レイチェル、きみ以外のだれかと人生をすごすなんて想像できないよ。きみのいない人生なんて考えられない。きみはぼくの心を手に入れてるんだ。せかしてるんじゃないかと自分でも気づいてるし、きみはもっと考える時間が欲しいのかもしれない。でも――」

「これ以上の時間は必要ないわ、エティエン」とすばやく口をはさむ。「すべての流れが急なことはわかってるけど、あなたはわたしがずっと求めてきた男性なの。愛する男性がどんな外見でどんな資質を持ってるか、想像する時間をつくってたとしたら、わたしが夢見たのはきっとあなただったはずよ。あなたを愛してるわ」レイチェルはさらりと言い、相手が長々と息を吐きだしたときには思わずほほえんだ。

「じゃあ、ぼくと結婚してくれ」エティエンがそう口走る。

「ええ」と即座に応じたが、彼は首をふった。

「このことはよくよく考えなきゃだめだよ、レイチェル。ぼくがたのんでるのは、わずか二十五年や五十年程度のことじゃないんだ。うちの一族の結婚っていうのは――すくなくともうちの家族にとっては――生涯添いとげることを意味してる。しかも、ぼくらの一生はうんと長いものになる可能性があるんだ」

「できれば永遠であってほしいわ」と重々しく応じる。「愛してるわ、エティエン。あなたと永遠のときをすごしたいの。あなたもわたしの心を手に入れてるのよ」

エティエンの顔にゆっくりとほほえみがひろがった。「ありがとう。きみの心は生涯ずっと守りぬくよ」その言葉はささやきでしかなく、彼は前に身を乗りだして、唇を奪うようにキスしてきた。

レイチェルは、相手の口のなかに安堵のため息をつきながら唇をひらいた。エティエンのキスはわが家に帰ってきたみたいに感じられた――自分はそこからあまりにも長いこと離れていたのだ。侵入してきた彼の舌をこちらも舌で出迎え、すわったまま体をひねって両手で胸板をなであげる。一方の手をさらに上へと進ませ、うなじにまわして髪にもぐりこませると、絹のようになめらかなふさにからませた。そして、もう一方の手でシャツの胸もとをつかみ、エティエンをもっと近くにひきよせる。おのずと弓なりにそった体を相手に押しつけると、急に欲望が全身を駆けめぐり、レイチェルは飢えて大胆になった。自分の下と上となかに、一度に彼を感じたい。エティエンとまじわって、彼の体がこちらの体を満たすのを感じたい。こんなふうに永遠に彼を抱きしめ、また抱きしめられていたい。

《そうできるよ》頭のなかでささやかれた言葉は、エティエンからのメッセージだった。のどの奥深くにくすくす笑いがこみあげてくる。だが、彼の手がブラウスの布地ごしに胸をさぐりあてると、しあわせなたのしい気分は消え、笑いはうめき声になってとぎれた。唐突にかなり深刻な状態になる。

レイチェルは、体があおむけにソファーに倒れるにまかせ、エティエンのシャツの布地をいっそう強くひっぱって、相手もむりやりいっしょに倒れこませた。体の位置をずらしておおいかぶさってきた彼の唇と手の動きが、ますます欲求に満ちたものになっていく。わずか数秒で、白いブラウスの前がひらき、ブラジャーのフロントホックがはずされていた。期待に身をふるわせて、エティエンの下で体を弓なりにそらすと、彼はシルクのブラジャーの生地をわきへ押しやって、こちらの裸の胸をさらけださせた。すでに硬くなっていた一方の胸の先端をエティエンが口にふくむと同時に、彼の頭を両手でしっかりとつかんで抱きよせる。

つづけてレイチェルは、握っていたエティエンの髪を急に放して相手を押しのけた。エティエンが身を起こして離れながら顔に浮かべた驚きの表情は、めちゃくちゃ可笑《おか》しかったのだが、レイチェルは彼のシャツのボタンと格闘するのに忙しくて、あまり気にとめていなかった。シャツが大きくひらくまですばやくボタンをはずし終えたとたん、エティエンがかがみこんできたので、ひろびろとしたむきだしの胸板を両手でなでまわす。彼の胸は大好きだ——その硬さも力強さも。レイチェルは、掌が彼の両乳首にあたったところで手を止め、それを親指と人さし指のあいだにとらえて、興味津々でかわいがってやった。

こちらの愛撫にエティエンが低いうなり声を漏らし、おおいかぶさってきてふたたび唇を奪う。熱く抑えがたい情熱がふたりのあいだで爆発し、探索のときは終わった。まるで、永遠とも思える時間離れていたせいで、たがいの欲求を否定できないみたいに感じられる。情熱が野火のように明るく猛烈に燃えさかっていた。キスはほとんど荒っぽいくらいになり、エティエンが両手で体をなでまわしてくると、レイチェルは彼の背中を爪で上のほうへひっかいた。つづけて、エティエンの上腕のうしろ側に爪を食いこませ、彼の下で体を弓なりにそらす——エティエンが、こちらの両脚のあいだにするりと片手をさしいれて、レザースカートごしに押しあててきたからだ。

「あなたが欲しいわ」とあえぐ。それは要求であって、懇願ではなかった。加えてレイチェルは、ふたりの体の隙間に手をつっこんで、ジーンズの上から彼自身を握りしめていた。

エティエンの反応は迅速だった。彼はいったん身を起こし、ソファーの上でレイチェルの両脚のあいだにひざまずくと、スカートを必要なだけほんの数センチ押しあげた。パンティーをつかみ、ひきおろすのではなくただ両サイドの薄っぺらいシルクの生地をぷつんと切って、漂流物みたいにはがれおちさせる。そして、みずからのジーンズをおろしながらふたたびおおいかぶさってきたあと、片手をレイチェルのヒップの下にさしいれてわずかに持ちあげ、こっちが彼の腰に両脚を巻きつけると同時になかにすべりこんできた。

エティエンが入ってくると、レイチェルは安堵のうめき声をあげた。体が彼をこころよく受けいれてしっかりとつつみこんだとたん、むこうが耳もとでうなる。エティエンが動きはじめたときには、ふたりとも完全に夢中になってしまった——求めている絶頂を目ざして奮闘し、戦っているとも言えるくらいに。エティエンは、まちがいなくレイチェルが先に絶頂を迎えるようにしてくれた。だが、達したこちらが絶叫して彼自身をぎゅっと締めつけた瞬間、エティエンは食いしばった歯のあいだから「神に感謝だ」とささやいて、みずからも絶頂を迎えた。彼がレイチェルの上に倒れこんでくる。ふたりはともに横たわったまま荒い息をついていた。

最初に身じろぎしたのはエティエンのほうで、まだ息のはずんだ苦笑いの声を漏らしながら、ソファーの上で双方の体の位置をずらした——彼はあおむけに横たわり、レイチェルはぬいぐるみの人形みたいにだらりと手足をひろげて相手の上におおいかぶさった状態に。

「やあ、いまのは……」エティエンの声はかすれていて、しだいに小さくなってとぎれた。

「ううーん……」とつぶやいたレイチェルは、頭をもたげて彼にけだるく笑いかけた。「もう一度やりたい？」

エティエンが小さく笑いながら、両腕をしっかりと体にまわしてきてそばに抱きよせた。

「喜んで。きみは準備オーケーかい？」

「ええ、もちろん。わたし――」そこで唐突に言葉を切り、目をまるくしてふたたび頭をもたげる。

「どうした？」エティエンが心配そうにたずねてきた。

「わたし、失神しなかったわ」と驚いて応じる。「失神しなかったのははじめてよ」

「――ってことは、明らかにぼくはちゃんとやれてなかったんだ」エティエンはそう判断して身を起こし、むりやりレイチェルもいっしょに起きあがらせた。

「あら、でもわたし……その……いつもとおなじくらいうんとたのしんでたのよ」と話しながらも、顔が赤らむのがわかったが、それを止めることはできなかった。「いつも以上に、かもしれないわ。かなり興奮したもの」

「だよな？」にやりとちょっと得意げな笑みを浮かべたエティエンが、両腕でこちらをさっとすくいあげて立ち、図書室を横ぎるようにして運んでいってくれる。

レイチェルは男のうぬぼれにあきれて首をふり、廊下へ運びだされると同時に、彼の肩に頭をもたせかけた。二階への階段を途中まで登ったところで、エティエンが急にたずねてきた。「きみが〈ナイトクラブ〉で飲んでたドリンクはなんだったんだい？」

「〝耐久力〟がどうとかいうやつよ」とつぶやいて、彼の首のつけねあたりの髪をもてあそぶ。

「なるほどね」そう言ってエティエンがうなずいた。

「なにが『なるほど』なの？」とききながら、彼の肩から頭をもたげ、好奇心をおぼえて相手の顔を見つめる。

「きみは今夜は失神することはないよ」と、エティエンがおもしろがるように告げてきた。

「へえ？」

「うーん」彼が小さく笑う。「実際のところトーマスのやつが、ぼくにうんときつい運動をさせるお膳立てをしたんだ」

「ほんと？」レイチェルは、寝室に運びこまれると同時に興味津々でたずねた。「わたし、あなたのいとこが好きかもしれないわ」

「いまこの瞬間は、ぼくもおなじ意見だな」エティエンは笑い声をあげてそう応じると、寝室のドアを蹴ってふたりのうしろで閉めた。

エピローグ

マルグリートは、バスチャンの秘書のデスクのそばを通りすぎながら相手ににっこりとほほえみかけ、制止もされずにすいとオフィス内に入った。「エティエンとレイチェルからハガキが届いたわ。ふたりとも、ハワイですてきなハネムーンをすごしてるみたいよ」

マルグリートがひろい部屋を横ぎって近づいていくと、まじめな息子は読んでいた報告書からあきらめ顔でちらりと目を上げた。「そうなんだ?」

「ええ」身をかがめてバスチャンのひたいに愛情のこもったキスをしてやってから、問題のハガキを手わたす。息子がそれを読んでいるあいだに、マルグリートは彼のデスクをまわりこむようにしてもどり、真向かいの椅子にどさりと腰をおろした。

「ふたりがどうしてハワイを選んだのかわからないな」と、バスチャンが苦笑いしながら言う。読み終えた彼は立ちあがり、大きなデスクの上に身を乗りだしてハガキを返してきた。

「あたたかくて気持ちのいいそよ風に、月明かりに照らされたビーチ」マルグリートは、ハガキを受けとってハンドバッグにしまいこんだ。「それに、ヴァンパイアになる前、レイチエルはハワイ旅行を計画してたんですって。一度も行ったことがなかったから」

「そして、エティエンは彼女を喜ばせたかったってわけだ」バスチャンが椅子にすわりなおしながらそう言葉を結んだ。「ふたりはきっとしあわせになるよ」

マルグリートは、息子の声にあこがれのひびきがあるのを聞きつけて、おしはかるように彼を見つめた。四百歳を超えるバスチャンは、マルグリートの二番めの息子だ。もっともまじめな息子でもあり、ときにはまじめすぎるほどだが、彼はいつだってそうだった。少年のころでさえ、四人の子供たちのなかで一番強い責任感を持っていた。父親のクロードが亡くなったあと、バスチャンが家督を継いでも、たいして驚く者はいなかった。長男のルサーンにも家督を継ぐ能力は充分あったのだが、彼はその役目をずっといやがるはめになっていただろう。一方バスチャンは、むずかしい課題に喜んでとりくみ、問題を解決したり人を助けたりするのをたのしんでいる。彼はしっかり者で、しっかりした女性を必要としているのだ。

「どうしてそんな目でぼくを見てるんだい?」

バスチャンの警戒ぎみの問いかけに、マルグリートはリラックスして肩をすくめた。「ひょっとしたら伝染性があるのかもしれない、って考えてただけよ。リシアンナもエティエンもいまは結婚して身を固めたし、ルサーンとあのかわいいケイトにも大いに期待が持てるわ……ただし、ルサーンがむりやりひっぱりだされた例のイベントで、彼女と殺しあわなければの話だけど。もしかしたら、あなたにもすぐにいい人が見つかるかもね」

バスチャンは黙りこみ、ルサーンとケイトのことを考えた。兄のルサーンはまんまとはめられて、担当編集者のケイトとともにロマンス小説のイベントに出席するはめになったのだ。ルサーンはしぶっていたが、ケイトは説得力にあふれたかわいい金髪女性で、しかも母のマルグリートとチームを組まれてしまっては、兄に勝ち目はなかった。

一方で、〝母の助けがあってもなくても、兄にはもともとケイトに対する勝ち目などなかったのかもしれない〟とも思う。エティエンとレイチェルの結婚式で、ルサーンとケイトがいっしょにいるのを見たときの感じからすると、あのふたりに関する母の期待はあながちまちがいでもなさそうだった。兄は恋に落ちているのだ。当人が気づいていようといまいと、ルサーンは生涯の伴侶を見つけたのだ。兄自身のためにもそれがふいにならないことを、バスチャンは祈っていた。

母のほうに視線をさまよわせると、むこうは興味深げに見つめてきていた。母がこちらの思考を読めることはわかっているので、〝自分も生涯の伴侶が欲しい〟と思う気持ちはあえて否定せずにおく。かたわらでともに人生の苦難に立ち向かってくれるパートナーが欲しい。しかし、もう四百年以上も生きてきたが、愛していると当時思えた女性には、ひとりしか会ったことがなかった。あいにくその女性は、バスチャンの正体を知ったときにいい反応を見せず、同族になることを完全に拒否した。そんなことがあっても、バスチャンは彼女を愛するのをやめなかった。いつも遠くから、相手の短い生涯をずっと見まもりつづけたのだ。彼女が年を重ね、べつの男と恋に落ち、子供や孫をもうけ、最終的には死んでいくのを、なすすべもなく見ていることになった。

それはバスチャンの人生で一番つらかった時期で、そのときの歳月がこう教えてくれた――ヴァンパイアである自分はいつだって、フェンスのむこう側でやっているパーティーをほかの子たち全員が笑ってたのしんでいるようすを、ひとりでこちら側に立ってながめている子供になるのだろうと。

母がまだ見つめてきているのに気づいたバスチャンは、肩をすくめて報告書に目を落とし、簡潔に応じた。「愛を見つけて守りつづける運命にはない者だっているんだよ」

「ふーん」母は一瞬黙りこんだが、どうやら話題を変えることにしたらしい。「ああ、ところで、バスチャン。ドクター・ボビーが、うちの家族のだれかと話したいんですって。エティエンとレイチェルはハネムーン中だし、リシアンナとグレッグは休暇でヨーロッパに行ってるし、ルサーンは例の作家のイベントに出てるから、いま対応できるのはあなただけなのよ。あなたが話を聞きにいくって、先方に伝えてもいいかしら?」

「うーん？　ええっ？」バスチャンは困惑してちらりと目を上げた。「ドクター・ボビーって？」

「わたしのセラピストよ」

「セラピスト」ショックを受けてオウム返しに言う。つづけて、警戒感がふるえるように全身を走りぬけた。「セラピストに診てもらってるんだ?」

「ええ。いますごく流行ってるの。それに、リシアンナの恐怖症を治すのにグレッグがとても助けになってくれたから、わたし自身もちょっとカウンセリングを受けるといいかもしれないと思って」

「どうして? 母さんには恐怖症なんてないじゃないか」

「ないわよ。でも、実際いくらか問題をかかえてるの——とくにひとつ、とりくみたかった問題があってね」

母は視線を合わせようとせず、バスチャンはいぶかしく思わざるをえなかった。「で、くだんのセラピストは家族のだれかと話したがってるわけだ? 理由は?」

母が肩をすくめる。「よくわからないわ。ドクター・ボビーは、家族のだれかと話したいって言ってただけだから。会いにいってくれるわよね?」

バスチャンは眉をひそめたが、最終的にはうなずいて同意した。母が実際どんな〝問題〟にとりくんでいるのか、そして、自分たちの生活——ヴァンパイアであることは言うまでもなく——をどれくらいドクター・ボビーとやらにうちあけたのか、さぐりだしにいくのが賢明だと思えたのだ。

「よかった。じゃあ、あとは好きなように仕事してちょうだい」母はにっこりとほほえみかけてきて、立ち去るべく腰を上げた。

リラックスしかけたバスチャンはすぐに身をこわばらせた。母がこうつけくわえたからだ。

「心配しないで。世の中にはあなたの運命の相手もきっといるわ。その女性を見つけるのを、わたしがてつだってあげるつもりだしね」

母がうしろ手にドアを閉めるのを、バスチャンは恐怖のあまり呆然として見送った。母の言葉は怪しいほど〝脅し〟っぽく聞こえた。

訳者あとがき

お待たせしました。原書では現時点で十五巻を数えるヴァンパイアものの人気パラノーマル・ロマンス、〈アルジェノ&ローグハンター〉シリーズの第二巻をお届けします。

本シリーズの最初の四作品は、ヴァンパイアであるアルジェノ一族の四人きょうだいがそれぞれ主役を務めており、第一巻の『銀の瞳に恋をして』（原題 *"Single White Vampire"*）は長男ルサーンの話でした。すこし時間をさかのぼった今回の第二巻『永遠の夜をあなたに』（原題 *"Love Bites"*）は、三男エティエンの話になります。

ヴァンパイアのエティエンは、とある人物に殺されかけたところを、人間であるヒロインのレイチェルに救われますが、代わりに彼女が致命傷を負ってしまいました。命の恩人を死なせるわけにはいかないと、エティエンはレイチェルをヴァンパイアに変えます。しかしそれは、生涯の伴侶にするとさだめた相手をみずからとおなじヴァンパイアにするための、一生に一度だけ使うことを許された機会だったのでした。たがいのことをほとんど知らないエティエンとレイチェルは、困難を乗りこえて愛しあえるようになるのでしょうか――というのが今回のお話です。
彼らふたりが最終的にしあわせになることは、前作での結婚式のようすからもすでにわかっているわけですが、そこにいたるまでの紆余曲折が、この巻でもひきつづきユーモアたっぷりにえがかれています。

ここで、〈アルジェノ&ローグハンター〉シリーズについて、もうすこしくわしく説明しておきましょう。

本シリーズで言うところの〝ヴァンパイア〟は、体内に棲んでいる極小のバイオナノマシンが病気やけがなどのダメージを修復してくれるおかげで、年をとらずほぼ不死となっている存在です。ただし、ダメージ修復の過程で問題の〝ナノ〟が体内の血液を消費してしまうため、減ったぶんの血をとりこんでおぎなわなくてはなりません。そんなふうに血を必要とするあたりはいかにも〝ヴァンパイア〟ですが、一般的に想像されるイメージとちがって、太陽の光を浴びても燃えあがったりはしませんし、十字架やにんにくも平気です。

それ以外には、世界の存亡をかけた戦いとか登場人物たちが過酷な運命に翻弄されるとかいう複雑な設定などはなく、むしろ、ユーモラスな語り口に思わず笑わされてしまいながら軽くたのしく読めるところが、本シリーズの一番の魅力と言えるでしょう。どちらかといえばふつうの現代ものに近いノリなので、ふだんはパラノーマル・ロマンスを読まない方でも、比較的とっつきやすい作品かもしれません。

第一巻のなかでもすこし説明されていましたが、一族の「アルジェノ」という姓は、銀色がかった目の色にちなんで、ラテン語で「銀」を意味する「アルジェント」からつけられたものです。はじめは「〈アルジェノ・ヴァンパイア〉シリーズ」と呼ばれていたこの一連の作品は、話がつづいていくうちにアルジェノ一族ではないキャラクターが主人公となったため、のちに「〈アルジェノ&ローグハンター〉シリーズ」と改名されました。ストーリーのなかではまだふれられていませんが、くだんの〝ローグハンター〟であるキャラクターは、じつは本書ですでに登場しています。

さきほども書いたとおり、シリーズの最初の四冊は、長男ルサーン・次男バスチャン・三男エティエン・末の妹リシアンナの四人きょうだいの話なのですが、物語のなかの時系列と原書の出版順とが異なっています。ちなみに、日本での出版順は原書の出版順とおなじです。時系列はリシアンナの話、エティエンの話、ルサーンの話、バスチャンの話、の順。本書のエティエンの話がいずれの場合でも二冊めになっているのは、もともと人間だったヒロインのレイチェルの視点を借りて、「この物語世界でヴァンパイアになるとはどういうことなのか」を、くわしく説明する内容だからなのかもしれません。

というわけで、シリーズ第三巻であるつぎの本〝*Tall, Dark & Hungry*〟は、みんながたよりにするしっかり者のバスチャンの話です。時系列的には第一巻のあとに相当し、例の編集者の〝彼〟や新たな〝いとこどの〟も登場するとてもたのしい話なので、どうぞご期待ください。つづく第四巻の〝*A Quick Bite*〟は、本作でほんのすこしだけ状況が語られていた、リシアンナとグレッグの話になります。

また、作者のリンゼイ・サンズは、ヒストリカル・ロマンスなども数多く手がけていて、二見書房からは現時点で『いつもふたりきりで』と『ハイランドで眠る夜は』の二作品が刊行されていますので、興味のある方はそちらもぜひご一読を。

最後になりましたが、今回いろいろとお世話になった編集者の藤野稚子さんと渡邉悠佳子さん、ならびに、本書の刊行にたずさわっていただいた方々、そして、この本を手にとってくださったみなさまに、心より感謝いたします。

二〇一一年三月

ザ・ミステリ・コレクション

永遠《えいえん》の夜《よる》をあなたに

著者　リンゼイ・サンズ

訳者　藤井喜美枝《ふじいきみえ》

発行所　株式会社 二見書房
東京都千代田区三崎町2-18-11
電話 03(3515)2311［営業］
03(3515)2313［編集］
振替 00170-4-2639

印刷　株式会社 堀内印刷所
製本　合資会社 村上製本所

落丁・乱丁本はお取り替えいたします。
定価は、カバーに表示してあります。

ISBN978-4-576-11031-8
http://www.futami.co.jp/